KB168542

파리 리뷰_인터뷰

작가란 무엇인가

III

PARIS REVIEW INTERVIEW ANTHOLOGY : Volume 3 (Work 3)

the PARIS 파리 리뷰 인터뷰
REVIEW_interviews

김율희 옮김

소설가들의 소설가를 인터뷰하다

the PARIS

작가란
무엇인가

III

REVIEW

다른

일러두기

1. 인명, 지명을 비롯한 외래어 표기 시 국립국어원 외래어 표기법을 따랐으나 인명의 경우 가장 일반적으로 사용되는 용례가 있으면 이를 참고하였습니다.
2. '역자 주'로 표기된 주석 외에는 모두 '편집자 주'입니다.

독자란 누구인가

금정연(서평가)

당신은 지금 『파리 리뷰』의 인터뷰를 모은 『작가란 무엇인가』의 세 번째 책을 읽으려는 참이다. 왜 아니겠는가? 앨리스 먼로, 트루먼 커포티, 커트 보네거트, 어슐러 K. 르 귄, 줄리언 반스, 잭 케루악, 프리모 레비, 수전 손택, 돈 드릴로, 존 치버, 가즈오 이시구로, 프랑수아즈 사강의 인터뷰를 모은 책이다. 다시 말해 프랑수아즈 사강, 가즈오 이시구로, 존 치버, 돈 드릴로, 수전 손택, 프리모 레비, 잭 케루악, 줄리언 반스, 어슐러 K. 르 귄, 커트 보네거트, 트루먼 커포티, 그리고 앨리스 먼로의 인터뷰를 모은 책이라는 말이다. 나는 마땅한 존중을 담아 그들의 이름을 썼다. 순서는 아무래도 좋다. 중요한 건 각각의 이름이 주는 울림이고, 제 이름이 불린 것도 아닌데 멋대로 두근대기 시작하는 당신의 마음이다. 백 마디 추천사보다 강력한 이름들. 그러니 나는 이미 내가 해야 할 일을 다한 셈이다. 그런데 왜 당신은 아직도 이 글을 읽고 있는가? 좋아하는 작가를 찾아

서둘러 페이지를 넘기지 않는 이유가 도대체 뭔가? 나는 당신이 추천사라는 이름의 이 곤란한 지면을 내버려둔 채 당신의 길을 가기를 바란다. 마음이 부르는 작가에게로. 이 책을 펼치게 한 이름들에게로. 그것이 당신과 나 모두를 위한 길이다. 그때 비로소 나는 스승의 책에 부친 카뮈의 추천사를 따라 이렇게 중얼거릴 수 있으리라. 나는 부러워한다고. 오늘 처음으로 이 인터뷰집을 열어보게 되는 저 낯모르는 사람을, 그러니까 당신을, 뜨거운 마음으로. 아무런 회한도 없다고 한다면 물론 거짓말이겠지만.

(책장이 넘어가는 소리가 들린다.)

홀로 남은 나는 당신을 생각한다. 문학적인 방식은 아니고, 조악한 심리테스트의 방식으로. 말하자면 이런 식이다.

줄리언 반스를 선택한 당신, 영국의 현대문학을 좋아하는군요. 그렇다면 다음은 가즈오 이시구로의 차례. 내친김에 『작가란 무엇인가 1』에 실린 이언 매큐언의 인터뷰도 (다시 한 번) 읽어보시길. 수전 손택과 프리모 레비 사이에서 고민하는 당신은 생각이 너무 많은 독자시네요. 언젠가는 결정을 내려야 하는 순간이 온다는 사실을 잊지 마세요. 앨리스 먼로를 고른 당신의 키워드는 '노벨 문학상'과 '단편'. 노벨 문학상이 끌린다면 무려 여섯 명의 수상자가 포진한 2권을, 단편이 끌린다면 레이먼드 카버의 인터뷰가 실린 1권을 추천합니다. 카버의 이름을 보자마자 치버를 떠올렸다면 당신은 미국 문학 애호가! 돈 드릴로와 잭 케루악과 트루먼 커포티를 함께 읽으며 미국 문학의 다양성에 대해 생각하는 시간을 갖는 건 어떠세요? 커트 보네거트를 고른 당신은 저의 친구입니다. 만나서 반가워요. 프랑수아즈 사강을 고른 당신이라면…… 브람스를 좋아하세요?

("엉터리다!" 당신은 외친다.)

그래, 무엇보다 나는 당신이 그렇게 외칠 수 있는 독자라고 생각한다. 실제로는 더한 말을 할 수 있다는 것도 안다. 그것이 내가 페이지를 넘기도록 당신의 등을 떠민 이유다. 아무리 그래도 추천사에 욕지거리를 옮겨 쓸 수는 없는 일 아닌가? 그러니 서둘러 작가들의 이야기를 들어보자. "독자를 생각할 엄두가 안 나요. 그리고 싶지도 않고요." 손택은 말한다. "어쨌든 독자가 있기 때문에 글을 쓰지는 않아요. 문학이 있기 때문에 글을 쓰지요." 드릴로의 의견도 비슷하다. "머리를 타자기에 박고 있을 때는 독자를 전혀 염두에 두지 않습니다. 일련의 기준이 있을 뿐이죠." 물론 그는 이렇게 덧붙이는 걸 잊지 않는다. "제 작품이 마땅히 가져야 하는 독자가 저를 찾는다고 생각합니다." 치버는 여기에 약간의 위트를 추가한다. "나무가 내다보이는 작업실 창문 앞에서 진지하고 사랑스럽고 신비한 독자들이 그곳에 있다고 즐겨 생각한답니다." 과연 세계적인 작가들이다. 표구로 만들어 모니터 옆에 걸어두고 싶을 정도다. 반면 르 권의 대답은 조금 더 구체적인데, 그녀는 '현실적인' 이야기를 선호하는 독자들에 대한 우려를 표한다. "20세기와 21세기의 수많은 미국 독자들은 논픽션을 자신들이 원하는 전부라고 생각해요. 그들은 '소설은 현실적이지 않기 때문에 읽지 않아.'라고 말할 거예요. 놀랍도록 순진한 생각이죠. 소설은 오직 인간만이, 오직 특정한 상황에서만 쓰는 것이죠. 어떤 목적 때문에 써왔는지는 정확히 알 수 없지만 목적 중 하나는, 우리가 전에 알지 못했던 것을 인식하도록 이끌어준다는 거죠."

하지만 적어도 오늘은 그런 걱정을 할 필요가 없을 것 같다. 내가 생각하는 당신, 그러니까 지금 이 책을 들고 있는 당신은 그렇게 순진한 독자가 아니다. 당신은 "위대한 책은, 이전에 한 번도 하지 않던 방식으로 세상을 묘사하는 책입니다. 서사 능력이나 성격 묘사, 문체 같은 특징을 제외하고 하는 말입니다. 그 책을 읽는 사람들에게 사회에 대해서나 정서적인 면에서, 아니면 둘 다에 대해 새로운 진실을 말해준다고 인식되는 책이지요. 전에는 입수할 수 없었던 진실, 즉 공식적인 기록이나 정부 문서, 신문이나 텔레비전에는 절대 나오지 않은 진실 말입니다."라는 반스의 말에 동의하는 독자이며 "예술은 기습적으로 현실을 가져와야 해요. 예술은 우리가 별 의미 없게 여기는 한 순간을 가져오고, 다시 또 한순간을, 그리고 또 다른 순간을 가져와서는 그 순간들을 재량껏 바꿔서 지배 정서로 결합된, 특별하고도 연속적인 순간을 창조해요."라는 사강의 말에 고개를 끄덕이는 독자인 동시에 "허튼소리. 우선 '진실'과 '현실'은 납득할 만한 기준이 세워지지 않는 한 아무런 의미가 없어요. 고정된 진실은 없어요. 거짓말에 대해서 말하자면, 소설에서 거짓은 중요한 요소지요."라는 치버의 말에 박수를 치는 독자다. 그리하여 당신은 13만 명이 몰살당한 드레스덴 공습의 경험을 바탕으로 『제5도살장』을 쓴 커트 보네거트가 인터뷰 진행자에게 "저는 지구상에서 오직 한 사람만이 그 공습으로 이득을 봤다고 말했지요. 그 공습은 전쟁을 0.5초도 단축하지 않았고, 그 어디에서도 독일군의 방어나 공격을 약화하지 못했고, 집단수용소에서 단한 사람도 해방시키지 못했어요. 오직 한 사람만이 이득을 보았지요. 둘도, 다섯도, 열도 아니에요. 단 한 사람이에요. 바로 접니다. 그 책을 쓴 덕분에 사망자 한 사람당 3달러씩 받은 셈이 되었죠. 상상해보세요."라고 한 말 속에 담긴 아이러니를 오래도록 곱씹는 독자일 것이다.

("도대체 뭐라는 거야?" 당신은 말한다.)

내가 너무 뜬구름을 잡았나. 그렇다면 이렇게 말하는 건 어떨까. 현실적이지 않기에 오히려 현실을 말하는 것. 보여줌으로써 가리고 가림으로써 보여주는 것. 거짓을 통해 진실을 말하고 진실을 통해 거짓을 말하지만 진실과 거짓 둘 다인 동시에 어느 것도 아닌 것. 정확히 세 단어로 말할 수 있는 내용을 말하려고 천오백 단어를 쓰기도 하지만 때론 천오백 단어를 써도 모자라는 내용을 정확히 세 단어로 말하기도 하는 것. 삶을 통해 만들어지지만 누군가는 그것을 통해 삶을 만들어가는 것. 이런 말로는 미처 설명할 수 없는 것. 물론 그것은 문학이고, 당신 앞에 놓인 것은 그들 자신의 삶보다 위대한 문학을 살아낸 작가들의 생생한 목소리다. 한마디로, 당신은 무척이나 운이 좋은 독자다. 그러니 나는 다시 한 번 물어야겠다.

왜 당신은 아직도 이 글을 읽고 있는가?
좋아하는 작가를 찾아 서둘러 페이지를 넘기지 않는 이유가 도대체 뭐란 말인가?

차례

대가의 경지에 이른
완벽한 소박함

앨리스 먼로
ALICE MUNRO

앨리스 먼로 캐나다, 1931. 7. 10.~

캐나다의 대표적인 소설가. 자신이 나고 자란 온타리오 시골 마을의 일상을 담은 단편소설을 써서 캐나다인들의 사랑을 받아왔다. 2013년 노벨 문학상 수상을 비롯해 수많은 수상 내역이 말해주듯 현대 단편소설의 거장으로 평가받고 있다.

1931년 캐나다 온타리오 시골 마을에서 태어났다. 대학 재학 중 첫 단편 「그림자의 세계」를 발표했다. 결혼과 동시에 대학을 그만두고 남편과 함께 '먼로스 북'이라는 서점을 열었다.

1968년 첫 소설집 『행복한 그림자의 춤』이 캐나다 최고 권위의 총독문학상을 수상하며 문단 안팎의 찬사를 받았다. 그 뒤에 낸 『소녀와 여성의 삶』은 미국에서 드라마로 각색되며 큰 성공을 거두었는데, 소설의 주인공과 비슷한 처지인 여성 독자를 대상으로 독서 치료용 교재로 쓰이고 있다.

지금까지 『미움, 우정, 구애, 사랑, 결혼』, 『내가 너에게 말하려 했던 것』, 『공공연한 비밀』, 『런어웨이』, 『디어 라이프』 등 많은 단편집을 냈다. 총독문학상과 길러 상 같은 캐나다 문학상을 비롯해 전미도서비평가협회상, 오 헨리 상, 맨 부커 국제상을 수상했고, 2013년에는 단편 작가로는 처음으로 노벨 문학상을 수상했다.

주로 캐나다의 자그마한 마을을 배경으로 인간관계의 긴장과 갈등을 다룬 작품을 선보였기 때문에 러시아의 위대한 단편소설 작가 안톤 체호프에 견주어 '캐나다의 체호프'라고 불린다. 섬세한 관찰력과 빼어난 구성으로 짧은 이야기 속에 복잡하고 미묘한 삶의 한순간을 아름답게 그려낸다는 평가를 받았다.

먼로와의 인터뷰

진 매컬러, 모나 심슨

겉보기에는 단순하지만 그녀의 글에는 오랜 세월과 수많은 초안을 거쳐 대가의 경지에 이른 완벽한 소박함이 있다. 신시아 오지크가 말했듯이 "그녀는 우리 시대의 체호프이며 동시대인 대부분보다 더 오래 살아남을 것이다."

앨리스 먼로가 한 해의 대부분을 보내는 인구 3천 명의 소도시 캐나다 온타리오 주 클린턴은 뉴욕에서 직항 노선이 없다. 우리는 6월 어느 날, 아침 일찍 라구아디아 공항을 출발해 캐나다 토론토에 도착했다. 차를 빌린 다음, 점점 좁아지면서 시골풍으로 바뀌는 길을 따라 세 시간을 달렸다. 땅거미가 질 무렵, 우리는 먼로가 두 번째 남편 제럴드 프렘린과 살고 있는 집에 차를 세웠다. 뒤뜰과 기묘한 꽃밭이 인상적인 집은, 남편이 태어난 곳이라고 먼로가 이야기해주었다. 먼로는 부엌에서 향긋한 허브로 소박한 식사를 준비했다. 식당은 바닥부터 천장까지 책으로 채워져 있고, 한편에는 작은 탁자 위에 수동타자기가 놓여 있다. 바로 이곳이 먼로가 글을 쓰는 장소다.

잠시 뒤 먼로는 클린턴보다 좀 더 큰 소도시인 고드리치로 우리를 안내한 뒤, 법원 청사 맞은편 광장에 있는 베드퍼드 호텔로 데려갔다. 호텔은 안락한 방을 갖춘 19세기 건물로, 먼로의 소설에 등장하는 사서나 국경지역의 교사가 묵을 법한 곳 같았다. 그 뒤 사흘에 걸쳐 우리는 먼로의 집에서 이야기를 나눴지만, 녹음기를 켠 적은 없었다. 먼로가 '일은 집 밖에서' 하기를 원했기 때문에 인터뷰는 호텔의 작은 방에서만 진행했다.

먼로와 먼로의 남편은 현재 사는 집에서 채 30킬로미터가 떨어지지 않은 곳에서 자랐다. 두 사람은, 우리가 지나치며 감탄하거나 음식을 먹으러 들어간 거의 모든 건물의 역사를 꿰고 있었다. 우린 근처에 문학 관련 시설이 있냐고 물었다. 고드리치에 도서관이 있지만, 괜찮은 서점이 50킬로미터가량 떨어진 스트랫퍼드에 있다고 했다. 그리고 이 지역에 다른 작가들이 있냐고 물었더니, 먼로는 우리를 차에 태우고 금방이라도 무너질 듯한 집으로 데려갔다. 집 앞에는 상의를 입지 않은 한 남자가 고양이들에게 둘러싸인 채 타자기 위로 몸을 숙이고 있었다. 먼로가 말했다. "비가 오든 햇볕이 내리쬐든 매일 저기 나와 있어요. 난 저 사람을 모르지만, 뭘 하고 있는지 알아내고 싶어 죽을 지경이에요."

캐나다에서의 마지막 날 아침, 우리는 방향 설명을 들은 뒤 먼로가 자랐다는 집을 찾아 나섰다. 먼로의 아버지가 손수 짓고, 밍크와 여우를 기르던 집이다. 막다른 길을 몇 차례 만난 뒤 그 집을 찾아냈다. 시골길 맨 끝에 자리 잡은 예쁜 벽돌집으로, 비행기가 쉬었다 가는 장소로 보이는 넓은 들판을 마주하고 있었다. 우리가 서 있는 곳에서 보니 먼로의 단편 「흰 쓰레기 더미」에서 시골 아낙을 떠나는 파일럿이나 「나는 어떻게 남편을 만났나?」에서 이와 비슷한 벌판에 내려앉은 젊은 항공 스턴트맨을 쉽게 상상할 수 있었다.

먼로는 그녀가 자란 벽돌집이나 미국 중서부를 닮은 온타리오의 풍경처럼 화려하지 않다. 조용한 유머를 지닌 상냥한 사람이다. 그녀는 캐나다에서 가장 영예로운 문학상인 총독문학상을 세 번이나 받았다. 『미국최고단편집』과 『오 헨리 상 수상집』에 작품이 실렸고, 『뉴요커』에 정기적으로 기고하고 있다. 이런 커다란 업적에도, 먼로는 글쓰기에 대해 존경심과 약간의 불안이 느껴지는 초심자의 목소리로 이야기한다. 그녀에게는 유명 작가의 화려한 기교나 허세가 조금도 보이지 않았다. 오히려 인터뷰 내내 그녀가 유명 작가라는 사실을 잊어버리곤 했다. 작품에 대해 이야기할 때는, 누구든지 열심히 노력하기만 하면 글을 쓸 수 있다고 강하게 말했다. 이야기를 나누다 보니 그녀가 하는 일이 엄밀히 말해 쉽지는 않지만 가능성 있는 일이라는 느낌을 갖게 되었다. 우린 그곳을 떠나며 가능성이라는 느낌에 전염된 듯했다. 겉보기에는 단순하지만 그녀의 글에는 오랜 세월과 수많은 초안을 거쳐 대가의 경지에 이른 완벽한 소박함이 있다. 신시아 오지크*가 말했듯이 "그녀는 우리 시대의 체호프이며 동시대인 대부분보다 더 오래 살아남을 것이다."

• 뉴욕에서 태어난 유대계 여성 소설가로, 우아한 문장으로 유대인의 문제를 깊이 있게 다루었다. 오 헨리 상을 여러 번 수상했고, 대표작으로 『스톡홀름의 메시아』가 있다.

and suchlike dreary stuff. And thank the Lord, one of them was a divinity
student. A different kind of young man went into the church in those days
if you remember.Good-looking and ambitious, rather the type who might go
into politics now. This one was set to be a success. He wasn't so far out
of the family influence as to speak up first,at his father's table, but
once I spoke to him, he started to talk. He could even step in and answer
for the others when they could not. For at least a couple of them absolutely
could not. She's helping at home, he'd say. or, He's in the second form.X

We had a chat about Toronto,where he was going to Know College.
The number of motor-cars there, a trip to ~~Toronto Island,the mummy~~ in the
~~Museum~~.He seemed to want to let me know that the divinity regulations were
not too stringent. He went ~~skating in the winter~~. He had been to see a
play. We could have talked on, but were defeated by the silence around
us, or rather the speechlessness, for there was clinking and chewing and
swallowing. Conversation could seem affected here, pure clatter and self-
display. It seemed as if all the social rules I had been brought up with
were turned on their heads.I even began to wonder if they suffered as I
had thought, if they didn't have an altogether different idea than I had,
of what this dinner should be. A ceremony. Where everything was done
right. Where everything had taken a lot of work and was done right. I could
see that conversation might seem bewildering, unnecessary. Even ~~disrespectful~~
disrespectful. I could see myself as a giddy sort of foreigner,embarrassing
them, and I could see that the divinity student was embarrassing them,in a
way, by being willing to keep me company. So I dried up, and he did ~~Everybo~~
Everybody managed to eat a lot. Especially the two sisters, I thought.
They munched along in a kind of eating trance

I went out to the kitchen afterwards offering to help with the
dishes,thinking that was what you did on the farm, but of course they were
not having any of me. They wouldn't let your uncle's wife do anything

앨리스 먼로
×
진 매컬러, 모나 심슨

아침에 당신이 자란 집에 다녀왔어요. 유년기를 그곳에서 보내셨나요?

앨리스 먼로 네. 아버지는 돌아가실 때도 농장에 딸린 그 집에서 살고 계셨죠. 여우와 밍크를 기르는 농장이었어요. 하지만 많이 변했어요. 지금은 미용실이 들어왔지요. 뒤채를 미용실로 쓰고, 부엌은 없애버린 것 같아요.

그 뒤로 거기

들어가 보셨어요?

먼로 아니요. 만약 갔더라면 거실을 보여달라고 했을 거예요. 아버지가 만든 벽난로를 보고 싶거든요. 들어가서 매니큐어를 해달랄까 하고 가끔 생각하긴 했어요.

길 건너편 들판에 비행기가 보여서 단편 「흰 쓰레기 더미」와 「나는 어떻게 남편을 만났나?』가 떠오르더군요.

먼로 맞아요. 거긴 지금은 농장이지만 한동안 공항으로 쓰였어요. 농장 주인은 작은 비행기를 한 대 가지고 있죠. 농장 일을 좋아하지 않아서 비행 교관이 되었어요. 그는 제가 아는 사람들 가운데 완벽하게 건강하고, 가장 잘생긴 남자였죠. 일흔다섯 살에 은퇴한 뒤 바로 여행을 떠났고, 박쥐에게 물려 이상한 병에 걸렸어요.

첫 단편집인 『행복한 그림자의 춤』에는 그 지역과 유년 시절의 모습이 강하게 투영되어 있더군요. 언제 그 이야기들을 쓰셨나요?

먼로 거기에 실린 단편들을 쓰는 데 15년이 넘게 걸렸어요. 「나비의 나날」을 가장 먼저 썼는데, 아마 스물한 살 무렵일 거예요. 「태워줘서 고마워」를 쓴 건 생생하게 기억하지요. 첫아이가 요람에 누워 있을 때였으니까요. 그때 저는 스물두 살이었어요. 삼십 대에 쓴 것도 많은데, 「행복한 그림자의 춤」, 「위트레흐트 평화조약」, 「떠돌뱅이 회사의 카우보이」를 서른이 넘어서 썼어요. 「망상」을 가장 나중에 썼고요. 참 길고도 오랜 세월이죠.

그 작품들을 지금 보면 어떤가요? 다시 읽어보시나요?

먼로 그 단편집에 「휘황찬란한 집」이라는 초기 작품이 있어요. 3년 전쯤 토론토 하버프론트에서 열린 『타마락 리뷰』* 특별행사에서 그걸 읽었어요. 잡지 초창기에 실렸던 작품이라 낭독해달라는 부탁을 받았는데, 무척 곤혹스러웠어요. 아마 그 소설을 스물두 살 때 썼을 거예요. 나중에 보니 너무 촌스러웠어요. 낭독하는 와중에 머릿속으로 계속 편집을 했죠. 재빨리 고치기 위해 노력했어요. 낭독하면서 눈으로는 다음 단락을 흘깃거렸죠. 낭독하기 전에 미리 읽어두지 않았거든요. 예전 작품을 잘 읽지 않는 편이에요. 초기 소설을 보면 지금은 하지 않을 것들이 보이거든요.

출간된 뒤에 이야기를 다듬은 적이 있나요? 프루스트는 죽기 전에 『잃어버린 시간을 찾아서』의 초판본을 고쳐 썼잖아요.

먼로　맞아요. 그리고 헨리 제임스**는 단순하고 이해하기 쉬운 것들을 애매하고 어려워지도록 고쳐 썼어요. 저도 최근에 그렇게 한 게 있어요.「휩쓸리다」는 1991년 『미국최고단편집』에 수록됐어요. 어떤지 보고 싶어서 선집을 꺼내서 다시 읽었는데, 정말 후줄근하게 느껴지는 단락을 발견했지 뭐예요. 짧지만 매우 중요한 단락이었는데 두 문장이었을 거예요. 순간 펜을 들어 여백에 고쳐 썼어요. 그 이야기를 단행본으로 펴내게 되면 참고하려고요. 그 단계에서 교정을 여러 번 했는데 나중에 보면 실수한 거였어요. 이야기의 리듬 속에 있는 게 아니었으니까요. 글의 일부가 제 역할을 하지 못한다는 생각이 들 때는 글을 끝내자마자 엔진의 속력을 올려요. 하지만 마지막으로 소설 전체를 다시 읽어보면 고친 부분이 도드라져 보이지요. 그러니 이런 고쳐쓰기에 대해서는 확신할 수가 없어요. 그만두는 게 해답일지 몰라요.

• 1956~82년에 발행된 캐나다 문학잡지. 소설, 시, 희곡, 비평, 여행기 등 다양한 분야를 다루었다.
•• 현대소설의 기법을 확립한 작가이자 영미 문학계에서 가장 지적인 작가로 인정받는다. 영어로 쓴 가장 뛰어난 소설 가운데 하나로 평가받는 『여인의 초상』이 대표작이다.

작업하는 동안에는 친구들에게 글을 보여주지 않는다고 들었어요.

먼로 맞아요. 마치기 전에는 누구에게도 보여주지 않아요.

편집자에게는 얼마나 의지하세요?

먼로 『뉴요커』를 통해 진지한 편집을 처음 경험했어요. 전에는 몇 가지 제안을 곁들인 교열만 도움을 받았지요. 제안받은 내용이 많지도 않았고요. 편집자와 저 사이에는 일어날 수 있는 일에 대한 합의가 있어야 해요. 예를 들어 윌리엄 맥스웰*의 소설에서 어떤 일도 일어나지 않았다고 생각하는 편집자라면 제겐 아무 도움이 안 돼요. 제 글에서 저마저도 속아 넘어갈 방식들을 찾아낼 예리한 눈이 필요하지요. 『뉴요커』의 칩 맥그래스가 첫 편집자였는데 무척 훌륭했어요. 제가 표현하려는 것을 누군가 그토록 깊이 들여다보면서 공감할 수 있다는 사실이 놀라웠지요. 우리는 많은 작업을 하지는 않았지만 그는 때때로 방향 제시를 했어요. 「터키 시즌」이라는 단편을 고쳐 쓰게 했는데, 그가 이미 구매한 작품이었죠. 조언에 따라 수정한 교정본을 그대로 받아들일 거라 생각했는데 아니었어요. 그가 말했어요. "흠, 교정본에서 더 마음에 드는 부분이 있고, 교정 전 원고에서 더 마음에 드는 부분도 있어요. 같이 한번 볼까요?" 그는 "한번 봐야겠습니다." 같은 말은 절대 하지 않아요. 그렇게 우린 부분을 조합했고, 더 좋은 이야기를 만들어나갔어요.

그 작업은 어떻게 이루어졌나요? 전화나 우편으로? 『뉴요커』 사무실로 찾아간 적도 있나요?

먼로 주로 우편으로요. 만난 건 몇 번밖에 안 돼요.

『뉴요커』에 처음 작품이 실린 건 언제였나요?

먼로 「장엄한 구타」가 1977년에 실렸어요. 1950년대에 쓴 초기 단편들을 모두 『뉴요커』에 보냈었죠. 그러다가 캐나다에 있는 잡지사에만 보내게 됐죠. 『뉴요커』는 제게 친절한 편지를 보냈는데, 연필로 쓴 비공식 메시지였죠. 서명도 없었어요. 격려가 되지도 않았고요. '글은 무척 훌륭하지만 너무 익숙한 주제입니다.' 사실 그랬죠. 그 가운데 하나는 아직도 기억나요. 늙어가는 두 사람의 연애 이야기였어요. 나이 든 농부에게 청혼을 받았을 때, 그게 결정적인 순간임을 깨닫는 노처녀의 이야기죠. 제 작품에는 노처녀가 많이 등장해요. 제목은 「과꽃이 핀 날」이었어요. 정말 끔찍했죠. 열일곱 살에 쓴 것도 아니고, 스물다섯에 썼죠. 왜 늙어가는 노처녀에 대한 이야기를 썼는지 모르겠어요.

일찍 결혼하셨어요. 노처녀로 늙어갈 걸 염두에 둔 것도 아니었을 텐데요.

먼로 마음으로는 노처녀로 늙어가게 될 거라고 생각했나 봐요.

늘 글을 쓰셨어요?

먼로 중학교 1, 2학년 때부터 줄곧 썼죠.

• 미국의 작가 겸 편집자로, 2000년 사망했다. 40년 넘게 『뉴요커』의 편집자로 일하면서 존 업다이크, 블라디미르 나보코프, 존 치버와 긴밀하게 작업한 것으로 유명하고, 대표작으로 『안녕, 내일 만나』가 있다.

대학에 다닐 때는 진지한 작가였나요?

먼로 네. 돈이 없었으니 다른 걸 할 기회가 없었어요. 당시 받을 수 있는 장학금이 2년치였기 때문에 제 대학생활은 2년뿐이라는 걸 알고 있었죠. 하지만 멋진 시간이었죠. 휴가나 다름없었어요. 십 대에 집안의 가장이 된 터라 대학은 제 삶에서 집안일을 하지 않아도 되는 유일한 시기였어요.

2년 뒤 바로 결혼하셨나요?

먼로 2학년을 마치고 바로 결혼했어요. 그리고 밴쿠버로 갔지요. 그게 결혼의 대단한 힘이었죠. 거대한 모험, 이사 말이에요. 남편은 스물두 살, 전 스무 살이었어요. 우린 시골로 가서 중산층 생활을 시작했지요. 집을 얻고 아기를 가지려고 마음먹었고, 신속하게 실행에 옮겼어요. 전 스물한 살에 첫아이를 낳았답니다.

글은 계속 쓰셨고요?

먼로 임신한 내내 필사적으로 썼어요. 출산한 뒤에는 육아 때문에 글을 쓸 수 없을 거라 생각했으니까요. 임신할 때마다 아기가 태어나기 전에 중요한 일을 마쳐야 한다는 자극을 받았어요. 실제로는 전혀 완수하지 못했지만요.

「태워줘서 고마워」에서는 다소 냉담한 도시 소년의 관점으로 글을 쓰셨어요. 가난한 소녀를 태워주고 그녀와 하룻밤을 보낸 뒤, 그녀의 삶에 끌렸다가 반감을 갖게 되는 소년 말이에요. 생활이 안정되고 순조롭던 때에 이 이야기를 쓰신 점이 놀라워요.

먼로 첫째 딸을 임신하고 있을 때 남편의 친구가 여름휴가를 맞아 우리 집에 와서 한 달쯤 머물렀어요. 국립영화위원회에서 일했는데, 많은 이야기를 들려줬어요. 우린 살면서 겪은 이런저런 이야기를 나눴어요. 지금 우리가 얘기를 나누는 것처럼. 그는 가난한 시골 소녀와 데이트한 이야기를 들려줬죠. 중산층 소년이, 제겐 무척 친근하지만 그에게는 친숙하지 않은 세상과 만난 셈이었지요. 전 곧바로 그 소녀와 소녀의 환경에 대해 캐물었고, 그 뒤 꽤 빨리 이야기를 완성했어요. 완성했을 때는 아기가 요람에 누워 저를 쳐다보고 있었으니까요.

첫 책이 나왔을 때 몇 살이셨어요?

먼로 서른여섯 살이었어요. 오랫동안 단편을 써왔는데, 드디어 라이어슨 출판사의 편집자가 편지를 보내 책으로 엮을 단편이 충분한지 물었죠. 그 출판사는 뒤에 맥그로힐에 합병됐어요. 원래 그 편집자는 저와 다른 작가 두세 명의 단편을 모아 한 권으로 묶으려 했어요. 그 계획은 무산됐지만 그에게는 여전히 제 단편이 한 뭉치 있었죠. 그 뒤 회사를 그만두면서 다른 편집자에게 원고를 넘겼는데, 새 편집자가 말하더군요. "단편을 세 개 더 쓸 수 있다면, 책을 낼 수 있어요." 그래서 책이 출간되기 직전 해에 「망상」, 「떠돌뱅이 회사의 카우보이」, 「그림엽서」를 썼답니다.

그 단편들을 잡지에도 실으셨어요?

먼로 대부분이 『타마락 리뷰』에 실렸어요. 훌륭한 잡지죠. 독자들의 이름까지 알고 있는 편집자는 캐나다에서 자신뿐이라고 담당 편집자가 자랑하더군요.

글을 쓰는 특정한 시간이 있었나요?

<u>먼로</u> 아이들이 등교하려고 집을 나서는 순간부터 제 시간이 시작됐어요. 그 시절에는 무척 열심히 일했죠. 남편과 함께 서점을 운영했는데, 서점 근무를 하던 시기에도 12시까지는 집에 머물렀어요. 집안일을 하고, 글도 써야 했지요. 나중에 서점에 매일 나가지 않게 되었을 때는 다들 점심을 먹으러 집에 오기 전까지, 그리고 모두 다시 나간 다음 2시 반까지 글을 쓰곤 했어요. 그러고는 커피를 한잔 마신 뒤 서둘러 집안일을 끝내야 했지요.

따님들이 학교에 들어가기 전에는요?

<u>먼로</u> 낮잠 시간에요.

아이들이 낮잠 자는 동안에 글을 쓰셨다고요?

<u>먼로</u> 그래요. 오후 1시부터 3시까지였어요. 쓸모없는 것들을 쓰기도 했지만, 꽤 생산적인 시간이었어요. 두 번째 책인 『소녀와 여성의 삶』을 쓰던 해에는 정말 다작을 했죠. 딸아이 친구 하나가 우리와 함께 살게 돼 아이가 넷이었고, 일주일에 이틀은 서점에서 일했어요. 새벽 1시까지 일한 다음 6시에 일어나곤 했어요. '이러다 죽겠구나, 이건 정말 끔찍해. 심장마비로 쓰러지겠어.' 겨우 서른아홉 살이었는데. 그러다 생각했죠. '그래. 설마 죽더라도 나한테는 수많은 페이지의 글이 있어. 책으로 만들 방법은 사람들이 알아내겠지.' 절망과 희망이 교차하는 필사적인 레이스였어요. 지금은 그런 종류의 에너지가 없답니다.

『소녀와 여성의 삶』을 쓰실 때는 어떤 과정을 거쳤나요?

먼로   그 책을 쓰기 시작한 날이 기억나요. 1월이었고 일요일이었어요. 일요일은 서점이 쉬는 날이라 서점 안에 들어가 문을 잠갔죠. 자유로운 오후 시간이었어요. 저를 둘러싼 위대한 문학작품들을 둘러보며 이런 생각을 했어요. '이 바보! 여기에서 뭘 하고 있니?' 그러고는 서점에 딸린 사무실로 가서 「이다 공주」를 쓰기 시작했어요. 제 어머니에 대한 이야기죠. 어머니와 관련된 소재는 제 중심 소재이고, 쉬고 있으면 저절로 떠올라요. 그래서 일단 쓰기 시작했더니 글이 풀려나갔어요. 그러다가 큰 실수를 했지요. 그걸 일반적인 장편소설로, 통상적인 아동청소년 소설로 만들려고 한 거예요. 3월쯤에야 제대로 되고 있지 않다는 걸 깨달았죠. 이건 아니라는 느낌이 들었고, 포기해야 할 것 같았어요. 몹시 우울했죠. 그러다가 그걸 쪼개서 단편 형식에 맞춰봐야겠다는 생각이 떠올랐어요. 제 머리로는 장편에 맞게 생각할 수 없으니 앞으로 장편은 쓰지 않으리란 걸 그때 알았죠.

『너는 네가 누구라고 생각해?』 역시, 서로 연결된 이야기니 일종의 장편소설이라고 할 수 있어요.

먼로   『너는 네가 누구라고 생각해?』 이후에도 다른 형태의 단편집을 쓰고 싶다는 생각을 자주 했어요. 『공공연한 비밀』에는 다른 단편에서 언급되는 인물들이 있어요. 「반달족」에 나오는 비 두드는 「휩쓸리다」에 나오는 어린 소녀로 언급되는데, 「휩쓸리다」는 제가 단편집을 위해 가장 먼저 쓴 글이죠. 빌리 두드는 사서의 아들이에요. 그들은 모두 「우주선이 착륙했다」에서 언급돼요. 하지만 이런 시도가 작품 자체를 압도하게 해서는 안 돼죠. 한 이야기를 다른 이 야기와 맞물리는 형태로 빚기 시작하면, 써서는 안 되는 힘을 쓰느라 어딘가에서 잘못을 저지르게 돼요. 발상은 좋았지만 그런 종류의 단편집을 다시 쓰게 될지는 모르겠어요. 캐서린 맨스필드*는 어느 편지에서 이렇게 말했어요. "오, 내가 장편소설을 쓸 수 있기를. 이 잡동사니들을 그냥 남겨둔 채로 죽지는 않기를." 남겨둘 것이 흩어진 이야기 조각뿐이라고 느껴지면, 그 잡동사니로부터 떠나기가 어렵죠. 분명 당신은 체호프를 떠올리겠지만, 그래도 마찬가지예요.

체호프는 언제나 장편을 쓰고 싶어했지요. 장편을 써서 '내 친구들의 삶에서 나온 이야기'라고 부를 작정이었어요.
<u>먼로</u> 알아요. 모든 걸 한 꾸러미에 집어넣을 수 있을 것 같은 그 기분도 알고요.

이야기를 쓰기 시작할 때, 그 이야기가 어떻게 될지 이미 알고 계시나요? 플롯이 미리 짜여 있나요?
<u>먼로</u> 전부는 아니에요. 결과가 좋았던 작품들은 대개 쓰면서 이야기가 바뀌게 돼요. 지금도 전 계획 없이 작품을 쓰고 있어요. 매일 아침 몰두해서 쓰고 있는데 꽤 번지르르해요. 그 이야기가 정말 마음에 드는 건 아니지만 어느 시점이 되면 좋아하게 될 거예요. 대개는 이야기의 많은 부분을 아는 상태에서 글을 쓰기 시작해요. 글쓰기에 일정한 시간을 쏟을 수 없었을 때는 이야기가 머릿속에서 아주 오랫동안 진행된 탓에, 글로 쓰기 시작하면 깊이 빠져들 수 있었

죠. 요즘엔 공책을 채우는 것으로 그 작업을 대신해요.

공책을 쓰신다고요?

먼로 지독하리만치 서툰 글이 담긴 공책이 무더기로 쌓여 있어요. 그냥 아무 거나 적어둔 거죠. 그 첫 번째 원고들을 보면 가끔은 이 일이 조금이라도 의미가 있나 싶은 생각이 들어요. 전 글을 후딱 쓰는 능력을 타고난 작가들과 정반대예요. 제가 얻고자 애쓰는 것이 무엇이든 쉽게 움켜쥐지를 못해요. 잘못된 길로 들어섰다가 간신히 빠져나오곤 하지요.

잘못된 길로 들어섰다는 걸 어떻게 자각하세요?

먼로 어느 날 글을 쓰고는 매우 흐뭇해해요. 평소보다 많은 분량을 썼거든요. 그러다 다음 날 잠에서 깨면 더 이상 쓰고 싶지 않아져요. 그 글에 가까이 가기가 꺼려지거나 계속 써나가야 한다고 스스로를 압박해야 한다면, 대개는 뭔가 대단히 잘못됐음을 알 수 있죠. 작업이 사분의 삼쯤 진행된 상황에서, 이 이야기를 포기해야겠다는 생각이 들 때가 종종 있어요. 하루나 이틀을 심하게 우울한 상태로 투덜대며 다니죠. 그러고는 제가 쓸 수 있는 다른 것을 생각해요. 일종의 연애 같아요. 마음에 전혀 들지 않는 새로운 남자와 데이트를 함으로써 그 모든 실망과 고통에서 벗어나려고 하는 거예요. 그러다가 제가 버린 이야기의 한 부분이 불현듯 생각나요. 그걸 다룰 방법도 알게 되죠. 그런데 그런 일은 "이건 소용없을 거야. 잊어버려."라고

• 동시대 작가인 버지니아 울프, D. H. 로런스와 교류하면서 영향을 주었고, 서른넷에 결핵으로 사망했다. 『가든파티』, 『서간집』, 『일기』가 있다.

말한 뒤에야 일어나는 것 같아요.

늘 그렇게 회복하실 수 있나요?

<u>먼로</u>   가끔은 그러지 못하고 기분 나쁜 채로 온종일을 보내죠. 제가 예민해지는 유일한 시기예요. 남편이 자꾸 말을 걸거나 방을 계속 들락날락하거나 문을 쾅 하고 닫으면 신경이 곤두서고 버럭 화를 내게 돼요. 남편이 노래를 하거나 그 비슷한 행동을 하면 끔찍하죠. 전 뭔가를 생각하기 위해 벽돌로 만든 담에 머리를 부딪히는 것처럼 집중하고 있는데 말이에요. 대개는 잠깐 화를 내다가 포기해버리죠. 이 모든 과정이 일주일 정도 지속될 수도 있는데, 그동안 문제에 대해 충분히 고민하고 수습하기 위해 애쓰다가 결국은 포기하고 다른 걸 생각하게 돼요. 그러다 식료품점에 갔을 때나 드라이브를 할 때 예기치 않게 그 문제가 다시 떠올라요. 그러면 전 이렇게 생각하죠. '좋아, 그건 이러이러한 관점에서 하고, 이 인물은 없애고, 이 둘은 당연히 결혼하지 않을 테고.' 큰 변화가 일어나요. 대개는 과격한 변화죠.

그럼 이야기가 제대로 풀리나요?

<u>먼로</u>   그런 고민의 과정이 이야기를 나아지게 하는지는 모르겠지만 계속 글을 쓰게 해주죠. 전 쓰고 싶은 내용을 어렵게 움켜쥐게 되는 것 같아요. 그것도 간신히 말이에요.

관점이나 어조를 자주 바꾸세요?

<u>먼로</u>   맞아요. 가끔은 확신이 생기지 않는데, 그럼 일인칭에서 삼인칭으로 몇 번이고 바꾸죠. 그게 큰 문제 중 하나예요. 때로는 일인

칭 시점을 써서 이야기 속에 빠져들었다가 어떤 이유로 그게 잘 맞지 않는다고 느끼기도 해요. 그 점에서는 사람들이 제게 하는 말에 영향을 많이 받아요. 제 대리인은 「알바니아 처녀」의 일인칭 시점을 좋아하지 않았어요. 그래서 바꾸게 됐어요. 물론 스스로 확신이 없기도 했고요. 그러다가 나중에 일인칭으로 다시 바꿨지요.

하고 계신 작업의 의미를 주제 측면에서 얼마나 의식적으로 파악하시나요?

먼로 음, 그렇게 의식하지는 않아요. 이야기가 어긋날 수도 있는 방향은 보여요. 긍정적인 것보다는 부정적인 것들이 더 쉽게 눈에 띄죠. 어떤 이야기는 다른 이야기만큼 잘 풀리지 않고, 또 어떤 이야기는 다른 이야기보다 콘셉트가 가볍지요.

더 가볍다고요?

먼로 네. 가볍게 느껴져서 깊이 몰두할 기분이 나지 않지요. 뮤리엘 스파크*의 자전적인 이야기를 읽었는데, 그녀는 가톨릭 신자라서 진짜 저자는 하느님이라고 생각해요. 그 권위를 넘겨받으려 애쓰지 않는 것, 즉 삶의 의미에 대한 소설을 쓰거나 오직 신만이 이해할 수 있는 것을 이해하려 애쓰지 않는 게 우리의 도리라면서요. 그러면 글을 쓰면서 본인 스스로 즐거울 수 있다는 뜻인 것 같아요. 저도 때로는 저 자신의 재미를 위해서 소설을 쓰는 것 같아요.

• 스코틀랜드 출신의 소설가로, 『위로하는 사람들』, 『메멘토 모리』, 『교양 학교』, 『미스 진 브로디의 전성기』가 있다.

예를 든다면요?

먼로 음, 제가 무척 좋아하는 「잭 랜다 호텔」은 그 역할을 충분히 했다고 생각해요. 「어린 시절의 친구」 같은 작품은 그러지 못했고요. 그 이야기는 다른 방식으로, 그러니까 제 가장 깊은 내면에서 작용하지요.

'재미'를 준다고 여기는 작품을 쓸 때도, 다른 작품을 쓸 때만큼이나 고민을 많이 하세요?

먼로 네, 그럼요.

어려움 없이 쓴 이야기들이 있나요?

먼로 「어린 시절의 친구」를 무척 빨리 썼어요. 실화가 바탕이고요. 고드리치의 도서관에서 일하는 청년이 있는데 저를 위해 자료를 잘 찾아준답니다. 어느 날 밤 우리 집에 놀러왔는데, 옆 농장의 이웃 이야기를 들려줬어요. 그들은 카드놀이를 금지하는 종파에 속한 탓에 보드게임인 '크로키놀'을 한대요. 청년은 그 이야기만 짧게 들려줬는데, 제가 그들의 특징과 종교에 대해 자세하게 물었고, 이야기를 쓰게 됐지요. 청년은 이러저런 이야기를 한 뒤 그들의 결혼에 얽힌 얘기를 들려줬어요. 어느 날 젊은 남자가 마을에 나타났고, 교회를 다니게 된 뒤 농장의 언니와 약혼을 했어요. 그러다 맙소사, 동생이 그 남자의 아이를 갖게 됐대요. 결혼 상대가 바뀌게 된 거지요. 더군다나 한집에서 다 같이 산대요. 집을 고치고 페인트를 칠하는 소설 장면은 실제로 있었던 일이죠. 동생 부부가 자기들이 사는 반쪽을 칠했고, 언니는 칠하지 않았어요. 결국 집의 반만 칠해진 거죠.

그 이야기에 나오는 간호사도 실존 인물인가요?

먼로 아니에요. 간호사는 제가 꾸며낸 인물이에요. 하지만 이름은 따왔죠. 이곳에서 16킬로미터쯤 떨어진 블리스 극장에서 모금 행사가 있었어요. 모두 물건을 경매에 내놨는데, 누군가 아이디어를 냈어요. 입찰에 성공한 사람의 이름을 제 다음 소설의 등장인물에게 붙여주자고 제안했어요. 토론토에서 온 어떤 여자가 400달러를 냈어요. 오드리 앳킨슨이라는 이름이었어요. 순간 생각했죠. '이건 간호사야!' 그 뒤 그녀로부터 소식은 없었어요. 불편해하지 않았길 바랄 뿐이에요.

그 이야기는 애초에 어떻게 시작되었나요?

먼로 이야기를 쓰기 시작했을 때, 우린 온타리오에서 브리티시컬럼비아로 여행하던 중이었어요. 가을마다 차를 몰고 떠나서 봄에 돌아오지요. 글을 쓰지는 않았지만, 밤에 모텔에서 잘 때마다 그 가족을 생각했어요. 그러다 제 어머니의 사연이 그 이야기를 에워쌌고, 그 다음에는 어머니의 이야기를 들려주는 저를 에워쌌어요. 그래서 그게 어떤 이야기인지 알게 됐죠. 그 이야기는 어려움 없이 쉽게 나왔다고 말할 수 있어요. 어머니의 성격이나 기질을 자주 정리해두었고, 어머니에 대한 제 감정도 갈무리해두었기 때문에 따로 생각할 필요가 없었어요.

작품에 어머니가 여럿 등장하잖아요. 특정한 어머니가 다른 이야기에도 나오는데 꼭 실존 인물처럼 보여요. 「거지 소녀」에 등장하는 로즈의 계모인 플로도 마찬가지고요.

먼로 플로는 제 주변 사람들과 비슷한 인물이지만 실존 인물은 아니에요. 작가들이 흔히 말하는 복합적인 인물이죠. 저는 플로에게 힘이 있었다고 생각해요. 23년 동안 떠나 있다가 이곳에서 살려고 돌아온 바로 그때 그 이야기를 썼거든요. 이곳의 문화가 어마어마한 충격을 주었어요. 일단 돌아와 현실과 마주하자 제가 누렸던 유년기의 세계가 흐릿한 추억이 되더군요. 플로는 제가 기억했던 것보다 훨씬 냉혹한 현실을 구현한 인물이에요.

여행을 많이 하시던데, 작품은 근본적으로 시골적인 감수성에 영향 받은 것처럼 보여요. 이곳에서 들은 이야기들의 반향이 더 큰가요, 아니면 도시에 살았을 때도 생활에서 그만큼 많은 소재를 활용하셨나요?

먼로 작은 마을에 살면 많은 것들과 별별 사람들에 대한 이야기를 듣게 돼요. 도시에서는 주로 자신과 같은 부류의 사람들에 대한 이야기를 듣지요. 더구나 여자라면 친구들로부터 많은 이야기를 들을 수 있어요. 빅토리아에서의 생활을 토대로 「다르게」와 「흰 쓰레기 더미」의 많은 부분을 쓸 수 있었어요. 이곳에서 일어난 끔찍한 실제 사건에서 「격발」이라는 단편을 얻었고요. 육십 대 부부의 살인과 자살 사건이었죠. 도시에 살았다면 신문기사로나 읽었겠죠. 사건의 맥락을 알게 되진 못했을 거예요.

내용을 지어내는 것과 사실을 혼합하는 것 중 어느 쪽이 더 쉬운가요?

먼로 무척이나 단순하고 분명한 이유 때문에, 지금은 전보다 개인적 특성이 약한 글을 쓰고 있어요. 윌리엄 맥스웰처럼 계속 되돌아가 새로운 관점을 찾아낼 능력이 없다면 어린 시절이라는 소재는 고갈돼버리거든요. 인생의 뒤쪽 절반에 속한 깊이 있고 개인적인 소재는 자녀들이에요. 자녀들은 우리를 보러올 테고, 우린 그 애들이 요양원으로 찾아와주기를 바라게 되겠죠. 좀 더 관찰적인 소설을 쓰는 쪽으로 전환하는 게 상책일지 몰라요.

가족을 다룬 이야기들과는 달리, 다수의 작품은 역사물이라고 불러도 무리가 아닌데요. 그런 종류의 소재를 찾아다니시나요? 아니면 소재가 나타날 때까지 그냥 기다리시나요?

<u>먼로</u> 소재를 찾는 데 어려움을 겪은 적은 없어요. 소재가 나타날 때까지 기다리죠. 그럼 언제나 나타나요. 넘쳐나는 소재를 다루는 게 늘 문제죠. 그렇지만 역사적인 작품을 쓸 때는 수많은 사실을 찾아내야 해요. 빅토리아 시대의 여성 작가들 중 한 명, 그러니까 이 지역의 어느 여성 시인에 대한 소설을 오랫동안 쓰고 싶었어요. 그런데 원하는 시를 찾을 수가 없었죠. 황당하게 느껴질 만큼 시들이 형편없었거든요. 그래서 제가 직접 시를 썼어요. 그 이야기를 쓰는 동안 오래된 신문들을 많이 들여다봤어요. 제 남편 주변에는 그런 자료가 많거든요. 남편은 은퇴한 지리학자인데 온타리오, 특히 우리가 사는 휴런 카운티에 대한 고증을 해왔어요. 신문기사를 통해 이 지역에 대해 매우 강렬한 이미지를 갖게 되었는데, 전 이곳을 '윌리'라고 불러요. 구체적인 사항이 필요해지자 도서관 사서에게 부탁했어요. 오래된 자동차나 1850년대 장로교회에 대한 내용을 찾아달라고요. 그는 감탄스러울 정도로 자신의 일을 좋아한답니다.

작품에 등장한 멋진 이모는요?

먼로 큰 이모와 할머니는 제 인생에서 무척 중요한 분들이에요. 우리 가족은 여우와 밍크 농장이라는 망해가는 사업으로 먹고살았고, 마을에서 가장 평판이 나쁜 지역 바로 너머에 살았죠. 하지만 그분들은 도시의 멋진 집에 살면서 최신 문명을 향유했어요. 그래서 그분들과 우리 집 사이에는 언제나 갈등이 있었지만 제게는 그분들의 존재 자체가 중요했어요. 소녀였을 때는 참 좋았는데, 청소년기에 이르자 다소 부담스러워지더군요. 그 무렵 어머니는 제게 중요한 존재이긴 했지만, 더 이상 기준을 제시해주지는 못했죠. 그래서 그분들이 그 역할을 맡게 됐고, 제가 관심을 가질 만한 기준이나 지침을 주지는 못했지만 늘 긴장감이 있었으니 그게 중요했어요.

「소녀와 여성의 삶」의 모녀처럼 실제로도 도시로 이사를 가진 않으셨나요?

먼로 겨울을 나기 위해 도시로 나간 적은 있어요. 어머니는 겨울 한철을 지낼 집을 빌리기로 결심하시더니, 바로 실행에 옮기셨어요. 그리고 숙녀들을 위한 파티를 열고 사교계로 슬그머니 발을 들여놓으려 했지만, 거긴 어머니가 도무지 침투할 수 있는 곳이 아니었어요. 그곳에는 이해라는 게 없었어요. 얼마 지나지 않아 아버지와 오빠들이 차지하고 있던 농장으로 돌아가던 기억이 또렷이 나요. 진흙이 집 안으로 쏟아져 들어오기라도 한 것처럼 마루 깔개의 무늬가 보이지 않더라니까요.

본인 마음에는 드는데 다른 사람들은 별로라는 이야기가 있나요? 예를 들면 남편분이 싫어하는 이야기가 있나요?

먼로 전 「오렌지 가 스케이트장의 달」을 무척 좋아했지만, 남편은 그 이야기를 좋아하지 않았어요. 그 소설은 남편이 자신의 어린 시절에 대해 들려준 이야기에서 시작됐는데, 남편은 이야기가 완전히 다르게 나올 줄 알았나 봐요. 저는 남편이 그걸 좋아할 거라고 생각했기 때문에 아무 거리낌 없이 썼죠. 그런데 남편이 그러는 거예요. "뭐, 당신 글 치고 최고는 아니야." 제 글 때문에 둘이 문제를 겪은 건 그때뿐이에요. 그 뒤로 남편은 제가 글을 마치기 전에는 읽지 않으려고 조심해요. 읽고 나서는 글이 마음에 들면 언급하지만 아예 입에 올리지 않을 수도 있죠. 그게 우리 부부가 문제를 헤쳐나가는 방식인 것 같아요.

남편분은 이곳에서, 그러니까 당신이 자란 곳과 30킬로미터도 떨어지지 않은 곳에서 자랐잖아요. 그가 들려주는 이야기나 회상이 전남편인 짐의 것보다 더 유용한가요?

먼로 아니에요. 전남편의 고향은 토론토 부근이에요. 그는 일종의 중상류층 베드타운에서 살았어요. 그곳 사람들 대부분이 토론토에서 일하는 전문직이었어요. 저는 전에 그런 계층의 사람들을 전혀 알지 못했기 때문에, 그들의 사고방식이 무척 흥미롭긴 했지만 이야깃거리가 많지는 않았어요. 아마 제가 오랫동안 강한 반감을 가진 탓에 그걸 높이 평가하지 않았는지도 몰라요. 당시 저는 좌파적인 성향이 강했거든요. 반면 제리가 들려주는 이야기들은 제가 자라면서 들어본 적 있는 이야기들이 좀 더 확장된 것이에요. 도시 소년의 삶과 농장 소녀의 삶은 아예 다르지만 말이에요. 제리의 삶에서 가장 멋진 시기는 아마 일곱 살에서 열네 살 사이였을 거예요. 그

맘때 남자아이들은 패거리로 몰려다니잖아요. 비행소년은 아니었지만, 하고 싶은 대로 하고 다닌 편이었죠. 도시 안의 하위문화랄까요. 여자아이들은 동참하지 않았어요. 우린 몇 명씩 끼리끼리 어울렸고, 자유란 건 없었죠. 그러니 제리를 통해 이 모든 걸 알게 된 게 흥미로웠답니다.

이 지역 밖에서는 얼마 동안 사셨어요?

먼로 1951년 말에 결혼해서 밴쿠버로 갔고, 그곳에서 1963년까지 살았어요. 그다음에는 빅토리아로 이사해서 서점을 열었죠. 그리고 1973년 여름에 이곳으로 돌아왔어요. 그러니 빅토리아에서는 고작 10년 살았던 셈이에요. 첫 결혼생활은 20년 했고요.

지금의 남편을 만났기 때문에 동부로 돌아오신 거예요, 아니면 일 때문인가요?

먼로 일 때문이었어요. 그리고 첫 남편과 빅토리아에서 10년 동안 살았기 때문이기도 하고요. 결혼생활은 1, 2년 동안 파탄에 이르고 있었죠. 거긴 소도시예요. 서로 속속들이 아는 친구 집단이 있는데, 결혼이 깨지면 그 환경에 그대로 머무르기가 어려워요. 떠나는 게 나을 거라 생각했어요. 하지만 그는 서점을 운영했으니 그럴 수가 없었죠. 마침 토론토 외곽의 요크 대학에서 문예창작을 가르쳐달라는 제안을 받았어요. 하지만 그 일을 오래 하진 않았죠. 그 일이 무척 싫었어요. 돈이 없었는데도 그만둬버렸어요.

소설을 가르치는 게 싫어서요?

먼로 아니에요! 그곳이 끔찍했어요. 1973년이었죠. 요크 대학은 급진적인 편이었는데도 제가 맡은 반은 온통 남학생이었어요. 여학생은 한 명뿐이었는데 거의 말을 하질 않았어요. 학생들은 당시의 유행에 따라 불가해하면서도 진부한 소재를 다루고 있었죠. 다른 것은 전혀 받아들이지 못하는 듯했어요. 이전에 갈고닦지 못했던 글쓰기에 대한 생각을 표현하는 법을 익힐 수 있어서 도움이 됐지만 학생들에게 다가가는 방법, 적이 되지 않는 방법은 알 수가 없었어요. 이제는 알 것도 같지만, 그건 글쓰기와는 아무 상관이 없어 보여요. 텔레비전에 출연하거나 클리셰cliche •를 편하게 받아들이게 해주는 훈련법에 가까웠죠. 제가 그걸 바꿀 수 있었으면 좋았겠지만 그땐 그러지 못했어요. 그 반이 아닌 여학생이 소설을 써서 가져왔는데, 무척 훌륭한 작품이었어요. 꽤 오랫동안 학생들이 쓴 좋은 글을 보지 못했던 터라 눈에 눈물이 맺혔던 기억이 나요. 그 여학생이 "어떻게 선생님 반에 들어갈 수 있나요?"라고 물었어요. 제가 얼른 대답했죠. "안 돼요! 내 반 근처에는 오지 말고, 쓴 글을 계속 가져오기만 해요." 그리고 그녀는 작가가 되었어요. 학생들 중에서 유일했죠.

캐나다도 미국과 마찬가지로 창작교실이 확산된 상황이었나요?

먼로 미국만큼은 아니었을 거예요. 이곳에는 아이오와처럼 갖춰진 게 없어요. 하지만 문예창작과에서 가르치면 경력이 생기죠. 얼마 동안은 글을 출판하지 못하는 이곳 사람들이 안타까웠어요. 그들이 버는 돈이 제가 구경할 수 있는 돈의 세 배나 된다는 사실은 중요하

• 진부한 표현이나 고정관념을 뜻하는 프랑스어로, 원래 활자를 넣기 좋게 만든 연판을 뜻하는 인쇄용어였다. 이는 19세기 말부터 별 생각 없이 의례적으로 쓰이는 문구나 기법, 혹은 편견 등 다양한 의미로 바뀌어 사용되고 있다.

게 느껴지지 않았죠.

대부분의 작품 배경이 온타리오인 것 같아요. 상황 때문에 오셨나요? 앞으로도 계속 이곳에 머무실 건가요?

먼로　이곳은 제리의 어머니 집이었고, 제리는 어머니를 돌보기 위해 이곳에서 살아왔죠. 그리고 제 아버지와 새어머니도 이 지역에 살고 계셨어요. 우린 나이든 부모님들에게 봉사할 시간이 많지 않다고 느꼈기 때문에 이곳으로 온 거예요. 그러다가 이사를 가려고 했는데, 여러 가지 이유 때문에 실행하진 못했어요. 부모님들은 오래전에 돌아가셨고, 우린 아직 여기 있어요. 이곳에 계속 머무는 이유 중 하나는 둘 다 풍경을 무척 중요하게 여기기 때문이에요. 우리에게 공통점이 있다는 건 멋진 일이죠. 그리고 제리 덕분에 전 다른 방식으로 풍경을 바라보게 되었어요. 이제 그걸 깨달았으니, 절대 떠나지 않을 거예요.

제리를 어떻게 만나셨어요?

먼로　대학에 다닐 때 제리를 알고 있었어요. 제리는 4학년이었고, 전 신입생이었죠. 그는 2차세계대전에 참전한 뒤 복학한 학생이었는데, 그 말은 우리 사이에 7년이라는 나이 차이가 있다는 뜻이죠. 저는 열여덟 살 때 그에게 홀딱 반했지만 그는 저를 전혀 눈여겨보지 않았어요. 다른 사람들을 보고 있었죠. 작은 대학이어서 우린 누가 누구인지를 거의 알았어요. 제리는 어느 소그룹의 일원이었는데, '보헤미안'이라는 말이 흔하게 쓰이던 때라 우린 그들을 보헤미안으로 불렀어요. 그 사람들은 주로 문예지에 보낼 시를 썼고, 다소 위험했고, 술을 진탕 마셔댔어요. 전 제리가 잡지와 관련이 있다고 생각했고, 첫 소설을 써서 그에게 보여주려고 마음먹었어요. 그럼 우린 대화를 나누게 될 테고, 그는 저와 사랑에 빠질 것이며, 거기서부터 모든 게 진행될 거라 여겼죠. 소설을 가져갔는데 그가 말하더군요. "편집자는 존 케언즈야. 복도 저쪽에 있어." 그게 우리의 유일한 대화였어요.

대학에 다니는 동안 그게 대화의 전부였다고요?

먼로 그래요. 제 소설이 출간되었을 때 그는 졸업하고 없었거든요. 2학년이 될 무렵 식당에서 일하고 있었는데 제리의 편지를 받았어요. 제 소설에 대한 이야기가 잔뜩 담긴 멋진 편지였어요. 제가 받은 첫 팬레터였죠. 하지만 저에 대한 이야기는 없었어요. 미모에 대한 언급이나 만나면 좋겠다는 말 따위는 전혀 없었죠. 단순한 감상문이었어요. 그 이상의 편지를 바란 저로서는 꽤나 실망스러웠죠. 한참 뒤 런던으로 돌아가 웨스턴 대학에서 일자리를 구했을 때, 그가 라디오에서 제 인터뷰를 들은 거예요. 어디에서 살고 있는지 말했고, 이제는 결혼한 몸이 아니라는 인상을 풍겼던 모양이에요. 그 뒤 그가 저를 만나러 왔어요.

20여 년이 지난 뒤에 일어난 일이죠?

먼로 아마도요. 20년도 더 지났고 그동안 우린 만난 적이 없었어요. 그는 제가 예상한 모습이 전혀 아니었어요. 그가 제게 전화를 걸어서 말하더군요. "나 제럴드 프렘린이오. 지금 클린턴에 있는데 언제 같이 점심을 먹을 수 있는지 궁금하군요." 저는 제리가 부모님을 만나러 고향에 온 모양이라고 생각했어요. 그 무렵 그가 오타와에서 일하고 있다는 얘기를 누군가에게 들어서 알고 있었거든요. 그의 아내와 아이들은 오타와로 돌아갔고, 그는 부모님을 만나러 고향에 들렀으며 옛 동문과 점심을 먹고 싶어하는 줄 알았어요. 이게 그가 나타날 때까지 제가 예상했던 내용이죠. 그가 클린턴에 살고 있으며 아내도 아이도 없다는 걸 만나서 알게 됐어요. 우린 점심 때 교직원 식당에서 마티니를 석 잔씩 마셨어요. 둘 다 긴장했던 모양이에요. 하지만 금세 편안해졌어요. 오후가 끝날 무렵엔 함께 사는 문제에 대해 이야기를 나누었으니까요. 무척 빨랐죠. 저는 웨스턴에서의 해당 학기 강의를 마무리한 뒤 클린턴으로 왔어요. 그리고 우린 그가 어머니를 돌보려고 되돌아온 집에서 함께 살기 시작했답니다.

결과적으로 글을 쓰려고 이곳에 돌아오기로 결심하신 건 아니었네요.

<u>먼로</u> 글을 쓸 생각으로 어떤 결정을 내린 적은 없어요. 글쓰기를 그만둘 생각도 해본 적 없지만요. 제 글쓰기를 유일하게 중단시킨 건 일이었어요. 제가 공개적으로 작가로 규정되고, 들어가서 일할 작업실을 받았을 때 말이에요.

그 말씀을 들으니 초기 단편인 「작업실」이 연상되네요. 글을 쓰기 위해 작업실을 빌렸는데 주인 때문에 산만해져서 결국 짐을 싸서 나온 여자 말이에요.

<u>먼로</u> 그건 실제 경험 때문에 쓰게 됐어요. 작업실을 하나 얻었는데 그곳에서는 전혀 글을 쓸 수가 없었어요. 주인이 늘 저를 괴롭혔는데 그가 괴롭히는 걸 그만둔 뒤에도 일을 할 수가 없었어요. 글을 쓰려고 계획할 때마다, 작업실을 얻을 때마다 그런 일이 일어났어요. 오스트레일리아의 퀸즐랜드 대학에서 상주 작가로 있을 때 그곳 영

문과에 작업실을 하나 갖게 됐는데 정말 화려하고 멋진 사무실이었어요. 누구도 제 소리를 듣지 못했고, 저를 보러 오는 사람도 없었어요. 어쨌든 그곳에서는 작가가 되려고 애쓰는 사람이 없었어요. 플로리다 같았죠. 사람들이 늘 비키니 차림으로 돌아다니더라고요. 시간도 넉넉했고 그 작업실에 들어가서는 가만히 앉아서 생각에 잠기곤 했어요. 하지만 어떤 것도 이루지 못했어요. 무기력할 뿐이었죠.

밴쿠버는 소재를 찾는 데 별로 도움이 되지 않았나요?

먼로   처음에는 노스 밴쿠버에, 그 뒤에는 웨스트 밴쿠버에 살았어요. 노스 밴쿠버에서는 남자들이 모두 아침에 나갔다가 밤에 돌아왔고, 종일 주부들과 아이들만 있었어요. 친목 모임이 많았고 혼자 있기가 어려웠어요. 청소와 털옷 세탁에 대해 경쟁하듯 대화를 쏟아내니 도무지 정신을 차릴 수가 없었어요. 아이가 하나였을 땐 커피 파티를 피하려고 아이를 유모차에 태운 채 몇 킬로미터씩 걷기도 했어요. 제가 자란 문화보다 훨씬 편협하고 위압적인 분위기였어요. 많은 것들이 금지되었지요. 허락된 오락과 의견, 여성스러운 방식만이 이어지면서 생활이 무척 엄격하게 관리됐어요. 유일한 배출구는 파티에서 다른 사람들의 남편과 시시덕거리는 것뿐이었어요. 진짜 감정이라고 할 만한 것이 나타나는 건 오직 그때뿐이었어요. 남자들과 교류할 유일한 기회, 조금이라도 현실적인 기회는 제가 보기에 성을 부각하는 것뿐이더라고요. 그렇지 않으면 남자들은 대개 여자에게 말을 걸지 않았고, 혹시 말을 걸더라도 굉장히 고압적인 태도였어요. 대학교수나 그 비슷한 부류의 사람들을 만나곤 했는데, 그들이 말하는 내용에 대해 제가 아는 체를 했다면 그건 용납될 만한 대화로 여겨지지 않았을 거예요. 남자들은 여자가 이야기하는 걸 싫어했고, 여자들도 마찬가지였어요. 그러니 여자들은 가장 효과적인 다이어트 방법이나 털옷을 손질하는 비법에 대해 수다 떠는 게 주된 일상이었어요. 전 주로 산악인의 아내들과 어울렸는데, 그게 너무 싫었기 때문에 그 경험을 도무지 글로 쓸 수 없었어요. 그러다 웨스트 밴쿠버에 갔는데 다양한 사람들로 이루어진 도시 근교였어요. 젊은 부부들만 있었던 건 아니지만 그곳에서 훌륭한 친구들을 사귀었어요. 우린 책이나 스캔들에 대해 이야기했고 여고생들처럼 툭하면 웃음을 터뜨렸어요. 그건 쓰고 싶지만 아직 쓰지 않은 이야기예요. 젊은 여성들로 구성된 체제 전복적인 집단으로, 모두가 서로를 살아 있게 해주었지요. 하지만 빅토리아로 가서 서점을 연 것이야말로 그때까지 일어난 일 중 최고로 멋진 일이었어요. 그게 대단했던 이유는 거기 사는 정신 나간 사람들이 죄다 서점으로 들어와 우리에게 말을 걸었기 때문이에요.

서점을 열 생각을 어떻게 하시게 됐나요?

<u>먼로</u> 전남편은 그 도시의 큰 백화점인 이튼스를 다니고 있었는데 그만두고 싶어했어요. 그가 어떤 사업을 시작하면 좋을지 둘이 얘기를 나누다가, 서점을 열면 제가 도울 수 있을 거라고 말했지요. 주변 사람들은 우리가 실패할 거라고 생각했어요. 물론 그럴 뻔했지요. 당시에 두 딸이 학교에 다니고 있던 터라 저는 서점에서 일할 수 있었어요. 첫 번째 결혼생활 중 가장 행복한 시절이었어요.

결혼생활이 지속되지 않을 거라는 느낌이 늘 있었나요?

먼로 저는 빅토리아 시대의 딸과 비슷했어요. 주변의 압박을 피할 탈출구가 결혼이라고 생각한 거죠. '아, 이 문제를 매듭지어야겠어. 결혼하면 저들은 날 괴롭히지 못할 거고, 그러면 사람답게 살 수 있을 거야. 내 삶을 다시 시작할 거야.' 글을 쓰고, 안정을 찾고, 중요한 일에 집중하기 위해 결혼했던 것 같아요. 지금은 가끔 그 시절을 돌아보면서 '내가 참 매몰찬 아가씨였구나.'라고 생각해요. 지금의 저는 그때보다 훨씬 관습적인 여자예요.

예술가라면 어느 정도는 매몰차야 하지 않나요?

먼로 여자의 경우는 그렇지 않아요. 제 아이들에게 전화를 걸어 말하고 싶어요. "정말 괜찮니? 엄마는 그럴 뜻이 아니었단다." 당연히 아이들은 노발대발하겠죠. 그 말에는 아이들이 일종의 망가진 상품이라는 뜻이 담겨 있으니까요. 저의 어떤 부분은 아이들 곁에 없었는데 아이들은 그런 것을 간파하잖아요. 아이들을 방치한 건 아니지만 온전히 집중하지 못했어요. 큰딸이 두 살 무렵 타자기 앞에 앉아 있는 제게 다가왔는데, 한 손으로 그 애를 툭툭 치며 다른 곳으로 보내고 다른 손으로 타자를 치곤 했어요. 그 애에게 그 이야기를 털어놨지요. 제게 가장 중요한 것에 딸아이가 적의를 품게 했으니 나쁜 행동이었어요. 전 모든 걸 거꾸로 한 것 같아요. 아이들이 어리고 저를 간절히 필요로 했을 때는 완전히 일에 쫓기는 작가였어요. 그런데 아이들이 저를 전혀 필요로 하지 않는 지금은 그 애들을 그 어느 때보다 더 사랑해요. 집 주위를 서성거리며 '한때는 가족 저녁 식사를 참 많이 했었지.'라고 생각하곤 하죠.

첫 책으로 총독상을 수상하셨는데, 미국의 퓰리처상과 비슷한 상이지요. 미국에서는 첫 책으로 그런 큰 상을 받는 경우가 아주 드물어요. 그런 일이 생기면 그 뒤로 작가 활동이 어려워지는 경우가 많던데요.

먼로　저는 어리지 않았어요. 하지만 힘들긴 했죠. 1년 정도는 어떤 것도 쓸 수 없었는데 장편소설을 써내야 한다는 생각 때문에 마음이 바빴거든요. 하지만 에이미 탄*의 첫 책처럼 모두의 입에 오르내리는 대단한 베스트셀러를 썼다는 부담감은 없었어요. 제 책은 판매량이 형편없었을 뿐만 아니라 총독상을 받은 책인데도 사람들이 알지 못하더라고요. 서점에 가서도 그 책을 쉽게 찾을 수 없었어요.

평론을 중요하게 여기시나요? 평론에서 뭔가를 배운 적이 있다고 생각하세요? 평론 때문에 상처받은 적은요?

먼로　중요하게 생각하긴 하지만 평론에서 많은 걸 배울 수는 없죠. 그럼에도 꽤 큰 상처를 받을 수 있지요. 혹평을 보면 공개적으로 굴욕을 당한 기분이 들죠. 실제로는 중요하게 여기지 않더라도, 야유 속에서 퇴장하느니 박수를 받는 편이 낫죠.

성장기에 책을 많이 읽으셨어요? 영향을 받은 작품이 있다면요?

먼로　서른 살이 될 때까지 독서는 제 삶이었어요. 책 속에서 살고 있었죠. 미국 남부의 작가들은 저를 진정으로 감동시킨 최초의 작가들이에요. 소도시와 시골 사람들, 그리고 제가 잘 아는 종류의 삶에 대해 쓸 수 있다는 걸 알려주었으니까요. 하지만 그들과 관련해 흥미를 끈 부분은, 그때는 자각하지 못했지만 제가 정말 좋아했던 남부 작가들이 모두 여성이라는 점이었어요. 포크너는 썩 좋아하진 않았어요. 유도라 웰티, 플래너리 오코너, 캐서린 앤 포터, 카슨 매컬러스에 열광했죠. 여성이 기묘한 것에 대해, 주변부에 대해 쓸 수 있다는 느낌을 주었어요.

지금껏 써오신 것이기도 하죠.

먼로   맞아요. 그게 제 영역이라고 생각하게 됐어요. 반면 실생활을 다루는 거창한 주류 장편은 남성 작가의 영역이었죠. 어떻게 주변부에 있다는 느낌을 갖게 됐는지는 모르겠어요. 그곳으로 떠밀린 건 아니에요. 아마 변두리에서 자란 탓이겠죠. 위대한 작가들의 작품을 읽으면 배척당하는 느낌이 들었는데 원인이 뭔지는 정확히 몰랐어요. D. H. 로런스를 처음 읽었을 때 굉장히 심란했지요. 여성성에 대한 작가들의 관점 때문에 심란할 때가 많았어요.

무엇 때문에 심란했는지 꼬집어 표현해주실 수 있나요?

먼로   '내가 다른 작가들이 다루는 대상이라면 과연 작가가 될 수 있을까?' 그런 심정이었죠.

마술적 사실주의는 어떻게 생각하세요?

먼로   마르케스의 『백년 동안의 고독』을 좋아했어요. 좋아했지만 흉내 낼 순 없었죠. 쉬워 보이지만 그렇지 않아요. 개미 떼에 잡아먹히는 아기, 공중부양 하는 처녀, 족장이 죽었을 때 내린 꽃비는 정말

• 1952년 캘리포니아 오클랜드에서, 중국에서 이민 온 부모 사이에서 태어났다. 1989년 발표한 첫 소설 『조이 럭 클럽』은 그해의 「뉴욕 타임스」 베스트셀러로 선정되었고, 세계 여러 언어로 번역되어 수백만 부가 팔렸다.

멋져요. 멋지지만 제대로 해내기 어렵다는 점에서 윌리엄 맥스웰의
『안녕, 내일 만나』와 비슷한데, 개가 등장인물이에요. 맥스웰은 진부
할 수 있는 주제를 다루지만 그걸 아주 세련되게 만들어요.

최근 쓰신 단편들 가운데 일부는 방향이 바뀐 것처럼 보이던데요.

먼로 5년 전쯤 『어린 시절의 친구』에 실린 단편들을 쓰는 중이었는
데, 대체현실로 이야기를 꾸며보고 싶었어요. 하지만 그 생각을 뿌
리쳤죠.「환상특급」* 같은 부류가 될까 봐 걱정스러워서요. 아시겠
지만 아무 쓸모없는 얘기잖아요. 전 그게 두려웠어요. 하지만「휩쓸
리다」를 썼고, 그 글을 계속 만지작거리면서 결국 기묘한 결말을 썼
어요. 어쩌면 나이와 상관이 있을지 몰라요. 일어날 가능성이 있는
일뿐 아니라 실제로 일어난 일에 대한 인식 또한 바뀌거든요. 저 자
신의 삶도 일관성 없는 현실로 가득하고, 다른 사람들의 삶도 마찬
가지예요. 그 점이 장편을 쓰지 못했던 이유 중 하나였죠. 살면서 상
황이 일관되게 맞아떨어지는 걸 본 적이 없으니까요.

자신감은 어떤가요? 세월이 지나며 변했나요?

먼로 글쓰기에는 늘 자신감이 있었는데, 그저 둔한 탓에 자신감이
생겼다는 생각이 들어요. 저는 주류와 동떨어진 채 살았기 때문에
여성이 남성만큼 쉽게 작가가 될 수 없다는 사실, 하층 출신도 마찬
가지라는 사실을 인식하지 못했어요. 책 읽는 사람을 거의 만나기
어려운 마을에서 자신이 글을 꽤 잘 쓴다는 사실을 알게 되면, 그게
무척 드문 재능이라고 생각하는 게 당연하죠.

참 능수능란하게 문단을 멀리하셨잖아요. 의식적으로 그러셨나요, 아니면 상황 때문이었나요?

먼로 분명 오랫동안은 상황 때문이었지만, 그 뒤로는 선택의 문제가 되었어요. 전 친절하긴 하지만 사교성은 좋지 않아요. 여자라서, 주부이고 엄마라서 시간을 아끼고 싶었어요. 그리고 문단을 멀리하지 않았다면 자신감을 잃어버렸을 거예요. 제가 이해할 수 없는 너무 많은 이야기를 들었을 테고요.

그럼 주류에서 동떨어진 걸 다행으로 여기셨어요?

먼로 그렇지 않았다면 제대로 살아남지 못했을 거라고 말하고 싶어요. 제가 어떤 일을 하고 있는지 저보다 훨씬 많이 알고 있는 사람들, 그것에 대해 끊임없이 말하는 사람들과 함께 있었다면 자신감을 잃어버렸겠죠. 저보다 문학적 기반이 더 견고하다고 자신 있어 하는 사람들 말이에요. 작가들에 대해 말하기란 몹시 어려운 일이에요. 대체 누가 자신만만할 수 있겠어요.

당신이 자란 공동체는 당신의 직업을 만족스러워하나요?

먼로 여기저기에 단편이 실렸다는 사실이 알려졌지만 제 글은 빛을 보지 못했어요. 고향에서는 잘 전달되지도 않았죠. 섹스, 상소리, 불가해성, 삶에 대한 뒤틀리고 내성적인 관점, 어그러진 성격이 투영되었다 등등. 지역신문이 저에 대한 사설들을 실었는데, 그때는 아

• 환상, SF, 호러, 미스터리가 주를 이루는 미국 텔레비전 프로그램으로, 높은 인기와 상업적 성공을 거두었다. 이후 수많은 영상물에 영향을 미쳤고, 문학계에 '환상특급문학'이라는 장르가 생겨날 정도였다.

버지가 돌아가신 뒤였어요. 아버지가 살아계셨다면 그렇게 쓰지는 않았을 거예요. 누구나 아버지를 좋아했으니까요. 아버지를 존경했기 때문에 모두가 목소리를 죽였던 거죠. 하지만 돌아가신 뒤에는 상황이 달라졌어요.

하지만 아버님은 당신의 작품을 좋아하셨죠?

먼로 맞아요. 그리고 무척 자랑스러워하셨어요. 돌아가시기 얼마 전에 책을 쓰셨는데 사후에 출간되었죠. 남서부 내륙의 개척자 가족에 대한 소설이에요. 시간적 배경이 아버지가 태어나기 직전에 시작해 아버지가 어린이일 때 끝나는 구성이었어요. 작가적 재능을 엿보기에 충분한 작품이었어요.

한 단락 인용해주실 수 있나요?

먼로 본인보다 좀 더 앞서 살았던 주인공 소년이 학교가 어떤 곳이었는지를 묘사한 부분이에요. "다른 벽에는 빛바랜 갈색 지도들이 붙어 있었다. 몽골처럼 흥미로운 장소, 여기저기 흩어진 거주민들이 양가죽 외투 차림으로 조랑말을 타고 다니는 장소가 눈에 들어왔다. 아프리카의 가운데 부분은 공백이었고, 입을 딱 벌린 악어들과 거대한 발로 흑인들을 제압하는 사자들만 그려져 있었다. 정중앙에서는 스탠리가 리빙스턴을 맞이하고 있었는데, 둘 다 낡은 모자를 쓰고 있었다."

아버님의 소설에서 당신의 삶이 조금이라도 느껴졌나요?

먼로 제 삶보다는 제 문체가 많이 느껴졌어요. 시각 말이에요. 우리에게 공통점이 있다는 걸 알고 있었기 때문에 놀랍지는 않았어요.

어머님은 돌아가시기 전에 당신의 작품을 읽으셨나요?

<u>먼로</u> 어머니는 섹스와 상소리 때문에 제 작품을 좋아하지 않으셨을 거예요. 살아계셨다면 전 출판하기 위해서 가족과 대판 싸우고 절연해야 했을 거예요.

절연하셨을 거라고요?

<u>먼로</u> 제 생각엔 그래요. 말씀드렸듯이 그때 저는 지금보다 매몰찼으니까요. 지금 어머니를 그리워하며 느끼는 다정함을 예전에는 느끼지 못했어요. 제 딸들이 저에 관한 글을 쓴다면 기분이 어떨지 모르겠어요. 그 애들은 자신의 어린 시절을 다룬 첫 소설을 쓸 만한 나이가 되었지요. 자녀의 소설에 등장하는 건, 끔찍하지만 거쳐야 하는 경험이 분명해요. 사람들은 평론에다 가난을 부각하면서 아버지가 지저분한 여우 농장 농부였다느니 하면서 상처가 될 말을 아무렇지 않게 쓰더군요. 어느 페미니스트 작가는 『소녀와 여성의 삶』에 실린 「나의 아버지」를 직접적이고 자전적인 이야기라고 해석했어요. 저를 '무책임한 아버지' 때문에 비참한 환경에서 빠져나온 사람으로 만들었지요. 그 사람은 캐나다 대학의 교수였는데, 너무 화가 나서 그 교수를 고소할 생각까지 했어요. 미치도록 화가 났어요. '난 이렇게 성공했으니 아무래도 괜찮아. 하지만 아버지가 잘못한 건 아무것도 없어. 그냥 내 아버지였다는 것뿐이야. 지금은 돌아가셨는데, 내가 쓴 소설 때문에 무책임한 아버지로 알려져야 하는 거야?' 그러다 그 교수가 완전히 다른 경제적 세계에서 자란 젊은 세대를 대변한다는 사실을 깨달았어요. 그들은 어느 정도의 복지를 누리고

있어요. 노인의료보험제도 말이에요. 그들은 병이 한 가족에게 일으킬 수 있는 참사 같은 걸 몰라요. 경제적 위기 같은 건 겪어보지도 않았죠. 그들은 가난한 가족을 보고는 그게 선택의 문제라고 생각해요. 더 나은 자신이 되려고 하지 않는 건 무책임한 행동이고 어리석인 짓이라고 생각하죠. 저는 실내화장실이 없는 집에서 자랐는데, 그 세대에게는 정말 오싹하고 지저분한 환경이죠. 하지만 그리 지저분하지 않았어요. 낭만적이기도 했어요.

일과에 대해 여쭤보지 않았네요. 실제로 글을 쓰는 시간이 얼마나 되나요?
먼로 매일 아침, 일주일에 7일 글을 써요. 8시에 시작해서 11시쯤 마무리해요. 그런 다음 그날 해야 할 나머지 일을 처리하지요. 다만 마지막 원고를 쓰는 중이거나 계속 진행하고 싶은 작업이 있으면 달라져요. 그럴 때는 잠깐씩만 쉬고 종일 쓰죠.

꼭 참석해야 하는 행사가 있어도 그 일과를 엄격하게 지키세요?
먼로 강박적이라 작업 할당량이 있어요. 어떤 날 어딘가 가야 한다는 걸 알면, 빠지는 만큼의 분량을 미리 써놓죠. 자칫하면 흐름을 놓치기 때문에 너무 많이 밀리게 두진 않아요. 나이 드는 것과 상관이 있어요. 이런 것에 강박관념을 갖게 되거든요. 날마다 얼마나 걸었는지도 강박적일 정도로 신경 쓰죠.

얼마나 걸으세요?
먼로 하루에 5킬로미터. 걷기를 하루 걸러야 한다는 걸 알면 보충해둬야 해요. 아버지가 같은 증상을 겪는 모습을 지켜봤어요. 이 모든 의식과 일과를 지키면 어떤 것도 나를 해칠 수 없다는 생각으로 스스로를 보호하는 거죠.

다섯 달 정도 시간을 들여 단편을 하나 완성한 뒤, 휴식기를 가지세요?

먼로 바로 다음 작품으로 들어가요. 아이들이 곁에 있고 맡은 일이 더 많았을 때는 그러지 않았는데, 요즘에는 멈춘다고 생각하면 겁이 나요. 일단 멈추면 영원히 멈춰야 할 것 같거든요. 처리하지 못한 아이디어들이 아직 남아 있어요. 하지만 쓸모 있는 아이디어가 아니고, 단순한 기법이나 기술도 아니죠. 저는 설렘과 믿음 같은 게 없으면 일을 할 수가 없어요. 그런 게 약해지지 않고 고갈되지도 않던 시절이 있었죠. 이제는 변화가 좀 생겨서 그걸 잃으면 어떻게 될지 생각해보곤 하는데 정확히 뭔지 표현할 수조차 없네요. 지금 쓰는 이야기의 본질에 완전히 민감해지는 게 아닐까 싶기도 해요. 이야기가 잘 풀릴지 아닐지, 그런 것과도 관련이 없어요. 노년에 일어나는 일은 예상치 못한 방식으로 흥미가 그냥 사라져버릴 수 있는데, 삶에 흥미와 책임을 강하게 느꼈던 사람들에게 일어나는 일이기 때문이죠. 이건 다음 끼니를 먹기 위해 사는 것과 관련된 문제예요. 여행을 하다 보면 식당에 있는 중년들의 얼굴에서 그게 보여요. 제 나이대 사람들, 중년이 끝나고 노년이 시작되는 사람들 말이에요. 그게 보이기도 하고, 달팽이처럼 느껴지기도 해요. 관광지를 바라보며 킬킬거리는 웃음 같은 것에서. 상황에 반응하는 능력이 어떤 면에서 차단되고 있다는 느낌이에요. 이제는 그게 가능성이라고 느껴져요. 관절염이 생길 가능성과 비슷하죠. 운동을 하면 관절염이 생기지 않겠죠. 모든 걸 잃을 가능성, 전에 삶을 가득 채웠던 것들을 잃을 가능성을 이제는 좀 더 의식하고 있어요. 그런 일이 일어나지 않도록 계속 움직이며 운동하는 게 중요하겠죠. 이야기에는 이야기를 실패하게 하는 부분들이 있어요. 제가 말하려는 건 그게 아니에요. 이야기는 실패할 수 있지만 이야기를 쓰는 행위가 중요하다는 믿음은 실패하지 않아요. 노년이 되면 해볼 만한 일이 있다는 느낌을 잃어버리고 벽장에 숨어 있는 짐승처럼 될 수 있다는 점에서 위태롭다고 생각해요.

예술가들은 마지막 순간까지 일하는 것처럼 보이니까 사람들은 의아하게 생각할 수 있어요.

먼로 그렇게 일할 수도 있다고 생각해요. 그러려면 좀 더 각성해야겠지요. 20년 전이라면 믿음이나 열정을 잃는다는 생각은 절대 할 수 없었을 거예요. 더 이상 사랑에 빠지지 않게 된 것과 비슷해요. 하지만 그건 참을 수 있어요. 사랑에 빠지는 건 필수적이진 않으니까요. 그게 제가 계속 글을 쓰는 이유인 듯해요. 전 하루도 멈추지 않아요. 매일 걷는 것과 마찬가지죠. 이제는 운동을 하지 않으면 몸이 일주일 만에 탄력을 잃어버리거든요. 늘 경계해야 한답니다. 물론 글쓰기를 포기하더라도 문제가 되진 않을 거예요. 제가 두려운 건 글쓰기를 포기하는 게 아니라 글을 쓰게 만드는 이 모든 설레는 느낌을 포기하는 거지요. 불가피하게 일을 할 수 없게 되면 대부분의 사람은 뭘 할까, 그게 궁금해요. 은퇴한 뒤 강좌를 수강하고 취미를 갖게 된 사람들조차 공허감을 없애줄 뭔가를 찾게 돼요. 저 또한 그렇게 되는 게 두려워요. 삶을 채우기 위해 제가 갖고 있었던 것은 오직 글쓰기뿐이었어요. 다양한 방식으로 사는 법을 배우지 못했어요. 제가 상상할 수 있는 다른 삶은 오직 학자의 삶뿐인데, 그것조차 제가 이상화했을 거예요.

다른 삶도 많아요. 목적을 계속 찾아가는 삶이 아니라 단일한 목적을 추구하는 삶 말이에요.

<u>먼로</u> 우린 골프를 치러 가고, 정원도 가꾸고, 사람들을 저녁 식사에 초대하기도 해요. 하지만 결국 이런 생각이 들어요. '글쓰기를 멈추면 어떻게 될까? 글이 더 이상 나오지 않게 된다면?' 그렇다면 다른 것을 배우기 시작해야겠죠. 제 생각에 소설을 쓰다가 비소설을 바로 쓸 수는 없어요. 비소설을 쓰는 건 그 나름대로 어려워서 아예 새롭게 배워야 해요. 하지만 노력해볼 수는 있겠죠. 책을 구상하려고 두 번 정도 시도해봤어요. 사람들이 가족에 대해 쓴 글을 모은 책이죠. 하지만 책의 뼈대, 중심을 설정하지 못했어요.

『그랜드 스트리트 리더』[*]에 실린 수필 「생계를 위해 일하기」는 어떤가요? 회고록처럼 읽던데요.

<u>먼로</u> 맞아요. 수필집을 만들어 그 글을 넣고 싶어요.

윌리엄 맥스웰은 『선조들』에서 그런 식으로 자기 가족에 대한 글을 썼지요.

<u>먼로</u> 제가 무척 좋아하는 책이에요. 맥스웰은 활용할 소재가 풍부할 뿐만 아니라 소재에 적합한 방식으로 글을 잘 다뤘죠. 사회적으로 문제가 되었던 사건에 가족사를 결부하는 방식 말이에요. 맥스

• 문학 계간지 『그랜드 스트리트』에 실린 작품들을 모아 발간한 문학선집.(역자 주)

웰은 1800년대 초에 전국을 휩쓴 종교부흥 운동을 결부해 자신의 이야기를 썼는데, 저는 그것에 대해 전혀 몰랐어요. 미국이 겉보기와는 달리 사실상 신을 믿지 않는 나라였다는 것, 그리고 갑자기 전국에서 사람들이 발작을 일으키며 쓰러지기 시작했다는 걸 몰랐죠. 정말 대단하죠. 그런 소재를 알게 되면 책을 갖게 되는 거예요. 책을 쓰는 데 시간은 좀 걸리겠죠. 그런 작업을 해야겠다는 생각을 계속 하고 있어요. 그런데 어떤 이야기에 대한 아이디어가 떠오르면, 다른 무엇보다 그 이야기가 한없이 중요하게 보여요. 고작 단편 하나인데도 말이에요. 『뉴요커』에 실린 인터뷰를 보니 윌리엄 트레버*도 비슷한 말을 했더군요. 아이디어가 떠오른 뒤에는 또 다른 이야기가 다가와서 삶이 어떻게 진행되어야 하는지를 알려준답니다.

---

* 아일랜드 출신 작가로, 인물 묘사와 아이러니를 구사하는 기교가 뛰어나다고 평가받는다. 대표작으로 『올드 보이즈』가 있고, 해마다 노벨 문학상 후보로 거론된다.

진 매컬러 Jeanne McCulloch 브라운 대학교에서 영문학을 전공했다. 1984년부터 1996년까지 『파리 리뷰』에서 근무한 것을 비롯해 오랫동안 책과 잡지를 만들었다. 지금은 프리랜서로 활동하고 있다.

모나 심슨 Mona Simpson 1957년 위스콘신 주에서 태어난 후 십 대에 로스앤젤레스로 갔다. 아버지는 시리아에서 이민했고 어머니는 밍크 농가의 딸로, 심슨이 가족 중 대학을 간 첫 번째 사람이다. 대학원을 다니면서 첫 단편소설을 발표했고, 뉴욕에 머물면서 『파리 리뷰』의 편집자로 일했다. 작품으로 『이곳이 아니면 어디라도』가 있다.

주요 작품 연보

『행복한 그림자의 춤』Dance of the Happy Shades, 1968

『소녀와 여성의 삶』Lives of Girls and Women, 1971

『내가 너에게 말하려 했던 것』Something I've Been Meaning to Tell You, 1974

『너는 네가 누구라고 생각해?』Who Do You Think You Are?, 1978

『사랑의 경과』The Progress of Love, 1986

『어린 시절의 친구』Friend of My Youth, 1990

『공공연한 비밀』Open Secrets, 1994

『착한 여자의 사랑』The Love of a Good Woman, 1998

『미움, 우정, 구애, 사랑, 결혼』Hateship, Friendship, Courtship, Loveship, Marriage, 2001

『런어웨이』Runaway, 2004

『너무 많은 행복』Too Much Happiness, 2009

『디어 라이프』Dear Life, 2012

질주하는 천재의 냉철한 두뇌

트루먼 커포티
TRUMAN CAPOTE

트루먼 커포티 미국, 1924. 9. 30.~1984. 8. 25.

———

미국에서 가장 사랑받는 소설가로, 살아생전 책으로 백만장자가 된 몇 안 되는 스타 작가다. 오드리 헵번 주연의 「티파니에서 아침을」과 최고의 범죄소설이자 최초의 논픽션 소설로 평가받는 「인 콜드 블러드」로 유명하다.

1924년 미국 뉴올리언스에서 태어났다. 부모가 이혼하면서 친척집을 전전하면서 자랐다. 불우한 어린 시절을 보낸 커포티는 작가가 되기 위해 대학을 포기하고 『뉴요커』에서 사환으로 일하며 소설을 습작한다. 1945년 단편 「미리엄」이 『마드무아젤』에 실리고, 초기에 쓴 많은 단편이 대중잡지와 문예지에 실리면서 문단과 대중의 관심을 동시에 받게 된다.

1948년 단편 「마지막 문을 닫아라」로 오 헨리 상을 수상했다. 같은 해 출간한 첫 장편 『다른 목소리, 다른 방』은 독특한 성장소설로, 「뉴욕 타임스」 베스트셀러에 올랐다. 1951년에 발표한 두 번째 장편 『풀잎 하프』는 연극과 영화로 제작되어 대중적으로 큰 인기를 누렸다. 오드리 헵번 주연의 영화로 만들어진 『티파니에서 아침을』로 유명세를 더하며 세계적 작가의 반열에 들었다. 무라카미 하루키는 「마지막 문을 닫아라」의 한 문장을 염두에 두고 『바람의 노래를 들어라』의 제목을 정할 정도로 커포티에게 영향을 받았다고 이야기한 바 있다. 1959년에 일어난 살인사건을 재구성한 『인 콜드 블러드』는 '최초의 논픽션 소설'이자 '최고의 범죄 소설'로 평가받는다.

빼어난 글솜씨뿐만 아니라 재치 있는 언변으로 사교계 파티를 누볐다. 마릴린 먼로, 프랭크 시나트라, 앤디 워홀 등과 교류하면서 당대 예술가들의 사랑을 받았고, 스타 작가로서 화려한 삶을 살았지만 약물과 알코올 중독으로 생을 마감했다.

커포티와의 인터뷰

패티 힐

> 응접실은 빅토리아풍으로, 미술품과 커포티가 아끼는 물건들로 가득했다.
> 모든 것이 반질반질한 탁자와 대나무 책장에 질서 있게 배열된 탓에,
> 약삭빠른 소년의 주머니에 든 물건들이 연상되었다.

트루먼 커포티는 브루클린 하이츠에 자리 잡은 크고 노란 집에 살고 있는데, 그가 하는 작업의 전반적 특색이기도 한 품위와 우아함으로 최근에 새롭게 단장한 곳이다. 내가 집에 들어갔을 때 그는 막 도착한 나무 상자 속에 머리를 집어넣고 있었는데, 거기에는 나무로 만든 사자가 들어 있었다.

"이거 봐요!" 그가 마구 뒤섞인 톱밥과 대팻밥 사이에서 뭔가를 잡아당기자 멋진 자태가 드러났다.

"이렇게 멋진 걸 본 적 있어요? 보자마자 사버렸지요."

"크네요. 어디에 두시려고요?"

"물론 벽난로에 둬야지요. 자, 이 난장판을 치울 사람을 부르는 동안 응접실로 가 계시지요."

응접실은 빅토리아풍으로, 미술품과 커포티가 아끼는 물건들로

가득했다. 모든 것이 반질반질한 탁자와 대나무 책장에 질서 있게 배열된 탓에, 약삭빠른 소년의 주머니에 든 물건들이 연상되었다. 러시아에서 가져온 부활절 황금 달걀, 낡은 철제 개, 파베르제*의 환약통, 구슬, 푸른빛의 도자기 과일, 서진, 배터시** 상자, 그림엽서, 낡은 사진. 요약하자면 세계를 탐험하던 시절에 유용했으리라 여겨지는 것들이 놓여 있었다. 언뜻 보기에 주인인 커포티와 잘 어울렸다. 작은 몸집과 금발, 고집스럽게 눈 위로 흘러내리는 앞머리에다 웃음은 돌발적이고 밝다. 솔직한 호기심과 호의로 사람을 대한다. 무엇에든 깜빡 속아 넘어갈 것처럼 순진해 보이지만 그의 눈을 속이기란 어려울 것이다. 어쩌면 시도조차 하지 않는 게 더 나을 거라는 느낌을 주는 구석이 있다.

복도에서 버석거리는 소리가 나더니 커포티가 들어왔고, 얼굴이 희고 몸집이 큰 불도그가 뒤따랐다.

"이 녀석은 벙키입니다."

벙키는 내 몸 곳곳에 코를 대며 킁킁거렸고, 우리는 자리에 앉아 인터뷰를 시작했다.

• 보석 세공의 명장이자 유럽 장식미술의 최고 거장.
•• 18세기 영국산 에나멜 도기 가운데 제일로 치는 제품.

She spent entire days slopping
about in her tiny, sweatbox kitchen
(José says I'm a fabulous cook.
Better than the Colony. Who would
have thought I had such a great
natural talent. A month ago I couldn't
scramble eggs.") And she still
couldn't, for that matter. The simpler
dishes, steak, a proper salad, were
beyond her; instead, she fed José
outré soups (brandied black Terrapin
poured into avocado shells), dubious
innovations (chicken and rice served with
a chocolate sauce: An East Indian ~~dfghhm~~
specialty, darling."), Memorish novelties

트루먼 커포티의 『티파니에서 아침을』의 원고 중 한 페이지.

트루먼 커포티

×

패티 힐

언제부터 글을 쓰기 시작하셨나요?

트루먼 커포티 열 살이나 열한 살 무렵, 앨라배마 주 모빌 근처에 살았을 때였지요. 토요일마다 치과 치료를 받기 위해 읍내로 가던 시절이었는데, 「프레스 레지스터」Press Register 가 조직한 '선샤인 클럽'에 가입했지요. 그 신문에는 아동 면이 있어서 글쓰기와 그림 실력을 겨룬 다음, 토요일 오후마다 니하이(과일 향이 나는 소다수)와 콜라를 주는 파티를 열어줬어요. 한번은 단편소설 쓰기 대회가 열렸는데, 상품이 조랑말 아니면 개였죠. 어느 쪽인지는 잊어버렸지만 아무튼 그게 탐이 났어요. 나쁜 짓을 하고 다니던 몇몇 동네 아이들의 소행을 진작부터 알고 있던 터라, '올드 비지바디• 씨'라는 실화소설을 써서 대회에 응모했어요. 어느 일요일, '트루먼 스트렉퍼스 퍼슨스'라는 제 본명과 함께 첫 회가 신문에 실렸지요. 그런데 제가 동네의 스캔들을 소재로 소설을 썼다는 걸 누군가 알게 되었을 뿐인데, 2회는 실리지 못했어요. 당연히 상품도 못 받았죠.

그때 작가가 되고 싶다는 사실을 확신하셨나요?

커포티 작가가 되고 싶은 '마음'을 깨달았죠. 하지만 열다섯 살이 될 때까지는 확신하지 못했어요. 그 무렵 소설을 써서 대중잡지와 문학지에 보내기 시작했어요. 작가라면 누구나 처음으로 원고가 받아들여진 때를 잊지 못해요. 저는 열일곱 살이던 어느 멋진 날, 첫 번째와 두 번째 그리고 세 번째 원고가 동시에 수락을 받았답니다. 모두 같은 날 아침 우편으로 말이에요. 설레서 현기증이 난다는 말은 절대 입에 발린 문구가 아니에요.

가장 먼저 무엇을 쓰셨나요?

커포티 단편소설이에요. 제 지칠 줄 모르는 야심이 단편 주위를 맴돌고 있었지요. 단편은 현존하는 산문 중 가장 어려우면서 절제된 형태라고 생각해요. 꾸준하게 단편을 쓰면서 통제력과 기법을 훈련할 수 있었지요.

'통제력'이란 정확히 무슨 뜻인가요?

커포티 문체나 감정 측면에서 소재에 대한 우위를 유지한다는 뜻입니다. 뻔한 말은 집어치우라고 하시겠지만 특히 마무리를 할 때 문장의 리듬을 잃어버리게 되면 이야기가 난파될 수 있다고 생각해요. 단락을 잘못 나누거나 심지어 구두점 때문에도 그런 일이 생기지요.

• busybody, 참견하기 좋아하는 사람.(역자 주)

헨리 제임스는 세미콜론의 거장*이고, 헤밍웨이는 단락을 나누는 실력이 으뜸이지요. 청각이라는 관점에서, 버지니아 울프는 나쁜 문장을 쓴 적이 없습니다. 제가 제대로 하고 있다는 뜻은 아니에요. 그저 노력할 뿐이죠.

단편소설 기법을 터득할 수 있는 방법은 뭘까요?

커포티   이야기마다 나름의 기술적인 문제가 있으니, 분명 '2곱하기 2는 4'와 같은 기준으로 일반화할 수는 없어요. 자신의 이야기에 알맞은 형식을 찾는다는 뜻은, 그저 이야기를 들려줄 가장 '자연스러운' 방법을 깨닫는다는 말이에요. 작가가 자신의 이야기에 맞는 자연스러운 형식을 직감으로 알았는지 아닌지를 알아보려면 이렇게 하면 돼요. 작품을 읽은 다음 그 이야기를 다르게 상상할 수 있는지, 아니면 상상력이 잠잠해지며 그 이야기가 절대적이며 최종적이라는 느낌이 드는지 생각해보면 돼죠. 오렌지는 최종적이죠. 오렌지는 자연이 제대로 완성한 것이니까요.

기법을 향상하기 위해 쓸 수 있는 방법이 있나요?

커포티   제가 아는 유일한 방법은 노력입니다. 그림이나 음악처럼 글에도 관점의 법칙, 빛과 그림자의 법칙이 있어요. 그것을 알도록 타고났다면 좋겠지만, 그렇지 않다면 배워야지요. 배우고 익힌 다음에는 자신에게 맞도록 법칙을 조정해야지요. 우리가 극도로 외면하는 작가인 제임스 조이스마저도 훌륭한 기술자였습니다. 그가 『율리시스』를 쓸 수 있었던 것은 단편집인 『더블린 사람들』을 쓸 수 있었기 때문이지요. 꽤 많은 작가들이 단편소설 쓰는 것을 손가락 운동쯤으로 치부하는 듯해요. 뭐, 그렇게 여기는 사람들의 경우라면 정말로 손가락만 까딱거리는 셈이겠지요.

활동 초기에 격려를 많이 받으셨나요? 그랬다면 누구로부터 받으셨나요?

커포티 맙소사! 영웅소설에 푹 빠진 모양이군요. 답은 강력한 '아니요.' 하나와 '예.' 몇 개입니다. 아시다시피 저는 대부분의 어린 시절을 이런저런 시골에서, 게다가 문화적 태도와는 거리가 먼 사람들 틈에서 보냈어요. 장기적인 관점에서는 나쁘지 않았던 것 같아요. 덕분에 시류에 거슬러 헤엄치는 법을 빠르게 단련할 수 있었죠. 특히 친구를 이해하는 법을 아는 것 못지않게 중요한 적을 다루는 기술도 익혔죠.

하던 얘기로 돌아가자면, 물론 앞서 말한 환경에서 저는 다소 '괴짜' 취급을 받았어요. 그건 괜찮았지만 '바보' 취급을 당할 때는 당연히 화를 냈죠. 어쨌거나 전 학교를 경멸했어요. 늘 이 학교, 저 학교를 전전했으니 '학교들'이라고 해야겠군요. 그리고 학교생활에 대한 혐오와 권태 때문에, 해마다 가장 간단한 과목들조차 낙제했어요. 적어도 일주일에 두 번은 학교를 빼먹었고, 가출을 밥 먹듯이 했지요. 길 건너에 사는 저보다 나이가 한참 위인 여자아이와 달아난 적도 있는데, 그녀는 어른이 된 뒤 확실한 명성을 얻었죠. 사람을 여섯 명쯤 살해하고 싱싱 교도소의 전기의자에서 처형되었거든요. 어떤 사람이 그녀에 대한 책을 썼더군요. 그녀를 '고독한 마음 살인자'

• 세미콜론(;)은 문장 사이에 논리적인 관계가 있다는 뜻이며, 등위 접속사 대신 쓰이기도 한다. 미묘한 함의가 담긴 길고 복잡한 문장으로 유명한 헨리 제임스는, 세미콜론 사용으로 그런 문체의 특성을 강화했다.(역자 주)

라고 불렀어요. 아, 또 이야기가 옆길로 샜네요.

열두 살 무렵인 것 같은데 당시에 다니던 학교의 교장이 집으로 전화를 걸어, 제가 '저능아'라고 말했어요. 그는 발달이 더딘 아이들을 교육할 수 있는 환경이 갖춰진 특수학교로 저를 보내는 것이 합리적이고 인도적인 행위라고 했지요. 우리 가족은 모욕감을 느꼈고, 제가 저능아가 아님을 증명하기 위해 재빨리 동부에 있는 어느 대학의 정신의학 연구실로 보내 지능검사를 받게 했어요. 전 대단히 즐겁게 검사를 받았지요. 그런데 어떤 일이 벌어진 줄 아십니까? 과학이 인정한 천재가 되어 집으로 돌아왔답니다. 누가 더 어안이 벙벙했는지는 모르겠군요. 검사 결과를 믿을 수 없었던 학교 선생들인지, 아니면 믿고 싶어하지 않았던 제 가족인지. 가족들은 제가 착하고 평범한 소년이라는 말을 듣고 싶었던 것뿐이었으니까요. 하지만 저는 몹시 기뻤습니다. 거울에 비친 제 모습을 빤히 바라보고 웃음을 참으며 머릿속으로 거듭 떠올렸죠. 저와 플로베르를, 아니면 모파상이나 맨스필드나 프루스트나 체호프나 울프를. 당시의 우상이었던 사람이면 누구든지 말이에요.

그때부터 무서우리만치 진지하게 글을 쓰기 시작했어요. 제 머리는 매일 밤새도록 질주했고, 몇 년 동안은 정말 잠을 잔 것 같지 않아요. 위스키가 저를 달래준다는 사실을 발견하기 전까지는 말이지요. 열다섯 살이라 위스키를 직접 사기에는 어려웠지만, 누구보다 친절한 나이 많은 친구 몇 명이 있어서 금세 여행가방을 술병으로 채우게 되었지요. 블랙베리 브랜디에서부터 버번까지. 여행가방은 벽장에 숨겨두었고요. 술은 대부분 늦은 오후에 마셨어요. 마신 뒤에는 구강청정제인 센센Sen-Sen을 한 움큼 씹으며 저녁을 먹으러 내려갔지요. 제 걸음걸이나 게슴츠레한 눈빛 때문에 모두가 놀라곤 했는데, 같이 살던 친척은 "저 녀석은 술에 잔뜩 취한 게 분명해."라며 혀를 찼죠. 이 소박한 희극은 발각되면서 약간의 재난과 함께 끝장 났고, 술을 다시 입에 대기까지는 여러 달이 걸렸어요.

제가 또 옆길로 샌 것 같군요. 격려를 받았냐고 물으셨죠. 저에게 정말로 도움이 되었던 첫 번째 사람은, 묘하게도 선생이었습니다. 고등학교 때 영어 교사였던 캐서린 우드인데, 모든 면에서 제 야망을 지지했어요. 그분에게는 늘 감사한 마음이지요. 나중에 글을 출판하게 된 뒤로는 누구든 받고 싶어할 모든 격려를 『마드모아젤』의 소설 편집 담당인 마가리타 스미스와 『하퍼스 바자』의 메리 루이스 애스웰, 그리고 랜덤하우스의 로버트 린스코트로부터 받았습니다. 작가 활동 초기에 누린 것보다 더 큰 행운을 바란다면 지나친 욕심일 겁니다.

말씀하신 세 편집자는 단순히 당신의 작품을 구입함으로써 격려해주었나요, 아니면 비평도 했나요?

커포티 음, 작품을 사주는 것보다 더 큰 격려는 상상할 수 없는데요. 저는 돈을 받을 수 있다고 생각되는 글이 아니면 결코 쓰지 않습니다. 그렇지만 앞서 말한 사람들과 몇몇 다른 사람들은 작품을 사줄 뿐만 아니라 아낌없는 조언을 해주었지요.

현재 쓰고 계신 것 외에 오래전에 쓴 글 중에서 마음에 드는 게 있나요?

커포티 그럼요. 지난여름에 『다른 목소리, 다른 방』을 읽었습니다. 8년 전 출간한 뒤로 처음이었지요. 모르는 사람이 쓴 글을 읽는 듯한 기분이었어요. 참 낯설었지요. 그것을 쓴 사람은 현재의 저와 공통점이 거의 없는 것처럼 느껴졌어요. 둘의 정신과 내적인 온도가 아예 달라요. 그 기분은 놀랍도록 강렬했고, 정말 찌릿한 전류가 느껴졌어요. 그때 그 책을 쓸 수 있었다는 사실 때문에 마음이 뿌듯합니다. 그때 쓰지 못했다면 그 책은 절대 나오지 않았을 겁니다. 『풀잎 하프』와 몇몇 단편도 마음에 들지만 「미리엄」은 아니에요. 훌륭한 묘기를 부린 것일 뿐, 그 이상은 못되지요. 차라리 「생일을 맞은 아이들」과 「마지막 문을 닫아라」가 좋아요. 그리고 많은 사람들에게 사랑받진 못했지만 「불행의 대가」가 마음에 드는데, 그건 단편집인 『밤의 나무』에 실렸죠.

최근 「포기와 베스」 공연 때문에 다녀온 러시아 여행을 소재로 책을 출간하셨잖아요. 그 책의 문체에서 흥미로운 점이 유별난 거리두기였어요. 오랜 세월 동안 편견 없이 사건들을 전달하며 지내온 언론인들의 보도와 비교해도 말이지요. 그 형태의 글이 다른 사람의 눈에도 잘 보일 만큼 매우 사실적이라는 인상을 받았어요. 당신의 작품 대부분이 매우 개인적인 특색을 띠고 있는 점을 감안하면 놀라운 사실입니다.

커포티 『뮤즈들의 노랫소리』의 문체가 다른 소설의 문체와 뚜렷하게 다르다고 생각하지 않습니다. 실제 일어난 일을 다뤘기 때문에 그렇게 보이는 것뿐이겠지요. 결국 『뮤즈들의 노랫소리』는 진솔한 보도이고, 보도를 할 때는 사물의 표면과 논평을 배제한 의미 전달에 전념하게 되지요. 소설에서와 똑같은 방식으로 즉각적인 깊이를 달성할 수는 없지만 르포 형태로 표현하고 싶었던 이유 가운데 하나는, 제 문체를 현실적인 저널리즘에 적용할 수 있다는 걸 증명하기 위해서였어요. 그런데 제가 다른 소설에서 쓰는 방법도 마찬가지로 거리두기가 실현된 상태라고 생각합니다. 감상은 글쓰기의 통제력을 잃게 만들거든요. 감정을 모두 소진해버려야만 감정을 분석하고 투영할 수 있을 만큼 객관적이 된다고 생각해요. 그것이 진정한 기술을 획득하는 방법 중 하나입니다. 제 소설이 좀 더 개인적으로 보인다면 그건 예술가의 가장 개인적이고 노출이 심한 영역인 상상력에 의지하고 있기 때문입니다.

감정을 어떻게 소진하시나요? 단순히 특정 기간 동안 그 이야기를 생각하면 되나요, 달리 고려해야 할 사항이 있나요?

커포티 단순히 시간의 문제라고는 생각하지 않습니다. 일주일 동안 사과만 먹었다고 생각해보세요. 당연히 사과를 먹고 싶은 욕망은 사라지지만, 사과가 어떤 맛인지는 알게 되겠지요. 제가 이야기를 쓸 때쯤이면 그것에 대한 갈망은 남아 있지 않겠지만, 그 맛은 철저히 느끼고 있을 테지요. 「포기와 베스」에 대해 쓴 글은 이 논제와는 관련이 없어요. 그건 보도문이었고, '감정'은 그다지 관여되지 않았지요. 적어도 제가 생각하는, 어렵고도 개인적인 감정의 영역은 아니에요. 찰스 디킨스가 글을 쓰면서 자기 자신의 유머에 숨이 막힐 정도로 웃고, 등장인물 가운데 한 사람이 죽었을 때 그 페이지 위로 눈물을 뚝뚝 떨어뜨렸다는 글을 읽은 적이 있어요. 하지만 제 이론은 작가가 자신의 위트를 음미하고, 눈물을 말리고 아주 오랜 시간이 지난 뒤에야 독자들에게 비슷한 반응을 일깨울 준비에 들어가야 한다는 겁니다. 달리 말해, 모든 형태의 예술에서 가장 위대한 강렬함은 신중하고 부지런하고 차가운 머리로 얻어진다고 믿습니다. 한 예로 플로베르의 『순박한 마음』이 그래요. 따뜻한 이야기이고, 따뜻한 마음으로 쓴 글이지만 그것은 진짜 기술, 즉 필요성을 강하게 인식한 예술가한테서만 나올 수 있는 작품입니다. 분명 플로베르가 그 이야기를 마음 깊이 느낀 순간이 있었겠지요. 하지만 그것을 쓸 때는 그렇지 않았을 겁니다. 좀 더 최근의 사례로, 캐서린 앤 포터*의 놀라운 단편인 「정오의 와인」$^{Noon\ Wine}$이 있지요. 그 소설은 무척이나 강렬하고 현장감이 뛰어나지만, 상당한 통제력을 갖추고 있으며 이야기의 내적 리듬에 도무지 결점이 없어요. 그래서 저는 포터 양이 소재와 거리를 웬만큼 확보했다고 확신하지요.

당신이 쓴 가장 훌륭한 소설은 인생에서 상대적으로 평온한 시기에 쓰였나요? 아니면 감정적 스트레스가 있어야 작업이 잘 되시나요?

커포티　가끔 진정제를 복용하는 때를 제외하면, 평온한 시간을 보낸 적이 없었다는 느낌이 드는군요. 시실리의 산꼭대기에 있는 무척 낭만적인 집에서 2년 동안 살았는데, 그때만큼은 평온한 시기였다고 말할 수 있겠네요. 정말이지 조용한 곳이었어요. 그곳에서 『풀잎 하프』를 썼지요. 그래도 약간의 스트레스와 마감을 향한 분투가 글쓰기에 도움이 되지요.

지난 8년 동안 해외에서 거주하셨는데, 미국으로 돌아오기로 결심한 계기가 있나요?

커포티　저는 미국인이고, 그 밖에는 어떤 것도 될 수 없고, 되고 싶은 욕망도 없으니까요. 게다가 도시를 좋아하는데, 뉴욕이야말로 진정 도시다운 도시지요. 지난 8년 동안 2년을 제외하고는 매년 미국에 한 번씩 왔고, 고국을 떠날 생각을 한 적은 없습니다. 제게 유럽은 시야를 넓히고 성숙을 향해 가는 디딤돌이었어요. 그러나 한계효용체감의 법칙이 2년 전부터 나타나기 시작했지요. 유럽은 제게 많은 것을 주었지만 갑자기 그 과정이 역전되고 있다는 느낌이 들었어요. 그래서 이제는 제가 꽤 성숙했고, 제가 속한 곳에서 정착할 수 있겠다는 생각에 돌아왔습니다. 기껏 흔들의자를 사놓고선 돌에 앉아 쉬었다는 뜻은 아니에요. 국경이 열려 있는 한 자유분방하게 도피하려는 것이지요.

독서를 많이 하시나요?

커포티 너무 많이 하지요. 상표, 조리법, 광고를 포함해 뭐든 읽습니다. 저는 신문에 대한 집착이 있어요. 뉴욕의 모든 일간지를 읽고, 일요판도 읽지요. 외국 잡지도 몇 권 읽는데, 사지 않는 것들은 가판대 앞에 서서 읽지요. 일주일에 평균 다섯 권을 읽어요. 보통 길이의 장편소설을 읽는 데 두 시간쯤 걸립니다. 스릴러를 즐기고 언젠가는 써보고 싶습니다. 소설을 많이 읽지만, 지난 몇 년 동안은 편지글과 전기, 신문과 잡지를 주로 읽었던 것 같아요. 글을 쓰는 동안 다른 걸 읽어도 신경 쓰이지 않습니다. 그러니까 제 펜에서 갑자기 다른 작가의 문체가 새어나올 일은 없다는 뜻입니다. 하지만 딱 한 번, 헨리 제임스의 장황한 마법에 걸린 동안에는 문장들이 끔찍할 만큼 길어지긴 했지요.

• 탄탄한 구성과 절묘한 인물 묘사로 정평이 난 미국의 소설가로, 전미도서상과 퓰리처상을 받았다. 『창백한 말, 창백한 기수』, 『바보들의 배』 등을 남겼다.

어떤 작가들에게 영향을 받으셨나요?

커포티　제가 의식하는 범위에서는, 직접적인 문학적 영향을 자각한 적은 없습니다. 몇몇 평론가들 덕분에 제 초기 작품이 윌리엄 포크너와 유도라 웰티, 카슨 매컬러스에게 빚지고 있음을 알게 되긴 했어요. 저는 세 명 모두를 무척이나 존경합니다. 캐서린 포터도요. 물론 자세히 살펴보면 그 셋이 서로 혹은 저와 공통점이 많지는 않을 겁니다. 우리 모두 남부 출신이라는 점을 제외하면 말이지요. 열세 살에서 열여섯 살은 토머스 울프에게 사로잡히는 유일한 나이지요. 지금은 울프의 책을 한 줄도 읽을 수 없지만 어린 제게는 대단한 천재로 보였답니다. 다른 젊은 불꽃들도 나부꼈지요. 포, 디킨스, 스티븐슨. 그들을 좋아했지만 읽기는 어렵더군요. 변함없는 열광의 대상은 다음과 같아요. 플로베르, 투르게네프, 체호프, 제인 오스틴, E. M. 포스터, 모파상, 릴케, 프루스트, 버나드 쇼, 윌러 캐더*……. 목록이 너무 긴데, 제임스 에이지**로 끝내겠습니다. 2년 전에 작고한 것이 문화계의 커다란 손실인 아름다운 작가지요. 그나저나 에이지의 작품은 영화의 영향을 많이 받았어요. 젊은 작가들은 영화 기법의 시각적, 구조적 측면을 배우고 차용했는데, 저 또한 그랬지요.

영화 대본을 써오셨잖아요. 어땠나요?

커포티　농담 같은 거죠. 제가 대본을 쓴 「야망의 항로」Beat the Devil는 무지 웃겼어요. 존 휴스턴과 대본 작업을 하는 동안 이탈리아에서 이미 야외촬영을 하고 있었지요. 가끔은 당장 찍을 장면을 촬영장에서 곧바로 쓰곤 했어요. 배우들은 몹시 당혹스러워했어요. 가끔은 감독인 휴스턴조차도 다음에 어떤 일이 벌어질지 모르는 것 같았지요. 당연히 장면들을 연속성 있게 써야 했고, 어떤 순간에는 소위 플롯이라는 유일하게 실질적인 개요만이 머릿속에서 돌아다니기도 했어요. 못 봤어요? 꼭 보세요. 그건 경이로운 농담이에요. 안타깝게도 제작자는 웃지 않고, 진저리를 쳤지요.

작가가 영화감독과 친밀한 관계를 유지하며 작업을 하거나 본인이 직접 감독을 하지 않는 이상, 영화로 자신을 드러낼 가능성은 많지 않습니다. 영화는 그야말로 감독의 매체인 까닭에, 영화가 키워낸 작가들 중 영화 천재라고 불릴 수 있는 사람은 전업 시나리오 작가로만 일한 단 한 사람뿐이에요. 내성적이고 유쾌한 시골뜨기 체사레 차바티니 말입니다. 시각적 감각이 정말 대단하지요. 훌륭한 이탈리아 영화의 80퍼센트가 차바티니의 시나리오로 만들어졌어요. 예를 들면 비토리오 데시카의 영화 전부가 말이지요. 데시카는 매력적인 남자이고, 재능을 타고난 데다 무척 세련된 사람이에요. 그런데도 주로 차바티니를 위해 메가폰을 잡았고, 그의 영화는 절대적으로 차바티니의 창조물이에요. 뉘앙스와 분위기를 비롯해 영화의 모든 장면이 차바티니의 시나리오에 명백하게 지시되어 있어요.

글쓰기 습관에 대해 말씀해주시겠어요? 책상에서 쓰시나요? 타자기는요?

커포티   저는 완벽하게 수평적인 작가라고 할 수 있습니다. 손이 닿는 곳에 담배와 커피를 둔 채 침대에 눕거나 소파에서 몸을 뻗고 있지 않으면 아무런 생각을 할 수가 없어요. 뻐끔거리며 홀짝대야 하

• 20세기 전반 기독교적 휴머니즘을 피력한 여성 작가로, 『나의 안토니아』, 『교수의 집』 등을 남겼다.
•• 영화비평계의 거장으로, 시와 소설을 썼다. 『가족 속의 죽음』으로 퓰리처상을 받았다.

지요. 오후가 흘러가면서 커피에서 민트차로, 셰리주에서 마티니로 바꾸고요. 그리고 초고를 쓸 때는 타자기를 쓰지 않습니다. 연필로 쓰지요. 그런 다음 역시 손으로 수정본을 씁니다. 기본적으로 저 자신을 문장가라고 생각하는데 문장가는 콤마의 위치, 세미콜론의 비중에 지독하리만치 집착하기도 하지요. 이런 종류의 집착과 거기에 들이는 시간 때문에 참을 수 없을 만큼 짜증이 나요.

문장가인 작가와 그렇지 않은 작가를 구분하시는 것 같아요. 어떤 작가가 문장가라고 생각하시나요?

커포티 문체가 뭘까요? "한 손이 내는 손뼉 소리는 무엇인가?"라는 선불교의 화두처럼 정확한 답을 아는 사람은 없습니다. 알거나 모르거나 둘 중 하나지요. 저는 문체란 예술가의 감수성을 비추는 거울이라고 생각해요. 작품의 내용보다 훨씬 중요하지요. 모든 작가는 어느 정도 문체를 갖추고 있어요. 로널드 퍼뱅크*는 그것 말고는 다른 게 거의 없었고, 천만다행으로 그 사실을 깨달았죠. 하지만 특정한 문체를 가지는 것은 종종 부정적으로 작용해요. 어딘지 잘못되어 버리죠. E. M. 포스터, 콜레트, 플로베르, 마크 트웨인, 헤밍웨이, 이자크 디네센**은 문체가 강조된 경우지요. 드라이저도 분명 문체가 있긴 해요. 맙소사! 유진 오닐도 있군요. 그리고 포크너는 늘 훌륭하지요. 이들은 모두 강하지만 부정적인 문체, 작가와 독자의 소통에 실제로는 보탬이 되지 않는 문체를 뛰어넘어 승리를 거두었어요. 반면 특별한 문체가 없는 문장가가 있지요. 무척이나 까다롭고, 몹시 존경스러우며, 언제나 크나큰 인기를 끄는 작가지요. 그레이엄 그린, 서머싯 몸, 손턴 와일더, 존 허시, 윌러 캐더, 제임스 서버***, 사르트르, 존. P. 마퀀드* 등등. 지금 내용에 대해 이야기하는 게 아니란 걸 기억하세요. 하지만 짐승이나 다를 바 없는 비문장가들도 분명 있어요. 그들은 작가가 아닙니다. 그냥 타자를 치는 사람이지. 들을 수도, 볼 수도 없는 이야기를 쏟아놓으며 땀 흘리는 타자수들이에요. 문체를 아는 것처럼 보이는 젊은 작가들은 누구일까요? 퍼시 하워드 뉴비**와 프랑수아즈 사강은 웬만큼 아는 듯해요. 윌리엄 스타이런***과 플래너리 오코너도. 오코너에겐 정말로 멋진 순간들이 있지요. 제임스 메릴+과 윌리엄 고옌. 고옌은 히스테리를 버릴 경우에만 해당되죠. 샐린저는 구어체 전통으로 보면 특히 그렇죠. 콜린 윌슨++? 그는 타자수지요.

로널드 퍼뱅크에게 문체 말고는 다른 게 거의 없다고 하셨는데, 문체만으로 위대한 작가가 될 수 있다고 생각하세요?

커포티　그렇게 생각하지 않습니다. 물론 논란의 여지는 있지만, 프

• 문장의 형태와 리듬, 괴상한 자기만의 어휘를 통해 위트 있는 소설을 썼다고 평가받았다.

•• 영화 「아웃 오브 아프리카」의 원작자이자 20세기 최고의 이야기꾼으로 불리는 덴마크 여성 작가.

••• 미국에서 세대를 아우르며 꾸준히 사랑받는 유머 작가로, 반전을 거듭하는 흥미진진한 이야기의 전개가 특징이다.

* 첩보원 이야기를 비롯한 미스터리 시리즈와 대중소설을 즐겨 쓴 미국 작가로, 『고(故) 조지 애플리』로 퓰리처상을 받았다.

** 영국 소설가로, 카이로 대학에서 영문학을 가르쳤고 『혁명과 장미』가 대표작이다.

*** 대표작인 『소피의 선택』은 메릴 스트립 주연의 영화로 만들어졌고, 본인이 겪은 우울증에 대해 쓴 『보이는 어둠』이 있다.

+ 뛰어난 기교와 재치가 엿보이는 서정시와 서사시를 썼고, 『성스러운 코미디』를 남겼다.

++ 데뷔작인 『아웃사이더』로 세계적인 작가가 되었다. 윌슨은 『아웃사이더』에서, 위대한 사상가와 예술가들의 인생관과 생애, 작품을 살펴보면서 그들에겐 '아웃사이더 기질'이라는 공통점이 있다고 주장했다.

루스트와 그의 문체를 분리하면 어떤 일이 일어날까요? 미국 작가들이 문체에서 강점을 보인 적은 없었습니다. 그럼에도 가장 훌륭한 작가들 중 일부는 미국인이었죠. 호손은 산뜻하게 출발선을 끊었습니다. 문체로 말하자면 지난 30년 동안 헤밍웨이는 작가들에게 그 누구보다도 세계적인 규모로 영향을 끼쳤지요. 현재는 우리의 포터 양이 그 핵심을 누구 못지않게 잘 알고 있다고 생각합니다.

작가가 문체를 배울 수 있을까요?

커포티 사람이 눈동자 색깔을 마음대로 가질 수 없듯이 문체도 의식적으로 얻을 수는 없다고 봐요. 문체는 자기 자신입니다. 결국 작가의 개성은 작품과 긴밀하게 연결되지요. 개성은 인간적으로 작용해야 하고요. 개성이 품위가 떨어지는 단어란 걸 알지만, 작가 개인의 인간성이나 세상을 향한 그의 말이나 몸짓은 독자와 직접 만나게 되는 등장인물에게 비슷하게 드러난다고 말하고 싶은 겁니다. 개성이 흐릿하거나 혼란스럽거나 단순히 문학적이기만 하다면 좋지 않아요. 포크너와 매컬러스는 자신들의 개성을 단번에 드러냅니다.

흥미롭게도 당신의 작품은 프랑스에서 널리 인정받아왔어요. 문체가 번역될 수 있다고 생각하세요?

커포티 왜 안 되겠어요? 작가와 번역자가 예술적 쌍둥이라면 가능하지요.

연필로 원고를 쓰시던 중이었는데 방해를 한 것 같군요. 다음 단계는 뭔가요?

커포티 어디 보자, 이건 단편소설의 두 번째 원고예요. 이제 노란 종이에 타이핑해야지요. 이걸 하려고 침대에서 나오지는 않습니다. 타자기를 무릎에 쓰러지지 않게 올려놓지요. 물론 타자는 잘 됩니다. 1분에 100타는 칠 수 있어요. 타이핑이 끝난 노란색 원고는 잠깐, 그러니까 일주일이나 한 달, 때로는 더 오랫동안 치워둡니다. 그걸 다시 꺼내게 되면 최대한 냉정하게 읽어봅니다. 그러고는 친구 한두 명에게 소리 내어 읽어주고 반응을 본 뒤에 어떤 부분을 고쳐야 할지, 출판할지 말지 결정해요. 그동안 단편소설 몇 개와 장편소설 하나를 버리기도 했지만 문제가 없으면, 흰색 종이에 최종본을 타자기로 입력하지요. 그럼 끝이에요.

책을 쓰기 전에 머릿속에 체계가 완벽하게 잡혀 있나요, 아니면 작업하면서 떠오르는 아이디어를 따라 글을 써나가시나요?

커포티 양쪽 다예요. 이야기의 전체적인 전개 양상, 그러니까 시작과 중간과 끝이 머릿속에 동시에 떠오를 거라는 환상을 언제나 갖고 있지요. 전광석화처럼 그 모든 게 보인다고 말이에요. 하지만 작업을 하다 보면 놀라움이 무한히 이어져요. 천만다행이지요. 그 놀라움, 반전, 어디선가 한순간에 툭 튀어나온 문구는 예기치 못한 배당금이자 작가를 계속 나아가게 하는 즐거운 추진력이니까요. 한때는 소설 개요를 공책에 적어놓은 뒤 시작했는데, 그렇게 하니 제 상상력 속에 있는 아이디어가 어쩐지 약해지더군요. 착상이 충분히 훌륭하고 그것이 저 자신에게서 나온 것이라면, 그걸 잊어버릴 수는 없지요. 글로 나올 때까지 머리에서 떠나지 않을 겁니다.

작품의 어느 정도가 자전적인가요?

커포티　아주 조금이에요. 작가가 쓰는 것은 어떤 면에서는 모두 자전적이지만, 실제 사건이나 인물로부터 착상을 얻기도 해요. 『풀잎하프』는 실화에 근거한 작품인데, 다들 그 이야기 전부를 지어낸 것이라고 생각했고, 『다른 목소리, 다른 방』이 자전적이라고 추측했죠.

앞으로 어떤 계획이나 구상이 있나요?

커포티　지금까지는 제게 가장 쉬운 글만을 써왔습니다. 앞으로는 다른 것을 자유롭게 써보고 싶어요. 머리를 좀 더 쓰고, 좀 더 많은 색깔을 활용해보고 싶습니다. 헤밍웨이는 누구든 일인칭 소설을 쓸 수 있다고 말했죠. 그 말이 무슨 뜻인지 이제는 정확히 알겠어요.

다른 예술을 하고 싶었던 적이 있나요?

커포티　그게 예술인지는 모르겠지만 오랫동안 무대에 미쳐 있었고, 탭 댄서가 되고 싶었어요. 식구들이 죽으려고 달려들 때까지 탭댄스 연습을 하곤 했지요. 그 뒤에는 나이트클럽에서 기타를 연주하며 노래를 부르고 싶은 마음이 간절했어요. 그래서 기타를 사려고 돈을 모아 겨울 한 철 내내 수업을 받았지만 결국 제대로 연주하는 곡은 「다시 혼자가 되면 좋겠네」라는 기타 입문용 노래뿐이었어요. 그 노래가 너무 지겨워서 어느 날 버스 정류장에 있던 낯선 사람에게 기타를 줘버렸어요. 그럼에도 관심이 있어 3년 동안 공부했지만 유감스럽게도 열정, 그러니까 라 브레 쇼즈*가 없었죠.

평론가들의 글이 조금이라도 도움이 된다고 생각하세요?

커포티　출간 전이고, 신뢰할 수 있는 사람들의 판단이라면 도움이 되지요. 그러나 출간된 뒤에 제가 읽거나 듣고 싶은 건 칭찬뿐이에요. 그 외에 다른 것은 따분해요. 평론가들의 까다로운 트집과 생색에 도움을 받은 적이 있다고 진심으로 말하는 작가를 찾아내신다면 50달러 드리죠. 모든 전문 평론가들에게 귀 기울일 필요가 없다고 말하는 건 아닙니다. 하지만 훌륭한 평론가들 중에는 정기적으로 평론하는 사람은 드물어요. 무엇보다 반대 의견에 부딪혀봐야 단련이 되기는 해요. 저는 욕을 먹을 만큼 먹어왔고, 지금도 계속 먹고 있지요. 그중 일부는 심하다 싶을 정도로 개인적인 것이지만, 더는 당황스럽지 않습니다. 이제는 가장 모욕적인 욕설을 읽고도 맥박이 조금도 빨라지지 않아요. 작가들에게 강력하게 권하고 싶은 조언이 있습니다. 평론가에게 반박함으로써 자신의 품위를 떨어뜨리지 마세요. 또한 머릿속으로 편집자에게 반박하는 편지를 쓰되, 종이 위에는 절대 옮기지 마세요.

개인적인 기벽이 있다면요?

커포티 미신을 믿는 성향을 기벽이라고 표현할 수도 있겠네요. 저는 숫자를 모두 더해야 직성이 풀려요. 제가 절대 전화를 걸지 않는 사람들이 있는데, 그 사람들의 전화번호를 모두 더하면 불길한 숫자가 나오기 때문이지요. 같은 이유로 호텔의 특정 호수에는 들어가지 않아요. 재떨이에 담배꽁초 세 개가 들어 있는 것도 용납 못 해요. 수녀가 두 명 탄 비행기는 절대 타지 않을 겁니다. 금요일에는 어떤 것도 시작하거나 끝내지 않을 거예요. 제가 할 수 없고, 하지 않을

• la vrai chose, 프랑스어로 '진정한 것'이라는 뜻.(역자 주)

것들은 끝이 없어요. 이 원시적인 개념을 따르면서 묘한 위안을 얻는답니다.

인용된 내용을 보니 좋아하는 취미가 "대화, 독서, 여행, 글쓰기 순"이라고 말씀하셨던데, 사실인가요?

커포티 맞아요. 대화는 앞으로도 쭉 1순위가 될 거라고 장담합니다. 저는 듣는 것도, 말하는 것도 좋아해요. 맙소사, 제가 말하기를 좋아한다는 걸 정말 모르겠어요?

패티 힐 Pati Hill 패션 모델 출신의 기자로, 『파리 리뷰』에서 활동했다.

주요 작품 연보

세상을 향한 진한 농담

커트 보네거트
Kurt Vonnegut

커트 보네거트 미국. 1922. 11. 11.~2007. 4. 11.

화학을 전공한 소설가라는 이력에서 짐작할 수 있듯 SF작가, 풍자작가, 블랙유머 작가라는 다양한 호칭을 갖고 있다. 모든 것이 기계화되고 인간마저 이에 정복되는 반유토피아적 세계를 뉴욕을 배경으로 그린 『자동 피아노』를 비롯해 『제5도살장』, 『챔피언들의 아침 식사』 등을 남겼다.

1922년 인디애나폴리스에서 독일계 이민자 집안에서 태어났다. 그의 부모는 조직적인 종교와 인종차별은 비인간적이라고 가르쳤고, 독특하고 자유로운 분위기의 집안에서 자라 특유의 유머 감각을 키울 수 있었다. 코넬 대학에서 화학을 전공했고 재학 중이던 1943년, 제2차세계대전에 참전했다. 독일군의 포로가 되어 드레스덴 포로수용소에 갇혀 있을 때, 히로시마 원폭에 버금가는 학살극이 벌어졌다. 연합군이 사흘 밤낮으로 폭격을 가해 13만 명의 드레스덴 시민이 몰살당했다. 이 경험이 훗날 『제5도살장』의 모티프가 되었고, 보네거트는 미국을 대표하는 반전 작가로 거듭나게 된다. 참전 뒤 소방수, 교사, 영업사원 등의 직업을 거치며 글쓰기를 계속했고, 1952년 첫 장편소설 『자동 피아노』를 출간했다. 1963년에 발표한 『고양이 요람』으로 '과학소설상'이라고 불리는 휴고 상을 수상했다. 1997년 『타임퀘이크』 출간 이후 소설가로서 은퇴를 선언했고, 2005년 마지막으로 출간한 회고록 『나라 없는 사람』이 베스트셀러가 되었다. 『마더 나이트』, 『제5도살장』, 『챔피언들의 아침 식사』 등은 영화로 만들어져 사랑받았다.

보네거트와의 인터뷰

데이비드 헤이먼, 데이비드 마이클리스,
조지 플림턴, 리처드 로즈

커트 보네거트와의 이 인터뷰는, 지난 10년에 걸쳐 진행된
네 번의 인터뷰를 통합한 것이다. 인터뷰 주인공이 통합 원고를 대폭 손질했는데,
그는 종이에 옮겨진 자신의 말을 상당히 의문스럽게 살펴봤다.

통합된 인터뷰 중 첫 부분(보네거트가 마흔네 살일 때 매사추세츠 주 반스터블 서부에서 진행됨)은 이렇게 시작된다.

"그는 참전 군인이며 가정적인 남자로, 뼈대가 굵고 몸놀림이 자유로우며 성격이 느긋하다. 보풀이 인 트위드 재킷과 회색 플란넬 바지, 파란색 셔츠 차림으로 두 손을 주머니에 찔러넣은 채 안락의자에 구부정하게 몸을 묻고 있다. 인터뷰를 하는 동안 기침과 재채기를 연거푸 터뜨렸는데, 가을 추위와 평생에 걸친 흡연 때문에 발생한 돌풍이다. 목소리는 낭랑한 바리톤으로, 비꼬는 느낌을 주는 중서부 억양이다. 우울, 전쟁, 비명횡사할 가능성, 공적인 관계의 공허함, 여섯 자녀, 불규칙한 수입, 인정받지 못했던 지난 시절에 대해 이야기했다. 거의 모든 것을 목격하고 자신의 내면에 쌓아둔 남자의 숨김없고도 기민한 웃음을 때때로 지어 보였다."

마지막 인터뷰는, 첫 인터뷰 이후 몇 년이 지난 1976년 여름에 진행되었다. 이번에 그에 대한 묘사는 다음과 같다.

"그는 집에서 기르는 늙은 개처럼 조용하고 온화한 모습으로 움직인다. 전반적으로 외모가 흐트러진 느낌이다. 구불거리는 긴 머리와 수염, 호의적인 미소에서 주변 세상에 의해 한때 흥겨워하다가 우울해진 남자가 엿보인다. 그는 여름휴가를 보내려고 제럴드 머피의 집을 빌렸다. 복도 끝에 있는 작은 방에서 일하는데, 그곳은 화가이자 미식가로 위대한 예술가들의 친구였던 머피가 1964년에 죽은 곳이다. 보네거트는 책상에서 작은 창문을 통해 앞마당 잔디밭을 내다보곤 한다. 책상 뒤에는 크고 하얀 캐노피 침대가 있고, 책상 위 타자기 옆에는 앤디 워홀의 인터뷰집과 클랜시 시걸의 『비전투지대』^{Zone of the Interior}, 담뱃갑 몇 개가 놓여 있다. 보네거트는 1936년 이후로 줄담배를 피워왔는데, 인터뷰를 진행하는 동안 담뱃갑에 든 담배 가운데 멀쩡한 것부터 골라 차례로 피웠다. 목소리는 낮고 걸걸하며, 대화 중에 담배에 불을 붙이고 연기를 내뿜는 과정이 끝없이 이어졌는데 마치 대화의 마침표 같았다. 주의를 빼앗는 다른 것들, 따르릉거리는 전화기라든가 '펌프킨'이라는 작고 털이 텁수룩한 개가 짖는 소리 따위는 보네거트의 온화한 성격으로는 방해가 되지 않았다. 언젠가 댄 웨이크필드*가 쇼트리지 고등학교 동창회에서 말했듯이, '그는 많이 웃고 모두에게 친절했다'."

• 보네거트의 고등학교 10년 후배로 미국의 저명한 언론인이자 소설가다. 보네거트와 친분을 나누었고, 인터뷰를 진행하기도 했다.

SPIT AND IMAGE

INTRODUCTION

It was the childishness of my father, finally, that spoiled
Heaven for me. We could be any age we wished back there, pro-
vided we had actually attained that age in life on Earth. I
myself elected to be thirty-three most of the time, which would
have been a comfortable way to spend Eternity -- if only Father
hadn't tagged after me everywhere in the shape of a runty, unhappy
nine-year-old.

"Father," I would say to him in Heaven, "for the love of God
grow up!"

But he would not grow up.

So, just to get away from him, I volunteered to return to Earth
as a doppelganger, a spook whose business it is to let certain
people know that they are about to die.

I make myself into a near-double of a doomed person, and then
show myself to him very briefly. He invariably gets my message:
That he is about to die.

······································

Yes, and about once every six months I turn into a poltergeist,
which is simply a spook who throws a tantrum. Suddenly I can't
stand the Universe and my place in it, and the way it's being run.
So I become invisible, and go into somebody's house or apart-
ment, and dump tables and chairs and breakfronts and so on, and
throw books and bric-a-brac around.

커트 보네거트의 소설 『스핏 앤 이미지』 원고 중 한 페이지.

커트 보네거트

×

**데이비드 헤이먼, 데이비드 마이클리스,
조지 플림턴, 리처드 로즈**

2차세계대전에 참전하셨죠?

커트 보네거트　네. 죽으면 군대식 장례를 치르고 싶어요. 나팔수, 관 위에서 나부끼는 깃발, 예포를 쏘는 의장대, 성지……

이유는요?

보네거트　제가 그 무엇보다도 원했던 것, 전쟁 중에 용케 죽을 수 있었다면 누렸을지도 모를 것을 얻는 방법이니까요.

말하자면?

보네거트　지역사회의 전폭적인 인정이죠.

지금은 그렇지 않다고 생각하세요?

보네거트　친척들이 말하길, 제가 부자가 되어 기쁘지만 정말이지 제 글을 도무지 읽을 수가 없다고 하더군요.

전쟁 중에 보병대 척후병이셨지요?

보네거트 네. 하지만 240밀리 곡사포로 기초 훈련을 받았죠.

꽤 큰 무기네요.

보네거트 그 당시 군에서 가장 큰 이동식 야포였지요. 그건 여섯 부분으로 구성되는데, 각 부분을 무한궤도식 트랙터가 끌었어요. 발포 명령이 떨어질 때마다 조립해야 했어요. 사실상 새로 만드는 셈이죠. 크레인과 잭으로 위에 얹힌 부분부터 내렸어요. 포탄은 직경이 24센티미터에 무게가 140킬로그램인데, 우린 포탄을 땅에서 포미^{砲尾}로 가져가기 위해 미니 레일을 만들었죠. 포미는 레일 경사도에서 약 2.5미터 위에 있었어요. 대포의 폐쇄기는 말하자면 저축대부조합의 귀중품 보관실의 문과 비슷하지요.

그런 무기로 발포하다니 스릴이 넘쳤겠어요.

보네거트 그렇진 않았어요. 우린 포탄을 넣은 다음, 폭약이 가득 담긴 자루들을 던져넣었지요. 자루는 꼭 눅눅한 개 비스킷 같았어요. 우리는 포미를 닫은 다음 수은 뇌관에 들어 있는 뇌홍^{雷汞}을 강타할 공이치기를 당기죠. 그럼 뇌관이 눅눅한 개 비스킷에 불을 내뿜어요. 제 생각에 핵심은 증기를 발생시키는 것이었어요. 잠깐 동안 요리할 때나 날 만한 소리가 들렸지요. 칠면조를 요리하는 소리와 비슷했어요. 안전이 보장된다면 아마 우린 가끔씩 폐쇄기를 열고 포탄을 힘껏 내리칠 수도 있었을 거예요. 하지만 결국 곡사포는 들썩이고 말았어요. 그러다 마침내 반동장치 때문에 포신이 뒤로 밀려났다가 포탄을 툭 내뱉었지요. 포탄은 타이어 업체 굿이어의 소형 비행선처럼 붕 떠오르며 포를 빠져나왔어요. 발판사다리가 있었다면, 포탄이 나올 때 거기에 페인트로 '엿 먹어라, 히틀러'라고 쓸 수도 있었을 겁니다. 헬리콥터가 포탄을 따라가 총을 쏘아서 떨어뜨릴 수도 있었을 거예요.

최고의 테러 무기로군요.

보네거트 보불전쟁 때 것이지요.

그런데 그 무기가 아니라 106 보병사단과 함께 해외로 파병되셨잖아요.

보네거트 일명 '점심 도시락 사단'이었죠. 살라미 샌드위치와 오렌지를 비롯해 엄청 많은 도시락을 먹었어요.

전투 중에요?

보네거트 파병되기 전 미국에 있을 때요.

보병대로 훈련받는 동안인가요?

보네거트 보병대 훈련을 받은 적이 없습니다. 아시다시피 척후대는 정예부대잖습니까. 각 대대에 여섯 명뿐이었고, 무슨 일을 하기로 되어 있는지 정확히 아는 사람은 없었어요. 그래서 우리는 아침마다 오락실로 행군해 가서, 탁구를 치고 사관후보생 학교에 보낼 원서를 작성하곤 했지요.

기초 훈련을 받는 동안 곡사포 말고 다른 무기에도 익숙해지셨겠네요.

보네거트 240밀리 곡사포를 연구하다 보면, 성병 예방 영상조차 볼 겨를이 없답니다.

전선에 도착해서는 어떤 일을 하셨나요?

보네거트 다양한 전쟁영화를 흉내 냈지요.

전쟁 중에 누군가를 향해 총을 쐈나요?

보네거트 그런 경우를 대비해 생각해두었어요. 틀림없이 한 번은 돌격하게 될 것 같아 총검을 빼들었죠.

돌격하셨고요?

보네거트 아니에요. 다른 사람이 돌격했다면, 저도 그랬겠지만 우린 돌격하지 않았어요. 적은커녕 사람 그림자도 보이지 않더군요.

혹시 벌지 전투 중에 있었던 일인가요? 역사상 미군이 가장 크게 패한 전투 중 하나지요.

보네거트 아마도요. 척후병으로서 제 마지막 임무는 우리의 대포를 찾아내는 것이었어요. 대개 척후병은 나가서 적군과 관련된 걸 찾잖아요. 하지만 상황이 너무 악화되어 우리는 결국 우리 것을 찾아야 했어요. 제가 우리 대대의 지휘관을 찾아냈다면, 다들 멋지다고 생각했을 겁니다.

괜찮으시면 독일군에게 붙잡힌 경험을 얘기해주세요.

보네거트 얼마든지요. 우리는 1차세계대전 때의 참호만큼이나 깊은 구덩이에 들어가 있었어요. 사방이 눈이었죠. 누군가 우리가 있는 곳이 룩셈부르크라고 말했어요. 식량은 다 떨어진 상태였고요.

'우리'라면?

보네거트 우리 대대의 척후병 여섯 명이죠. 그리고 우리가 만나본 적 없는 사람들이 50명쯤 나타났죠. 그 독일인들은 숨어 있는 우리를 봤는지 확성기로 상황이 절망적이고 어쩌고저쩌고 하더군요. 그 말에 총검을 빼들었어요. 몇 분 동안은 그 안에 있는 게 좋았어요.

어째서요?

보네거트 가시를 모조리 세운 고슴도치가 되었으니까요. 우리를 잡으러 구덩이로 들어와야 하는 사람이 있다면 불쌍하다고 생각했죠.

어쨌든 독일군은 들어왔죠?

보네거트 아니에요. 대신 88밀리 포탄을 마구 쏘아댔어요. 포탄은 머리 바로 위에 있는 나무 꼭대기에서 터졌죠. 엄청나게 큰 소리와 함께 파편이 소나기처럼 쏟아졌지요. 파편에 맞은 사람도 있었어요. 그러고는 독일군이 다시 우리에게 나오라고 하더군요. 우리는 "개소리 말라."라든가 그 비슷한 말로 응수하지는 않았어요. "좋아."라거나 "진정해."라고 했지요. 마침내 독일군이 모습을 드러냈을 때 보니 흰색 위장복을 입고 있었어요. 우린 그런 게 없었죠. 계절에 상관없이 오직 올리브색뿐이었죠.

독일군이 뭐라고 했나요?

보네거트   우리의 전쟁은 끝났다고, 우리는 운이 좋으며 틀림없이 전쟁에서 살아남을 수 있을 거라고. 그 점은 확신한다고 했어요. 그들은 아마 그 뒤 며칠이 안 돼서 패튼 장군의 제3군단에게 사살되거나 붙잡혔을 거예요. 얽히고설킨 상황이었죠.

독일어를 할 줄 아세요?

보네거트   부모님이 독일어를 쓰는 걸 많이 들었지만 가르쳐주시진 않았어요. 미국에서는 1차세계대전 중에 독일 것이라면 뭐든 심하게 반감을 가졌으니까요. 전쟁 중에 독일 병사들에게 제가 아는 단어 몇 마디를 건네봤지요. 그들은 제 조상이 독일인이냐고 물었고, 저는 "그렇다."고 대답했지요. 그러자 제가 왜 형제를 대상으로 전쟁을 하고 있는지 알고 싶다고 하더군요.

그래서 어떻게 대답하셨나요?

보네거트   그 질문이 무식하고 우습게 느껴졌어요. 부모님은 저를 게르만족과 연결된 과거와 완전히 분리하셨으니, 그들 말대로라면 저를 붙잡은 그들이 볼리비아인이나 티베트인인 편이 나았을 겁니다.

포로가 된 뒤 드레스덴으로 이송되셨나요?

보네거트   우리를 생포한 군대가 타고 온 유개화차^{有蓋貨車}는, 어쩌면 유대인과 집시, 여호와의 증인들을 집단수용소로 데려간 바로 그 화물열차였을 겁니다. 영국의 모스키토 폭격기들이 밤중에 몇 차례 공격했어요. 아마 우리가 전략물자인 줄 알았던 모양이에요. 장교 대부분이 탄 화물열차가 폭격당했죠. 저는 장교들을 싫어한다고 말할 때마다 그건 지금도 꽤 자주 하는 말이지만, 제 상사였던 장교들 가운데 아무도 살아남지 못했다는 사실을 떠올리게 됩니다. 그 와중에 크리스마스가 지나갔죠.

마침내 드레스덴에 도착하셨군요.

보네거트　처음에는 드레스덴 남쪽에 있는 거대한 포로수용소에 있었어요. 사병들은 하사관, 장교들과 분리되었죠. 제네바협정에 따라, 사실 그건 에드워드 왕 시대의 문서이긴 하지만 사병들은 살아남기 위해 일을 해야 했어요. 사람들은 모두 수용소에서 쇠약해졌어요. 사병이었던 저는 드레스덴 시내로 이송되었죠.

폭격 이전, 도시에 대한 인상은 어땠나요?

보네거트　드레스덴은 제가 본 도시 중에 가장 화려했지요. 파리처럼 조각상과 동물원으로 가득 찬 도시였어요. 우린 도살장에서, 그러니까 시멘트 벽돌로 지은 돼지우리에서 지냈어요. 독일군은 침상과 밀짚 매트리스를 넣어주었고, 우린 매일 아침 맥아시럽 공장으로 일하러 갔지요. 시럽은 임신한 여자들을 위한 것이었어요. 젠장 맞을 사이렌이 울렸고, 다른 도시가 폭격을 당하는 소리가 들려오곤 했어요. 펑, 펑, 쾅, 쾅. 우린 폭격을 당할 거라고는 꿈에도 생각하지 못했어요. 시내에는 방공호가 매우 적었어요. 군수공장도 없었고 담배공장, 병원, 클라리넷 공장 같은 것만 있었어요. 그러다 사이렌이 다시 울려 퍼졌어요. 1945년 2월 13일이었죠. 우린 지하 2층에 있는 커다란 육류 냉동 창고로 들어갔어요. 서늘했고 사방에 동물들의 사체가 걸려 있었죠. 우리가 올라왔을 때 도시는 사라지고 없더군요.

냉동 창고에서 숨이 막히지는 않았나요?

보네거트　아니에요. 창고가 꽤 컸고, 우린 수가 많지 않았어요. 쿵! 그들은 먼저 고성능 폭약을 터뜨려 전반적으로 타격을 입힌 뒤 소이탄을 퍼부어댔어요. 전쟁 초기의 소이탄은 꽤 커서 구두 상자만 했지만 드레스덴이 소이탄을 맞을 때는 훨씬 작아졌죠. 그게 도시 전체를 깡그리 태워버렸어요.

지상으로 올라왔을 때 무슨 일이 벌어졌는지 자세히 말씀해주세요.

보네거트　우리를 담당한 경비병은 사병 넷과 중사와 하사 한 명씩이었어요. 그들은 지도자도, 도시도 없는 사람들이 되었지요. 전선에서 총상을 당해 쉬운 직무를 맡도록 고향으로 보내진 드레스덴 주민들이었거든요. 경비병들은 두 시간 동안 차렷 자세로 우리를 지켰어요. 달리 뭘 해야 할지 알지 못한 채 가끔 한쪽으로 가서 이야기를 나누더군요. 우린 부서진 잔해들을 넘으며 이동해, 교외에 있는 남아프리카인들과 함께 머물게 되었어요. 매일 드레스덴 시내로 걸어가 방공호를 파고, 시체들을 끌어냈어요. 위생을 지키기 위한 조치였죠. 그 속으로 들어가면, 평범한 지하실인 보통의 방공호가 마치 동시에 심장마비를 일으킨 사람들로 가득한 전차처럼 보였어요. 모두가 의자에 앉은 채로 질식해 죽은 사람들이었죠. 화염 폭풍은 굉장한 겁니다. 저절로 생기지 않아요. 한가운데서 발생한 토네이도가 원동력이고, 숨 쉴 구석은 빌어먹을 만큼도 없지요. 우리는 시체들을 꺼내 짐마차에 싣고 공원으로 옮겼어요. 그곳은 도시에서도 넓고

탁 트인 지역으로, 돌 부스러기로 뒤덮이지도 않았더군요. 독일군은 질병이 확산되는 걸 막기 위해 장작더미를 쌓고 시체를 불태웠어요. 13만 구의 시신이 지하에 숨겨져 있었어요. 몹시도 치밀한 부활절 달걀 줍기 행사 같았지요. 우리는 독일 병사들의 비상 경계선을 통과해 일하러 갔어요. 민간인들은 우리가 뭘 하러 왔는지 알아보려 하지 않았어요. 며칠 뒤 도시에서는 냄새가 나기 시작했고, 새로운 기술이 개발되었죠. 필요는 발명의 어머니입니다. 우리는 방공호를 부수고 들어가 사람들의 신분도 확인하지 않은 채 귀중품을 모아 경비병들에게 건넸어요. 그러면 군인들이 화염방사기를 들고 문간에 서서 안에 들어 있는 사람들을 소각했어요. 금과 보석을 꺼낸 다음 사람들을 한꺼번에 불태워버린 거지요.

작가가 되려던 사람에게는 대단한 인상을 남겼겠군요.

보네거트 정말 놀라운 광경이었지요. 진실의 순간이기도 했고요. 미국 시민들과 지상군은 집중포격에 미국 폭격기가 연루되었다는 사실을 몰랐으니까요. 전쟁이 끝나기 직전까지 비밀에 부쳐졌지요. 그들이 드레스덴을 불태운 이유 가운데 하나는 이미 다른 곳을 모두 불태웠기 때문이에요. "오늘 밤엔 또 뭐 하지?"라고 말하는 것처럼요. 모두가 준비를 마쳤고, 독일은 여전히 전투 중이었으며 도시를 불태우는 장치 또한 사용되고 있었어요. 도시들을 불태우는 것은 비밀이었어요. 변기가 끓고 유모차에서 불길이 이글거렸죠. 노든 조준기*에 대한 터무니없는 이야기도 돌았죠. 뉴스영화에서 포병 부사관이 45구경 권총을 빼든 헌병을 양쪽에 하나씩 거느린 장면을 보셨을 겁니다. 그건 순 엉터리예요. 그들이 한 일이라고는 도시 위를 날아다닌 것뿐이었어요. 비행기 수백 대가 마구 퍼부어댔죠. 전쟁이 끝난 뒤 시카고 대학에 갔을 때, 제 입학 면접 담당관이 드레스덴 폭격 현장에 있었던 사람이었죠. 그는 제가 살아온 이야기 가운데 그 부분을 듣고는 말했죠. "사실 우린 그 일을 하기가 몹시도 싫었습니다." 그 말이 제 머릿속에 박혀 있어요.

"우린 그렇게 하라는 명령을 받았을 뿐입니다."라고 말하는 사람도 있겠죠.

<u>보네거트</u>   그의 반응은 좀 더 인간적인 것이었지요. 모두가 배운 한 가지는 도시를 얼마나 빨리 재건할 수 있느냐는 것이었죠. 기술자들은 독일을 재건하는 데 5백 년이 걸릴 거라고 말했어요. 실제로는 18주 걸렸지요.

귀국하면 곧바로 그 경험을 글로 쓸 생각이었나요?

<u>보네거트</u>   도시가 파괴된 당시에는 사건의 규모에 대해서 전혀 몰랐어요. 그것이 브레멘이나 함부르크, 코번트리의 모습이었다는 사실도 몰랐고요. 영화에서 본 것을 제외하고는 코번트리를 본 적도 없어서 잣대가 없었어요. 집에 돌아왔을 때(저는 「코넬 데일리 선」The Cornell Daily Sun에 글을 실은 이후로 쭉 작가였어요.) 제가 겪은 전쟁 이야기를 쓸 생각이었죠. 친구들도 모두 고향에 있었어요. 그들 역시 놀라운 모험을 했더군요. 저는 「인디애나폴리스 뉴스」를 찾아가 드레스덴에 대해 어떤 내용을 찾아냈는지 알아봤어요. 3센티미터도 안 되는 뉴스 항목이 하나 있었는데, 우리 쪽 비행기들이 드레스덴으로

• 칼 노든이 설계한 조준장치로, 전쟁 당시 최고 기밀로 분류되었다.(역자 주)

갔고 두 대를 잃었다는 내용뿐이었어요. '2차세계대전 중에 일어난 일 가운데 가장 사소한 것이었던 모양이군.'이라는 생각이 들었어요. 다른 사람들은 글로 쓸 이야깃거리가 무척 많았어요. 당시 출판계에 막 뛰어든 앤디 루니Andy Rooney를 부러워하던 게 기억납니다. 아마 전쟁 이후에 자신이 겪은 전쟁 이야기를 가장 먼저 출간한 사람일 겁니다. 전 그런 멋진 모험은 하지 못했지요. 하지만 유럽인을 만나게 되면 전쟁 이야기를 나누면서 드레스덴에 있었다고 말했지요. 상대방은 놀라며 자세한 이야기를 듣고 싶어했어요. 그러다가 데이비드 어빙이 『파괴된 드레스덴』The Destruction of Dresden을 발표하며 드레스덴 폭격이 유럽 역사상 가장 규모가 큰 대학살이었다고 했죠. 저는 "맙소사, 내가 정말 대단한 걸 본 거로군!"이라고 말했죠. 흥미롭든 그렇지 못하든 제가 겪은 전쟁 이야기를 써서 멋진 작품을 만들어보려고 했어요. 그 과정은 『제5도살장』의 도입부에 간단히 설명했지요. 존 웨인과 프랭크 시나트라를 주인공으로 생각했어요. 그런데 친구의 아내인 메리 오헤어가 "그때 당신은 어린애에 불과했어요. 웨인이나 시나트라 같은 남자 행세를 하는 건 부당해요. 미래 세대에게도 부당한 짓이죠. 전쟁을 보기 좋게 포장하려는 거니까요."라고 말하더군요. 그 말이 무척 중요한 단서가 되었지요.

초점이 바뀌었나요?

보네거트   그녀 덕분에 당시 우리가 실제로 얼마나 풋내기였는지 자유롭게 쓸 수 있었어요. 열일곱, 열여덟, 열아홉, 스물, 스물하나. 우리는 앳된 얼굴이었고, 전쟁 포로였기 때문에 면도를 자주 할 필요도 없었어요.

전쟁에 대해 하나만 더 묻지요. 드레스덴 폭격에 대해 아직도 생각하시나요?

보네거트   그것에 대해 『제5도살장』에서 이야기했어요. 그 책은 지금도 출간되고 있고, 가끔 책과 관련된 이런저런 일을 하고 있지요. 마르셀 오퓔스*가 「정의의 기억」The Memory of Justice이라는 다큐멘터리를 만들면서 저에게 조언을 구했어요. 잔악행위의 관점에서 드레스덴에 대해 이야기해달라고 하더군요. 저 대신 메리의 남편인 제 친구 버나드 V. 오헤어를 소개했죠. 오헤어는 저와 같이 전쟁 포로가 된 척후병 동료였죠. 지금은 펜실베이니아에서 변호사로 일하지요.

왜 직접 증언하지 않으셨나요?

보네거트   제게는 독일식 이름이 있어요. 드레스덴이 폭격을 당해야 했다고 생각하는 사람들과 논쟁하고 싶지 않았습니다. 제가 책에서 말한 내용은, 싫든 좋든 드레스덴이 실제로 지독하게 폭격을 당했다는 것이지요.

유럽 역사상 가장 규모가 큰 학살이었나요?

보네거트   가장 짧은 시간에 13만 명을 죽인 사건이었지요. 어마어마한 숫자죠. 물론 좀 더 속도가 느린 학살계획도 있었지요.

죽음의 수용소 말씀이시군요.

보네거트   맞아요. 수백만 명이 죽임을 당했죠. 많은 사람들은 드레

• 2차세계대전 당시 독일 점령 기간 동안의 프랑스 레지스탕스 신화를 비판한 영화 「슬픔과 연민」의 감독으로 유명하다.

스텐 대학살을 집단수용소에서 자행된 일에 대한 정확하고도 경미한 보복으로 봅니다. 그럴지도 모르지요. 말씀드린 대로 저는 그 점에 대해 논쟁하지는 않지만 무방비 상태의 도시에 있던 사람들을 무차별적으로 살해했다는 사실을 지나가는 말이나마 언급하곤 합니다. 그곳에는 아기와 노인, 동물원의 동물, 그리고 과격한 나치가 수만 명 있었고, 물론 제 절친인 오헤어와 저도 있었지요. 오헤어와 저는 사망자 집계에 참여해야 했습니다. 사망자 수가 늘어날수록 더 정밀한 보복이 된 셈이었죠.

프랭클린 라이브러리에서 『제5도살장』의 고급판 판매를 시작했지요.
보네거트　맞습니다. 새로운 머리말을 써달라는 요청을 받았습니다.

새로 떠오른 생각이 있었나요?
보네거트　저는 지구상에서 오직 한 사람만이 그 공습으로 이득을 봤다고 말했지요. 그 공습은 전쟁을 0.5초도 단축하지 않았고, 그 어디에서도 독일군의 방어나 공격을 약화시키지 못했고, 집단수용소에서 단 한 사람도 해방시키지 못했어요. 오직 한 사람만이 이득을 보았지요. 둘도, 다섯도, 열도 아니에요. 단 한 사람이에요.

누구입니까?
보네거트　바로 접니다. 그 책을 쓴 덕분에 저는 사망자 한 사람당 3달러씩 받은 셈이 되었죠. 상상해보세요.

동시대인들에게 친밀감을 얼마나 느끼시나요?

보네거트 제 형제자매 작가들 말인가요? 당연히 친근하게 느끼지만, 그중 일부와는 대화하기가 어려워요. 전혀 다른 종류의 일을 하고 있다고 느껴지거든요. 그게 한동안 수수께끼로 남아 있었는데, 그러다 솔 스타인버그*가…….

그래픽 아티스트 말인가요?

보네거트 그래요. 그는 예술가는 두 종류가 있는데, 한 부류는 지금까지 나온 작품의 역사에 반응하고, 다른 부류는 인생 자체에 반응한다고 말했지요. 저는 두 번째 범주에 속하죠. 문학을 체계적으로 공부한 적이 없으니 제 문학적 조상들과 게임을 할 수가 없었어요. 저는 코넬 대학에서 화학자로, 그 뒤에는 시카고 대학에서 인류학자로 교육을 받았죠. 저는 서른다섯 살이 되어서야 블레이크에 미쳤고, 마흔 살이 되어서야 『보바리 부인』을 읽었고, 마흔다섯 살이 되어서야 루이 페르디낭 셀린**에 대해 겨우 들었어요. 뜻밖의 행운으로 토머스 울프***의 『천사여 고향을 보라』를 시기를 놓치지 않고 읽었고요.

언제였나요?

• 평생 『뉴요커』의 삽화가로 일하며 뉴욕을 그림으로 표현했다. 만화가, 상업미술가로 널리 활동했고, 삽화를 예술의 경지로 끌어올렸다는 평가를 받는다.
•• 프랑스의 작가이자 의사로, 1932년에 발표한 『밤 끝으로의 여행』으로 유명해졌다. 전범 작가라는 낙인이 찍혀 덴마크로 망명했고, 사후에 작가로서 재평가되었다.
••• 유럽 여행을 묘사한 첫 소설 『천사여 고향을 보라』를 1929년에 발표해 문단의 주목을 받았고, 1938년 38세의 이른 나이에 작고했다. 편집자 에드워드 애스웰이 울프의 원고를 정리해 『거미줄과 바위』(1939), 『그대 다시는 고향에 가지 못하리』(1940)를 출판했다.

보네거트 열여덟 살 때였죠.

독서는 늘 하셨나요?

보네거트 네, 책이 가득한 집에서 자랐지만 학교성적이나 의무감 때문에 읽은 적은 없어요. 읽고 나서 보고서를 쓴다거나 그걸 이해하고 있다는 사실을 세미나에서 증명할 필요도 없었어요. 경험이 전혀 없기 때문에 지금도 책 토론에는 구제불능일 정도로 서툴러요.

작가가 되는 데 가족 중에 누구의 영향이 가장 컸나요?

보네거트 아마 어머니겠지요. 이디스 리버 보네거트. 어머니는 대공황 때 재산을 거의 다 잃었어요. 그 뒤 번지르르한 잡지에 글을 쓰면 돈벌이를 할 수 있겠다고 생각해 밤에 단편소설 창작수업을 들었어요. 노름꾼이 경마신문을 탐독하듯 잡지를 연구했지요.

어머님이 한때는 부유하셨나요?

보네거트 재력 없는 건축가였던 제 아버지는 도시에서 손꼽히는 부자 아가씨와 결혼했어요. 나중에 골드 메달 맥주가 된 리버 라거 맥주를 토대로 쌓은 외가의 재산이었죠. 리버 라거는 파리 박람회에서 상을 탄 뒤 골드 메달로 이름을 바꿨어요.

맥주가 꽤 괜찮았던 모양이에요.

보네거트 제가 태어나기 한참 전이었죠. 전 맛도 못 봤어요. 비밀 재료가 있었다고 들었어요. 외할아버지와 양조 감독이 그걸 넣는 동안 누구도 보지 못하게 했대요.

그게 뭔지 아시나요?

보네거트 커피죠.

어머니께서는 단편소설 창작을 공부하셨고…….

보네거트 아버지는 집 꼭대기 층에 마련한 작업실에서 그림을 그리셨어요. 대공황 때는 건축가가 할 일이 많지 않았거든요. 그땐 누구든 그랬어요. 그런데 어머니 말씀이 옳았어요. 묘하게도 평범한 잡지기자들은 돈을 척척 벌어들이고 있었죠.

그럼 어머니께서는 무척 실용적인 태도로 글쓰기를 대하셨겠군요.

보네거트 어머니는 무척 총명하고 교양 있는 여성이셨죠. 제가 다닌 고등학교는 어머니의 모교이기도 한데, 어머니는 에이 플러스만 받은 수재였지요. 졸업하고서는 동부로 가서 예비신부 학교를 다닌 뒤, 유럽 전역을 여행했고요. 독일어와 프랑스어를 유창하게 하셨어요. 저는 아직도 에이 플러스가 가득한 어머니의 성적표를 보관하고 있어요. 나중에 보니 어머니는 훌륭한 작가였지만 번지르르한 잡지들이 요구하는 천박함에는 재능이 전혀 없었어요. 다행히도 저는 천박함을 장전했기 때문에 어른이 되자 어머니의 꿈인 작가가 될 수 있었죠. 『콜리어스』, 『새터데이 이브닝 포스트』, 『코스모폴리탄』, 『레이디스 홈 저널』 등에 글을 쓰는 건 식은 죽 먹기였어요. 어머니가 살아서 그걸 보셨다면, 살아서 손자손녀들을 보셨다면 얼마나 좋을까요. 모두 열 명인데, 첫째 손자조차 못 보셨어요. 저는 어머니의 다른 꿈도 이루었어요. 오랫동안 케이프코드에 산 것이지요. 어머니는 늘 케이프코드에서 살고 싶어하셨어요. 아들이 어머니가 이루지 못한 꿈을 실현하기 위해 노력하는 것은 흔한 일일 겁니다. 저는 누나가 세상을 떠난 뒤 누나의 아들들을 입양했는데, 그 아이들이 제 누나의 꿈을 이루려 노력하는 모습을 보게 되니 오싹하더군요.

누님도 꿈을 이루셨나요?

보네거트　누나는 『스위스 패밀리 로빈슨』The Swiss Family Robinson •에 나오는 사람들처럼, 더없이 평화로운 고독 속에서 사랑스러운 동물들과 살고 싶어했어요. 누나의 큰아들인 짐은 8년 전부터 자메이카의 산꼭대기에 있는 염소 농장에서 지내고 있어요. 전화기가 없어요. 전기도 없죠.

당신과 어머님이 다닌 인디애나폴리스의 고등학교는 어땠나요?

보네거트　제 아버지도 쇼트리지 고등학교 졸업생이지요.

분명 학교 일간지가 있었겠지요?

보네거트　맞아요. 「쇼트리지 데일리 에코」The Shortridge Daily Echo였지요. 교내에 인쇄소가 있었어요. 학생들이 기사를 쓰고, 조판을 했지요.

방금 무엇 때문에 웃으셨나요?

보네거트　그 당시의 바보 같았던 일이 떠올라서요. 글쓰기와는 상관이 없고요.

들려주시겠어요?

보네거트　수업 중에 일어난 일이에요. 정부가 어떻게 운영되는지 배우는 시간이었죠. 선생님이 한 사람씩 차례로 일어나 방과 후에 뭘 하는지 말해보라고 했어요. 저는 교실 뒤편에 앉아 있었고, 제 옆에는 J. T. 앨버저라는 아이가 앉아 있었죠. 그는 나중에 로스앤젤레스에서 보험 설계사로 일하다가 최근에 죽었지요. 어쨌든 그 친구가 팔꿈치로 저를 계속 찌르면서 방과 후에 뭘 하는지 사실대로 말하라고 다그쳤어요. 사실을 털어놓으면 5달러를 주겠다면서요. 저더러 자리에서 일어나 "저는 모형 비행기를 만들어 자위를 합니다."라고 말하라는 거예요.

그랬군요.

보네거트 저는 「쇼트리지 데일리 에코」 소속이었답니다.

재미있었나요?

보네거트 재미있고 쉬웠지요. 저는 글 쓰는 게 늘 쉬웠어요. 또 또래 학생들을 위해 글 쓰는 법을 익혔지요. 대부분의 초보 작가는 또래를 위해서는 글을 쓰려 하지 않아요. 그들로부터 혼쭐이 나니까요.

그러면 매일 오후 학보사에 가셨겠네요?

보네거트 맞습니다. 그런데 한번은 글을 쓰고 있다가 무심코 겨드랑이 냄새를 맡았어요. 친구들이 그걸 보고는 재미있다고 하더니 '스나프'snarf라는 별명을 붙여줬죠. 졸업 앨범에는, 제 이름이 '커트 스

• 요한 위스가 1812년에 출간한 소설로, 스위스의 한 가족이 무인도에 표류해 살아가면서 벌어지는 이야기를 그렸다. 이후 만화와 영화로 여러 번 만들어졌다.

나필드 보네거트'라고 나와 있어요. 저는 사실 스나프는 아니었어요. 스나프는 여자아이들의 자전거 안장 냄새나 맡고 다니는 녀석들인데, 전 그런 짓은 절대 하지 않았죠. '트워프'ᵗʷᵉʳᵖ•도 구체적인 뜻이 있는 단어였는데, 이제는 아는 사람이 거의 없지요. 마구잡이로 쓴 탓에 이제 '트워프'는 형체 없는 모욕적인 말이 되었죠.

엄밀한 의미에서, 그러니까 원래대로라면 '트워프'는 무슨 뜻인가요?
<u>보네거트</u>   엉덩이 사이에 틀니를 끼워 넣은 남자라는 뜻이지요.

그렇군요.
<u>보네거트</u>   죄송합니다. 틀니를 끼워 넣은 남자나 여자라고 정정할게요. 저는 이런 것 때문에 늘 페미니스트들을 불쾌하게 하거든요.

왜 틀니로 그런 짓을 하는지 이해가 안 되는데요.
<u>보네거트</u>   택시 뒷좌석에 달린 단추를 물어뜯기 위해 가지고 다니죠. 그게 유일한 이유입니다.

쇼트리지를 졸업한 뒤 코넬 대학에 가셨나요?
<u>보네거트</u>   상상이 가네요.

상상이 간다니요?
<u>보네거트</u>   술고래 친구가 한 명 있었어요. 누군가 그에게 전날 밤에 술에 취했느냐고 물으면, 지체 없이 "오, 상상이 가는군."이라고 대답했지요. 저는 그 대답이 마음에 들었어요. 삶이 꿈이란 걸 알려주니

까요. 코넬은 술에 취한 꿈이었어요. 학교 자체가 술에 찌들어 있기도 했고, 제가 재능이 없는 수업만 신청한 탓이기도 했죠. 아버지와 형은 제가 화학을 공부해야 한다는 데 동의했는데, 형이 MIT에서 화학을 무척 잘했기 때문이었죠. 형은 저보다 여덟 살이 많은데, 저보다 더 재미있기도 했고요. 형이 발견한 것 가운데 가장 유명한 건, 요오드화은**으로 비나 눈을 내리게 할 수 있다는 이론이에요.

누님도 재미있는 분이었나요?

보네거트　그럼요. 그런데 누나의 유머에는 잔인한 면이 있었어요. 전반적인 성격과는 어울리지 않았지요. 누군가 넘어지는 걸 보면 몹시도 재미있어했어요. 한번은 어떤 여자가 전차에서 일직선으로 내리는 모습을 본 거예요. 누나는 그걸로 몇 주 동안을 웃어댔어요.

일직선으로 내려요?

보네거트　네. 어쩌다 힐이 낀 게 문제였어요. 전차 문이 열렸고, 누나는 우연히 보도에 서 있다가 그 여자가 판자처럼 몸을 쭉 뻗은 채 그대로 땅바닥으로 얼굴을 처박는 모습을 본 거죠.

몸 개그는요?

보네거트　당연히 좋아했죠. 우린 로렐과 하디***를 무척 좋아했어

• 멍청이라는 뜻.(역자 주)
•• 요오드와 은을 반응시켜 얻는 노란색 결정으로, 사진 제판이나 인공 강우, 강설에 쓰인다. 의료 분야에서는 방부제나 소독제로 쓰기도 한다.
••• 스탠 로렐과 올리버 하디. 찰리 채플린, 버스터 키튼과 같은 시대에 활동한 코미디 듀엣으로, 수많은 무성영화에 출연했다.

요. 영화에서 볼 수 있는 가장 우스운 장면이 뭔지 아세요?

모르겠는데요.

보네거트 캐리 그랜트가 한밤중에 잔디밭을 가로질러 뛰어가는 장면이 나오는 영화가 있어요. 나지막한 울타리 앞에 이르러 멋지게 뛰어넘었는데, 글쎄 울타리 너머 6미터 아래로 떨어져 사라져버렸지 뭡니까. 하지만 누나와 제가 가장 좋아한 장면은 따로 있지요. 영화에서 어떤 사람이 모두에게 호통을 친 다음 외투가 있는 벽장으로 당당하게 나간 거예요. 물론 그는 다시 등장해야 했는데, 옷걸이와 목도리가 온몸에 휘감긴 채였죠.

코넬 대학에서 화학 학위를 따셨나요?

보네거트 3학년 때까지 모든 과목에서 낙제했어요. 그러고는 기쁘게 입대한 뒤 전쟁터로 갔죠. 전쟁이 끝난 뒤에는 시카고 대학에서 인류학을 즐겁게 공부했습니다. 수학과는 거의 상관없는, 시적인 학문이죠. 그때 저는 결혼한 몸이었고, 곧 아이가 하나 생겼어요. 그 아이가 마크입니다. 마크는 나중에 정신질환을 앓게 되고, 그것에 대한 책을 썼지요. 『에덴행 특급열차』The Eden Express가 그 아이가 쓴 책이에요. 마크에게도 아이가 하나 있는데, 제 첫 손자인 자카리랍니다. 마크는 하버드 의과대학에 다니는데, 곧 2학년을 마치게 되지요. 졸업할 때는 동기들 가운데 유일하게 빚이 없을 겁니다. 그 책 덕분에 말이지요. 정신적 파탄에서 제대로 회복된 사례라고 말하고 싶습니다.

인류학 공부가 글에 영향을 미쳤나요?

보네거트   제 무신론을 확정해주었죠. 제 선조들의 믿음이기도 하지만요. 루브 골드버그 장치*처럼 늘 생각해오던 대로 종교를 설명하고 연구했어요. 한 문화를 다른 문화보다 우월하게 여기는 건 용납되지 않았어요. 인종을 많이 언급하면 혼쭐이 났지요. 무척이나 이상적인 분위기였어요.

거의 종교나 다름없었군요?

보네거트   맞아요. 제게는 인류학이 유일한 종교죠, 지금까지는.

논문은 뭘 쓰셨나요?

보네거트   『고양이 요람』이지요.

그건 시카고 대학을 떠나고 한참 뒤에 쓰셨잖아요?

보네거트   논문을 쓰지 않고 시카고 대학을 떠났어요. 학위가 없었죠. 논문에 대한 제 의견은 거부당했고, 돈도 바닥나서 뉴욕 주 스키넥터디에 있는 제너럴 일렉트릭사GE 홍보 담당으로 취직했지요. 20년 뒤에 시카고 대학 총장이 편지를 보냈어요. 그분이 제 서류를 철저하게 살펴본 모양이에요. 그 총장의 말이, 학칙에 의해 수준 높은 출판물은 논문을 대체할 수 있으므로 저에게 석사 학위를 수여한다고요. 『고양이 요람』을 인류학 교수들에게 보여주었고, 그들이 그건

---

* 미국의 만화가 루브 골드버그가 고안한 기계장치로, 모양이나 작동 원리는 아주 복잡하고 거창한데 하는 일은 굉장히 단순한 기계를 일컫는다.

제대로 된 인류학이라고 말했답니다. 그래서 학위증을 우편으로 보낼 거라고 하더군요.

축하드립니다.

보네거트   뭘요. 식은 죽 먹기죠.

『고양이 요람』에 나오는 인물들 가운데 일부는 GE에서 알게 된 사람들을 토대로 하셨죠?

보네거트   건망증이 심한 펠릭스 호니커 박사는 GE연구소의 스타인 어빙 랭뮤어* 박사를 희화화한 거예요. 저는 그와 안면이 조금 있었죠. 형이 그분과 일했거든요. 랭뮤어 박사는 건망증이 아주 심했어요. 한번은 거북이가 머리를 집어넣으면 척추가 휘어지는지 아니면 수축되는지 큰 소리로 묻더군요. 전 그 내용을 책에 집어넣었어요. 또 한번은 그분의 아내가 집에서 아침을 차려줬는데 다 먹고 나서 접시 밑에 팁을 놓고 나왔답니다. 그 내용도 책에 넣었어요. 하지만 그분이 책에 가장 크게 기여한 건 제가 '아이스–나인'이라고 부르는 것의 아이디어였어요. 그건 상온에서 고체화하는 물분자의 결합 형태로, 모든 것을 얼려버리죠. 랭뮤어 박사가 제게 직접 말한 건 아니고, 실험실에 퍼진 전설이었죠. 허버트 조지 웰스**가 스키넥터디에 왔을 무렵, 제가 오기 오래전 일이에요. 그 일이 생겼을 때 저는 라디오를 들으며 모형 비행기를 만드는 어린 소년일 뿐이었지요.

네?

보네거트   어쨌든 웰스가 스키넥터디에 왔고, 랭뮤어 박사가 접대를 맡게 되었어요. 박사는 과학소설에 쓸 만한 이야기로 웰스를 즐겁게 해줄 수 있을지 모른다고 생각했어요. 하지만 웰스는 흥미를 보이지 않았고, 그 아이디어를 활용하지도 않았어요. 얼마 뒤 웰스가 죽었고, 십여 년 뒤 랭뮤어도 죽었죠. 전 마음속으로 생각했어요. '줍는 사람이 임자지. 그 아이디어는 내가 갖자.' 그건 그렇고, 랭뮤어 박사는 노벨상을 받은 최초의 민간업계 과학자랍니다.

솔 벨로가 노벨 문학상을 받은 것을 어떻게 생각하세요?

보네거트　문학을 영예롭게 할 수 있는 가장 훌륭한 방법이었죠.

그와 대화를 나누는 건 편하신가요?

보네거트　그럼요. 세 번쯤 기회가 있었어요. 아이오와 대학에서 학생들을 가르치고 있을 때, 벨로가 강의해준 적이 있지요. 순조롭게 진행되었어요. 어쨌든 우리에겐 한 가지 공통점이 있었는데…….

뭔가요?

보네거트　둘 다 시카고 대학 인류학과 출신이라는 거지요. 제가 아는 한, 그는 인류학적 탐사를 떠나본 적이 없고, 저도 마찬가지예요. 대신 우린 산업화 이전의 사람들을 창조했지요. 저는 『고양이 요람』으로, 그는 『비의 왕 헨더슨』***으로.

• 1932년 노벨 화학상 수상자로, 1909년부터 40년 동안 GE연구소에서 활동했다.
•• 『우주전쟁』, 『투명인간』, 『타임머신』 등을 써 '영국 과학소설의 아버지'라고 불린다.
••• 1959년에 발표한 소설로, 부조리한 현실 세계를 떠나 아프리카 땅을 여행하는 미국인 백만장자 헨더슨의 모험담을 그렸다.

동료 과학자인 셈이로군요.

보네거트 저는 과학자가 절대 아닙니다. 하지만 아버지와 형에게 과학자가 되라는 압력을 받은 건 사실이지요. 과학의 추론과 장난기가 어떻게 작동하는지 잘 압니다. 거기에 동참할 재능은 없지만요. 과학자 친구들과 어울리기를 좋아하고, 그들이 무엇을 연구하고 있는지 말해주면 쉽게 흥분하고 즐거워하지요. 문학 쪽 사람들보다 과학자들과 더 많은 시간을 보냈는데, 대개 형의 친구들이지요. 배관공이나 목수, 자동차 정비공들과도 즐거운 시간을 보낸답니다. 10년 전부터 문학 쪽 사람들과 어울리게 되었는데, 아이오와에서 가르치던 2년이 그 시작이었지요. 아이오와에서 넬슨 앨그렌, 호세 도노소, 도널드 저스티스, 조지 스타벅, 마빈 벨과 친구가 되었어요. 작년에 출간한 『슬랩스틱』에 대한 평론으로 판단해보면, 사람들은 저를 문단에서 쫓아내고 싶어하는 것 같아요. 제가 온 곳으로 되돌려보내려고 말이지요.

혹평이 있었나요?

보네거트 「뉴욕 타임스」, 『타임』, 『뉴스위크』, 『뉴욕 리뷰 오브 북스』, 『빌리지 보이스』, 『롤링 스톤』에서만요.

그런 적의는 무엇 때문이라고 생각하세요?

보네거트 『슬랩스틱』이 형편없는 책일지도 모르죠. 다들 엉망으로 쓰는데, 저라고 왜 아니겠어요? 평론의 유별난 점은, 사람들이 제게 잘한 적이 없다고 인정하기를 원한다는 거예요. 일요판 「뉴욕 타임스」에서 한 평론가는 과거에 저를 칭찬한 평론가들에게 그들이 틀렸음을 공개적으로 인정하라고까지 했어요. 제 출판 담당자인 샘 로런스는 작가들이 부유해지면 공격을 받는다면서 위로했지요.

위로가 필요하셨겠군요?
보네거트　평생 그렇게 기분이 안 좋은 적은 없었어요. 다시 전쟁통의 화물열차에 서서 잠을 자고 있는 것만 같았죠.

그 정도로 힘드셨어요?
보네거트　정말 힘들었어요. 평론가들은 제가 벌레처럼 쪼그라지길 원했으니까요. 그들은, 제가 갑자기 돈을 벌어서 그러는 게 아니었어요. 제가 문학을 체계적으로 공부하지도 않고 글을 쓰고, 저속한 잡지에 돈벌이용 글을 거리낌없이 써왔으니 신사적이지 못하고, 학문적인 대가를 지불하지 않은 게 불만이었던 거죠.

괴로우셨지요?
보네거트　그럼요. 하지만 저속한 회사와 저속한 직업에 몸담고, 교육을 제대로 받지 못한 사람이라 괴로웠던 거예요. 돈을 위해 예술을 타락시켰다는 혐의만으로도 충분히 수치스러운데, 앞에서 말한 대로 엄청 부유해졌다는 중죄가 추가된 거예요. 책은 지금도 여전히 출간되고 있으니 저와 출판사, 우리 모두에게 너무 나쁜 상황이죠.

반격하실 작정인가요?
보네거트　어떤 면에서는요. 전 뉴욕주예술위원회[NYSCA]에 속해 있는데, 다른 위원들이 좋은 기회가 될 수도 있으니 대학 영문학과로 공지를 보내자고 하면 저는 이렇게 말합니다. "차라리 화학과, 동물학과, 인류학과, 천문학과, 물리학과에 보내세요. 의학부와 법학부에도 보내고요. 미래의 작가들이 있을 가능성이 큰 곳입니다."

그렇게 믿으세요?

보네거트　문학을 하는 사람이 문학사가 아닌 다른 것에 관심을 둔다면 엄청나게 자극을 받을 수 있다고 생각해요. 문학 자체를 과대평가해서는 안 되지요.

작품에 등장하는 여성들에 대해 이야기해보지요.

보네거트　아무것도 없습니다. 진짜 여성은 없지요. 사랑도 그렇고요.

상세하게 설명해주실 만한 주제인가요?

보네거트　기술적인 문제입니다. 이야기를 쓸 때 일어나는 일은 대부분 기술적인 것으로, 이야기를 작동시키는 기법적인 문제와 관련돼요. 예를 들어 카우보이 이야기와 경찰관 이야기는 흔히 총격전으로 끝나는데, 그런 종류의 이야기를 끝내는 데 총격전이 가장 그럴듯한 장치이기 때문이지요. "끝"이라고 말하는 부자연스러운 행동을 대신해주는 장치로 죽음만 한 게 없지요. 제 소설에서 깊은 사랑 이야기를 배제하려고 애쓰는데 특정한 주제, 특히 사랑이 부각되면 다른 이야기를 꺼내기가 불가능하거든요. 독자들은 다른 이야기를 듣고 싶어하지 않아요. 사랑에 열광하지요. 소설 속 연인이 진정한 사랑을 얻으면, 그것으로 이야기는 끝나버리지요. 3차대전이 일어나려 하고, 하늘이 비행접시들로 새카맣게 채워지더라도 말이에요.

그래서 사랑 이야기를 배제하시는군요.

보네거트   이야기하고 싶은 다른 내용이 있어요. 랠프 엘리슨도 『보이지 않는 인간』*에서 그렇게 했지요. 그 감명 깊은 책에서 주인공이 사랑할 대상을, 그에게 반한 사람을 발견했다면 그게 이야기의 끝이 되었을 겁니다. 셀린도 『밤 끝으로의 여행』**에서 똑같이 했어요. 진정한 마지막 사랑의 가능성을 배제했지요. 이야기가 계속 진행될 수 있도록.

소설 작법에 대해 이야기하는 작가들은 많지 않습니다.

보네거트   저는 야만스러운 기술 관료라서 그게 포드사의 '모델 T'처럼 손볼 수 있는 거라고 믿습니다.

어떤 목적으로요?

보네거트   독자에게 즐거움을 주기 위해서요.

앞으로 연애소설을 쓰실 생각이 있나요?

보네거트   아마도요. 저는 사랑이 넘치는 생활을 하고 있어요. 하지만 사랑이 넘치고 일상이 순조로울 때도, 가끔 이런 생각을 한답니다. '맙소사, 우리 잠시만이라도 다른 얘기 좀 할 순 없을까?' 정말 재밌는 게 뭔 줄 아세요?

• 엘리슨이 생전에 발표한 유일한 장편소설로, 흑인 소년이 자신의 정체성을 찾아가는 과정을 그렸다.
•• 자전적 소설로, 의학도인 페르디낭의 인생 역정이 변화무쌍하게 전개된다.

아니요.

보네거트   제 책들은 외설스럽다는 이유로 전국의 학교 도서관에서 추방됐어요. 소도시 신문에 보낸 독자 편지들을 봤는데 『제5도살장』을 포르노 영화 「딥 스로트」나 『허슬러』 잡지와 동급으로 취급하더군요. 누가 『제5도살장』을 보고 자위를 할 수 있답니까?

세상에는 별별 사람이 있으니까요.

보네거트   검열관들이 싫어하는 건 제 종교예요. 제가 그들이 생각하는 전능한 신에게 경의를 표하지 않는다고 생각하지요. 신의 명성을 보호하는 것이 정부가 당연히 해야 할 일이라고 생각해요. 제가 할 수 있는 말은 이것뿐이에요. "검열관들에게 행운이 있기를, 정부에게 행운이 있기를, 신에게 행운이 있기를." 헨리 루이스 멩켄이 종교인들을 두고 한 말이 있어요. 그는 자신이 대단히 오해를 받았다고 말했지요. 그저 종교인들이 웃기다고 생각했을 뿐, 그들을 증오하지 않는다고요.

가족 가운데 작가가 되는 데 가장 큰 영향을 미친 사람이 어머니라고 하셨잖아요. 『슬랩스틱』에 누님 얘기가 많이 나와서, 누님이라고 대답하실 줄 알았어요.

보네거트   『슬랩스틱』에서 누나를 위해 글을 썼다고 밝혔죠. 성공한 작가들은 머릿속에 있는 한 명의 독자와 함께 창작을 해요. 그게 예술적 통일성의 비밀이지요. 머릿속에 있는 사람과 뭔가를 만들게 된다면 누구든 통일성을 달성할 수 있어요. 누나가 죽은 뒤에야 그동안 누나를 위해 글을 써왔다는 걸 깨달았어요.

누님도 문학을 좋아하셨나요?

보네거트 글을 무척 잘 썼지요. 책을 많이 읽지는 않았지만요. 생각
해보면 헨리 데이비드 소로도 말년에는 그랬거든요. 아버지도 마찬
가지고요. 책을 많이 읽지 않았지만 기가 막히게 잘 쓰셨어요. 아버
지와 누나가 쓴 편지를 제 글과 비교하면 부끄러울 뿐이죠.

누님도 돈을 벌기 위해 글을 쓰려고 하셨나요?

보네거트 아니에요. 누나는 조각에 재능이 있었어요. 한번은 누나에
게 그 많은 재능으로 왜 더 유익한 일을 하지 않느냐며 화를 냈어요.
누나는 재능이 있다고 그걸로 뭔가를 해야 할 의무는 없다고 대답
했지요. 충격적인 얘기였어요. 지푸라기 같은 재능이라도 붙잡고 최
대한 멀리 그리고 빨리 달려야 한다고 생각해왔으니까요.

지금은 어떻게 생각하세요?

보네거트 글쎄요. 지금 생각해보면 누나가 했던 말은 여성적인 지
혜였던 것 같아요. 제겐 누나만큼이나 재능 있는 두 딸이 있는데, 그
애들이 재능을 움켜쥐고 필사적으로 달린다고 해서 침착함과 유머
감각을 잃게 될 일은 결단코 없을 거예요. 그 애들은 제가 필사적으
로 달리는 모습을 봐왔고, 틀림없이 정신 나간 짓으로 보였을 겁니
다. 이건 최악의 비유네요. 그 애들이 실제로 본 건, 수십 년 동안 꼼
짝 않고 앉아 있는 남자였으니까요.

타자기 앞에서요?

보네거트 맞아요. 게다가 덜떨어진 머리에서는 연기가 피어오르고.

담배를 끊어본 적이 있나요?

보네거트 두 번 있지요. 처음엔 갑자기 확 끊어버렸는데 산타클로스로 변했죠. 오동통해져서 몸무게가 110킬로그램을 훌쩍 넘겼어요. 1년 남짓 금연하던 중에 하와이 대학 오아후 캠퍼스에서 강의를 맡게 되었어요. 어느 날 밤 일리카이 호텔 꼭대기에서 코코넛을 마시고 있었는데, 행복의 고리를 완성하기 위해서 담배를 피워야겠다는 생각이 불현듯 들었어요. 그래서 그렇게 했죠.

두 번째는요?

보네거트 아주 최근이에요. 작년에 담배를 끊어보려고 스모크엔더스SmokEnders에 150달러를 지불하고 등록했어요. 기간은 6주였죠. 금연 프로그램은 회사에서 약속한 그대로 쉽고 교훈적이었어요. 수료증과 인증 배지도 받았지요. 행복하고 뿌듯했지만, 정신 줄을 놓아버린 게 문제였어요. 주변 사람들은 제가 참을 수 없을 만큼 독단적이고 퉁명스럽고 잠시도 가만있지 못한다는 걸 눈치 챘죠. 글쓰기도 그만뒀어요. 편지조차 쓰지 않았죠. 잘못된 거래를 한 게 분명했어요. 그래서 다시 담배를 피우기 시작했지요. 속담처럼 "세상에 공짜 점심 같은 건 없다."랄까요.

글쓰기를 배울 수 있다고 생각하시나요?

보네거트 골프를 배우는 것과 비슷해요. 전문가가 제 스윙의 결점을 지적해줄 수 있잖아요. 저는 2년 동안 아이오와 대학에서 그 작업을 잘해냈다고 생각해요. 게일 고드윈, 존 어빙, 조너선 페너, 브루스 도블러, 존 케이시, 제인 케이시는 아이오와에서 가르친 학생들이죠.

그들 모두 멋진 작품을 출간했어요. 부끄럽지만 하버드 대학에서는 참 형편없게 가르쳤어요. 핑계를 대자면 결혼생활은 파탄 났고, 매주 뉴욕에서 케임브리지로 통근해야 했으니까요. 2년 전 시티 칼리지에서는 더 형편없었어요. 한꺼번에 진행한 프로젝트가 너무 많았거든요. 이제 더는 가르치고 싶지 않아요. 이론만 알 뿐이에요.

그 이론을 몇 마디로 요약해주신다면요?

보네거트 아이오와의 작가연수 프로그램을 만든 폴 엥글이 제게 한 말이에요. 프로그램 전용 건물이 생긴다면 입구에 이 말을 새겨야 한다고 말하더군요. "매사에 너무 심각하게 굴지 마시오."

그게 얼마나 도움이 될까요?

보네거트 그들에게 쓸모 있는 농담을 하는 법을 배우고 있음을 깨우쳐주겠지요.

쓸모 있는 농담이라니요?

보네거트 백지 위에 적힌 검은 흔적 몇 개로 사람들을 웃고 울게 만든다면, 그게 유용한 농담이 아니고 뭐겠어요? 모든 훌륭한 이야기는 사람들을 반복해서 속아 넘어가게 하는 위대한 농담이에요.

예를 들면요?

보네거트 고딕 소설이 있지요. 매년 수십 권이 출간되는데, 모두 잘 팔립니다. 제 친구 보든 딜*은 최근에 재미 삼아 고딕 소설을 썼는데, 줄거리가 뭐냐고 물었더니, "젊은 여자가 낡은 집에 일자리를 구하고 아주 섬뜩한 일을 겪게 돼."라고 대답하더군요.

예를 몇 가지 더 들면요?

보네거트 다른 것들은 설명할 만큼 그리 재밌지 않아요. 누군가 곤경에 빠졌다가 벗어나요. 누군가 뭔가를 잃었다가 되찾거나, 부당한 일을 겪고 복수를 해요. 신데렐라도 있고요. 누군가는 파멸하고 나락으로 떨어져요. 누군가는 사랑에 빠지고, 수많은 사람이 방해해요. 고결한 사람이 죄가 있다고 고발을 당해요. 죄 지은 사람은 고결하다고 믿어지고요. 또 어떤 사람은 용감하게 역경에 맞선 뒤 성공하거나 실패해요. 어떤 사람은 거짓말을 하고, 물건을 훔치고, 죽이고, 간통을 저지르지요.

이렇게 말씀드려 죄송하지만, 무척 고리타분한 플롯들인데요.

보네거트 장담컨대 현대소설의 그 어떤 책략도, 플롯을 없애버린 특성마저도 독자에게 진정한 만족을 주지 못할 겁니다. 그 고리타분한 플롯 가운데 하나가 어딘가에 몰래 숨어 있지 않는 한 말이에요. 저는 독자들이 책을 계속 읽게 하는 방법으로서가 아닌, 삶을 정확하게 재현하는 플롯은 칭찬하지 않아요. 소설 창작을 가르칠 때 학생들에게 등장인물이 뭔가를 당장 원하도록 만들라고 주문하곤 했지요. 그게 물 한 잔뿐이더라도 말이에요. 현대 생활의 무의미함에 마비된 등장인물이라도 물은 마셔야 하잖아요. 제 학생 가운데 하나는, 왼쪽 아래 어금니 사이에 치실이 끼었는데 종일 그걸 뺄 수 없는 수녀에 대한 이야기를 썼어요. 소설은 치실보다 훨씬 중요한 문제를 다루고 있지만 독자로 하여금 책을 계속 읽게 만든 건 그 치실이 언제 빠질 것이냐에 대한 호기심이었지요. 그 소설을 읽는 사람들 중에 손가락을 자기 입속에 넣고 더듬지 않은 사람이 없었을 겁니다. 플롯을 배제하고, 뭔가를 원하는 누군가를 배제하면 독자를 배제하는 거예요. 그건 비열한 행동이지요. 독자를 배제하는 또 다른 방법은 당장 알려주지 않는 거예요. 이야기가 어디에서 일어나고 있는지, 인물들은 누구인지, 그리고…….

무엇을 원하는지.

<u>보네거트</u>   그래요. 또 인물들이 서로 맞서지 않게 해서 독자를 졸리게 할 수도 있지요. 학생들은 현대 생활에서 사람들이 충돌을 피하기 때문에 자신들도 대립하는 장면을 만들고 싶지 않다고들 말하면서 "현대 생활은 정말 외로워요."라고 하지요. 그건 나태함일 뿐이에요. 대립하는 장면을 무대에 올리는 게 작가가 할 일이에요. 그러니까 인물들이 놀랍고 폭로적인 내용을 이야기해 독자들을 가르치고 즐겁게 해줘야 해요. 작가가 그 일을 할 수 없거나 하지 않는다면, 이 장사에서 손을 떼야 해요.

장사요?

<u>보네거트</u>   장사요. 목수는 집을 짓고, 정비공은 자동차를 고치죠. 이야기꾼은 독자가 시간을 낭비하고 있다고 느끼지 않도록 독자의 시간을 이용해야 해요.

• 보네거트의 동갑내기 친구로, 단편을 많이 썼다. 리 보든, 로이스 딜 등 여러 개의 필명을 사용했다.

확실히 재능은 필수적인가요?

보네거트　모든 분야에서요. 저는 잠시 케이프코드에서 사브 자동차 중개인으로 일하면서 거기 정비학교에 등록했는데 금방 쫓겨났지요. 정비에는 전혀 재능이 없었어요.

이야기를 하는 재능은 흔한가요?

보네거트　이 나라 어디에서든 스무 명으로 구성된 창작 수업에서, 보통 여섯 명의 학생은 놀랄 만큼 재능이 뛰어납니다. 그중 둘은 머지않아 출간할지도 모르고요.

나머지 학생들과 그 둘은 뭐가 다릅니까?

보네거트　문학을 제외한 다른 요소가 머릿속에 들어 있을 겁니다. 그들 또한 저속한 사람일지 몰라요. 누군가 자신을 알아줄 때까지 수동적으로 기다리진 않을 거라는 뜻입니다. 자기 글을 읽어달라고 강력하게 주장할 겁니다.

홍보 일도 하셨고 광고 일도 하셨잖아요.

보네거트　네.

힘드셨어요? 재능을 낭비하고 있다고 느끼셨나요?

보네거트　아니에요. 그런 종류의 일이 작가의 영혼을 해친다는 건 낭만적인 생각이에요. 리처드 예이츠*와 저는 아이오와에서 매년 작가와 자유기업제도에 대해 강의했어요. 학생들은 싫어했죠. 우린 작가가 굶어 죽을 지경이 된 경우에, 아니면 책을 쓰기 위해 충분한 자본을 모으고 싶은 경우에 할 수 있는 온갖 자질구레한 일에 대해 말했어요. 요즘은 출판사에서 작가들의 첫 소설에 돈을 투자하지 않고, 잡지들이 죽었고, 텔레비전 쪽에서도 젊은 프리랜서들의 작품을 사지 않아요. 재단들도 저 같은 늙은 바보들에게만 보조금을 지원하니, 젊은 작가들은 부끄럽지 않은 품팔이를 해서 생활을 이어나가야 할 겁니다. 그렇지 않으면 우린 곧 현대문학을 잃게 될 거예요.

심각한 문제죠.

<u>보네거트</u>　비극이에요. 저는 젊은 작가들이 어떻게든 살아남을 수 있는 방법을 찾아내기 위해 계속 애쓸 겁니다.

젊은 작가들에게 보조금을 지급해야 할까요?

<u>보네거트</u>　뭔가 해야 해요. 자유시장 경제체제에서 작가들은 스스로를 부양할 수 없게 됐으니까요. 저는 애초부터 기막힌 사업가였습니다. GE에서 일할 때 첫 단편인 「반하우스 효과에 대한 보고서」 Report on the Barnhouse Effect를 써서 『콜리어스』에 우편으로 보냈습니다. 그때 코넬 대학 동창생인 녹스 버거가 소설 편집장이었죠. 녹스는 그 소설의 문제가 무엇이고, 어떻게 고쳐야 하는지 자세하게 말해줬어요. 녹스가 말해준 대로 고쳤고, 그는 750달러에 그 소설을 샀어요. GE의 6주치 급여였죠. 다른 소설을 바로 썼고, 녹스는 950달러를 주면서 GE를 그만둘 때라고 말했죠. 전 그 말을 따랐고, 프로빈

• 『부활절 퍼레이드』, 『맨해튼의 열한 가지 고독』 등을 출간했고, 영국의 「타임스」로부터 20세기 가장 뛰어난 통찰력을 지닌 작가라는 평가를 받았다.

스타운으로 이사했어요. 단편소설 가격은 순식간에 2900달러까지 올랐고, 녹스는 자신만큼이나 스토리텔링에 능수능란한 대리인 둘을 붙여줬어요. 『콜리어스』에서 녹스의 전임자였던 케네스 리타우어와 MGM 영화사의 이야기 편집자였던 맥스 윌킨슨이었죠. 여기에 꼭 기록해두세요. 제 또래인 녹스 버거가 그 시대 그 어떤 편집자들보다 젊은 작가들을 더 많이 발굴하고 격려했다는 사실을 말이에요. 이런 내용은 어디에도 기록되어 있지 않을 겁니다. 그건 작가들만 아는 사실이고, 어딘가에 기록해두지 않으면 쉽게 잊혀버릴 사실이지요.

녹스 버거는 현재 어디 있나요?

보네거트 출판 대행을 하고 있어요. 제 아들 마크의 대리인이지요.

리타우어와 윌킨슨은요?

보네거트 리타우어는 10년 전쯤 죽었어요. 참, 그는 스물셋에 라파예트 비행단의 대령이었어요. 제 멘토였죠. 윌킨슨은 은퇴한 뒤 플로리다로 갔어요. 출판 대리인이 된 건 그에게는 당혹스러운 일이었지요. 낯선 사람이 그에게 직업을 물으면, 목화 재배업자라고 대답하곤 했죠.

지금은 새로운 멘토가 있나요?

보네거트 아니요. 멘토를 찾기엔 너무 늦었지요. 지금은 제가 뭘 쓰든지 발행인(저보다 젊지요.)의 논평 없이, 담당 편집자나 어느 누구의 논평 없이 조판됩니다. 글을 쓰는 목적인 누나도 없고, 갑자기 제 삶에 채워지지 않는 일자리가 생긴 거예요.

안전그물 없이 높은 곳에 있는 듯한 기분인가요?
보네거트 균형을 잡아줄 막대마저 없는 것 같죠. 불안하고 초조한 느낌이 들 때도 있어요.

덧붙이고 싶은 말씀이 있나요?
보네거트 학교나 극장 현관문에 달린 비상용 빗장panic bar 아시죠? 문을 세게 부딪히면 활짝 열리는 거 말이에요.

네.
보네거트 그 비상용 빗장 브랜드는 대부분 '본 듀프린'이에요. '본'은 '보네거트'의 첫 글자죠. 제 친척이 오래전에 시카고 이로쿼이 극장에서 일어난 화재를 겪은 뒤, 다른 두 사람과 함께 비상용 빗장을 발명했어요. '프린'은 프린즐러예요. '듀'는 누구인지 잊어버렸네요.

알겠습니다.
보네커트 이 말도 하고 싶네요. 유머 작가들은 막내인 경우가 아주 흔해요. 어린 시절, 제일 꼬마인 제가 저녁 식탁에서 주목을 끌 수 있는 방법은 우스갯소리를 하는 것뿐이었어요. 전문가가 되어야 했지요. 전 라디오에 나오는 코미디언들의 말을 집중해서 들었고, 농담하는 법을 터득했지요. 그게 제 책의 내용이고, 이제 저는 농담으로 이루어진 모자이크, 즉 어른이 되었지요.

좋아하는 농담이 있다면요?

보네거트 누나와 늘 세상에서 가장 재미난 농담이 뭐냐를 두고 입씨름을 했어요. 물론 외투 벽장으로 뛰어든 남자 다음으로 말이에요. 둘이 우연찮게 함께 일하게 되었을 때, 우린 로렐과 하디만큼이나 웃길 수 있었어요. 그게 『슬랩스틱』의 기본적인 내용이에요.

세계 최고의 농담에 대해 결국 합의하셨요?

보네거트 결국 두 가지로 합의를 봤죠. 두 가지 다 이렇게 준비 없이 말하긴 좀 어려워요.

어쨌든 들려주시죠.

보네거트 웃기진 않을 겁니다. 누구도 웃은 적이 없죠. 하나는 '검은 소 두 마리'라는 농담이에요. 검은 소 두 마리는 흑인으로 분장한 백인 남자들이에요. 모런과 맥이죠. 둘은 빈둥거리며 느릿느릿 대화하는 흑인 남자를 연기하죠. 이런 식이에요. 모런이 말해요. "어젯밤에 플란넬 천으로 만든 케이크를 먹는 꿈을 꿨어." 맥이 말해요. "그래?" 모런이 받아쳐요. "그런데 잠에서 깨니 담요가 없어졌지 뭐야."

음.

보네거트 안 웃기다고 말했잖아요. 또 다른 최고의 농담은 당신의 협조가 필요해요. 질문을 하나 할 텐데 "아니요."라고 대답해야 해요.

알겠습니다.

보네거트 크림이 우유보다 훨씬 더 비싼 이유를 아십니까?

아니요.

보네거트   소들이 작은 병 위에 몸을 웅크리기 싫어하기 때문이죠. 봐요, 이번에도 웃지 않았지만 맹세컨대 이건 훌륭한 농담이에요. 정교한 솜씨죠.

채플린보다 로렐과 하디를 좋아하시는 것 같아요.

보네거트   채플린을 좋아하긴 하지만, 그는 관객과 너무 동떨어진 존재예요. 너무나 명백한 천재지요. 그 나름대로는 피카소만큼이나 훌륭한데, 그 점이 오히려 부담스러워요.

단편소설을 또 쓰실 건가요?

보네거트   마지막 단편이라고 생각했던 것을 8년 전쯤 썼지만 다시 써보고 싶어요. 할란 엘리슨이 자기가 만들고 있는 모음집에 실을 글을 달라고 했어요. 이야기의 제목은 '더 빅 스페이스 픽'The Big Space Fuck이었죠. 제목에 '픽'을 쓴 작가는 제가 처음일 겁니다. 안드로메다에서 정액으로 가득 찬 탄두를 실은 우주선을 발사하는 내용이죠. 그 이야기를 생각하면 인디애나폴리스 시절의 친구가 떠올라요. 제게 남은 유일한 인디애나폴리스 친구, 윌리엄 페일리죠. 2차세계대전에 참전해 헌혈을 할 때 그는 정액을 대신 기증해도 되는지 궁금해했지요.

부모님이 재산을 모두 잃지 않았다면, 당신은 지금 뭘 하고 있을까요?

보네거트   아버지와 할아버지처럼 인디애나폴리스에서 건축가로 살고 있을 테죠. 행복했을 거고요. 어쨌든 한 가지 재미난 사실은, 제가 태어나던 1922년에 아버지가 가족을 위해 지은 집에 실력이 뛰어난 젊은 건축가가 지금 살고 있어요. 정문 옆에 있는 작은 창문 세 개의 납틀 유리에 저와 누나, 형의 이름 머리글자가 쓰여 있지요.

그리워할 행복한 옛 시절이 있는 거로군요.

보네거트   맞아요. 인디애나폴리스에 갈 때마다 똑같은 질문이 머릿속에 자꾸만 떠올라요. '내 침대는 어디 있지?' 그리고 아버지와 할아버지의 유령이 그 도시에 나타난다면 분명 자신들이 지은 건물들이 다 어디 갔느냐며 이상하게 생각할 거예요. 두 분이 지은 건물 대부분이 있던 도시 중심은 주차장으로 바뀌었거든요. 또 친척들이 다 어디 갔는지도 궁금해할 거예요. 그분들은 대가족 속에서 자랐지만 이제 그런 가족은 없죠. 전 대가족의 분위기를 아주 약간 맛보았습니다. 시카고 대학에서 인류학과의 학과장인 로버트 레드필드가 본질적으로 안정되고 고립된 친족사회에 대해 강의할 때, 그게 얼마나 좋은지 전 그의 말을 듣지 않아도 알 수 있었죠.

더 하실 말씀은요?

보네거트   음, 작가들을 위한 기도를 발견했어요. 선원과 왕, 군인을 위한 기도는 들어봤지만 작가를 위한 기도는 못 들어봤죠. 여기에서 말해도 될까요?

물론이죠.

보네거트   새뮤얼 존슨이 1753년 4월 3일에, 영어사전을 집필하는 계약서에 서명한 날에 쓴 거죠. 그는 자기 자신을 위해 기도하고 있어요. 4월 3일은 '작가의 날'로 기념해야 할 겁니다. 어쨌든 그 기도는 이렇습니다. "오, 신이시여! 지금까지 저를 지지해주시고, 제가 이 노동과 지금의 모든 과업을 계속할 수 있게 하신 신이시여! 마지막 날, 제게 맡겨진 재능을 발휘했는지 평가받게 될 때 용서받게 하소서. 예수 그리스도의 이름으로 기도드립니다, 아멘."

자기 재능을 최대한 빨리 그리고 멀리 가져가려는 소망 같은데요.

보네거트 맞습니다. 그는 악명 높은 글 품팔이였지요.

자신을 글 품팔이라고 여기세요?

보네거트 그중에서도 형편없는 부류죠.

어떤 부류요?

보네거트 대공황의 자식이거든요. 이 시점에서 우린 이 인터뷰가 어떻게 완성되었는지 얘기해야 해요. 솔직함이 모든 걸 망치지 않는다면요.

결과야 상관없지요.

보네거트 저와 함께한 네 번의 인터뷰는 『파리 리뷰』에 제출됐어요. 그걸 이어 붙여 하나로 만들어 제게 보여주셨죠. 그 계획은 상당히 잘 진행되었고, 저는 또 다른 인터뷰 진행자에게 그걸 하나로 통합하라고 했죠. 제가 바로 그 사람이죠. 극도로 조심스럽게 저 자신을 인터뷰한 거죠.

알겠습니다. 마지막 질문입니다. 당신이 출판위원이라면, 현재의 통탄할 상황을 해소하기 위해 무얼 하시겠습니까?

보네거트 훌륭한 작가들은 부족하지 않습니다. 우리에게 부족한 건, 신뢰할 수 있는 독자들입니다.

그래서요?

보네거트 일을 그만두는 모든 사람에게 복지수표를 수령하기 전에 반드시 독서록을 제출하도록 해야 한다고 건의하는 바입니다.

감사합니다.

보네거트 감사합니다.

데이비드 헤이먼 David Hayman 위스콘신 대학의 비교문학 명예 교수.

데이비드 마이클리스 David Michaelis 앤드류 와이어스의 전기를 써 베스트셀러가 되었다. 현재 뉴욕에서 활동하고 있다.

조지 플림턴 George Plimpton 미국의 저널리스트, 작가, 편집자, 배우, 아마추어 스포츠맨이었다. 그의 스포츠 관련 글은 『파리 리뷰』로 유명해졌다. 라스베이거스에서 공연된 「시저스 팰리스」라는 연극에서 코믹 배우로 연기했고, 뉴욕 필하모닉 오케스트라와 협연하고 프로 스포츠 이벤트에 참여하는 등 '참가형 저널리즘'으로 유명했다. 『더 베스트 오브 플림턴』, 『오픈 넷』, 『아웃 오브 마이 리그』 등을 남겼다.

리처드 로즈 Richard Rhodes 1937년 캔사스에서 태어났고, 예일 대학을 졸업한 뒤 저작 활동을 시작했다. 1988년 『원자폭탄 만들기』로 퓰리처상을 수상했고, 광우병의 비밀을 파헤친 『죽음의 향연』을 써 과학 저술가로서의 진가를 발휘했다.

주요 작품 연보

『자동 피아노』Player Piano, 1952

『타이탄의 미녀』The Sirens of Titan, 1959

『마더 나이트』Mother Night, 1961

『고양이 요람』Cat's Cradle, 1963

『신의 축복이 있기를, 로즈워터 씨』God Bless You, Mr. Rosewater, 1965

『제5도살장』Slaughterhouse-Five, 1969

『챔피언들의 아침 식사』Breakfast of Champions, 1973

『슬랩스틱』Slapstick, 1976

『제일버드』Jailbird, 1979

『데드아이 딕』Deadeye Dick, 1982

『갈라파고스』Galápagos, 1985

『타임퀘이크』Timequake, 1997

『신의 축복이 있기를, 닥터 키보키언』God Bless You, Dr. Kevorkian, 1999

『나라 없는 사람』A Man Without a Country, 2005

:: 04

이분법을 넘어선
새로운 목소리

어슐러 K. 르 귄
URSULA K. LE GUIN

어슐러 K. 르 귄 미국, 1929. 10. 21.~

1966년 『로캐넌의 세계』를 시작으로 『유배 행성』, 『환영의 도시』로 이어지는 SF 헤인 시리즈 세 편을 2년 사이에 차례로 출간했다. 미국과 영국에서 100만 부 이상 팔리고, 16개국에 번역된 『어스시』 시리즈는 『반지의 제왕』, 『나니아 연대기』와 함께 세계 3대 판타지 소설로 꼽힌다.

1929년 캘리포니아 주 버클리에서 인류학자인 아버지와 동화작가인 어머니 사이에서 태어났다. 르 귄의 작품에 드러나는 사회인류학에 대한 관심은, 미국 최초로 인류학 박사 학위를 받은 아버지 앨프리드 L. 크로버의 영향이 크다.

11세에 소설을 쓸 정도로 문학에 남다른 재능을 보인 르 귄은, 래드클리프 대학에서 문학사 학위를 받은 뒤 컬럼비아 대학에서 석사 학위를 받았다. 이후 프랑스에 유학 갔다가 역사학자인 찰스 르 귄을 만나 1953년 결혼했다. 판타지 소설과 수필, 시, 아동문학 등 왕성한 작품 활동으로 미국 과학소설작가협회에서 수여하는 네뷸러 상을 다섯 차례 수상했고, 휴고 상 또한 다섯 차례 수상했다. 전미도서상, 그랜드 마스터 상 등 수많은 상을 휩쓸며 판타지 소설의 대가로 평가받았다.

르 귄의 책 제목이기도 한 '어둠의 왼손'은 빛이며, 빛의 오른손은 어둠이듯 선과 악, 부와 가난, 흑과 백, 진보와 보수, 여성과 남성의 이분법을 넘어 평등하고 조화로운 사회를 꿈꾸는 르 귄의 생각은 작품 곳곳에 드러난다. 단순한 환상적 이야기를 넘어 인생의 깊이와 지혜를 엿볼 수 있는 독특한 판타지 소설을 꾸준히 보여주고 있다.

르 귄과의 인터뷰

존 레이

SF작가에게 어울리게 겉에서 보는 것보다 내부가 훨씬 넓은 집에는 반전이 숨어 있다.
세인트헬렌스 화산의 원뿔 모양 폐허가 내려다보이는 베란다가 바로 그것이다.
르 귄은 거실에서 나를 맞이했지만, 우리는 곧바로 베란다로 자리를 옮겼다.

어슐러 K. 르 귄이 책을 출간하기 시작하던 1960년대 초반에는 이른
바 하드SF가 과학소설을 장악했다. 하드SF는 물리학과 화학을 기초
로 하고, 생물학에는 덜 의지하는 사변적인 소설이다. 과학기술의 진
보가 순수한 '선'이라는 합의는 대체로 아무런 의심 없이 받아들여졌
다. 미국은 국가 간 분쟁에서 전례 없는 명성을 만끽하고 있었고, '황
금시대'로 알려지게 된 과학소설은 예외주의*를 우주에 투영했다.
『어메이징 스토리』**와 『매거진 오브 판타지 앤 사이언스 픽션』의
페이지를 가득 채운 우주모험은, 백인 남자들이 백인 남자들을 위해
그들의 이야기를 쓰는 것이 대세였고, 인종이나 성적 다양성도 이따

---

* 미국이 다른 나라들과 다른 '특별한' 국가이기 때문에 세계를 이끄는 소명이 있다고 여기
는 사상.(역자 주)
** 1926년 창간된 세계 최초의 과학소설 전문 잡지.(역자 주)

금씩만 허용되었다. 르 귄의 첫 소설인『로캐넌의 세계』는 과학자가 주인공으로 등장하는데, 기존의 관행을 뒤집지는 못했다. 그러나 커다란 변화가 다가오고 있었다.

단행본 가운데『어둠의 왼손』보다 장르의 관습을 강하게 뒤엎은 작품은 없었다. 르 귄은 네 번째 작품인 이 소설에서 고정된 성性이 없는 세상을 상상했다. 인물들의 성 역할은 상황에 따라 결정되며, 매달 한 번만 성이 발현된다. 책은 행성을 탐사하는 민족지학자의 수첩에 적힌 1차 자료들의 모자이크 형식인데, 사무적인 일지에서부터 외계인 신화의 단편에 이르기까지 그 내용이 다양하다. 제이디 스미스*와 앨리스 버드리스를 포함한 여러 작가들이 영향을 받은 작품으로『어둠의 왼손』을 꼽았고, 해럴드 블룸은 이 작품을『서구의 정전』The Western Canon에 수록했다. 그 뒤 수십 년 동안 르 귄은 판타지 시리즈를 쓰며 자신의 영역과 독자층을 계속 넓혀왔다. 수십 권의 책들 중 일부만 이야기하자면 무정부주의자들의 유토피아적 우화인『빼앗긴 자들』과 그녀의 작품으로 가장 유명한 판타지 시리즈인『어스시』가 있다. 르 귄의 생산성은 놀랍다. 2008년에 나온『라비니아』는 스물세 번째 장편소설이다.

어슐러 K. 르 귄은 1929년 캘리포니아 주의 버클리에서, 저명한 인류학자 앨프리드 L. 크로버와 이시Ishi**의 전기이자 베스트셀러인『두 세계의 이시』Ishi in Two Worlds를 쓴 시어도라 크로버의 딸로 태어났다. 이시는 캘리포니아 대학 버클리 캠퍼스에 있는 박물관에서 여생을 보냈다. 르 귄은 대가족 속에서 부모님을 찾아온 수많은 학자뿐만 아니라 원주민들과도 어울리며 유년기를 보냈다. 래드클리프 대학에서 문학사 학위를 받았고, 스물두 살이던 1952년에는 컬럼비아 대학에서 프랑스와 이탈리아 르네상스 문학으로 석사 학위를 받았다. 1953년 프랑스로 가는 배에서 역사학자인 찰스 르 귄을 만났고, 몇 달 뒤 결혼했다.

르 귄과 포틀랜드 주립대학의 역사학 교수를 지낸 찰스는, 지난 반세기 동안 포틀랜드 산림공원 바로 아래에 있는 가파른 가로수 길에 자리 잡은 당당하지만 수수한 빅토리아풍의 집에서 살고 있다. SF 작가에게 어울리게 겉에서 보는 것보다 내부가 훨씬 넓은 집에는 반전이 숨어 있다. 세인트헬렌스 화산의 원뿔 모양 폐허가 내려다보이는 베란다가 바로 그것이다. 르 귄은 거실에서 나를 맞이했지만, 우리는 곧바로 베란다로 자리를 옮겼다. 르 귄이 기르는 고양이의 맹렬한 관심에서 벗어나기 위해서였다.

• 케임브리지 대학 영문과 재학 중에 발표한 단편소설과 에세이가 주목을 받았고, 25세 때인 2000년에 출간한 첫 장편소설 『하얀 이빨』이 베스트셀러가 되었다.
•• 북아메리카 최후의 야히족 인디언.

From the Archives of Hain: Transcript of Ansible (Instantaneous Message Transmitter)
Document 01-1099 - + sub two , Sih Ao Prime Mine on Gethen/Winter.

1st - Draft Ch. I LHD

My Equals + chosen Masters, Stabiles and Councellors of the Ekumenal Councils, men + women of the Ekumen of the Known Worlds: I give you greetings from Winter.

The reports of my first six years, the Infiltration + Examination period, are on file with the Archives. I intend to make a less formal report of this second stage of my mission to Winter, the interest of which will be historical. I shall simply note my observations of events as they occur, + describe matters, places, + people as I meet them, as if I kept a private journal. The tone is generally sober + judgment is restrained that in judgment has been given of my mission de to the household of man-kind. Now I must my detachment, cease to be a dispassionate observer + begin reading the Ekumenical persuasions as political science get lost among the Ecumenical extrapolate. It is not easy to convince even the of the great nations of this planet that it has anything They do not look beyond their yet Now This preamble done, I begin with today, Cycle 93, Ecumenical year 1491, 44th day, + henceforth shall take by local time. This is Odharhahad, or the 22d day of Tuwa, the third month of spring, of the year mentioned in the early report that Gethenians do not count up to the present from a fixed date, but count backward from the year One, the present year. Here The present year, the current actual year, is always the year One; + you count backward + towards, past + future, from the minute to minute, Now. So it is late spring, in Erhenrang, capital city of Karhide, the royal seat of King Argaven XV of the Hauge Dynasty, and

어슐러 K. 르 귄
×
존 레이

'**과학소설**'science fiction이라는 용어를 어떻게 생각하세요?

<u>어슐러 K. 르 귄</u> 음, 무척 복잡한 이야기인데요.

그 용어가 편하신가요, 아니면 터무니없게 느껴지시나요?

<u>르 귄</u> '과학소설'이 훌륭한 명칭이라고 생각하지는 않지만, 다른 종류의 글과 다르니 고유한 명칭을 가질 만하다고 생각해요. 하지만 제가 과학소설가로만 불린다면, 까칠해지고 전투적이 될 수도 있어요. 전 소설가이자 시인이니까요. 몸에 맞지도 않는 작디작은 통에 밀어 넣지 마세요. 저는 사방에 있으니까요. 제 촉수들이 비둘기집 구멍을 통해 여기저기로 나오고 있답니다.

과학소설가를 '비둘기집 구멍에서 사방으로 뻗어 나가는 촉수들'이라고 정의할 수 있을 것 같은데요.

르 귄 맞아요.

당신의 작품들보다 '과학소설'이라는 용어가 더 잘 어울리는 작품을 쓴 작가들이 있어요. 예를 들어 아서 C. 클라크[*]의 소설은 구체적인 과학 개념과 연결되죠. 그에 반해 당신의 소설에서는 철학이나 종교, 사회과학보다 자연과학의 비중이 작지요.

르 귄 하드SF 소설가들은 물리학과 천문학, 화학을 뺀 나머지를 무시해요. 그들에게 생물학, 사회학, 인류학은 물러터진 것들이죠. 그들은 인간이 무엇을 하는지에 전혀 관심이 없지만 전 사회과학에 무척이나 끌려요. 사회과학에서 많은 아이디어를 얻는데, 특히 인류학이 그렇답니다. 나름의 사회를 갖춘 다른 행성, 다른 세계를 만들어낼 때 제가 만드는 사회의 복잡성을 통해 뭔가를 시사하기 위해 노력해요. 단순한 제국을 언급하는 데 그치지 않고 말이에요.

그래서 당신의 소설이 문단에서 찬사를 받는 걸까요? 인간의 복잡성과 심리에 치중하니까요.

르 귄 과학소설을 읽지 않는 사람들이 제 글을 통해 과학소설에 좀 더 쉽게 다가오도록 하는 데 도움이 되었다고 하더군요. 하지만 장르로 인한 편견이 최근까지도 무척 심했어요. 작가 활동을 한 대부분 동안 과학소설이라는 꼬리표가 붙어 있는 건 비평적으로 말해 죽음의 키스예요. 화성인이나 촉수에 대한 귀여운 제목이 붙은 작은 상자 속에 들어가 비평을 받았다는 뜻이죠.

말이 나온 김에, 저명한 인류학자의 자녀로 성장하는 건 어땠나요? 작가가 될 때 도움이 됐나요?

르 귄 수없이 받은 질문인데, 정말 대답하기 어려워요. 분명 아버지의 관심사와 기질에는 기품이 있었어요. 아버지는 모든 것에 관심을 보였죠. 그런 지성인과 사는 건 교육과 같았죠. 아버지의 학문 영역이 인간을 다루는 분야였으니, 작가에게는 정말 행운이었지요.

우린 매년 여름을 나파 계곡의 목장에서 보냈어요. 황폐하지만 무척 편안한 곳이었고, 부모님을 찾아온 손님들이 아주 많았어요. 아버지는 동료 학자들이나 외국에서 온 손님들을 대접하시곤 했어요. 1930년대 후반이었고, 전 세계에서 피난민들이 들어오고 있었어요. 손님들 중에 인디언이 두 명 있었어요. 아버지와 함께 일했는데, 그들의 언어와 관습을 배우며 친구처럼 지냈죠. 그중 한 명인 후안 돌로레스는 파파고족이에요. 우리 가족의 진짜 친구였죠. 그는 2주나 한 달 동안 머물곤 했어요. 말하자면 원주민 삼촌이 있었던 거예요. 다른 문화에서 온 그들은 제게 어마어마한 선물이었어요.

그 선물의 본질은 무엇인가요?

르 귄 '타인'을 경험해볼 수 있는 것이 아닐까요? 많은 사람들이 그런 체험을 못 하거나 기회가 생겨도 붙잡지 않아요. 지금 산업국가에 사는 모든 이들은 텔레비전 같은 도구를 통해 타인을 보기는 하지만, 함께 사는 것과는 다르죠.

"산토끼처럼 비종교적으로 키워졌다."라고 말씀하신 적이 있잖아요. 그런데도

• 아이작 아시모프, 로버트 하인라인과 함께 영미 SF문학계의 3대 거장으로 꼽히는 작가이자 미래학자로, 『2001 스페이스 오디세이』, 『유년기의 끝』, 『라마와의 랑데뷰』 등이 있다.

상당히 많은 글에 종교에 대한 관심이 스며 있어요.

르 귄   도교와 불교에 관심이 많고, 그 둘로부터 많은 걸 얻었어요. 도교는 제 생각의 체계를 구성하는 일부분이 되었죠. 그리고 불교는 몹시 흥미로워요. 종교가 다루려고 애쓰는 중요한 문제들에 관심이 많답니다.

도교와 불교로부터 무엇을 얻었는지 말씀해주시겠어요?

르 귄   도교는, 제가 세상을 이해하는 방법을 찾아다니던 젊은 시절에 삶을 바라보고 이끄는 방법을 이해하게 해주었어요. 노자는 언제나 제가 원하는 것, 배워야 할 것을 알려줬죠. 지금도 마찬가지고요. 『도덕경』의 제 번역본, 제 해석, 뭐라 부르든 그건 그 길고도 행복한 유대관계의 부산물이지요. 불교에 대한 제 지식은 도교보다 훨씬 빈약해요. 나중에 접했지만 명상하는 법을 알려줬고, 도덕적 나침반의 방향을 제시해주기 때문에 필수적이지요.

커트 보네거트는 1977년에 『파리 리뷰』와 한 인터뷰에서 인류학을 자신의 유일한 종교라고 했어요.

르 귄   그가 무슨 뜻으로 한 말인지는 정확히 알아요. 저도 인류학에 의지하고 있어요. 제가 주인공을 골라야 한다면 찰스 다윈이 될 거예요. 과학적 호기심과 지적 탐구가 포함된 그의 정신, 그리고 그 모든 걸 조합하는 능력 때문에요. 다윈의 사고에는 진정한 영성靈性이 있어요. 그도 그걸 느꼈고요.

혹시나 해서 하는 말입니다만, 만족스러운 종교를 찾으려 한 그 노력이 작가로서 나아가는 방향에 영향을 미쳤나요? 다시 말해 현존하는 종교 중 어떤 것도 만족스럽지 않다면, 스스로 하나 만들면 되지 않나요?

르 권 저는 진리를 추구하거나 탐구하는 사람이 아니에요. 정답이 하나만 있다고 생각하지 않기 때문에 그걸 찾으려 한 적도 없어요. 탐구적이라기보다 놀기 좋아하는 쪽이에요. 삶을 다양한 방식으로 생각하고, 종교적으로 시험해보는 게 좋아요. 한마디로 저는 종교를 창시하는 데 적합한 사람이 아니에요.

다른 존재들을 이렇게 '시험해보도록' 당신을 이끄는 건 뭔가요?

르 권 지적 에너지와 호기심이겠죠. 이런저런 일을 하면서 그것에 대해 생각하는, 다양하고 대안적인 방법에 대한 타고난 관심 말이에요. 그게 저를 현실적인 세계보다 있을 수도 있는 세계에 대해 더 많이 쓰도록 이끈 요소일지 몰라요. 그리고 더 깊은 의미에서는 제가 소설을 쓰도록 이끌었을 수도 있고요. 소설가는 늘 '시험 삼아' 다른 사람이 되어보곤 하니까요.

글을 쓰기 시작했을 때, 사변소설을 쓰고 싶다는 생각을 하셨어요?

르 권 절대 아니에요. 그저 몹시 일찍부터, 우습게 들리겠지만 대여섯 살 때부터 글쓰기가 제가 하게 될 일이란 걸 알고 있었어요. 하지만 그냥 글쓰기였지, 형식이 정해진 건 아니었어요. 시작은 시였죠. 진짜 이야기를 쓰게 된 건 아홉 살이나 열 살 이후였을 거예요. 판타지 소설이었는데, 당시에 읽고 있던 대부분의 책이 그런 종류였으니까요. 그 무렵 오빠와 함께 동전을 모았는데, 제목이 '환상적인 이야기' 비슷한 10센트짜리 싸구려 잡지를 사기 위해서였어요.

『어메이징 스토리』 말씀이세요?

르 귄 맞아요! 어린 나이에 입문한 탓에 제가 읽는 소설은 판타지 쪽으로 치우쳤어요. 사실주의는 무척 세련되고 어른스러운 문학 형태예요. 그런데 그 점이 약점일 수 있지요. 하지만 판타지는 어디에나 존재하고, 언제나 아이들의 마음을 끌어당기지요.

사람들이 "늘 작가가 되고 싶었나요?"라고 물으면 저는 "아니에요! 전 늘 작가였는걸요."라고 대답해요. 작가가 되어 작가다운 삶을 영위하고, 매력적인 사람이 되고, 뉴욕에 가고 싶은 마음은 없었어요. 그저 제 일인 글쓰기를 하되 정말 잘하고 싶었죠.

다른 작가들과 비교하셨고요?

르 귄 어떤 의미에서는 경쟁하거나 비교했죠.

어떤 작가와 비교하며 본인의 작품을 평가했나요?

르 귄 비슷하진 않지만 제가 좋아했던 훌륭한 작가들 말인가요?

네.

르 귄 찰스 디킨스, 제인 오스틴. 그러다가 버지니아 울프의 글을 읽을 줄 알게 됐을 때는 그녀를 좋아했죠. 그 뒤부터는 늘 정상을 노렸어요. 성공하지 못할 걸 알더라도 도전하지 않는다면 무슨 재미가 있겠어요.

작품을 세상에 내놓게 되었을 때, 어떤 작가가 되어야겠다는 생각이 있었나요?

르 귄 제 주특기는 소설이지만 시를 쓰게 되리란 걸 알고 있었죠.

처음에 출간한 작품은 모두 시였는데, 아버지 영향도 있어요. 아버지는 시를 쓰는 게 상당히 힘든 일이란 걸 아셨어요. 체계와 성실함, 시간이 필요한 일이죠. 아버지는 "네가 시를 쓰도록 도와줄 수 있어. 재미있을 거야!"라고 말씀하셨어요. 아버지는 소규모 잡지들로 구성된 하위문화에 관심이 있었고, 그게 나름의 규칙이 있는 세계란 걸 아셨어요.

그래서 인류학적으로 연구하셨고요?

르 귄   아버지는 모든 것에 호기심을 보이셨죠. 그리고 실제로 제 시를 잡지사에 보내기도 하셨어요.

그때 나이가 어느 정도였나요?

르 귄   이십 대를 보내고 있었어요. 소설도 써서 응모했는데 역시 아버지가 영향을 미쳤죠. 첫 소설은 아주 이상하지만 무척 야심 찼어요. 제가 창조한 중앙유럽 국가인 오시니아의 많은 세대를 다루었죠. 아버지는 앨프리드 A. 크노프*와 오래전부터 아는 사이였어요. 전 열일곱 살 때 블랑슈 크노프와 함께 리코더 교습을 받았어요. 블랑슈 아줌마는 정말 우아했지만 겁이 많았어요. 저는 뚜뚜 소리를 내는 그분과 협주를 하곤 했답니다.

뉴욕에서 있었던 일인가요?

르 귄   맞아요. 스물세 살 무렵, 크노프에게 소설을 보내면 두 분의

---

* 앨프리드 크노프 출판사의 설립자.(역자 주)

우정을 이용하는 거라고 생각하시는지 아버지께 여쭤봤더니, "아니, 어서 보내보렴."이라고 말씀해주셨어요. 그래서 바로 소설을 보냈고, 크노프는 아름다운 답장을 보내주었어요. "이걸 맡을 수가 없구나. 10년 전이라면 그렇게 했겠지만 지금은 여유가 없단다."라고 하더군요. 그러면서 "이건 매우 이상한 이야기지만, 넌 분명 어딘가로 가고 있어."라고 덧붙였어요. 제가 필요한 건 그게 전부였어요. 원고 수락은 중요하지 않았죠.

크노프 씨가 일반적으로 보이는 반응은 아니었을 것 같은데요.
르 귄   맞아요. 저는 그분이 제 아버지에게 마냥 친절했다고도 생각하지 않아요. 그다지 친절한 사람도 아니었고요. 아버지는 그분을 해적이라고 불렀어요.

그럼 그 오시니아 소설은 빛을 보지 못했나요?
르 귄   그렇죠. 그걸 발굴해서 출판하는 이는 저주를 받을지니!

머릿속에서 인물들이 선명해질 때까지는 작업을 진행할 수 없다고 쓰셨잖아요. 하지만 작품들 중에 일부는 등장인물들이 아니라 탐색하고 싶은 개념에서 시작된 것 같아요.
르 귄   아마 『빼앗긴 자들』이 가장 부합하는 경우일 거예요. 그 책은 비록 단편소설로 시작했지만, 제게는 물리학자라는 인물이 있었어요. 그는 어딘가의 수용소에 있었어요. 이야기는 아무 진전이 없었어도, 전 그 인물에게 사실감이 있다는 걸 알고 있었죠. 제겐 콘크리트 덩어리가 있었고, 그것의 내부 어딘가에는 다이아몬드가 있었지요. 하지만 콘크리트를 뚫고 들어가는 데는 오랜 시간이 걸렸어요. 저는 반전문학을 읽기 시작했고, 핵무기 폐지 운동에도 참여하게 되었어요. 오랫동안 신통찮은 반전활동가로 살아왔지만, 제가 운동을 하는 이유에 대해서는 몰랐다는 걸 깨달았죠. 간디가 쓴 책조차 읽은 적이 없었죠. 그래서 관련된 문학작품을 읽으면서 스스로 교육과정을 거쳤고, 그 과정은 저를 공상적 이상주의로 이끌었어요. 크로포트킨*의 책은 평화주의적 무정부주의로 이끌었죠. 그러다 어느 순간 무정부주의 유토피아를 글로 쓴 사람이 아무도 없다는 생각이 들었어요. 사회주의 유토피아나 디스토피아를 그린 책은 있었지만. 재밌겠다는 생각이 들었죠. 그래서 그 뒤로 구할 수 있는 모든 무정부주의 문학을 읽었지요. 포틀랜드의 작은 서점들을 제대로 찾아가면 꽤 많이 구할 수 있답니다.

갈색 종이봉투에 책을 담아주던 곳 말인가요?

르 귄 서점 주인과 친해져야 해요. 주인이 당신을 신뢰한다면 안쪽으로 데려가서 더 많은 자료를 보여줄 거예요. 그중 일부는 폭력적인 무정부주의론으로, 정부가 눈살을 찌푸렸을 것들이죠.

　　자료들 속에서 2년 동안 허우적거린 뒤에 다시 제 콘크리트 덩어리에 접근할 수 있었고, 그게 산산조각 난 걸 발견했어요. 제겐 물리학자라는 등장인물이 있었지만 그는 제가 생각했던 인물이 아니었어요. 그래서 그 책은 하나의 개념이 아니라 일군의 조합된 개념들로 시작됐어요. 글로 쓰기에 무척 까다로웠는데, 거의 아무것도

---

* 19세기 러시아의 무정부주의자이자 지리학자.(역자 주)

없는 상태에서 그 사회를 창조해야 했기 때문이에요. 무정부주의 작가들, 특히 폴 굿맨* 같은 미국 작가들의 도움을 받았는데, 굿맨은 실제로 무정부주의 사회가 어떤 모습일지 상상하려 애썼지요.

비현실적인 논의는 아니네요.

르 귄   저는 계획표를 쓰고 있는 게 아니라 소설을 쓰고 있었죠.『빼앗긴 자들』을 쓴 뒤에 유토피아에 대해 더 깊이 생각했어요. 관념으로서의 유토피아가 죽어가고 있으며, 사람들이 그걸 글로 쓸 수 없다는 사실을 깨달았죠. 디스토피아는 어디에나 있었어요. 저는『언제나 집으로 돌아오기』에서 다른 이야기를 썼어요. 그게 제가 쓸 수 있는 최선의 유토피아인 것 같아요. 하지만 개념에 관심이 많은 사람들의 흥미를 끈 건『빼앗긴 자들』이에요. 그 사람들은『언제나 집으로 돌아오기』를, 우리 모두가 인디언의 천막으로 되돌아가야 한다고 주장하는 일종의 히피 유토피아로 여겨요. 제가 할 수 있는 말은 이것뿐이에요. "여러분, 좀 더 주의 깊게 읽어보세요."

그 책은 실제로 어떤 역할을 하나요?

르 귄   단순한 청사진이 아니라 비전으로서, 완전히 다른 생활방식을 문명세계에 제안하죠. 대가도 크고 파괴적인 진보에 점점 더 열을 올리는 문명세계에 말이에요.

카세트테이프를 부록으로 단 형태로도 출간하셨지요? 소설에 나오는 민요들 가운데 일부를 새로 만들어서요.

르 귄   그 음반의 제목은 「케시족의 음악과 시」^{Music and Poetry of the Kesh}

예요. '오리건 셰익스피어 축제'의 음악감독이던 토드 바턴이 작곡했죠. 토드와 저는 그걸 토드의 가수들과 함께 만들었어요. 4도음, 5도음, 9도음으로 이루어진 곡인데, 케시족이라면 그렇게 했을 테니까요. 우린 미치도록 재미있게 그 앨범을 만들었어요. 만들고 나니 앨범의 저작권을 신청하고 싶더군요. 저작권 사무소에서 답변이 왔는데 민요로는 저작권을 신청할 수 없다는 거예요. 원주민들의 음악이라면서. 우린 웃으면서 말했죠. "우리가 원주민들을 창조했는데요. 원주민들에 대한 저작권은 신청할 수 있나요?"

작품을 구상하면서 판매를 염두에 두신 적이 있나요?

르 귄   초기에는요. 소설이 출간되기까지 무척 오랜 시간이 걸렸어요. 글을 보내고 거부당하는 세월이 반복되면서 자포자기하고 있었죠. '난 그저 다락방에나 어울리는 글을 쓰고 있는 걸까?'라는 의문이 들기 시작했어요. 그리고 제 글을 팔 수 있을지 알고 싶어서 판타지 소설, 장르 소설을 필사적으로 썼죠. 처음에 팔린 단편들 가운데 하나인 「파리의 4월」이면에는 그런 자극이 있었어요.

「파리의 4월」을 장르 소설이라고 보긴 어렵지 않나요?

르 귄   그건 시간여행 판타지예요. 그리고 같은 주에 「음악에」 $^{An die}$ $_{Musik}$ 원고도 팔렸는데, 가상의 나라가 배경이긴 하지만 현실감 있는 동화로, 작은 문학지에 팔렸어요. 「파리의 4월」을 산 잡지사는 『판타스틱』이었는데, 잡지 다섯 권과 30달러를 줬어요. 요즘으로 치면

• 사회비평가이자 작가로, 건설적인 무정부주의 주장을 담은 도시계획론과 교육론을 폈다.

300달러 정도, 단편소설 하나 값으로는 상당했지요.

처음에는 직접 에이전트까지 하셨다는 게 사실인가요?

르 귄 맞아요. 처음에 장편 세 개를 에이스 북스의 돈 윌하임에게 팔았어요. 그 출판사는 '에이스 더블'이라는 이름으로 짧은 소설 두 개를 앞쪽과 뒤쪽에서 각각 시작하도록 붙이는 작업을 하고 있었죠. 귀여운 아이디어였어요. 그 뒤에 『어둠의 왼손』을 썼는데, 처음 쓴 과학소설 세 권과 약간 다른 체계라는 걸 깨달았어요.

『어둠의 왼손』을 완성하셨을 때 감지하셨군요. 그게…….

르 귄 더 거창하다는 걸요.

어떤 의미에서 더 거창했나요?

르 귄 더 지적이고 도덕적인 기반을 훨씬 탄탄하게 갖추었죠. 어쨌거나 꽤 실험적이었어요. 정해진 성이 없는 사람들에 대한 소설은 전형적인 에이스 더블용은 아니었지만 전 적시에 과학소설과 만났어요. 좀 더 실험적이고, 문어적이고, 온갖 글에 문이 활짝 열리고 있던 때였죠. 로버트 하인라인이나 아이작 아시모프를 모방한 건 아니었어요. 그리고 여성 작가들이 슬금슬금 잠입해오던 때였어요.

그 당시에는 어떤 작가들을 존경했나요?

르 귄 지금 이름을 대는 게 뭐가 중요하겠어요. 벌써 50년 전의 이야기인데요. 그중 대부분의 작가는 설명하더라도 아는 사람이 없을 거예요. 핵심은 그런 문을 연 사람들이 누구건, 문이 열리고 있었다는 점이에요. 가느다랗고 방어적이던 문학의 가지가 대중을 끌어안기 위해 스스로 자라고 있었지요.

적어도 20세기에는, 당시의 과학소설보다 더 남성적인 문학 장르는 없었을 것 같아요.

르 귄 여성 작가들은 남성인 척하거나 이름의 머리글자만 써야 했죠.

당신의 작품은 1960년대와 70년대 미국의 테스토스테론에 물든 과학소설계와 대조되는 존재, 심지어는 그걸 교정하는 존재로 여겨지기도 했어요. 예를 들어 필립 K. 딕*은 바로 동시대인이잖아요. 그가 창조한 세상은 때로 답답할 만큼 남성적이라고 느껴지거든요.

르 귄 맞아요. 그의 문체는 정말 수수께끼예요. 하지만 그는 제게 크나큰 영향을 미쳤죠.

딕의 작품에서 어떤 점이 관심을 끌었나요?

르 귄 그와 저의 관심사에 도교와 『주역』처럼 공통된 부분이 있었기 때문이기도 한데, 어쨌거나 우린 정확히 같은 세대의 버클리 아이들이었죠. 그의 과학소설은 평범하고 예외를 모르고 혼란스러워하는 사람들을 그렸어요. 수많은 과학소설이 캠벨식**이거나 군국주의적인 영웅들과 특징 없는 대중으로 구성된 때였는데 말이에요.

• 영화 「블레이드 러너」, 「토탈 리콜」, 「마이너리티 리포트」의 원작자로, 대체역사소설이라는 장르를 개척했다고 평가받는다.
•• 미국 SF작가 겸 편집자로, 전통 있는 SF잡지인 『아날로그』의 편집장을 30년 동안 지내며 많은 SF작가를 배출한 존 W. 캠벨을 가리킨다.(역자 주)

『높은 성의 사내』에 나오는 다고미 노부스케*는, 소설가가 진지한 자세로 임한다면 과학소설로 무엇을 해낼 수 있는지에 대한 게시와 같았어요. 우리가 같은 고등학교를 다닌 걸 아세요?

정말로요?

르 귄 버클리 고등학교인데, 학생이 3천 5백 명이나 되는 아주 큰 학교였죠. 필립을 아는 사람은 없었어요. 졸업생들 가운데 그를 아는 사람을 단 한 명도 보지 못했어요. 눈에 띄지 않는 급우였죠.

그의 소설에나 나올 법한 이야기인데요. 그럼 그를 전혀 모르셨어요?

르 귄 몰랐죠! 어른이 된 뒤 편지를 주고받았지만 직접 만난 적은 없답니다.

활동을 시작하셨을 때 그는 이미 책을 낸 작가였나요?

르 귄 필립이 저보다 먼저 책을 냈지만 성공을 거두진 못했죠. 그는 혹사당한 장르 작가의 전형적인 예인 것 같아요. 그는 분명 과학소설에 재능이 있지만 그의 활동은 안타까울 정도로 빛을 보지 못했어요. 살아생전 작품을 쓰는 동안 프랑스에서 주목을 받았죠. 프랑스인들은 그에 대해 엄청난 존경심을 품었어요. 하지만 그게 필립에게 얼마나 큰 의미였는지는 모르겠어요. 자기 머릿속에서 벌어지는 일 때문에 늘 분주한 사람이었으니까요.

남성 중심 세계에서 여성 작가가 된다는 주제와 관련해, 버지니아 울프의 『자기만의 방』이 기준이라고 말씀하셨어요.

르 귄　어머니가 그 책을 주셨어요. 어머니가 딸에게 줄 수 있는 중요한 책이지요. 어머니는 제가 십 대였을 때 『자기만의 방』과 『3기니』를 주셨어요. 1950년대에 『자기만의 방』은 고전하고 있었어요. 글쓰기는 남자들이 규칙을 정한 분야였고, 저는 거기에 의문을 제기한 적이 없었어요. 의문을 제기한 여자들은 너무 혁명적이라 저로서는 그들을 알 수조차 없었죠. 그래서 글이라는 남자들의 세계에 저 자신을 맞춘 채 남자처럼 글을 쓰며 남성의 관점만 표현했죠. 초기 작품들은 모두 남자의 세계가 배경이에요.

남자를 주인공으로 설정하고요.

르 귄　물론이죠. 그러다 문학적인 페미니즘이 다가왔는데, 제겐 어마어마한 문제이자 선물이었어요. 저는 그걸 감당해야 했어요. 이론에는 그다지 재주가 없기 때문에 자신이 없었어요. '저리 가, 그냥 글을 쓰게 내버려둬.' 글이 막히고 있었어요. 계속 남자인 척할 수가 없었죠. 제게 딱 알맞은 때에 페미니즘이 나타나준 셈이에요.

여성운동이 당신을 변화시켰나요?

르 귄　여성운동은 제게, "이봐, 그거 알아? 당신은 여자야. 여자처럼 글을 쓸 수 있어."라고 얘기해줬어요. 전 여자들이 남자들이 쓰는 내용을 쓸 필요가 없고, 남자들이 읽고 싶어하는 내용을 쓸 필요가 없다는 걸 깨닫게 됐어요. 여자들에게는 남자들에게 없는 온전한 경험의 영역이 있고, 그런 글이 쓸 가치가 있고 읽을 가치가 있다는 걸

• 태평양연안연방 주재 일본 무역대표부 소속 고위관료로 등장한다.

알게 됐어요. 그래서 버지니아 울프의 책을 찾아 제대로 읽었어요. 그 뒤로는 페미니스트들이 우리에게 준 모든 책, 다른 여자들이 수백 년 동안 써온 책들을 읽었지요. 여자들이 여자처럼 글을 쓸 수 있고, 남자와는 다른 이야기를 쓸 수 있다는 걸 알게 된 거죠. 왜 안 되겠어요? 아, 배에 오르기까지 정말 오랜 세월이 걸렸네요.

적응하는 데 왜 오랜 시간이 걸렸다고 생각하세요?

르 귄   지금은 이런 생각이 평범해 보일지 몰라도 40년 전에는 그렇지 않았어요. 급진적이었죠. 소수만이 변화를 빨리 받아들였어요. 많은 이들은 저처럼 느렸죠. 아직도 많은 독자들, 작가들, 비평가들은 받아들이지 못해요.

이런 변화를 가장 선명하게 반영한 작품은 무엇인가요?

르 귄   돌파과정은 무의식적이었어요. 1978년에 출간된 얇은 책인데, 『혜론의 눈』이에요. 다른 행성에 있는 두 식민지 이야기죠. 한 곳은 간디 같은 평화주의자들이 살고, 다른 곳은 대부분 남아메리카에서 보내진 범죄자들이 사는 식민지예요. 두 곳은 나란히 있어요. 주인공은 평화주의자 사회 출신으로, 착한 젊은이죠. 한편 한 아가씨가 있는데, 범죄자 사회 우두머리의 딸이에요. 책의 중반쯤 착한 젊은이가 자신을 총으로 쏘겠다고 고집해요. 제가 말했죠. "이봐, 그럴 순 없어! 당신은 내 주인공이야!" 그러자 제 무의식이 이야기의 무게가 남자가 아닌 여자의 의식에 있다는 걸 깨달으라고 압박했죠.

『어둠의 왼손』의 배경을 성^{gender}이 유동적인 세상으로 설정한 계기가 뭔가요?

르 권 페미니즘에 대한 무지한 접근 때문이었어요. 성 자체가 문제가 되고 있다는 걸 깨닫는 정도에 그치던 시절이라 성이 사회적 구조의 문제라는 걸 표현할 언어가 없었는데 지금은 정말 간단명료하게 표현할 수 있죠. 그런데 성이 뭔가요? 반드시 남성이어야 하고, 여성이어야 하나요? 성은 과학소설이 다시 돌아보고, 질문하는 흥미로운 주제들을 탐색하며 들어가는 무대에 내던져졌어요. '이런, 아무도 하지 않은 일이잖아.' 저보다 조금 앞서 시어도어 스터전*이 『비너스 플러스 엑스』를 썼다는 걸 몰랐던 거죠. 그 책은 살펴볼 가치가 충분한 희귀한 작품이죠. 성을 적어도 부분적으로는, 사회적 구성물로 여기는 초기의 남성적 접근방식이에요. 스터전은 재능 있고 인정 많은 작가였어요. 문체상으로는 훌륭한 작가가 아니었지만 뛰어난 이야기꾼이자 매우 선량한 사람이었죠. 하지만 저는 그와 다른 방향으로 갔어요. 저 스스로에게 '남성이나 여성이라는 것은 무슨 의미인가? 그리고 그게 아니라면 어떻게 될까?'라고 묻고 있었다고 할 수 있겠네요.

소설에서, 어느 때는 이쪽 성이고 어느 때는 다른 쪽 성이되, 대부분은 어느 쪽도 아니라면 어떻게 될까요?

르 권 뭐, 가끔은 어느 쪽이든 되어야겠죠. 그게 성^{sexuality}이니까요. 전 사람들이 그 책을 싫어할 거라고 생각했고, 특히 남자들이 더 그럴 거라고 생각했어요. 그런데 남자들이 더 열광했어요.

---

*1950년대의 가장 영향력 있는 SF작가 가운데 한 명으로, 1970년대부터 여러 신문과 잡지에 서평과 칼럼을 썼다.

이유가 뭐라고 생각하세요?

르 귄　결코 알 수 없었어요. 저보다 생각이 좀 더 앞선 많은 여성들이 이렇게 말했죠. "그녀는 모든 인물을 '그[he]'라고 표현해요!" 옳은 말이에요. 전 인물들을 모두 '그'라고 표현했고, 얼마 동안은 그 정당성을 주장하다가 그것도 지울 수 없는 걸 깨달았죠.

버지니아 울프의 팬이시니 『올랜도』가 『어둠의 왼손』에 어떤 의미인지 여쭤보고 싶어요.

르 귄　대학 신입생일 때 『올랜도』를 읽었어요. 마구 빠져들었죠. 엘리자베스 시대의 언어와 풍경을 숭배했어요. 그게 제가 처음 울프와 사랑에 빠진 때였죠. 물론 울프가 그 작품에서 한 작업, 즉 성 전환의 기이함과 탁월함을 알게 되었고요. 대문호들이 그러듯이, 울프가 그 소재를 써도 좋다고 제게 허락해준 거라고 해도 될 거예요.

버지니아 울프의 작품 전체가 독특하긴 해요.

르 귄　울프가 쓴 모든 책은 독특하지요. 『플러시』^{Flush} • 읽어보셨나요? 엘리자베스 배럿 브라우닝이 기르던 개의 관점에서 쓴 이야기예요. 무척 짧고, 경쾌하고, 잊지 못할 이야기랍니다.

어머님도 글을 쓰셨잖아요.

르 귄　어머니는 언제나 글을 쓰고 싶어하셨어요. 글을 쓰기 시작한 뒤에야 말씀해주셨는데, 자녀들이 자립하고 책임에서 자유로워질 때까지 기다리셨대요. 어머니 세대에서는 일반적인 일이죠. 글을 쓰기 시작하셨을 때 어머니는 오십 대였어요. 어린이 책을 썼는데, 여성들은 그 분야로 많이 시작하죠. 본인을 포함해 그 누구에게도 위협이 되지 않으니까요. 결국 어머니는 아름다운 어린이 책을 두 권 출간하셨어요.

어머니는 장편소설을 쓰고 싶어했고, 마침내 두 편을 완성했지만 출판사를 찾지 못했어요. 그런데 무슨 일이 일어났냐면, 이시의 일대기를 써달라는 부탁을 받은 거예요. 처음에는 아버지에게 온 제의였어요. 아버지는 "말도 안 돼. 난 그 이야기를 감당할 수 없소. 제 아내에게 부탁해보시죠. 훌륭한 작가랍니다."라며 어머니를 추천했고, 출판사에서 받아들였어요. 그렇게 어머니가 처음 출간한 성인물은 베스트셀러가 되었어요. 어머니에게는 더없이 멋진 일이었죠. 당시 어머니는 육십 대였어요. 저는 사람들로부터 "네 어머니의 책을 읽었는데 울고 말았어!"라는 편지를 받곤 했답니다. 어머니는 그 이야기를 들으며 무척 기뻐하셨죠. 어머니와 제가 각자의 책을 출간하기 위해 함께 노력했기 때문에 흥미진진하기도 했어요.

두 분 모두 시작이 정말 특이하셨네요.

르 귄 그 점에서는 어머니가 이겼네요! 사람들에게 어머니의 이야기를 들려주는 게 참 좋아요. 어머니처럼 다른 여성들도 늦게라도 시작할 수 있다고 말해줄 수 있으니까요. 어머니는 꿈을 이룰 시기를 미룰 수 있다고 여기셨고, 그 점이 30년 전의 열성적인 페미니스트들에게 충격을 줬어요. 지금도 충격받는 사람이 있는지 모르겠지

• 영국의 여성 시인인 엘리자베스 배럿 브라우닝이 기르던 개가 회상하는 형식을 빌려 브라우닝 부부의 삶의 단면을 그린 가상 전기.

만, 많은 사람들이 여성에게 얼마나 강력한 사회적 압력이 가해졌는지 깨닫지 못했어요.

아마 잊어버렸거나 전혀 몰랐을 겁니다.

르 귄   젊은이들은 전혀 몰랐어요. 그들의 할머니와 증조할머니가 요구받았던 게 뭔지 상상하지 못해요. 제 생애 동안 엄청난 변화가 일어난 거죠.

하지만 논쟁은 남아 있는 것 같아요. 가족이냐 일이냐처럼 이분법으로 바라보는 경향 말이에요.

르 귄   그 논쟁은 절대 사라지지 않아요. 거기엔 문제가 있어요. 제 개인적인 해결책은 제가 결혼한 남자와 관련이 있지요. 한 사람이 두 가지를 전업으로 할 수는 없어요. 가족을 전적으로 수발하면서 소설가가 되거나 교수가 될 수는 없지요. 하지만 두 사람이 세 가지 일을 전업으로 할 수는 있어요. 그게 바로 우리의 해결책이죠. 소설가인 저와 교수인 찰스는 가사일을 분담해 세 가지 직업을 잘 수행해왔죠. 저는 적어도 20년을 전혀 돈을 벌지 않은 채 그에게 의지해서 살았어요. 그러다가 제가 돈을 벌어오는 집안의 기둥이 되었어요. 멋지죠!

수필집인 『정신의 물결』의 문장에 대해 질문하고 싶어요. "이야기체 소설은 오랫동안 한 방향으로 천천히, 막연히 그리고 대규모로 흘러가며 이야기의 바다, 즉 '환상의 세계'와 재회한다."라고 쓰신 거 기억나세요?

르 귄   아뇨. 언제 그런 걸 썼는지 모르겠네요. 하지만 제가 말하려

했던 건 이제는 사실주의가 소설에 어울리는 유일한 형식이라고 믿지 않게 됐다는 거겠죠.

최근 몇 년의 추세가 당신을 지지해준 것처럼 보여요.

르 귄   제가 이탈로 칼비노*나 보르헤스 같은 작가들을 생각하고 있던 때에, 오히려 장르 작가들은 특징적인 문체 없이 매우 단조롭고 저널리즘 같은 산문체로 글을 쓰려는 시도를 장려했죠.

왜 그랬다고 생각하세요?

르 귄   그걸 쓴 남자들의 기질과 관련이 있지 않나 싶어요. 또한 그들이 헤밍웨이 같은 명료하고 단조로운 문체를 남성적인 것으로 추앙했을 테니까요.

고상한 척하며 과학소설을 대하는 많은 독자들은 자신들의 속물 근성을 정당화하려고 문체를 문제 삼아요.

르 귄   그런데 어떤 면에서는 그들이 옳아요. 어쩌면 과거에는 그랬어요. 특히 1930년대와 40년대에 과학소설은 당혹스러울 만큼 형편없게 쓰인 경우도 있었죠.

책은 생각을 담는 그릇인데요.

르 귄   바로 그거예요. 그리고 제가 입문했을 때, 저보다 나이가 많

• 23세에 신사실주의 소설 『거미집으로 가는 오솔길』을 발표하며 유럽 문단의 주목을 받기 시작했다. 보르헤스, 마르케스와 함께 현대 환상문학의 3대 거장으로 꼽힌다.

은 남자들 가운데 일부는 그런 식으로 글 쓰는 걸 자랑스러워했죠. 관념적인 작가들이었고, 여성스러운 장신구가 달린 문체를 만지작거릴 생각이 없었어요. 저에게 문체는 넓은 의미로 책이에요. 보르헤스를 보세요. 그는 개념으로 실험할 때 형식으로도 실험을 했죠. 그는 산문 작가로만 유명한 게 아니라 시인으로도 유명해요.

보르헤스가 중요한 존재였나요?

르 귄   전 평생 나이 많은 남자들로부터 배워온 것 같은데, 보르헤스와 칼비노는, '와, 저 사람들이 하는 것 좀 봐! 나도 저렇게 할 수 있을까?'라고 감탄하게 했어요. 두 사람은 동시대인들 가운데 선구자예요. 저를 미국에서 떠나게 만들었죠.

독자로서 말인가요?

르 귄   맞아요. 이곳에서는 누구도 그렇게 하지 않았으니까요. 장르 소설을 제외하고요. 제가 알기로 아직도 과학소설 내부에서만 알려진 이 분야의 소설가 한 명이 있는데, 바로 코드웨이너 스미스 Cordwainer Smith •예요. 저에게 엄청난 영향을 미쳤죠. 멋진 산문체와 기묘한 상상력을 갖춘, 의식 있는 작가였어요. 제 생각에 그는 국무부에서 일했던 것 같아요. 코드웨이너 스미스는 필명이죠.

장제스와 관련이 있지 않았나요?

르 귄   그는 중국에서 극비리에 활동했어요. 무척 이상한 사람이었죠. 어쨌든 과학소설의 멋진 점 하나는, 자유롭게 서로의 것을 가져다 쓸 수 있다는 점이에요. 전 그게 요즘도 적용된다고 생각하는데,

제가 입문했을 때는 확실하게 적용되는 사실이었죠. 표절이라는 의미에서가 아니라 아이디어와 사용법 측면에서 말이에요. 저는 이 점을 늘 바로크 시대 작곡가들에 비유하곤 해요. 그들은 자신들의 생각을, 심지어는 선율마저도 사람들과 공유했어요. 일종의 상호 영감 작용이죠. 모두가 같은 것을 가지고 작업을 하는 거예요.

당신에게 그런 네트워크를 형성해준 사람은 누구였나요?

르 귄   대개는 저와 같은 세대의 작가들이죠. 대부분이 저보다 젊지만, 우린 동시에 이 분야에 입문했어요. 그들 중에는 작가로서 저와 공통점이 거의 없는 사람들도 있는데, 할란 엘리슨**이 그렇지요. 그에게는 제가 찾고 있던 창의적인 불꽃이 있었어요. 그리고 그 뒤로 저보다는 한참 젊은 본다 매킨타이어***같은 여성들이 들어왔죠. 그들은 이 분야의 경계를 넓히고, 이른바 과학소설의 황금시대보다 훨씬 흥미로운 주제를 쓰고 있었죠.

동시대인들 사이에는 한 배를 탔다는 의식이 있었나요? 서로를 동료 여행자들로 여겼나요?

르 귄   저는 기쁘게도 과학소설과 환상소설 작가들로 구성된 작은 토박이 공동체를 찾게 되었어요. 격렬할 만큼 논쟁적이었는데, 미학

• 본명은 폴 마이런 앤서니 라인버거. 존스홉킨스 대학에서 정치학으로 박사 학위를 받았다. SF작가로서 많은 작품을 남기지 않았으나 독창적인 스타일로 많은 작가들에게 영향을 미쳤다.

•• 휴고 상, 네뷸러 상, 브람 스토커 상 등을 수상한 SF작가로, 영화「터미네이터」의 저작권 침해에 적극적으로 대응해 승소할 정도로 작가의 권익을 보호받기 위한 활동에 적극적이다.

••• 『드림스네이크』로 1979년 휴고 상과 네뷸러 상을 수상했다.

과 정부 정책, 성 정치학을 다룰 때는 의견이 엇갈리며 폭발하기도 했지요. 그곳에서 소중한 친구들을 사귀었지만 모임과 집회에 간간이 참여할 뿐 현대적인 의미에서의 네트워크는 형성하지 않았어요. 그리고 제 대리인인 버지니아 키드가 제 활동에 직접적으로 도움을 줬어요. 1968년부터 90년대 후반까지 시를 제외한 제 모든 작품을 맡아서 중개해줬죠. 저는 그녀에게 정말이지 막연한 이야기들을 보냈지만, 그녀는 『플레이보이』나 『하버드 로 리뷰』Harvard Law Review •, 『위어드 테일스』Weird Tales ••에 팔았어요. 작품을 받아줄 곳이 어딘지 알았던 거죠. 그녀는 어떤 글을 쓰거나 쓰지 말라고 말한 적이 없어요. "그건 팔리지 않을 거예요."라고 말한 적도 없고, 제 문장에 간섭하지도 않았지요.

장르에 대한 어떤 거부감이 있었든지 간에, 작가들 중에는 당신의 팬이 많아요. 예를 들어 존 업다이크는 당신의 작품을 칭찬했죠.

르 귄   업다이크는 청소년 소설인 『시작점』에 대한 아름다운 서평을 『뉴요커』에 썼어요. 언제나 관대한 비평가였죠. 그리고 해럴드 블룸•••은, 저에 대해 좋은 말을 많이 해줬어요. 여성들이 다른 여성 작가들을 발견하며 "와, 우리도 영향을 미칠 수 있구나. 전에는 영향을 받을까 봐 불안해하며 걱정하는 남자들뿐이었는데 여성 작가들이 나타나고 있다니, 야호!"라고 말하던 바로 그때에 『영향에 대한 불안』이 나오다니, 참 재미있죠.

「말하기란 듣는 것」Telling is Listening이라는 수필에서, 장르 소설이 어떤 포괄적인 의무를 수행한다고 쓰셨어요. 독자를 특정한 방향으로 이끌고, 특정한 연속

적 줄거리를 갖고, 독자가 기대하는 것을 건드릴 것이라고.

르 권　맞아요. 독자가 기대하는 점을 명확하게 실현해줄 거예요. 그 점이 장르 소설에 포괄성을 부여하죠.

그 수필에서 독자를 끌어당기는 장르 소설의 매력에 대해 이야기하셨잖아요. 그렇다면 작가를 끌어당기는 장르 소설의 매력은 뭔가요?

르 권　거의 비슷해요. 어떤 형식에 맞춰서, 예를 들어 시라는 형식에 맞춰 작업하는 것과 같아요. 소네트나 전원시를 쓸 때는 형식이 있으니 그걸 채워야 해요. 또 하고 싶은 말을 그 형식을 통해 하는 법을 찾아내야 하고요. 하지만 늘 발견하는 사실은, 형식에 맞춰 작업한 시인이라면 누구나 동의하는 것처럼, 그 형식이 작가가 하고 싶은 말을 유도한다는 거예요. 놀랍고 신기하지요. 소설에서도 비슷한 일이 일어나는 것 같아요. 장르는 어떤 의미로는 형식이고, 분야를 정하지 않고 작업하고 있었다면 떠오르지 않았을 생각으로 이끌어주지요. 우리의 정신을 구성한 방식과 관련이 있는 게 분명해요.

독자이면서 작가로서 말씀하신 것 같은데 『글쓰기의 항해술』에서, "전에 한 번도 본 적 없는 것을 인식하고 싶다."라고 말씀하셨잖아요.

르 권　소설의 본질과 관련이 있어요. "현실적인 것을 써보면 어떨까?"라는 오래된 의문 말이에요. 20세기와 21세기의 수많은 미국 독

• 하버드 로스쿨 학술지.(역자 주)
•• 공상물과 공포물을 주로 싣던 펄프 잡지.(역자 주)
••• 현존하는 최고의 문학비평가 가운데 한 명으로, 예일대 석좌교수로 있다. 1973년에 출간한 『영향에 대한 불안』은 현대의 문학이론서 가운데 가장 독창적인 저술로 손꼽힌다.

자들은 논픽션을 자신들이 원하는 전부라고 생각해요. 그들은 "소설은 현실적이지 않기 때문에 읽지 않아."라고 말할 거예요. 놀랍도록 순진한 생각이죠. 소설은 오직 인간만이, 특정한 상황에서만 쓰는 것이죠. 어떤 목적 때문에 써왔는지는 정확히 알 수 없지만 목적 중 하나는, 우리가 전에 알지 못했던 것을 인식하도록 이끌어준다는 거죠. 이건 수많은 신비주의 영성 훈련의 목적이에요. 단순하게 보고, 제대로 보고, 정확하게 인식하는 것, 다시 말해 주변을 좀 더 깊이 있게 인식하게 되면 동시에 새롭게 보인다는 뜻이죠. 그러니 새롭게 보는 것과 인식하는 것은 사실 똑같아요.

자세히 설명해주시겠어요?

르 귄 적절하게 설명하지 못하겠어요. 해봤자 뒤죽박죽으로 만들어 버릴 거예요. 어떤 훌륭한 책이 새로운 정보를 알려주고, 제가 몰랐거나 아니면 알고 있다는 사실을 몰랐던 이야기들을 들려줘요. '그래, 알겠어. 이게 세상의 모습이야.'라고 저는 그걸 인식해요. 소설, 시와 희곡은 인식의 문을 닦아준답니다. 모든 예술이 그렇게 해줘요. 음악이나 그림, 춤은 말로 표현할 수 없는 이야기를 우리에게 들려줘요. 하지만 문학의 신비는 그걸 말로, 때때로 간단한 말로 표현한다는 점이에요.

지난 몇 십 년 동안 역사를 통해 직접 정보를 얻을 수 있는 소설에 더 많은 흥미를 갖게 되신 것처럼 보여요. 가장 최근에 나온 『라비니아』는 분명 인류 역사의 분간 가능한 어느 시점을 배경으로 하고 있는데, 바로 베르길리우스 시대의 이탈리아죠. 중편소설인 『야생 소녀들』 역시 그런 역사적 특징이 있어요. 배경은

대체우주alternate universe**인 것 같지만요.**

르 귄   아니에요. 『야생 소녀들』은 상당 부분 미국 미시시피 문화를 배경으로 하고 있어요. 미시시피 유역의 일부 민족들에겐 소설에 등장하는 것과 매우 비슷한 카스트 제도가 있었어요. 오랫동안 알고 있던 그 내용을 인류학적으로 연구했고, 소설에 흥미로운 배경이 될 수 있을 거라고 생각했죠. 그런 문화에서 사는 건 어떨까요? 눈곱만큼도 좋아보이지 않아요. 빠져나와서 기쁠 뿐이죠.

잔혹한 이야기네요.

르 귄   맞아요, 혐오스러운 이야기죠. 제가 최근에 쓴 단편소설들은 그런 식으로 적나라하고 냉혹하고 무정한 특징을 띠기 시작했어요. 그런 걸 좋아하지는 않지만 『라비니아』는 그 반대예요. 결코 적나라하고 냉혹하고 무정하지 않죠. 무척 유쾌해요. 라틴어로 베르길리우스를 읽으려고 노력하던 중에 떠오른 이야기예요. 거기에 열중한 결과였죠. 저는 이미 베르길리우스의 세상에서 살고 있었고, 자기 이야기를 들려줄 소녀가 제게 다가왔죠. 소설 속으로 몇 페이지 들어가면 라비니아가 독자에게 직접 이야기해요. 그걸 받아썼는데 이런 생각이 들었어요. '이런, 청동기 시대 이탈리아에 대한 소설을 쓸 순 없어! 대체 청동기 시대 이탈리아에 대해 내가 뭘 알지? 청동기 시대 이탈리아에 대해 아는 사람이 있기나 해?'

다른 행성에 존재하는 사회를 창조하는 것과 비슷했나요?

르 귄   물론이죠. 역사소설과 과학소설은 매우 비슷해요. 어떤 것을 재창조하거나 모방해서 만들죠. 거의 똑같은 과정이에요. 그리고 저는 소설을 쓰지 않는 사람들이 곧잘 쓰는 말처럼 '연구 조사'를 했어요. 청동기 시대 이탈리아나 초기 로마에 대해 꼭 알아야 할 점들이 있었거든요. 포틀랜드 주립 도서관의 서고 바닥에 앉아 어마어마한 상상력을 불러일으켜주는 초기 로마 종교에 대한 책을 발굴해내며 정말 재미있었어요. 기본적으로 이 책은 약간의 복화술을 적용한 셈이에요. 라비니아가 무엇을 쓸지 제게 말해줬으니까요.

그럼 그건 『정신의 물결』에 수록된 어느 수필에서 이야기하신, 한 인물의 명료한 의식으로 시작된 소설의 고전적인 예시였군요.

르 귄   귓가에 들리는 목소리가 있는 소설이죠. 제가 쓴 첫 페이지, 소설이 진행되는 출발점인 그 페이지는 우리에게 이야기를 들려주는 라비니아의 목소리지요. '우리'에는 당연히 저도 포함되고요.

당신의 작품에서 발견할 수 있는 뚜렷한 발전이 있다면, 간결하게 변했다는 점이에요.

르 귄   음, 오랫동안 써왔으니까요. 제가 깨달은 건 산문의 격식에 대한 엄한 태도가 누그러졌다는 점이에요. 요즘에는 구어체적인 목소리로 글을 쓰는 것이 좋아요.

왜 그렇다고 생각하세요?

르 귄   1960년대와 70년대에 진지한 판타지 소설의 언어는, 여전히 앞선 세대에 활동한 작가들의 문체를 주된 바탕으로 하고 있었어요. 톨킨은 물론이고 로드 던세이니*, E. R. 에디슨**, 조지 맥도널드***, 그리고 분명 토머스 맬러리*까지 거슬러 올라가죠. 저는 환상소설의 영웅적 전통, 즉 모험적 전통과 결별하면서 제가 해야 할 말에 더 적합하고 형식에 덜 구애받는 어휘와 억양을 발견했죠. 제 글의 전반적인 목소리에 관해서는 뭐랄까, 나이가 들면 언어가 신발이나 주방 기구 같아져요. 더는 화려한 물건이 필요하지 않죠. 쉽게 말하는 법을 터득한 거예요. 초기에 쓴 몇몇 소설을 다시 읽으면서 '이 모든 게 필요 없었는데…… 그렇게 말을 많이 할 필요가 없었어. 이 부분을 전부 들어낼 수 있으면 좋겠다.'라고 생각하죠.

이야기에 앞으로 꾸준히 나아가는 리듬이 있기를 원해요. 그게 이야기를 들려주는 행위의 핵심이죠. 우린 여행 중이에요. 이곳에서 저곳으로 가는 중이죠. 계속 움직여야 해요. 리듬이 매우 복잡하고 미묘하더라도, 독자의 마음을 움직이는 게 바로 그거잖아요. 이 모든 말이 조금 불가사의하게 들릴 것 같네요.

음악처럼 들리기도 해요.

르 권 나이 드는 과정, 그 준비를 좀 더 잘할 수도 있죠. 하지만 어떤 걸 여러 번 반복하는 것만으로, 그걸 하면서 나이 들어가는 것만으로도 분명 뭔가를 배우게 돼요. 그 깨달음 중에 하나는 많은 게 필요하지 않다는 사실이죠. 미니멀리즘을 이야기하는 게 아니에요. 그건

• 소설가이자 극작가. 본명은 에드워드 플렁킷이지만 필명이자 작위명인 로드 던세이니로 유명하다. 시적인 문체로 신화와 환상 세계를 그려내 판타지 문학에 큰 영향을 끼쳤다.
•• 톨킨의 『반지의 제왕』과 비교되는 판타지 소설 『웜 우로보로스』The Worm Ouroboros가 있다.
••• 톨킨, C. S. 루이스, 루이스 캐럴 등에게 영향을 끼쳐 '판타지의 아버지'로 불린다. 『북풍의 등에서』, 『가벼운 공주』 등을 남겼다.
* 15세기 영국의 작가이자 기사로, 복잡했던 중세의 아서 왕 이야기를 오늘날과 같이 통일하고, 새로운 산문 문체를 구축했다고 평가받는다.

제가 쓸 수도 없고 쓰고 싶지도 않은, 자의식이 고도로 강한 매너리즘 양식이죠. 묘사를 많이 하고, 미사여구를 구사하고, 감성을 건드릴 마음이 충분히 있지만 전 간단하게 하는 게 좋아요. 그게 효과가 더 좋고요. 이 부분에서 제 모델은 베토벤이에요. 그의 음악, 특히 후기의 사중주곡을 보면 무척 기묘하게 움직이면서 때로는 이곳에서 저곳으로 느닷없이 전환해요. 그는 자신이 어디로 가고 있는지 알고 있고, 거기에 이르는 시간을 낭비하고 싶지 않은 거예요. 저는 이따금 나이 많은 화가들을 생각하는데, 그들이 쓰는 방법은 무척 단순해요. 쉽고 담백하죠. 그들은 시간이 없다는 걸 알거든요. 나이가 들어가면 그 점을 깨닫게 돼요. 시간을 낭비할 수가 없죠.

존 레이 John Wray 2007년 문학잡지 『그랜타』 선정 '미국 최고의 젊은 소설가' 중 한 명이다. 데뷔작 『잠의 오른손』은 「뉴욕 타임스」 '주목할 만한 책'과 「로스앤젤레스 타임스」 '올해 최고의 책'에 선정되었으며, 그해 화이팅 작가상을 그에게 안겨주었다. 두 번째 작품 『가나안의 혀』 또한 「워싱턴 포스트」 '올해의 책'에 선정되며 언론의 찬사를 받았다. 한국에는 『로우보이』가 출간되어 있다.

주요 작품 연보

『로캐넌의 세계』Rocannon's World, 1966

『유배 행성』Planet of Exile, 1966

『환영의 도시』City of Illusion, 1967

『어스시의 마법사』A Wizard of Earthsea, 1968

『어둠의 왼손』The Left Hand of Darkness, 1969

『하늘의 물레』The Lather of Heaven, 1971

『아투안의 무덤』The Tombs of Atuan, 1971

『머나먼 바닷가』The Farthest Shore, 1972

『빼앗긴 자들』The Dispossessed, 1974

『바람의 열두 방향』The Winds Twelve Quarters, 1975

『세상을 가리키는 말은 숲』The Word for World is Forest, 1976

『열일곱, 외로움을 견디는 나이』Very Far a Way from Anywhere Else, 1976

『헤론의 눈』The Eye of the Heron, 1978

『세상에서 가장 아름다운 거미줄』Leese Webster, 1979

『시작점』The Beginning Place, 1980

『언제나 집으로 돌아오기』Always Coming Home, 1985

『테하누』Tehanu, 1990

『용서로 가는 네 가지 길』Four Ways to Forgiveness, 1995

『글쓰기의 항해술』Steering the Craft, 1998

『어스시의 이야기들』Tales from Earthsea, 2001

『또 다른 바람』The Other Wind, 2001

『야생 소녀들』The Wild Girls, 2003

『기프트』Gifts, 2004

『정신의 물결』The Wave in the Mind, 2004

『보이스』Voices, 2006

『파워』Powers, 2007

『라비니아』Lavinia, 2008

:: 05

웅장하고 아름다우며
정돈된 거짓말

줄리언 반스
JULIAN BARNES

줄리언 반스 _{영국, 1946. 1. 19.~}

유럽의 주요 문학상과 훈장을 휩쓴 영국 대표 작가로, 2011년
『예감은 틀리지 않는다』로 맨부커 상을 수상하며 그 명성이 헛
된 것이 아님을 증명했다. 역사와 진실, 사랑이라는 보편적인
주제를 독특한 시각으로 재구성하여 흥미로운 작품들을 꾸준
히 발표하고 있다.

1946년 영국 레스터에서 태어났다. 부모 모두 프랑스
어 교사였는데, 이 점이 프랑스 문학에 꾸준하게 관심
을 갖게 된 계기가 되었다. 변호사 시험에 합격했으나
개업하지는 않고, 『옥스퍼드 영어사전』의 편집부원으
로 일하기도 하고, 여러 매체에 평론을 발표하면서 문
학 수업을 착실히 했다.

1980년 첫 소설 『메트로랜드』로 서머싯 몸 상을 수상
하며 화려하게 등단했다. 『플로베르의 앵무새』로 부커
상 후보에 오르면서 주목받았고, 이 소설로 프랑스의
메디치 상과 페미나 상, 미국의 E. M. 포스터 상, 독일의
구텐베르크 상을 받았다. 프랑스 정부로부터 슈발리에
문예 훈장을 비롯해 세 차례 훈장을 받은 이력을 가지
고 있다. 문학적 동지이자 에이전트인 아내를 2008년
뇌종양으로 잃은 뒤 2014년 발표한 『사랑은 그렇게 끝
나지 않는다』는, 아내를 추억하며 쓴 회고록이자 가슴
아픈 러브 스토리를 담은 소설이다. 이 외에 『나를 만나
기 전 그녀는』, 『태양을 바라보며』, 『10½장으로 쓴 세계
역사』, 『내 말 좀 들어봐』, 『고슴도치』, 『아서와 조지』,
『잉글랜드, 잉글랜드』 등이 있다.

반스와의 인터뷰

수샤 거피

반스는 노란색 페인트로 칠한 서재 복도에 커다란 삼면 책상을 두고 일한다.
책상에는 타자기, 워드프로세서, 책, 서류철 및 다른 필요한 것들이 놓여 있는데
의자를 빙글 돌리기만 하면 모두 손에 닿는다.

줄리언 반스는 저작권 대리인인 아내 팻 캐버나와 함께 런던 북부의
아름다운 정원이 딸린 우아한 집에서 살고 있다. 인터뷰가 진행된 긴
서재는 널찍하고 고요하다. 정원이 훤히 보이는 서재에는 바닥에서
천장까지 이어진 책장, 안락한 소파와 의자, 구석에 자리 잡은 실내
자전거, 커다란 당구대가 있다. 벽에는 마크 박서*가 만화로 그린 작
가들의 초상화가 죽 걸려 있다. 필립 라킨, 그레이엄 그린, 필립 로스,
V. S. 프리쳇** 등이다. "어떤 건 그림이 좋아서 걸어놨고, 어떤 건 존
경하는 작가들이라서요." 중년에 이른 조르주 상드의 멋진 사진이 있
는데, 1862년 나다르가 찍은 것이다. 또 플로베르의 짧은 친필 편지

---

* 영국 잡지 편집자이자 정치 만화가, 그래픽 초상화 예술가.
** 영국의 소설가이자 언론인으로, 중산층의 생활을 생생하게 그린 것으로 유명하다. 『눈먼
사랑』, 『신화를 만드는 이들』, 『지식인』 등을 남겼다.

가 있는데, 반스의 책 판매량이 100만 부를 돌파했을 때 출판사가 구해서 선물한 것이다. 반스는 노란색 페인트로 칠한 서재 복도에 커다란 삼면 책상을 두고 일한다. 책상에는 타자기, 워드프로세서, 책, 서류철 및 다른 필요한 것들이 놓여 있는데 의자를 빙글 돌리기만 하면 모두 손에 닿는다.

반스는 1946년 레스터에서 태어났다. 얼마 지나지 않아 런던으로 이사한 뒤 쭉 그곳에서 살았다. 옥스퍼드 대학교 모들린 칼리지를 졸업했다. 대학을 졸업한 뒤에는 『옥스퍼드 영어사전』의 편집자로 일했다. 그동안 소설을 쓰며 다양한 출판물에 평론을 실었다. 1980년에 첫 소설 『메트로랜드』를 출간하고 호평을 받았으나 독창적이고 강렬한 소설가로서의 명성을 안겨준 건 세 번째 책인 『플로베르의 앵무새』였다. 그 뒤로 『10½장으로 쓴 세계 역사』와 『고슴도치』를 비롯한 장편소설 여섯 권을 펴냈고, 단편집인 『크로스 채널』과 『뉴요커』의 런던 통신원 시절에 쓴 『런던에서 온 편지』를 출간했다. 이 인터뷰를 진행할 당시는 『사랑, 그리고』가 막 출간되어 호평을 받은 때였다.

키가 크고 잘생기고 탄탄한 몸매의 반스는 본인 나이보다 10년은 더 젊어 보인다. 소문난 예의와 매력은 예리한 지성과 위트 덕분에 더욱 돋보인다. 초기 작품에서부터 프랑스 문학, 특히 플로베르에 대한 열렬한 애정이 드러난다. 그 답례랄까, 반스는 프랑스에서 가장 사랑받는 영국 작가 중 한 사람이다. 『플로베르의 앵무새』로 메디치 상을, 『내 말 좀 들어봐』로 페미나 상을 받는 등 여러 문학상을 수상했고, 프랑스 정부로부터 문화예술공로훈장을 받았다.

줄리언 반스의 「사랑, 그리고」의 원고 중 한 페이지.

줄리언 반스
×
수샤 거피

영국 작가로는 특이하게 유럽적이면서 영국적이시잖아요. 특히 외국인이 보기에는 말이에요. 예를 들어 프랑스에서는 당신을 전형적인 영국인으로 생각해요. 본인의 생각은 어떠세요?

줄리언 반스　옳은 말씀입니다. 영국에서 저는 가끔 의심스러울 만큼 유럽화된 작가로, 프랑스의 영향을 받은 사람으로 여겨져요. 하지만 유럽, 특히 프랑스에서 그런 이야기를 해보면 사람들은 "말도 안 돼요! 당신은 딱 영국인이에요."라고 하지요. 전 아마 영국과 프랑스 사이의 어느 해협에 정박한 모양입니다.

사르트르는 「문학이란 무엇인가」를 썼어요. 당신에게 문학은 무엇인가요?

반스　그 질문에 대한 답은 많습니다. 가장 짧은 대답은, 진실을 말하는 가장 좋은 방법이라는 것이에요. 단순히 사실을 합쳤을 때보다 더 많은 진실을 말해주는, 웅장하고 아름다우며 정돈된 거짓말을 만드는 과정인 셈이지요. 문학에는 여러 가지 모습이 있습니다. 문학 작품을 통해 기쁨을 느끼는 동시에 언어를 가지고 놀 수 있지요. 또 결코 만나지 않을 사람들과 기묘할 만큼 친밀하게 소통하는 방식이기도 해요. 그리고 작가가 되면 역사적 공동체 의식이 생기는데, 21세기 초의 영국에 사는 평범한 사회적 존재로서의 저는 공동체 의식이 다소 약해요. 예를 들어 빅토리아 여왕 때나 남북전쟁이나 장미전쟁에 참전한 이들에게 특별한 유대감을 느끼지는 않습니다. 그러나 그런 시대나 사건이 일어난 때에 살았던 작가들이나 화가들에게는 특별한 연대감을 느낍니다.

"진실을 말한다."라는 말씀은 무슨 뜻인가요?

반스 　위대한 책은, 이전에 한 번도 하지 않았던 방식으로 세상을 묘사하는 것이라고 생각합니다. 서사 능력이나 성격 묘사, 문체 같은 특징을 제외하고 하는 말입니다. 그 책을 읽는 사람들에게 사회에 대해서나 정서적인 면에서, 아니면 둘 다에 대해 새로운 진실을 말해준다고 인식되는 책이지요. 전에는 손에 넣을 수 없었던 진실, 즉 공식적인 기록이나 정부 문서, 신문이나 텔레비전에는 절대 나오지 않은 진실 말입니다. 예를 들어 『보바리 부인』을 비난하며 그 책을 금지해야 한다고 생각하는 사람들조차 이전에는 문학에서 만나본 적 없는 종류의 사회와, 그런 종류의 여성의 초상에 깃든 진실을 알아보았어요. 그게 소설이 위험한 이유입니다. 문학에는 이런 중추적이고 획기적인 정직함이 있고, 그게 문학이 가진 위대함이라고 생각해요. 그건 분명 사회에 따라 다양해요. 억압적인 사회에서는 진실을 말하는 문학의 본질이 다른 체계를 갖추게 되고, 때로는 예술작품의 다른 요소들보다 훨씬 높이 평가됩니다.

문학은 수많은 형태를 취할 수 있고 시, 소설, 수필, 평론 모두 진실을 말하려 애쓰지요. 소설을 쓰기 전에도 이미 뛰어난 평론가이자 기자셨잖아요. 왜 소설을 택하셨나요?

반스   솔직히 소설을 쓸 때보다 기사를 쓸 때 진실을 더 적게 말한 것 같아요. 두 매체 모두에 종사하고 있고 둘 다 즐거운 작업이지만, 기사를 쓸 때는 세상을 단순화해서 한 번 읽으면 이해할 수 있도록 만드는 게 임무지요. 반면 소설가의 임무는 세상의 복잡한 문제들을 최대한 담아낸 기사로 읽으면서 바로 이해될 만큼 단순하지만은 않은 일들을 말하고, 한 번 더 읽으면 진실의 깊은 단계가 드러나는 글을 쓰는 것이죠.

젊을 때부터 작가가 되고 싶으셨나요?

반스   전혀 아니에요. 예술가를 꿈꾸며 예술을 하는 건 비정상이에요. 해석적인 예술을 연습하는 건 비교적 정상이지만 실제로 뭔가를 창조해내는 건 뭐랄까, 유전이 된다거나 해당 분야의 일인자가 권한다고 할 수 있는 일이 아니잖아요.

하지만 영국은 세계에서 가장 위대한 작가들을 배출했어요.

반스   그건 별개의 사실입니다. 성장 과정에서, 심지어 꽤 교양 있는 사람으로 성장하는 동안이라고 해도, 자신이 예술의 생산자가 될 권리가 있다고 알려주는 징표는 없어요. 저는 십 대 시절, 열성적인 독자였을 때 글이란 다른 사람들이 쓰는 것이라고 생각했어요. 부모님

두 분 다 교사셨고 집에 책이 많았지만 글을 써보겠다는 열망을 가질 분위기는 아니었어요. 심지어 그게 교과서라도 말이에요. 어머니의 편지가 「이브닝 스탠다드」에 실린 적이 있는데, 그게 우리 가족 유일의 문학 생산품이었어요.

에이미스* 가문이나 워** 가문은 어떤가요?

<u>반스</u> 그들은 패니와 앤서니 트롤로프***처럼 명백한 비정상이죠. 작가는 재능과 직위 배지를 대대손손 물려주는 왕실 파티시에와는 다릅니다.

닥치는 대로 읽었다고 하셨잖아요. 어떤 작가의 작품을 읽으셨나요?

<u>반스</u> 열네 살인가 열다섯 살부터 프랑스어를 읽기 시작했지만 『보바리 부인』은 영어로 처음 읽었어요. 영어 선생님이 주로 유럽 고전 문학작품으로 구성된 도서 목록을 줬는데, 그중 대부분은 처음 들어보는 것이었죠. 그 당시 일주일에 한 번씩 의무적으로 군복을 입고 '학군단'CCF에서 훈련을 받았어요. 야외 훈련일에 샌드위치와 함께 『죄와 벌』을 꺼내던 기억이 생생해요. 그 무렵은 독서의 기초 작업을 하던 때였어요. 위대한 러시아 작가들, 프랑스 작가들, 영국 작가들로 구성되었죠. 톨스토이, 도스토옙스키, 푸시킨, 곤차로프, 레르

•『행운아 짐』의 킹슬리 에이미스 집안을 뜻함. 아버지의 뒤를 이어 마틴 에이미스도 『돈 혹은 한 남자의 자살노트』, 『시간의 화살』 등을 내놓으며 사랑받고 있다.(역자 주)
••에블린 워 집안을 뜻함. 출판업자이자 문학평론가인 어서 워의 차남으로, 소설가 앨릭 워의 동생이다.(역자 주)
•••소설가 앤서니 트롤로프와 『미국인의 가정생활』로 유명한 그의 어머니 프랜시스 트롤로프를 뜻함.

몬토프, 투르게네프, 볼테르, 몽테뉴, 플로베르, 보들레르, 베를렌, 랭보였죠. 영어로는 근대소설을 더 많이 읽었어요. 에블린 워, 그레이엄 그린, 올더스 헉슬리. 물론 T. S. 엘리엇, 토머스 하디, 제럴드 홉킨스, 존 던도 읽었죠.

영국 고전소설가들은요? 조지 엘리엇, 제인 오스틴, 찰스 디킨스 말이에요.

반스 나중에 접했어요. 대학 때는 고전을 읽지 않았고, 완전한 정본을 읽어본 적도 없었죠. 엘리엇은 좀 더 나중에 만났고, 오스틴은 대강 읽었어요. 『미들마치』*는 가장 위대한 영국 소설일 겁니다.

그럼 '어쩌면 다른 방향으로 가서 다른 사람들이 읽고 싶어할 책을 쓸 수도 있겠다.'라는 생각은 언제 하신 건가요?

반스 이십 대 초반일 거예요. 『옥스퍼드 영어사전』 증보판을 만들고 있었는데, 무척 지루했어요. 그래서 글을 써야겠다고 생각했고, 옥스퍼드 문학 안내서를 만들었어요. 그 도시와 대학을 거쳐 간 모든 작가들을 설명하는 책인데, 출간되진 않았어요. 그 일을 마친 뒤 스물다섯 살일 때 소설을 쓰려고 애쓰기 시작했지요. 하지만 스스로에 대한 의심과 의기소침으로 점철된, 길면서도 중단되기 일쑤인 과정이었어요. 그 당시에 쓴 글이 서른네 살일 때 출간한 첫 장편소설 『메트로랜드』가 되었답니다. 8~9년쯤 걸린 셈이죠. 그 작품에 자신감이 없었기 때문에 오랜 기간 동안 출간을 보류했죠. 제가 소설가가 될 자격이 있는지 알 수가 없었어요.

『옥스퍼드 영어사전』에는 어떤 기여를 하셨어요?

반스 증보판 네 권의 부편집자로, 단어의 정의를 쓰고 단어의 역사를 연구하며 초기 용법을 찾았어요. 1880년대 이후 언어 가운데 'c'부터 'g'까지의 단어들을 다루며 3년간 일했어요. 그 경험이 제 소설을 통해 나타나는지는 잘 모르겠군요.

옥스퍼드 재학 중에 다른 사람들과 마찬가지로 논문을 쓰셨잖아요. 특별한 재능을 포착하고 격려해준 지도교수가 있었나요?

반스 특별한 재능? 그런 재능은 없었을 거예요. 학기말 구두시험을 칠 때, 파스칼 전공인 다소 엄격한 크레일셰이머라는 시험관이 제 논문을 보면서 말하더군요. "학위를 딴 뒤에는 뭘 하고 싶은가?" 저는 "글쎄요. 교수님들처럼 될 것 같은데요."라고 했죠. 형이 이미 철학자의 길을 걷기 시작했고, 전 무슨 일을 해야 할지 현실적인 개념이 없었기 때문에 그렇게 대답한 걸 수도 있어요. 크레일셰이머는 다시 제 논문을 만지작거리며 말했어요. "저널리즘에 대해서는 생각해봤나?" 물론 그가 할 수 있는 가장 경멸적인 말이었죠. 그분의 관점에서는요. 그분은 진지한 학자에게 말재간은 부적절한 것이라고 생각하셨거든요. 결국 저는 2등급을 받았고, 옥스퍼드에 계속 머물 기회는 없었죠.

왜 2등급을 받으셨어요?

반스 열심히 공부하지 않은 탓이죠. 학과를 두 번 바꿨어요. 처음에

• 조지 엘리엇의 소설로, 영국의 작은 도시 미들마치를 배경으로 평범한 사람들의 모습을 사실적으로 묘사해 19세기 풍속화라고 평가받았다.

는 프랑스어와 러시아어로 시작했다가 PPP(철학, 정치학, 심리학)로 바뀌었고, 그 뒤 다시 프랑스어를 읽기로 했죠. 화려한 학업성과라고 하긴 어렵죠.

PPP를 전공한 1년이 어떤 방식으로든 사고방식과 작품에 흔적을 남겼다고 생각하세요?

반스   그렇진 않아요. PPP를 선택한 건 문학 강독이 시시하다고 생각했기 때문이에요. 고등학교에서 제대로 배웠으니 계속 프랑스어를 공부하며 프랑스 산문과 라신에 대한 견해를 다듬을 필요는 없다고 결론 내렸죠. 몰입할 만한 것이 필요하다고 느꼈고, 철학과 심리학이 적절하다고 생각했어요. 물론 그건 사실이지만, 저는 그 과목을 공부하기에 알맞은 학생이 아니었던 것 같아요. 그쪽 유전자는 모두 형에게 갔답니다. 그리고 지난주에 공부한 철학 이론이 왜 틀렸는지를 입증하는 내용으로 한 주가 구성된다는 걸 발견하면서 좌절감을 느꼈어요.

하지만 위대한 작가들에게는 심리학을 비롯해 상당한 철학적 소양이 있어요. 쇼펜하우어는 자신이 읽은 관련 도서들보다 도스토옙스키에게 더 많은 심리학을 배웠다고 말했어요.

반스   그럼요. 그게 소설이 사라지지 않으리라 예상되는 이유죠. 적어도 지금까지는 심리학적 복잡성과 자기 성찰, 숙고를 소설처럼 다룰 수 있는 대체물이 없어요. 영화의 기능은 소설과 많이 다르고요.

　　시드니에서 임상치료를 전문으로 하는 정신과 의사 친구가 있어요. 그는 광기에 대한 셰익스피어의 묘사가 임상적 관점에서 보면 절대적으로 완벽한 설명이라고 주장하죠.

그래서 소설 쓰기를 직업으로 택하셨군요.

<u>반스</u> 소설을 직업으로 '선택'하진 않았어요. 그런 허영심은 없었죠. 이제는 마침내 소설가가 되었다고, 저 자신을 소설가로 인정한다고, 그리고 마음이 내키면 언론활동을 할 여유가 있다고 말할 수는 있겠네요. 전 일곱 살에 이불 속에서 단편소설을 끼적이는 참아주기 어려운 아이나, 세상이 자신의 작품을 기다리고 있다고 상상하는 건방진 문장가는 아니었습니다. 어떤 부류건 소설가가 될 수 있다고 생각할 만큼 자신감을 충분히 얻기까지 오랜 시간이 걸렸지요.

『메트로랜드』는 대부분의 첫 시도가 그렇듯 자전적이었어요. 계획하신 건가요?

<u>반스</u> 잘 모르겠어요. 분명 책의 첫 삼분의 일은 제 청소년기와 비슷한 면이 있는데, 특히 지리와 심리가 그렇죠. 그 뒤로는 내용을 꾸며내기 시작했고, 할 수 있다는 걸 깨달았어요. 두 번째와 세 번째 부분은 대개 꾸며낸 내용입니다. 5년 전쯤 프랑스에서 『메트로랜드』가 출간되었을 때의 일인데요. 프랑스 텔레비전 팀이 파리 북부 어딘가에서 연출한 장면은 잊을 수 없이 유쾌했지요. 그들은 저를 공원 벤치에 앉혔어요. "왜 이곳에서 인터뷰를 하나요?"라고 물었더니, "당신의 책에 따르면, 바로 저쪽이 당신이 동정을 잃은 곳이니까요."라고 답하더군요. 정말 프랑스인다웠죠. "그건 꾸며낸 이야기예요."라고 제가 말하자 그들은 몹시 충격을 받았어요. 무척 멋졌죠. 상당 부분 자전적인 서술 방식으로 시작된 이야기가 아무도 눈치 채지 못하는 사이에 꾸며낸 이야기로 전환되었다는 뜻이니까요.

그렇게 창작된 허구의 내용으로 전환해서 얻으려던 목표는 무엇인가요? 무엇을 전달하고 싶으셨나요?

반스 『메트로랜드』는 패배를 다뤄요. 타협으로 끝나게 되는 젊은 시절의 야심에 대해 쓰고 싶었어요. 발자크식 소설과는 다른 소설을 쓰고 싶었죠. 이를테면 제 소설은 언덕에 오른 주인공이 자신이 아는 도시, 자신이 차지하리라 예상되는 도시를 내려다보는 결말 대신 도시를 '차지하지 않고' 도시의 조건을 받아들이는 반영웅적인 모습으로 끝나요. 중심 은유는 이런 식으로 작용하지요. 메트로랜드는 런던 지하철 노선 주위에 형성된 주거지역이었어요. 그 지하철이 19세기 말에 건설되자 해저터널이 생기고, 범유럽 열차들이 맨체스터와 버밍엄에서 출발해 런던에서 승객을 싣고 유럽의 대도시들을 연이어 통과하리라는 전망이 나돌았어요. 그래서 제가 자란 런던 근교에는 '위대한 여행'이라는 희망과 기대가 피어나고 있었어요. 하지만 그 일은 결코 실현되지 못했죠. 주인공 크리스의 삶과 다른 인물들의 삶에 나타난 실망이라는 배경적 은유도 마찬가지죠.

그런데 발자크의 주인공들 가운데 라스티냐크*와 비슷하거나 '도시를 차지한' 인물은 많지 않아요.

반스 하지만 그들은 자신들이 그렇게 할 거라고 생각하지요. 언덕에 서서 도시를 내려다보도록 허락된 사람들이니까요.

발자크는 당신의 영웅에 속하지 않죠. 톨스토이와 도스토옙스키 중에 선택하듯이 발자크와 플로베르 중에 선택해야 하는 것처럼 보여요. 알랭 로브그리예**는, 발자크의 세상이 너무 질서정연하고 응집력이 강하다고 생각하기 때문에 그를 싫어해요. 반면 플로베르의 작품은 세상의 무질서하고 예측 불가능한 특성을 반영한다고 생각하고요. 같은 생각이세요?

반스   세상을 발자크파와 플로베르파로 나눈다면, 저는 후자에 속합니다. 플로베르가 예술성이 더 뛰어나기 때문이죠. 발자크는 어떤 면에서 전근대적인 소설가예요. 『보바리 부인』은 최초의 진정한 현대소설인데, 그 말은 최초의 연작소설이라는 뜻입니다. 19세기에는 많은 소설이, 특히 영국에서는 잡지에 일부분씩 연재되는 형태로 출간됐어요. 소설가들은 복사를 하려고 소매를 걷어붙인 인쇄소 소년을 옆에 두고 글을 썼죠. 『보바리 부인』에 필적하는 영국 소설은 『미들마치』일 겁니다. 그 작품은 구조와 구성 면에서 더 원시적인데, 연재물로 구성된 탓이라고 생각됩니다. 사회 묘사 측면에서 발자크와 플로베르는 분명 동급이에요. 하지만 예술적 통제력, 그러니까 서술적 어조를 통제하고 자유간접 문체를 활용한다는 측면에서 플로베르는 새로운 출발선을 보여주며 "이제 우리는 다시 시작할 겁니다." 라고 말하지요. 그리고 『보바리 부인』이 현대소설의 기원이라면, 사후인 1881년에 출간된 미완성 소설 『부바르와 페퀴셰』는 현대소설가의 기원을 보여준 작품이에요. 흥미롭게도, 시릴 코널리***에 따르면 『부바르와 페퀴셰』는 조이스가 좋아한 소설이었답니다. 리처드 엘먼*에게 그 점에 대해 물었더니 기록으로 남은 증거는 없지만 아마 사실일 거라고 하더군요. 『부바르와 페퀴셰』는 환상에 사로잡

• 『고리오 영감』의 주인공.(역자 주)

•• 프랑스 소설가이자 영화감독으로, 『고무지우개』, 『엿보는 자』, 『질투』 등이 있다.

••• 영국의 소설가이자 문학평론가로, 『바위웅덩이』, 『약속된 적들』을 남겼다.

* 조이스의 전기 작가로, 예일 대학과 옥스퍼드 대학에서 영문학을 가르쳤다.(역자 주)

힌 두 필경사가 인간사의 모든 분투와 세상의 모든 지식을 이해하려 애쓰다가 실패한 다음 자신들의 자리로 돌아가는 내용인데, 비범할 정도로 현대적이죠. 그리고 그 책의 두 번째 부분, 그러니까 두 주인공이 필사하기로 한 내용(축적된 쓰레기 더미라고 여기는 지식)을 그대로 책에 싣는다는 발상은 1880년 치고 경이로울 정도로 진보적인 발상이에요. 놀랄 만큼 대담하죠.

플로베르 본인은 싫어했던 『살람보』* 같은 다른 소설은 어떤가요?

<u>반스</u> 본인도 좋아했어요! 하지만 우리 모두가 그렇듯이 그는 자기 작품에 대해 모순적인 말을 많이 했죠. 플로베르는 『보바리 부인』을 모조리 사들여 없애버리고 싶다고 말했는데, 그게 자신의 나머지 작품을 볼품없게 만든다고 생각했기 때문이죠. 사실 『살람보』는 큰 성공을 거뒀어요. 문학적 성공뿐 아니라 사회적으로도 성공했지요. 제 생각에 『세 개의 짧은 이야기』에 실린 작품들은 지금껏 나온 작품들 가운데 가장 위대한 단편소설이에요. 『감정 교육』은 흥미진진하지만 『살람보』보다 100쪽 정도 더 길 거예요. 『살람보』는 그냥 그 자체예요. 독자를 끌어들이는 보석으로 장식된 장치이고, 독자는 그 작품의 방식 그대로 받아들여야 해요. 타협하려 해봤자 소용이 없어요. 그 밖에 편지들이 있는데, 교육적으로 뛰어나죠.

조르주 상드와 주고받은 편지가 특히 그렇죠. 이제는 누구도 조르주 상드를 읽지 않지만, 그 편지들을 보면 그녀는 인정 많고 명석하다는 인상을 줘요.

<u>반스</u> 분명 그랬을 겁니다. 그 편지들을 읽으면 플로베르의 의견이 옳지만 조르주 상드가 더 친절하다는 느낌이 들어요. 그녀가 옳을

때도 있어요. 독자의 기질에 따라 다르게 느끼겠지만. 저는 플로베르의 미학적 논거에 더 납득이 가는데, 인간의 심리에 대한 두 사람의 논쟁은 무승부로 끝났다고 봅니다.

루이즈 콜레와 주고받은 편지들도 무척 교훈적이에요. 콜레는 돈 없이 살롱을 열고, 경영이 어려운 나머지 한 연회에서 쓴 찻잎을 말려 다음 연회 때 내놓아야 했지만 자신의 삶을 꿋꿋이 헤쳐나간 대담한 여인이죠. 반면 훨씬 편하게 사는 플로베르는 불평과 자기연민으로 가득한 채 끝없이 넋두리를 늘어놓죠.

반스 플로베르는 위대한 예술가였고, 조르주 상드는 훌륭한 소설가였고, 루이즈 콜레는 비주류 시인이었죠. 플로베르는 예술에 대해 끊임없이 연구해요. 루이즈 콜레와 주고받은 편지에서 이상한 점은, 플로베르가 그녀에게 예술의 위엄과 복잡성에 대해 여러 쪽에 걸쳐 가르치고 있다는 사실이에요. 그는 아직 작품을 발표하지 않은 소설가이고, 그녀는 유명한 예술가들과 염문을 뿌린 파리 살롱계의 스타였어요. 그런 의미에서, 플로베르와 저는 완전히 다릅니다. 저라면 소설 하나도 출간하지 못한 형편에 루이즈 콜레를 가르칠 용기를 내지는 못했을 테니까요.

당신의 작품으로 돌아가죠. 『메트로랜드』를 출간하고 호평을 받은 뒤에는 자신감이 좀 생겼나요?

반스 책으로 나온 걸 보고 호평까지 읽으니 안심이 되긴 했지만 천

• 포에니 전쟁을 배경으로, 카르타고 장군의 딸 살람보와 반란군 지휘자의 비극적 사랑을 그린 역사소설.

성이 어디 가겠어요. 다른 작가들도 저와 비슷할 거라고 여겨지는데요. '내 안에 책이 단 한 권뿐이면 어쩌지?'라고 생각했어요. 그러니 두 번째 소설은 쓰기가 더 어렵기 마련이지요. 다행히 그렇게 오래 걸리진 않았지만요. 전 아직도 '내가 일곱 권이나 여덟 권, 아니 아홉 권의 소설을 썼을지 모르지만 다음번에 또 쓸 수 있을까?'라고 생각하지요. 하지만 고도의 불안 상태가 소설가의 정상적인 상태라는 건 확신합니다.

물론 일부 소설가들은 위대한 작품을 단 하나만 내기도 했어요. 『닥터 지바고』*나 『표범』*** 처럼요. 그런데 규칙적으로 책을 쏟아낼 필요가 있나요? 위대한 작품 하나로 만족하지 못할 이유가 있나요?**

반스 전적으로 옳은 말씀입니다. 그저 글을 위해 계속 글을 쓸 이유는 없지요. 할 이야기가 없어지면 멈추는 게 중요하다고 생각하지만 소설가들은 잘못된 이유로 중단할 때가 있어요. 바버라 핌***은, 그녀의 책이 평범해졌다고 말한 출판사 때문에 낙담해서 포기해버렸죠. 전 E. M. 포스터를 그다지 좋아하진 않지만, 그는 더 이상 할 말이 없다고 생각했을 때 그만뒀어요. 그 점은 존경스러워요. 어쩌면 훨씬 일찍 그만뒀어야 하지만. 그런데 더 이상 할 말이 없게 된 순간을 쉽게 인정할 작가가 있을까요? 인정하는 건 용감한 행동입니다. 그리고 전문 작가라면 늘 불안으로 가득 차 있기 때문에 신호를 잘못 읽기가 쉽지요. 언급하신 두 소설의 특질에 대해서는 의견이 같습니다. 특히 람페두사의 『표범』은 필수 도서예요. 파스테르나크는 늘 시인으로 알려졌다가 소설을 하나 썼고 그게 이목을 끄는 사건이 됐지요. 하지만 람페두사는 영어를 공부하고 패스트리를 먹는,

이 분야와 아무 상관없는 시칠리아 귀족으로만 여겨졌어요. 그러다가 그 걸작을 내놓았는데, 사후에야 비로소 출간됐죠.

작가들은 대개 자신의 가장 훌륭한 작품이 살아남기를 바라죠. 하지만 어떻게 가장 훌륭한 작품을 만들어 내놓느냐는 문제는 수수께끼일 겁니다. 자기 자신에게조차 말이에요. 제가 존경하는 존 업다이크처럼 오륙십 권의 책을 낸, 엄청나게 다작을 하는 작가들도 있습니다. 그의 '토끼 4부작'*은 전후 위대한 미국 소설 가운데 하나입니다. 그런데 그에게 "이봐요, 제발 토끼 4부작을 쓰고 난 뒤 그만 둬 줄래요?"라고 말할 수는 없죠. 어떤 작가들은 선인장 같아요. 7년에 한 번씩 화려한 꽃을 피우죠. 꽃을 피운 뒤에는 동면에 들어가고요. 또 어떤 작가들은 그런 식으로 일하지 못해요. 기질상 늘 글을 써야만 하죠.

그런데 작가와 작품을 연달아 배출한 다음 사라져버린 문학 장르가 여럿이에요. 예를 들어 마술적 사실주의가 그 경우인데, 남아메리카와 제3세계에서는 주효했지만 서구에서는 그만큼 힘을 쓰지 못하고 사라져버린 것 같아요.
반스 그렇죠. 하지만 마술적 사실주의는 훨씬 더 오래되고 광범위한 전통의 일부예요. 미하일 불가코프를 생각해보세요. 제 생각이 틀렸을지도 모르지만 그는 무엇보다도 러시아 화법에서 나온 것 같

• 러시아 시인 보리스 파스테르나크의 유일한 장편소설.(역자 주)
•• 이탈리아 작가 주세페 토마시 디 람페두사의 유일한 장편소설.(역자 주)
••• 1963년부터 1977년까지 긴 공백기를 거친 뒤 필립 라킨이 '20세기에 가장 저평가된 작가'라고 평가한 비평이 실리면서 재기했다.
* 『달려라, 토끼』 이후 10년 주기로 내놓은 『돌아온 토끼』, 『토끼는 부자다』, 『토끼 잠들다』.

아요. 그건 그 명칭을 적용하기 오래전부터 존재한 복잡하고 상상력이 풍부한 전통이죠. 마술적 사실주의에 반대하는 주장은, 막말로 무슨 일이든 일어날 수 있다면 왜 저 일보다 이 일이 일어나는 게 더 중요하냐는 것이에요. 어떤 사람들은 그것이 환각적 몽상에 탐닉하기 위한 변명이라고 생각해요. 하지만 그건 형편없는 마술적 사실주의의 경우죠. 그 장르에서 좋은 책을 쓴 작가들은, 마술적 사실주의에 일반적 사실주의나 다른 글처럼 구조와 논리와 응집력이 있어야 한다는 사실을 알고 있습니다. 어떤 장르에서든 결과물의 품질은 다양하기 마련입니다.

역사적 인물이나 사건에 상상력을 덧붙여 이야기를 구성하는 형식이 유행하고 있어요. 예를 들어 퍼넬러피 피츠제럴드의 『푸른 꽃』은 노발리스*의 삶을 토대로 하고, 공쿠르상 수상작인 파트릭 랑보의 『전투』는 나폴레옹의 아일라우 전투를 토대로 해요. 『플로베르의 앵무새』로 그 유행을 시작하신 건 아닌가요?

<u>반스</u> 플로베르가 『살람보』로 시작한 건 아닐까요? 아니면 월터 스콧이 시작한 건 아닐까요? 퍼넬러피 피츠제럴드는 뛰어난 소설가예요. 저는 그녀가 잘못된 책**으로 부커 상을 탔으며, 그녀의 최고 걸작인 마지막 네 소설은 여전히 과소평가되고 있다고 생각해요. 하지만 질문에 다시 답하자면, 저는 플로베르를 소설화하지 않았습니다. 가능한 한 그에 관해 진실하려 노력했죠.

  역사적 사건을 토대로 한 소설이 분명 요즘의 문학적 추세지만 특별히 새로운 현상은 아닙니다. 존 밴빌은 오래전에 케플러에 대한 글을 썼고, 좀 더 최근에는 피터 애크로이드가 채터턴, 호크스무어, 블레이크에 대한 글을 썼죠. 블레이크 모리슨은 구텐베르크에 대한

책을 얼마 전에 출간했고요. 이건 부분적으로 공백을 메우는 문제라고 생각해요. 역사적인 글은 일반 독자에게 과도하게 학구적이라는 인상을 주기 쉽습니다. 내러티브, 인물, 문체 같은 소설적 미덕을 믿는 사이먼 샤마 같은 역사학자들은 드물어요. 직설적인 서술적 전기 또한 인기가 많지요. 현재 대부분의 비소설 독자가 그쪽으로 기우는 경향이 있기 때문이지요. 그러니 전기 소설가들이 정도正道에서 벗어나 손님들을 몇 명이라도 유혹하려는 희망을 품고 길모퉁이를 어슬렁거리는 겁니다.

하지만 전통적인 역사소설은, 예를 들자면 메리 레놀트의 『왕은 죽어야 한다』The King Must Die **같은 경우 다소 저속하다고 천대받아요.**

반스　한 인물의 삶과 시대를 모방해 재현하려는 옛 역사소설은 본질적으로 보수적인 반면, 새로운 역사소설은 그 뒤로 일어난 일을 신중하게 의식하며 과거 속으로 들어가 현재의 독자와 더욱 분명한 연결점을 만들려고 노력하기 때문이지요.

본인이 진지한 사실주의 전통에 속한다고 생각하세요?

반스　저는 다소 무의미하고 짜증나는 꼬리표들을 늘 봐왔습니다. 그리고 포스트모더니즘의 영향으로 그런 꼬리표들은 바닥난 것 같아요. 어떤 평론가가 저를 '프리포스트모더니스트'prepostmodernist라고 부른 적이 있어요. 명쾌하지도 유용하지도 않은 말이죠. 소설은 본

• 독일 초기 낭만파의 대표적 시인.(역자 주)
•• 1979년 부커 상 수상작인 『해양』Offshore을 가리킴.

질적으로 사실주의 형식입니다. 소설은 음악처럼 추상적일 수 없어요. 소설이 이론(『누보로망*』을 보세요.)이나 언어극(『피네간의 경야*』**를 보세요.)에 사로잡히게 되면, 더는 사실주의적이지 않을 겁니다. 하지만 그렇게 된다면 재미있지도 않겠죠.

그러면 형식 문제가 대두돼요. 모든 작품을 다르게 쓰기 위해 노력한다는 말씀을 하신 적이 있죠. 전통적인 내러티브라는 틀을 깨뜨린 이상, 계속 변화하셔야 해요. 이야기의 중심이 되는 새로운 역사적 인물들과 사건들을 끊임없이 찾아낼 수는 없잖아요.

반스   1960년대 학교에서 영어 선생님이 테드 휴스를 가르쳐주신 게 기억나네요. 케임브리지를 갓 졸업한 영리하고 젊은 청년으로, 도서 목록을 준 그 선생님이죠. 그가 말했어요. "테드 휴스에게 동물이라는 소재가 바닥날 때 무슨 일이 벌어질지 다들 걱정했단다." 우리는 그게 그때까지 들어본 가장 재치 있는 말이라고 생각했죠. 물론 테드 휴스에겐 동물이 바닥나지 않았어요. 다른 것들은 바닥났을지 몰라도, 동물은 아니었죠. 역사적 인물에 대한 글을 계속 쓰고 싶은 사람이라면, 반드시 누군가를 찾아낼 수 있죠.

사람들은 언제나 새로운 것을 시도해보고 싶어하지 않나요?

반스   과거에 제가 썼던 글에 제약을 받는다고 생각하지 않습니다. 막말로, 제가 『플로베르의 앵무새』를 썼기 때문에 '톨스토이의 모래쥐'를 써야 한다고는 생각하지 않아요. 제가 만든 상자 속에 갇혀 있지 않아요. 『고슴도치』를 썼을 때 일부러 전통적인 내러티브를 활용했어요. 소설은 작가가 이야기에 어울리는 형식을 찾은 때에야 제대로 시작할 수 있죠. 물론 이것저것 건드리면서 소설에 적용할 새로운 형식을 찾을 수는 없을까 궁금해하며 고민할 수는 있겠죠. 하지만 그건 적합한 아이디어가 나타나고 형식과 내용이 만나는 지점에 불꽃이 튈 때까지는 공허한 질문일 뿐입니다. 한 예로 『내 말 좀 들어봐』는, 제가 들었던 이야기를 바탕으로 썼지만 그 친숙한 이야기에 꼭 맞는 형식을 파악할 때까지 그건 그저 하나의 일화, 가능성, 아이디어를 위한 아이디어에 불과했죠.

거물에 대한 정치소설 『잉글랜드, 잉글랜드』는 어떤가요? 그 책의 형식은 어떻게 찾아내셨나요?

반스 　기괴한 사기꾼인 언론 재벌 로버트 맥스웰에게 어느 정도 바탕을 두고 썼어요. 『잉글랜드, 잉글랜드』는 영국의 이념을 다룬 소설로, 『고슴도치』와 함께 정치 문제를 공공연하게 다룬 소설이지요.

"영국의 이념을 다룬 소설"이라니, 무슨 뜻인가요? 영국의 상황을 다룬 소설과 구별되나요? 그런 소설로는 최근에 몇 가지 서툰 사례가 있었죠.

반스 　영국은 경제적 측면에서는 비교적 부유하고 건강해요. 사회의 많은 요소들이 비교적 잘 갖춰졌죠. 그게 영국의 상황일 겁니다. 하지만 그런 상황과 관계없이 영국의 이념은 무엇입니까? 그 이념은 어디로 갔습니까? 영국인은 프랑스인처럼 자의식이 강하지 않죠.

• 전통적인 소설의 형식이나 관습을 부정하고 새로운 수법을 시도한 소설로, 1950년대 프랑스에서 시작했다. 특별한 줄거리나 뚜렷한 인물이 없고, 시점이 자유롭다.
•• 제임스 조이스가 17년에 걸쳐 쓴 소설로, 60여 개의 언어와 6만여 개의 어휘를 사용하여 다언어적 언어유희로 쓰여 난해한 작품으로 손꼽힌다.

그래서 새천년이 시작되면서 영국의 이념을 생각해보고 싶었습니다. 이념 측면에서 영국은 다소 타락했고, 저는 그 점을 소설적으로 극단까지 밀어붙이면 무슨 일이 벌어질지에 관심이 있었지요. 우선 동시대 영국에 내포된 여러 성향 중 일부를 선택했습니다. 자유시장경제의 완전한 우위, 다른 것을 소비하기 위해 제 몸을 팔고 스스로를 놀림감으로 삼으며, 관광객들의 주머니에 점점 더 의존하는 경향 같은 것을 말이지요. 그다음에는 제가 좋아하는 역사적 개념 중 하나인 창조된 전통을 포함시킵니다. 이 모든 걸 최대한 극단적으로 밀어붙이고 배경을 미래로 설정해요. 이 나라가 현재 되어가고 있는 모습을 요란하고 익살스럽고 극단적인 형태로 표현한 것이죠. 하지만 그게 소설의 한 가지 이점이에요. 시간을 단축할 수 있지요.

형식에 열중한다는 점 때문에, 일부 평론가들은 형식을 활용해 자신만의 산문적 자유를 창조한 나보코프와 칼비노 같은 작가들과 당신을 비교해요. 그들의 영향도 받으셨나요?

<u>반스</u>   나보코프의 작품 대부분과 칼비노의 작품 일부를 읽었지만 정의를 내리기 어려워요. 하지만 두 가지는 말할 수 있습니다. 첫째, 작가들은 대부분 다른 작가들에게 영향을 받지 않으려는 경향이 있어요. 현재 전념하고 있는 소설을 계속 써나가기 위해서는, 그 글이 이전에 자신이 썼던 모든 글과 관련이 없을 뿐만 아니라 역사상 그 누가 썼던 그 어떤 글과도 관련이 없는 척해야 해요. 그건 기괴한 망상이고 터무니없는 자만이기는 하지만, 필요조건이기도 해요. 둘째, 작가들은 영향을 받은 작가에 대해 질문을 받으면 그들이 읽은 도서 목록을 대는 경향이 있고, 독자나 평론가가 그 작가에게 영향을

미쳤다고 보는 사람이 누구든 마구 뒤섞어버려요. 하지만 읽은 적이 없는 책이나 그냥 듣기만 한 개념에도 영향을 받을 수 있다고 생각해요. 간접적으로 영향을 받을 수도 있고, 심지어 존경하지 않는 작가들에게도 영향을 받을 수 있지요. 그 작가들이 충분히 대담한 시도를 하고 있다면 말이에요. 예를 들어 제가 다른 소설들을 읽고 '이건 제대로 안 먹혀.'라거나 '이건 좀 지루해.'라고 생각했지만 그 작품들의 공격성이나 대담한 형식은 그런 것이 오히려 독자에게 잘 먹힐 수 있다고 암시하는지도 모르죠.

하지만 저마다 진정으로 영향을 받은 작가, 위대한 선구자가 한 사람쯤은 반드시 있죠. 당신에게는 플로베르였죠.

<u>반스</u>　하지만 플로베르식 소설을 쓰지는 않아요. 외국인이고 이미 죽었으되 되도록 오래전에 죽은 사람을 자신의 선구자로 삼아야 가장 안전한 법이죠. 플로베르의 작품을 절대적으로 흠모하며 그가 쓴 편지들을 마치 제게 개인적으로 써서 바로 어제 부쳐준 듯이 읽었어요. 소설이 무엇을 할 수 있으며 어떻게 소설을 쓸 수 있느냐에 대한 그의 관심, 예술과 사회의 상호관계에 대한 그의 관심은 시대를 초월해요. 그가 찾은 많은 답에 동의합니다. 하지만 21세기 영국 소설가로서 IBM 196c 타자기 앞에 앉아 있을 때는, 깃펜으로 글을 쓴 위대한 19세기 프랑스인을 직접적이든 의식적인 방식으로든 내비치지 않습니다. 소설은 과학기술과 마찬가지로 진전해왔습니다. 플로베르는 플로베르처럼 글을 썼어요. 다른 사람이 그렇게 한들 무슨 소용이 있겠습니까?

플로베르 외에도 우리 시대와 더 가까운 작가들 중에, 그 작품을 읽으며 '아, 이 거야! 바로 이 작품이야!'라고 생각하신 이들이 있나요?

반스   꼭 그렇진 않아요. 위대한 소설을 읽을 때 생각하는 건 이런 겁니다. 포드 매덕스 포드*의 『훌륭한 군인』을 읽을 때를 예로 들지요. 저는 그 소설을 20세기의 위대한 소설 중 하나로, 그러니까 위대한 '영국' 소설로 여기는데요. 물론 미국인들도 그 소설을 찬미하지만 저는 그런 소설을 읽을 때 다양한 기법을 어느 정도 받아들입니다. 예를 들어 신뢰할 수 없는 화자를 어느 만큼이나 밀고 나갈 수 있는가의 문제처럼요. 하지만 가장 중요한 교훈은 전반적인 것일 겁니다. 소설에 쓸 아이디어를 붙들고 열정적으로, 때로는 무모할 만큼 사람들이 뭐라 하든지 신경 쓰지 않고 밀고 나가야 한다는 거죠. 그게 훌륭한 작품을 만드는 방법입니다. 그러니 『훌륭한 군인』은 우리가 모방을 시도할 작품이라기보다는 유사성을 보여주는 사례가 되겠네요. 그렇다면 요점이 뭘까요? 포드는 이미 그걸 해냈다는 겁니다. 위대한 소설의 진정한 영향력은 뒤이은 소설가에게 "가서 다른 방법으로 하시오."라고 말해주는 것이죠.

미국 문학은 어떤가요? 이미 업다이크를 언급하셨죠. 초기부터 미국 문학을 읽으셨어요? 멜빌이나 호손 같은 위대한 작가들 말이에요.

반스   물론이죠. 호손의 작품을 읽었고, 그 뒤로는 피츠제럴드, 헤밍웨이, 제임스, 워튼의 작품을 읽었죠. 저는 이디스 워튼**의 열렬한 추종자예요. 그리고 치버, 업다이크, 로스, 무어를 좋아하죠. 저는 로리 무어***가 카버 이후로 미국에서 가장 뛰어난 단편소설 작가라고 생각합니다. 하지만 미국 소설가들은 영국 소설가들과는 무척 달라요. 그들처럼 글을 쓰려고 노력하는 건 아무 소용이 없어요. 미국 소설이 낳은 가장 훌륭한 작가는 업다이크라고 생각합니다. 앞에서 말했듯이 특히 토끼 4부작 때문에 말이에요.

미국 소설가들은 정확히 어떤 점에서 영국 소설가들과 다른가요?

반스　우선은 언어가 다르죠. 이론적 언어와 대조되는 일상어도 그래요. 대등한 인물이나 현재성이라는 측면을 봐도 그렇죠. 무엇보다도, 현대 미국 문학은 영국 빅토리아 문학이 그랬듯이 세계를 지배하는 국가에서 생산되는 탓에 다른 영향을 받을 수가 없어요. 미국이라는 나라는 역사적 기억상실로 유명하기도 하고 소수의 시민들만이 여권을 소지하는 곳이긴 하지만요. 미국의 미덕과 악덕은 불가피하게 연결되어 있어요. 가장 훌륭한 미국 소설은 넓은 영역과 대담함, 언어적 활력을 보여줍니다. 가장 형편없는 미국 소설은 유아론과 편협함, 지루한 상피병에 시달리고요.

유럽과 영국의 동시대 문학은 어떤가요?

반스　동시대인들을 평가하기는 어려워요. 그 사람들을 알고 있거나, 역설적으로 너무 잘 알고 있으니까요. 다른 측면으로는, 쉰 살이 넘어가면 앞에서 언급한 그 위대한 작가들의 작품을 마지막으로 읽

• 영국의 소설가이자 시인, 평론가로 그의 『훌륭한 군인』은 독창적인 소설 기법 때문에 미국에서는 지금도 중고등학생들의 필독서로 꼽힌다.
•• 20세기 초 유럽으로 건너가 활동했던 미국 소설가로, 1921년 여성 최초로 퓰리처상을 수상했다. 『순수의 시대』, 『기쁨의 집』 등을 남겼다.
••• 미국의 손꼽히는 단편 작가로 유머러스하고 신랄한 작품으로 유명하다. 장편 데뷔작인 『철자 바꾸기』 외에 많은 단편집이 있다.

은 게 열일곱 살이나 열여덟 살 때였음을 깨닫고 다시 읽고 싶어지거나 실제로 읽게 되지요. 그러니 700쪽에 이르는 최신 유행 소설과 마주치면 '투르게네프의 작품을 다 읽었던가?'라고 생각한답니다. 만약 읽었다면 『아버지와 아들』을 다시 읽으면 어떨까, 생각하게 되지요. 이제 전 다시 읽는 단계에 들어섰습니다. 프랑스에서는 주목할 만한 일이 일어나는 것 같지 않더군요. 미셸 투르니에는 여전히 제게는 생존하는 가장 위대한 프랑스 소설가입니다. 그 외에 다른 누구도 머리에 떠오르지 않아요. 어쨌든 저만큼 독서 수준을 유지하라고 주장하지는 않겠습니다.

사람들은 프랑스에서 많은 일이 일어나지 않는다고 하지만, 프랑스 소설이 영국에서 출간되는 책보다 더 시시한 것도 아니에요. 그리고 지적인 측면에서 프랑스는 여전히 영향력이 매우 강하죠. 특히 철학과 비평이론에서 그렇죠. 레비스트로스부터 데리다까지, 프랑스는 미국 대학들을 제패해왔어요.

반스　맞습니다. 프랑스 문학의 에너지가 이론과 심리학으로 많이 들어갔죠. 투르니에를 제외하고는, 카뮈가 죽은 뒤 사실상 실질적으로 가치가 있는 작품은 전혀 내놓지 못했어요. 카뮈 사후에 출간된 『최초의 인간』이, 프랑스 소설에 무엇이 결여되어 있었는지를 깨우쳐줬다고 생각해요. 최근에는 미셸 우엘벡이 쓴 『소립자』가 있었죠. 그 책은 거칠고 오만하고 여러 면에서 대단히 불편하지만, 천재성의 기미가 분명히 있어요.

신진 소설가들은 어떤가요? 평론을 믿는다면, 우리에게는 일류의 신진 소설가들이 많은 것 같아요. 외국에서는 영국 소설의 건강함을 부러워해요.

<u>반스</u> 제 다음 세대 가운데 제가 특별히 부러워하며 지켜보는 작가는 아쉽게도 금방 떠오르지가 않네요. 단편소설 작가들은 있습니다. 영국에는 헬렌 심슨*이 있고, 미국에는 앞서 말한 로리 무어가 있는데 재능이 대단합니다. 제가 속한 세대에는 가즈오 이시구로, 이언 매큐언을 비롯해 뛰어난 작가들이 무척 많죠. 다음 세대 중에도 괜찮은 작가들이 있다고 말해야겠죠? 전 다음 세대 작가들에게 야망이 없다는 사실에 조바심이 납니다. 돈을 벌고 싶어한다고 비난하는 건 아닙니다. 첫 소설을 10만 파운드에 판 스물다섯 살의 작가를 못마땅하게 여기지도 않습니다. 소설가들은 수입이 전혀 없는 상태로 오랜 시간을 보내기도 하니까요. 제가 못마땅한 건 그들이 진부한 글을 세상에 내놓는다는 점이에요. 한 아파트에서 함께 살아가는 스무 명쯤 되는 사람들의 이야기를 흔히 쓰지요. 게다가 그들이 겪는 정서의 기복을 당장이라도 영화화할 수 있는 방식으로 쉽게 서술하죠. 그건 별로 재미가 없어요. 더 큰 야망을 보여주길! 형식에 대한 관심을 보여주길! 이 문제를 왜 소설 형식으로 다루는 게 가장 좋은지를 보여주길! 제발 과거 위대한 소설가들의 작품에 경외심을 보여주길! 그래도 제이디 스미스가 최근에 발표한 첫 장편소설 『하얀 이빨』 덕분에 큰 힘을 얻었어요. 높은 야망과 넘치는 재능 둘 다를 보여주었죠.

삼각관계를 다룬 『내 말 좀 들어봐』가 영화로 제작됐잖아요. 괜찮았나요?

---

* 소설로 성공을 거두어 전업 작가가 되기 전에는 『보그』에서 여행, 음식 관련 글을 5년 동안 썼다. E. M. 포스터 상, 호손 상 등을 수상했다.

반스 「사랑, 그리고」라는 제목의 영화로 만들어졌죠. 샤를로트 갱스부르와 샤를 베를링이 연기했어요. 커즌 영화관에서 일주일 동안 상영됐어요. 영화는 꽤 괜찮았습니다. 책을 충실하게 각색했다기보다는 그 자체로 제대로 된 영화죠.

『내 말 좀 들어봐』는 몇 명의 인물이 카메라에 대고 번갈아 말하는 방식으로 이야기를 드러냈죠. 거의 10년이 지나고 몇 권의 책을 낸 뒤에 같은 핵심 인물들로 그 이야기를 다시 시작하셨잖아요. 그리고 영화 제목이던 '사랑, 그리고'를 제목으로 붙이셨고요. 이야기의 끝은 다음에 무슨 일이 일어날지 독자에게 궁금증을 남겨요. 3부작의 두 번째 부분처럼 보이던데, 세 번째도 있나요?

반스 모르겠어요. 저는 『내 말 좀 들어봐』의 후속편을 쓸 생각이 전혀 없었어요. 『사랑, 그리고』가 위기 국면을 맞은 인물로 끝난다는 말씀은 맞아요. 그 위기는 곧 이런저런 방식으로 해결되겠죠. 분명 내일이라도 자리에 앉아서 그 해결책을 생각해낼 수 있을 거예요. 하지만 그래 봤자 새로운 소설의 몇 장을 쓰게 되겠죠. 그 뒤에는 무슨 일이 일어날까요? 인물들이 제게 소재를 제공하도록 그들의 삶을 몇 년 더 연장해야 해요. 어쨌든 지금 생각은 그렇습니다.

인물은 어떻게 만들어내세요? 아는 사람들을 토대로 삼나요? 아니면 처음부터 만들어내나요? 이야기가 진행되면서 인물들은 어떻게 발전해가나요?

반스 아는 사람을 토대로 한 인물은 거의 없어요. 그건 제약이 너무 많죠. 한 번도 만난 적 없는 이를 약하게나마 토대로 삼은 적은 두 번 있습니다. 『고슴도치』의 페트카노프는 불가리아의 공산당 서기장이었던 토도르 지프코프와 어떤 면에서 관련이 있고, 『잉글랜드,

잉글랜드』의 잭 피트먼 경은 로버트 맥스웰과 관련이 있어요. 하지만 맥스웰을 조사할 생각은 꿈에도 하지 않았어요. 소설에 전혀 도움이 되지 않을 테니까요. 어쨌든 기껏해야 특징 한두 개를 따온 정도였지요. 사소한 인물들, 즉 애초부터 이런저런 특징을 하나씩만 갖춘 인물들이라면 실생활에서 전적으로 선택할 수 있어요. 하지만 그렇게 하는 데 관심이 없습니다. 등장인물을 만들어내는 건 소설 쓰기의 많은 부분처럼, 주관적인 느낌과 객관적인 통제력의 혼합물이에요. 나보코프는 갤리선의 노예들에게 하듯 등장인물들을 채찍질했다고 자랑했어요. 인기 있는 소설가들은 때로 이러이러한 인물이 작가를 압도했다거나, 인물이 제 나름의 삶을 시작했다며 자랑하지요. 마치 그게 자신이 예술가임을 증명해주듯이 뿌듯해하면서요. 저는 그 어느 쪽도 아니에요. 제 인물들에게 고삐를 느슨하게 유지하고 있죠. 그럼에도 고삐는 고삐죠.

여성 인물을 무척 잘 다루세요. 진짜처럼 느껴져요. 어떻게 남자가 여자를 속속들이 알 수 있죠?

<u>반스</u>　제 방 벽에는 핸델스먼*이 그린 카툰이 붙어 있어요. 엄마가 어린 딸에게 잠자리 동화를 읽어주고 있고, 아이는 곰 인형을 움켜잡고 있어요. 손에 『보바리 부인』을 든 엄마가 이렇게 말하죠. "놀라운 건 남자인 플로베르가 정말로 이해했다는 거란다." 작가는 자신의 성과 반대인 인물의 역할을 할 수 있어야 해요. 그게 결국 역량을 평가하는 기초시험 가운데 하나죠. 투르게네프나 체호프 같은 러

---

* 1997년과 2007년 퓰리처상 시사만화 부문 수상자인 월트 핸델스먼.

시아 남성 작가들을 생각해보세요. 그들은 유난히 여성 인물을 다루는 데 능숙해요. 우리가 나이, 인종, 종교, 피부색, 성의 차이를 떠나 자신과 다른 종류의 사람을 이해하려고 애쓸 때와 똑같은 방식으로, 작가도 반대 성의 사람들을 이해할 수 있다고 생각해요. 우리는 가능한 한 깊은 관심을 기울이며 보고, 듣고, 질문하고, 상상하잖아요. 그건 사회의 정상적인 구성원으로서 우리가 하는 일이자 해야 하는 일이지요.

작품에서 질투가 중요한 주제인 것 같아요. 예를 들어 『나를 만나기 전 그녀는』, 『내 말 좀 들어봐』, 『사랑, 그리고』에서 말이에요. 이것도 프랑스의 영향인가요? 라신의 비극에서부터 공항소설*에 이르기까지, 질투는 프랑스 문학의 커다란 주제니까요.

반스   질투에 열중하는 제 성향이 프랑스적이라거나 프랑스의 영향을 받았다고는 생각하지 않아요. 사랑에 대한 이야기를 자주 쓰니, 당연히 질투도 자주 다루게 되지요. 자연스레 따라오는 거예요. 대부분의 사회, 대부분의 사람에게 질투는 사랑과 함께 오지요. 질투는 극적이기 때문에 소설적으로 매력이 있어요. 또한 불합리할 때가 많고, 부당하고, 끝이 없고, 집착을 불러오고, 관련 당사자들에게는 비참한 것이니까요. 질투는 몹시 원초적인 요소가, 언뜻 성숙해 보이는 우리 삶의 외면을 깨부수는 순간이에요. 악어 주둥이가 연못에 핀 수련을 잡아 뜯는 것처럼요. 억누를 수가 없죠.

진정으로 운동경기에 열광하는 작가들 가운데 한 분이잖아요. 어떤 운동을 하세요? 어느 정도 열중하시나요?

반스   소년 시절에는 열다섯 살 때까지 학교 럭비 팀 주장을 했어요. 축구, 크리켓, 테니스, 스누커, 스쿼시, 배드민턴, 탁구, 골프를 조금씩 했죠. 12세 이하 38킬로그램 미만 체급 교내 권투 챔피언이었고요. 그 타이틀은 운과 계산의 결과물이었죠. 권투를 해본 적이 없었지만, 등록 마감 전날 그 체급에 등록한 사람이 아무도 없다는 걸 알게 됐거든요. 쉽게 우승할 거라고 생각했지만 불행하게도 다른 아이 하나가 거의 동시에 저처럼 훌륭한 생각을 하는 바람에 우린 어쩔 수 없이 싸웠답니다. 그 아이는 저보다 조금 더 겁을 먹었고, 결국 제가 이겼죠. 그게 처음이자 마지막 권투 시합이었어요. 지금도 대부분의 운동에 관심이 많아요. 싱크로나이즈드 스위밍이나 카펫 볼링처럼 관심 없는 종목을 대는 편이 더 쉬울 거예요. 늦은 밤, 손에 유리잔을 들고 있을 때는 텔레비전으로 방송되는 카펫 볼링에 눈이 가기도 하지만요. 요즘엔 영국 시내를 온종일 걷거나 프랑스나 이탈리아에서 일주일 정도 걷는 게 좋습니다. 그럴 때는 짐을 미리 보내는 게 중요하죠. 셰르파처럼 짐에 짓눌리면 풍경을 즐길 수가 없으니까요. 작가와 운동을 생각하면, 특히 남성 작가들의 경우에는 매우 긴밀하게 연결되어 있다고 봅니다. 헤밍웨이는 권투와 투우를 했죠. 자렐과 나보코프는 테니스를, 업다이크는 골프를, 스토파드와 핀터는 크리켓을 했어요. 이 정도는 시작일 뿐, 더 열거할 수 있지요.

『크로스 채널』에서 「터널」 편에 등장하는 노인은 작가가 되려면 어떤 의미에서

---

* airport novel, 여행객들이 공항에서 대기하는 동안 읽을 수 있을 만큼 전개가 빠르고 쉽게 읽히는 소설.(역자 주)

는 삶을 거부해야 한다고 말하잖아요. 문학과 삶 중에서 선택해야 한다고 생각하세요?

반스 아니요. 우리가 선택할 수 있는 문제라고 생각하지 않습니다. "완벽한 삶이냐, 완벽한 일이냐."Perfection of the life, or of the work * 이게 예이츠의 자세라는 느낌이 들어요. 물론 예술가들은 일상을 희생해요. 정치가도, 치즈 제조업자도, 부모도 마찬가지죠. 하지만 예술은 삶에서 나옵니다. 일상적인 삶에 끊임없이 몸을 담그지 않고서 어떻게 예술가가 존속할 수 있을까요? 문제는 얼마나 깊이 담그느냐는 거죠. 플로베르는 예술가가 바다로 뛰어들듯이 삶 속으로 들어가야 한다고 말했어요. 그러나 배꼽이 잠길 만큼만 들어가야 한다고 했죠. 어떤 작가들은 너무 멀리 헤엄쳐가서 예술가가 되려던 본래의 의도를 잊어버립니다. 뻔한 이야기지만 작가가 되려면 자기만의 시간을 많이 보내야 해요. 소설가가 되려면 시인이나 극작가보다 더 긴 기간의 고립이 필요하죠. 합작 예술을 할 때 발생하는 창의적인 논쟁이 당연히 소설가의 내면에서도 일어나야 하고요. 그런데 우리가 살아가면서 가장 진실한 삶의 모습을 발견하기 위해 주기적으로, 그리고 고마운 마음으로 찾게 되는 것이 바로 소설 아닌가요?

어떻게 일하세요? 규칙에 따라 시간을 지키면서 일하시나요?

반스 긴 기간 동안 규칙에 따랐지요. 얼마나 복잡한 소설인가에 따라 8개월 안에 쓰는 게 좋을지, 아니면 2~3년 동안 쓰는 게 좋을지를 파악한 뒤에 시작합니다. 요즘에는 대개 대략적인 목표일을 정해요. 일이 가져다주는 기쁨에 단련되었기 때문에 그 일을 하기를 즐겁게 기다리죠. 일이 가장 잘되는 시간도 알고 있는데, 보통은 오전

10시에서 오후 1시 사이입니다. 그때가 제 지적 능력이 최고조에 이르는 시간이에요. 하루 중 다른 시간은 고쳐쓰기를 하거나 기사를 쓰거나 청구서 대금을 납부하기에 알맞죠. 일주일 내내 일하는데, 표준 근무시간을 고려하지 않죠. 아니, 제게는 주말도 표준 근무시간에 포함된답니다. 주말은 일하기 좋은 때죠. 사람들은 제가 여행을 떠났다고 생각하고 귀찮게 하지 않거든요. 크리스마스도 마찬가지죠. 다들 쇼핑하러 나가고 전화를 거는 사람조차 없죠. 저는 크리스마스 아침이면 반드시 일을 합니다. 하나의 의식이죠.

글이 쉽게 써지나요? 페럴먼Perelman은 두 종류의 작가, 그러니까 글이 쉽게 나오는 작가와 단어 하나하나 핏방울을 짜내듯 쓰는 작가가 있다고 말했어요. 페럴먼 자신은 두 번째 부류라고 했죠. 어느 쪽이세요?

<u>반스</u>   피를 짜낸다는 불평에 그다지 공감하지 않습니다. 누구도 작가에게 작가가 되라고 강요하진 않았으니까요. "오, 이건 정말 고독한 일이야!"라고 작가들이 말하는 걸 들어왔어요. 글쎄요, 그 고독이 싫다면 그만둬야죠. 대부분 작가들이 불평을 하는 건 은근히 과시하는 거예요. 물론 글을 쓴다는 건 어려운 일이죠. 그렇다고 산만하기 짝이 없는 쌍둥이를 돌보는 일과 이 일을 바꿀 건가요?

글을 쓰는 과정까지 즐겁지는 않을 수 있잖아요?

<u>반스</u>   과정을 '즐겨야' 한다고 생각해요. 위대한 피아니스트라면 연습도 즐겁게 할 거라고 생각해요. 기술적으로 악기에 숙달된 뒤에

• 예이츠의 시 「선택」The Choice의 한 구절.(역자 주)

하는 연습은, 해석과 뉘앙스와 그 밖의 것을 시험하는 행위니까요. 물론 만족감, 즉 글이 주는 즐거움은 다양합니다. 첫 초고가 주는 즐거움은 고쳐쓰기가 주는 즐거움과 상당히 다르지요.

초고는 어려움으로 가득하죠. 출산과도 같아서 무척 고통스럽지만 그 뒤에 아기를 돌보며 함께 노는 건 기쁨으로 가득하잖아요.

반스　아! 하지만 아기가 아니라 끔찍하고 흉측한 존재일 때가 있어요. 전혀 아기처럼 보이질 않죠. 전 초고를 빨리 쓴 다음 고치고 또 고치는 경향이 있습니다.

고쳐쓰기를 많이 하세요?

반스　늘 그렇죠. 그때에야 비로소 진정한 작업이 시작돼요. 초고가 주는 즐거움은 제대로 된 작품에 많이 가까워졌다고 자신을 속이는 데 있어요. 그 뒤로 이어지는 원고들이 주는 즐거움은 부분적으로 첫 초고에 속아 넘어가지 않았다는 사실을 깨닫는 데 있죠. 또 실질적인 것들을 바꿀 수 있다는 점이에요. 뒤늦게라도 바꿀 수 있고, 그 책이 언제나 나아질 수 있다는 점을 깨닫는 데 있기도 하죠. 이건 책이 출간된 뒤에도 적용되는 사실이에요. 제가 워드프로세서에 반대하는 이유 중 하나고요. 워드프로세서는 실제보다 더 빨리 완성된 것처럼 보이게 하거든요. 전 일정량의 신체 노동에 대한 믿음이 있습니다. 소설 쓰기는, 제아무리 동떨어져 보이더라도 전통적인 노동의 형태로 생각되어야 해요.

그러면 손으로 글을 쓰세요?

반스 『사랑, 그리고』는 손으로 썼습니다. 하지만 보통은 IBM 196c 타자기로 친 다음, 읽기 어려워질 지경에 이를 때까지 고치고 또 고친답니다. 그다음 깨끗하게 다시 타이핑을 하고 다시 손으로 고쳐요. 이런 식으로 반복하죠.

언제 손을 떼세요? 마쳐야겠다고 생각하게 해주는 건 뭔가요?

반스 제가 고치고 있는 부분들이 글을 향상하기도 하지만 그만큼 퇴보를 가져온다는 사실을 발견할 때죠. 그러면 작별인사를 할 때라는 걸 알게 되죠.

컴퓨터는 어떤 용도로 쓰세요?

반스 이메일과 쇼핑에 쓰죠.

앞으로의 계획은요?

반스 말씀드리지 않을 겁니다. 전 약간 미신적인 데가 있어요. 미신적이라기보다는 현실적이죠. 제가 쓴 마지막 기사는 『뉴요커』에 실은 '투르 드 프랑스'에 관한 글이었어요. 기사의 상당 부분이 사이클 선수들의 약물 복용 문제를 다루는 내용이었죠. 기사를 쓰기 위해 조사를 많이 했는데, 조사한 내용을 사람들에게 늘어놓았어요. 막상 기사를 쓰기 시작했을 때는 맥이 빠져서 글을 쓰기가 어려웠어요. 사이클을 연구한 네덜란드 사회학자와 1890년대까지 거슬러 올라가는 약물의 역사에 대해 이야기를 나누고 돌아온 뒤였고, 만나는 모든 사람에게 그 이야기를 구구절절 쏟아냈어요. 흥미진진했으니까요. 그런데 그 뒤로 그 내용을 기사로 쓰려고 자리에 앉자, '이게 정말 그토록 재미있나?'라는 생각이 든 거죠. 그 일은 제가 오래전에 터득했지만 잠시 잊었던 교훈을 확증해주었어요. '말로 모든 걸 날려버리지 마라.' 자기 보존의 문제예요. 어쨌거나 전 천성적으로 보존하려는 성향이 있답니다. 하지만 다른 책들이 나올 테니 걱정 마세요.

수샤 거피 Shusha Guppy 1935년 이란에서 태어났다. 2008년 세상을 뜨기 전까지 런던에 거주하면서 『파리 리뷰』를 비롯해 미국과 영국의 잡지에 수많은 글을 기고했다. 『눈가리개 말』, 『웃음의 비밀』 등을 펴냈고, 가수로도 활동했다.

주요 작품 연보

『메트로랜드』Metroland, 1980

『나를 만나기 전 그녀는』Before She Met Me, 1982

『플로베르의 앵무새』Flaubert's Parrot, 1984

『태양을 바라보며』Staring at the Sun, 1986

『10½장으로 쓴 세계 역사』A History of the World in 10½ Chapters, 1989

『내 말 좀 들어봐』Talking It Over, 1991

『고슴도치』The Porcupine, 1992

『런던에서 온 편지』Letters from London, 1995

『잉글랜드, 잉글랜드』England, England, 1998

『사랑, 그리고』Love, etc., 2000

『이것이 프랑스다』Something to Declare, 2002

『레몬 테이블』The Lemon Table, 2004

『아서와 조지』Arthur & George, 2005

『예감은 틀리지 않는다』The Sense of an Ending, 2011

『사랑은 그렇게 끝나지 않는다』Levels of Life, 2014

06

너와 나와 길에 대하여

잭 케루악
JACK KEROUAC

잭 케루악 미국, 1922. 3. 12.~1969. 10. 21.

여행하면서 겪은 술, 섹스, 마약, 자동차 질주, 음악에 대한 도취를 맥락 없이 묘사한 『길 위에서』를 발표해, 무명작가에서 비트 세대를 주도하는 작가로 자리매김했다. 형식에 구애받지 않는 즉흥적인 문체, 거침없는 재즈와 맘보의 리듬, 끓어오르는 에너지와 호기심으로 가득한 『길 위에서』는, 이후 미국 문학과 문화 전반에 큰 영향을 미쳤다.

1922년 미국 매사추세츠 주에서 프랑스계 노동자의 아들로 태어났다. 컬럼비아 대학에 입학했지만 학업을 중단하고 제2차세계대전에 참전한다. 이후 선원을 비롯해 여러 직업을 전전하다 뉴욕에서 작가 윌리엄 버로스, 닐 캐서디, 앨런 긴즈버그를 만나게 되고, 함께 미국 서부와 멕시코를 여행한다. 이때의 체험을 바탕으로 쓴 『길 위에서』가 1957년 출간되자 당시 젊은이들에게 열광적인 반응을 얻었다.

비트 세대는 사회의 획일성에 싫증을 느끼며, 기성 사회의 질식할 것 같은 분위기를 거부하는 과정에서 개인의 진정한 모습을 찾을 수 있다고 생각한 보헤미안들이었다. 『길 위에서』에 매혹된 젊은이들은 전국을 방랑하면서 1960년대 히피 운동을 탄생시키는 도화선을 만들었다. 이 책은 지금도 미국 대학도서관에서 가장 많이 대출되는 책 가운데 하나이자 반납이 가장 안 되는 책이라고 한다. 『달마 부랑자』, 『외로운 여행자』, 『빅서』 등의 작품을 발표했고, 1969년 사망했다.

케루악과의 인터뷰

테드 베리건

케루악의 가장 놀라운 점은 마법 같은 목소리인데, 그의 작품과
똑같은 느낌을 준다. 분위기를 단번에 놀랍고 당혹스럽게 반전시킬 수 있다.
그 목소리가 이 인터뷰를 포함한 모든 것을 이끌었다.

케루악의 집에는 전화가 없다. 나는 몇 달 전 케루악에게 연락해 인
터뷰를 하자고 설득했고, 만날 때가 되었다고 생각했을 때 케루악의
집으로 불쑥 찾아갔다. 친구이자 시인인 아람 사로얀과 덩컨 맥노튼
이 동행했다. 케루악이 초인종에 응답했다. 나는 서둘러 이름과 방문
목적을 말했다. 케루악은 우리를 환영했지만 안으로 들어가기도 전
에, 무척 단호한 그의 아내가 케루악을 뒤에서 붙잡은 채 당장 떠나
라고 말했다. 케루악과 나는 "파리 리뷰야!", "인터뷰요!"라고 동시에
외치기 시작했다. 그러는 동안 덩컨과 아람은 자동차가 있는 쪽으로
슬금슬금 물러났다. 모든 게 수포로 돌아간 것 같았지만, 나는 예의
바르고 차분하고 우호적인 어조로 들리기를 바라며 계속 말을 했고,
곧 케루악의 아내인 스텔라는 우리를 20분 동안 집에 들이는 데 동
의했다. 술은 절대 마시지 않는다는 조건으로.

일단 집 안으로 들어가자 우리가 진지한 목적 때문에 왔다는 사실이 명백해졌고, 스텔라는 친절해졌다. 우린 부드러운 분위기에서 인터뷰를 시작할 수 있었다. 사람들이 아직도『길 위에서』의 작가를 찾으며 케루악의 집에 끊임없이 나타나 며칠씩 머무르며 술을 마셔대고, 그가 중대한 업무를 보지 못하도록 주의를 빼앗는 모양이었다.

오후가 지나가며 분위기는 완전히 달라졌고, 알고 보니 스텔라는 상냥하고 매력적인 안주인이었다. 케루악의 가장 놀라운 점은 마법 같은 목소리인데, 그의 작품과 똑같은 느낌을 준다. 분위기를 단번에 놀랍고 당혹스럽게 반전시킬 수 있다. 그 목소리가 이 인터뷰를 포함한 모든 것을 이끌었다.

인터뷰 내내 케네디 대통령이 사용하던 것과 비슷한 모양의 흔들의자에 앉아 있던 케루악은 인터뷰가 끝나기가 무섭게 커다란 안락의자로 자리를 옮기며 말했다. "자네들은 시인이잖아. 어이, 자네들의 시 좀 들어보세." 우린 한 시간쯤 더 머무르며 시를 읊어댔다. 케루악이 최근에 쓴 시가 담긴 사인된 인쇄물을 우리에게 선물했고, 우린 그곳을 떠났다.

「둘루오즈의 허영」의 두루마리 원고 원본. 두루마리는 매우 길게 이어 붙인 텔레타이프 용지다.

잭 케루악
×
테드 베리건

녹음기를 올려놓아야 하는데 발판을 이쪽으로 옮겨도 될까요?

잭 케루악 맙소사. 거기 앉으니 안 어울리는군, 베리건.

저는 테이프 녹음에 익숙하지 않아요. 그냥 당신처럼 수다스러울 뿐이죠. 자, 시작합니다.

케루악 됐나? [휘파람을 분다.] 됐어?

우선 얘기하고 싶은 건, 제가 가장 먼저 읽은 당신의 책은 묘하게도 『마을과 도시』였어요. 대부분 사람들은 『길 위에서』를 가장 먼저 읽죠.

케루악 이런!

도서관에서 그걸 찾아냈죠.

케루악 『색스 박사』는 읽었나? 『트리스테사』는?

당연히 읽었죠. 믿으셔도 돼요. 『랭보』도 읽었는걸요. 론 패지트*가 오클라호마의 툴사에서 산 『코디의 환영』도 가지고 있어요.

케루악 빌어먹을 론 패지트! 그는 캔자스시티에서 『화이트 도브 리뷰』White Dove Review라는 잡지를 창간했지. 오클라호마 주 툴사였나? 맞아. 그건 그렇다고 치고, 그는 "저희에게 훌륭하고 멋진 시를 보내주시면 이 잡지가 시작됩니다."라고 쓴 편지를 보냈지. 그래서 「허우적대는 비둘기들」을 써서 보냈지. 그 뒤에 한 편 더 보냈는데, 그는 잡지가 이미 창간되었다는 이유로 두 번째 시를 거부했어. 애송이들이 다른 사람을 발판 삼아 출세하려는 꼴을 한눈에 보여주지. 에이, 그는 시인이 아니야. 누가 위대한 시인인지 아나? 나는 누가 위대한 시인인지 알고 있지.

누구인가요?

케루악 어디 보자. 밴쿠버의 윌리엄 비세트William Bissett지. 인디언이야. 빌 비세트, 비소네트라고도 한다네.

잭 케루악에 대해 이야기하죠.

케루악 그 작자는 빌 비세트보다 나을 게 없어. 하지만 독창적이지.

편집자들 이야기부터 시작할까요?

케루악 알았네. 맬컴 카울리 이후로는 모든 편집자에게 내 산문을 정확히 내가 쓴 그대로 놔두라고 지시했지. 『길 위에서』와 『달마 부

• 시인이자 번역가로, 『교사와 작가를 위한 시 형식 핸드북』이 있다.

랑자』를 쓴 맬컴 카울리 시절에는 좋든 싫든 내 문체를 고수할 힘
이 없었지. 맬컴 카울리는 끝없이 고쳐댔는데 '와이오밍 주, 샤이엔
족' 식으로 불필요한 쉼표 수천 개를 삽입했지. '와이오밍 주 샤이엔
족'이라고 그냥 놔두면 뭐가 어때서? 휴, 나는 『달마 부랑자』 원고를
완전하게 돌려놓느라 500달러를 썼어. 바이킹 출판사로부터 '교열
비' 명목으로 청구서를 받았지. 그래, 자네는 내가 편집자와 어떻게
작업하는지 물었지. 흠, 요즘에는 편집자가 원고를 교정하고 날짜나
지명처럼 논리적인 오류를 찾아내며 도와주는 걸 고맙게 여긴다네.
예를 들어, 지난 책에서 나는 '포스 만'이라고 썼는데, 편집자의 지
적으로 다시 살펴보니 내가 출항했던 곳이 '클라이드 만'이라는 사
실을 발견했지. 또 앨리스터 크롤리*의 이름을 '앨리스테어'라고 쓴
것이나 미식축구 경기와 관련된 사소한 실수들을 잡아내는 일 등
등. 이미 쓴 글을 고쳐 쓰지 않는 건 작가가 글을 쓰는 바로 그 시간
동안 머릿속에 있던 실제 작품을 독자에게 주는 거라네. 사건에 대
한 작가의 생각을 그 작가만의 변치 않을 방식으로 털어놓는 셈이
지. 혹시, 이런 얘기 들어본 적 있나? 어떤 남자가 술집에서 거기 모
인 다른 남자들에게 길고도 재미난 이야기를 들려주고 있다네. 다들
웃으며 귀를 기울이고 있지. 그런데 그 남자가 설마 말을 하다 말고
이야기를 다듬거나, 이미 말한 문장을 더 훌륭하게 바꾸거나 리듬을
되살리려고 그 문장을 다시 되풀이하겠나? 그가 잠시 말을 멈추고
코를 푼다면, 다음에 꺼낼 문장을 생각하고 있는 게 아닐까? 그리고
그 문장을 꺼낼 때는, 자신이 말하고 싶은 방식으로 단번에 말하지
않겠나? 그는 그 문장에 담긴 생각에 더는 관여하지 않고, 셰익스피
어가 말하듯이 그 주제에 대해서는 "자신이 혀를 영원히 제어"하지

않을까? 바위에서 흘러나와 영영 다시는 돌아가지 못하고 결국 다른 방향으로 흘러갈 수도 없는 강의 지류처럼 그 글을 내보냈기 때문에 말이야. 여담이지만 마침표를 싫어하는 내 취미 말인데, 그건 「철도 지구의 10월」이라는, 무척 실험적인 산문에 쓰기 위해 생각해낸 거였지. 꼬리에 수다스러운 승무원용 차량이 달린 100칸짜리 화물을 끄는 증기기관차처럼 내내 딸깍거릴 의도였지. 그게 당시의 내 방식이었고, 재빨리 글을 쓰는 동안 생각이 순수하고 그 생명력으로 완전히 흥분된 상태라면 아직도 그렇게 할 수 있다네. 그리고 이 점을 명심하게. 난 청년기를 보내는 내내 고쳐쓰기를 하며 천천히 글을 쓴 뒤 숙고에 숙고를 거듭하면서 내용을 삭제하기도 했지. 그래서 하루에 한 문장만 썼는데, 도대체 그 문장에 '느낌'이 전혀 없었단 말씀이야. 제기랄, '느낌'은 내가 예술에서 제일 좋아하는 부분인데 말야. '기교'를 부리며 감정을 숨기는 게 아니라.

「길 위에서」에서 '즉흥적' 문체를 쓰도록 이끈 건 무엇이었나요?

케루악 내 좋은 친구 닐 캐서디가 써준 편지들을 보고 『길 위에서』의 즉흥적 문체에 대한 아이디어를 얻었지. 일인칭 시점에, 빠르고 열광적이고 고백적이고 진지하고 상세하기 짝이 없는. 캐서디의 편지에는 실제 이름이 담겨 있었지. 난 미래의 서구 문학은 사실상 고백적인 성질을 띠게 될 거라는 괴테의 경고, 아니 괴테의 예언도 기억했다네. 도스토옙스키도 동일한 예언을 했고, 그가 계획했던 걸작 "대죄인의 삶"The Life of a Great Sinner을 완성할 만큼 오래 살았다면 그

• 영국 사이비 종교의 교주이자 시인, 흑마술사로 알려진 인물.

런 식으로 착수했을 거야. 캐서디 역시 젊은 시절 글쓰기를 시작할 때 느리고 고생스러운 별별 빌어먹을 기교를 동원하려 노력했지만 나와 마찬가지로 질려버렸지. 자신의 기백과 마음이 느껴지는 그대로 나오지 않는다는 걸 깨달았거든. 하지만 난 그의 문체에서 섬광을 봤어. 웨스트코스트의 애송이들은 내가 닐에게서 『길 위에서』를 쓸 아이디어를 얻었다고 하는데, 무자비한 거짓말이라네. 캐서디가 나한테 보낸 모든 편지는 나를 만나기 전의 젊은 시절에 대한 내용, 그러니까 어린아이일 때 아버지와 함께 보낸 시간과 나중에 십 대가 되어 겪은 일들을 적은 거야. 그 편지들이 1만 3천 단어라고 잘못 알려졌는데 그게 아니야. 1만 3천 단어짜리 작품은 그의 소설 『처음 세 번째』 The First Third •인데, 그가 보관하고 있지. 캐서디의 편지, 그러니까 그 핵심 편지는 4만 단어짜리인데 뭐랄까, 소설 한 편에 맞먹어. 내가 본 것 중 가장 훌륭한 글이지. 미국의 그 어떤 작가보다 나은 글, 적어도 멜빌이나 트웨인, 드라이저, 울프, 혹은 내가 모르는 그 누구를 무덤 속에서 탄식하게 만들기에 충분한 작품이지. 앨런 긴즈버그가 자기도 읽을 수 있도록 그 엄청난 편지를 빌려달라고 했어. 그는 그걸 읽은 다음 1955년에 캘리포니아 주 소살리토의 선상 가옥에 사는 거드 스턴에게 빌려주었지. 그리고 그가 편지를 잃어버린 거야. 배 밖으로 떨어뜨렸을지도 모르지. 닐과 난 그걸 편의상 '조앤 앤더슨 편지'라고 불렀어. 당구장과 호텔 방, 덴버 감옥에서 보낸 크리스마스 주말 동안 일어난 법석대는 사건들과 비극이 담겨 있지. 심지어 창문 그림까지 포함돼 있는데, 독자의 이해를 돕기 위해 치수까지 죄다 기록해놨어. 잘 들어보게. 만약 우리가 그 편지를 찾아냈다면, 닐의 저작권으로 출간했을 거야. 알다시피 그건 닐이 내게 준 편지로 내 소유였어. 그러니 앨런은 그걸 그렇게 경솔하게 다뤄서는 안 됐어. 거드 스턴도 마찬가지고. 우리가 이 4만 단어짜리 편지를 찾아낼 수 있다면 닐의 정당성이 밝혀질 거야. 그리고 우리 둘 사이에는 쉬지 않고 지껄여댄 말들이 무척 많아. 1952년에 테이프에 녹음하면서 말이야. 우린 그걸 귀가 닳도록 들었는데, 우리 둘 다 이야기할 때 쓰는 은밀한 '은어'가 있고, 그게 그 시대의 속도와 불안과 황홀한 바보짓을 표현할 유일한 길이라고 생각했다네. 이 정도면 충분한가?

『길 위에서』 이후로 문체가 변했다고 생각하세요?

케루악 무슨 문체? 오, 『길 위에서』의 문체 말이군. 글쎄, 카울리는 원고의 원래 문체를 벌집처럼 쑤셔놨지만 난 불평할 힘이 없었지. 그 뒤로 내 책은 모두 내가 쓴 그대로 출간됐는데, 문체는 다양했어. 「철도 지구의 10월」의 고도로 실험적인 속기 형태부터 『트리스테사』의 신비주의적 문체, 도스토옙스키의 『지하생활자의 수기』의 고백적인 광기가 드러나는 『지하생활자』, 그리고 『빅 서』에서는 세 부분을 하나로 이어 완성했는데, 이건 지금 내가 말하듯이 버터처럼 매끄러운 문학적 흐름 속에서 평범한 이야기를 들려주는 방식이야. 『파리의 사토리』도 있는데, 내가 옆에 코냑과 맥아주를 놓고 쓴 첫 번째 책이지. 그리고 『꿈의 책』을 간과하면 안 돼. 잠에서 반쯤 깬 사람이 침대 옆에 놓인 연필로 마구 끼적여댄 문체지. 그래, 연필로 말이야. 참 대단한 작업이었지! 흐릿한 눈과 잠에서 덜 깨 몽롱하면서

• 닐 캐서디 사후에 출간된 자전적 소설.

미친 듯한 정신. 쓰면서도 무슨 뜻인지 모르는 구체적인 내용들이 튀어나오지. 그러다 잠이 깨고 커피를 마시고 그걸 보면서 꿈의 언어에 담긴 꿈의 논리를 보는 거야, 알겠나? 그리고 마침내 난 피로한 중년의 나이가 되어 속도를 늦추기로 결심했고, 좀 더 온건한 문체로 『둘루오즈의 허영』을 썼지. 그동안 너무 난해했던지라 일찍부터 내 작품을 읽었던 독자들이, 『길 위에서』 이후 10년이라는 세월이 내 삶과 사고에 어떤 영향을 미쳤는지 알 수 있도록 말이네. 결국 그게 내가 독자에게 유일하게 제공하는 것이야. 내가 무엇을 보았고, 어떻게 보았는지를 들려주는 진실한 이야기지.

『코디의 환영』의 각 부분을 받아쓰셨잖아요. 이후로 쭉 그 방법을 쓰셨어요?

케루악 『코디의 환영』의 모든 부분을 받아쓰진 않았어. LA에서 겪은 초창기의 모험에 대해 이야기하는 닐 캐서디, 즉 코디와 대화한 녹음된 부분은 타자기로 쳤지. 모두 네 챕터야. 그 뒤로는 그 방법을 쓰지 않았어. 닐과 나를 제대로 보여주지 못하거든. 모든 걸 글로 적고, 그 많은 '아'와 '오'와 '어험'과 빌어먹을 것들이 바뀌고 있고, 전기나 테이프를 낭비하면 안 된다고 '압박'을 받는다는 그 겁나는 사실 때문에. 그러고 보면 모르겠네. 난 결국 거기에 의지해야 할지도 모르지. 점점 지쳐가고 눈도 침침해지고 있어. 자네의 질문 또한 나를 괴롭힌다네. 모두가 그렇게 하고 있다지만, 난 아직 끼적거리고 있어. 마셜 맥루언은 우리가 점점 더 구술하는 쪽으로 가고 있다고 하니까 기계에 대고 말하는 법을 점점 더 잘 배우게 되겠지.

즉흥적 글쓰기에 이상적인 분위기를 조성해주는 "예이츠식의 반몽환" 상태가 뭔가요?

케루악   글쎄, 이런 거겠지. 입으로는 재잘재잘 지껄여대면서 어떻게 몽환 상태가 될 수 있느냐. 내가 시속 160킬로미터로 움직이고 있다 하더라도, 글은 조용한 명상이야. 영화 「달콤한 인생」에서, 아이들이 성모 마리아를 목격했다는 나무를 보려고 미치광이들이 나타나자 늙은 사제가 화를 내는 장면 기억나나? 그가 말하지. "이렇게 정신 나간 어리석은 짓을 하면서 소리치고 밀치면 환영을 볼 수가 없어. 환영은 침묵과 명상으로만 얻을 수 있는 거야." 그래, 그거지.

하이쿠는 즉흥적으로 쓰지 않고 고쳐 쓰고 다듬는 것이라고 말씀하셨잖아요. 당신이 쓴 모든 시에도 적용되는 사실인가요? 왜 시를 쓰는 방법이 산문을 쓰는 방법과 달라야 하나요?

케루악   우선 하이쿠는 고쳐 쓰고 다듬어야 좋아. 내가 해봐서 알지. 잎과 꽃과 언어적 리듬은 빼고 철저히 간결해야 해. 단순하고 소박한 그림을 짧은 3행에 담아야 해. 적어도 그게 옛 거장들이 하이쿠를 쓴 방식이야. 짧은 3행을 쓰는 데 몇 달을 보내며 다음과 같은 것을 내놓는 거야.

> 버려진 배 안
> 우두두둑 우박이
> 뛰어다닌다

이건 시키*의 하이쿠라네. 하지만 내가 쓴 보통의 시는, 산문처럼 빨리 해치워버렸다네. 잘 들어봐, 시의 형식과 길이에 맞는 크기의 공책을 이용해서 말이야. 재즈 음악가가 자신이 하고 싶은 말을 일정한 수의 마디 안에, 한 후렴 안에 표현해야 하는 것처럼. 하고 싶은 말은 넘치지만 음악가는 후렴 페이지가 '멈추는' 곳에서 자신도 멈춰야 해. 마찬가지로 시에서도 하고 싶은 말을 자유롭게 할 수 있지만 줄거리를 들려줄 필요는 없어. 은밀하게 말장난을 할 수도 있는데, 그게 산문을 쓸 때마다 내가 언제나 "지금은 시를 쓸 때가 아니니 그냥 평범한 이야기를 준비해."라고 말하는 이유라네.

[술이 나온다.]

하이쿠는 어떻게 쓰세요?

케루악　하이쿠? 하이쿠를 듣고 싶나? 알겠지만 짧은 3행에 거대한 이야기를 압축해야 하지. 우선은 하이쿠 상황으로 시작해. 그러니까 이건 저번 날 밤에 아내에게 들려준 건데, 거대한 10월의 폭풍우가 치는 동안 참새의 등으로 잎사귀가 떨어지는 장면이 보이는 거야. 커다란 잎이 작은 참새의 등으로 떨어진다, 그 모습을 3행으로 어떻게 압축할 텐가? 일본에서는 그걸 열일곱 자로 압축해야 돼. 미국에서는, 혹은 영어로는 그렇게 할 필요가 없지. 일본어처럼 음절이라는 개소리가 있지는 않으니까. 우린 '작은 참새'라고 흔히 말하지. 하지만 '작은'이라고 할 필요가 없어. 참새가 작다는 건 모두 아는 사실이야. 그게 참새니까. 그럼 이렇게 되지.

참새
등에 커다란 잎사귀
폭풍우

쓸모없어, 먹히질 않아. 이건 불합격이야.

> 참새
> 가을 잎사귀가 돌연 등에 붙은 그때
> 폭풍우 때문이지

하, 더는 못 참겠군. 이건 너무 길다 싶어. 알겠나? 이미 너무 길다 싶단 말일세. 베리건, 내 말 알아듣겠나?

군더더기가 있는 것 같아요. '그때'를 삭제하면 어떨까요? 이를테면,

> 참새
> 가을 잎사귀가 돌연 등에 붙었네
> 폭풍우 때문이야

케루악   어이, 괜찮은데. 나도 '그때'가 군더더기라고 생각하네. 자네 제대로 맞췄군. '참새, 가을 잎사귀가 돌연'에서 '돌연'을 쓸 필요는 없잖은가?

> 참새
> 가을 잎사귀가 등에 붙었네
> 폭풍우 때문에

• 일본 근대 하이쿠의 대가로 통하는 마사오카 시키를 뜻함.(역자 주)

[케루악이 마지막 결과를 스프링 공책에 적는다.]

'돌연'은 정말 거기 필요 없는 단어예요. 이 시를 발표하게 되면 저한테 두어 번 질문했다는 내용의 각주를 달아주시겠어요?

케루악 [공책에 적으며] 베리건에게 통보할 것. 맞나?

하이쿠 말고 다른 시도 많이 쓰시나요?

케루악 하이쿠는 쓰기 어렵지. 나는 길고 유치한 인디언 시를 쓴다네. 길고 유치한 인디언 시를 듣고 싶나?

어떤 인디언이오?

케루악 이로쿼이족. 나를 보면 알게 될 거네. [공책을 보고 읽는다.]

> 가게로 가던 중 잔디밭에서
> 마흔네 살짜리가 동네 사람들 들으라고 하는 말
> 저기, 봐요. 엄마 나 다쳤어요. 특히
> 저게 분출한 탓에

이게 무슨 뜻일까?

다시 말씀해주세요.

케루악 저기, 봐요. 엄마, 나 다쳤어요. 가게로 가던 중에 다쳤어요. 잔디밭에서 넘어져서 엄마에게 외친다. 저기, 봐요. 엄마, 나 다쳤어요. 나는 덧붙이지. 특히 저게 분출한 탓에.

스프링클러에 걸려 넘어진 건가요?

케루악   아니, 내 아버지가 엄마에게 발사한 거지.

그 먼 거리에서요?

케루악   오, 그만두겠네. 그래, 자네는 이걸 이해하지 못할 거야. 내가 설명해야 했으니까. [다시 공책을 펴서 읽는다.]

이교도goy는 기쁨joy을 뜻한다

그걸 긴즈버그에게 보내세요.

케루악   [읽는다.]

이른바 행복한 사람들은 위선자다—이 말은

행복의 주파수가 불가피한 속임수 없이

어떤 책략과 거짓말과 은폐 없이는 작동할 수 없다는 뜻

위선과 속임수, 인디언의 것은 아니다. 웃을 일은 아니다

인디언의 것이 아니라니요?

케루악   자네가 나에게 숨겨진 적대감을 갖고 있는 이유는, 프렌치 인디언 전쟁* 때문이지.

그럴 수도 있겠네요.

• 1755년에서 1763년까지 북아메리카 대륙에서 인디언의 영토를 둘러싸고 영국과 프랑스가 벌인 식민지 쟁탈전.(역자 주)

호러스 맨* 지하실에서 축구를 하고 있는 당신의 사진을 본 적이 있어요. 그 당시에는 꽤 뚱뚱하시던데요. [사로얀]

터피! 이리 와, 터피! 어서, 야옹아. [스텔라]

케루악 스텔라, 한두 병 더 마시자고. 그래, 사람들이 나를 놔줬으면 내가 모두를 죽여버렸을 거야. 핫 퍼지 선데**! 시합 전에는 늘 핫 퍼지 선데를 두세 개 먹곤 했지. 루 리틀은…….

컬럼비아 대학 시절의 코치였나요?

케루악 맞아. 대학 시절 내 코치였어. 아버지가 그를 찾아가 말했지. "이 비열한 길쭉 코 사기꾼……. 내 아들 티 진***이 적에게 복수할 수 있게 경기에 출전시키지 않는 이유가 뭐야?" 루 리틀은 말했지. "준비가 안 됐으니까요.", "그 애가 준비가 안 됐다니 누가 한 말이야?", "그 애는 준비가 안 됐다고, 제가 말했습니다.", "이 길쭉 코, 바나나 코 사기꾼아, 내 앞에서 썩 꺼져!" 아버지는 담배를 피우며 사무실에서 나오셨다네. "이리 나와라, 잭. 여기에서 나가자." 그래서 우린 함께 컬럼비아 대학을 떠났지. 그리고 1942년 전쟁 중의 일인데, 내가 해군에 지원해 군대에 있을 때였지. 아버지가 나타나서는 해군 장성들 바로 앞에서 말씀하셨지. "잭, 네 말이 맞다! 독일군이 우리의 적일 리가 없어. 시간이 증명해주겠지만 그들은 우리의 동맹군이야." 장성들은 모두 입을 딱 벌렸지. 아버지는 정말 장난 아니었어. 뱃집이 이만큼이나 [두 팔을 앞으로 내밀어 몸짓으로 나타낸다.] 컸을 뿐 아니라 "펑!" 하곤 했지. [터질 듯이 힘을 주며 배를 부풀려 "펑!"이라고 말한다.] 한번은 아버지가 어머니와 팔짱을 끼고 거리를 걷고 있었어. 알겠지만 그 옛날, 1940년대에 말이야. 그런데 팔짱을 끼고 걷던 랍비 무리가 다가오는 거야. 그런데 이 기독교인 남자와 그의 아내에게 길을 비켜주려고 팔짱을 풀지는 않았지. 그래서 아버지는 "펑!" 해버린 거야. 랍비 하나를 도랑으로 처박아버렸어. 그런 다음 어머니를 붙잡고는 사람들을 헤치고 계속 걸어갔어. 뭐, 이 얘기가 마음에 들지 않더라도 그게 내 가족의 역사라네. 누구에게도 무시당하지 않지. 머지않아 나도 누구에게든 형편없는 취급을 당하는 걸 참아내지 못하겠지. 그걸 기록해둬도 괜찮아. 이게 내 와인인가? [잔을 입으로 가져간다.]

『마을과 도시』는 즉흥적 창작 원리에 따라 쓰신 건가요?

케루악   일부는 그렇답니다, 폐하. 버로스와 함께 다른 형식으로도 썼는데 그건 마룻장 밑에 숨겨놨습지요.

그 책에 대한 소문은 들었어요. 다들 그 책을 보고 싶어하죠.

케루악   제목은 『그리고 하마들은 그들의 탱크 속에서 삶겼다』라네. 하마들. 어느 날 밤 버로스와 함께 술집에 앉아 있었는데, 아나운서가 뉴스를 전하는 소리가 들렸거든. "그렇게 이집트인들은 공격을 했습니다. 한편 런던의 동물원에 큰 화재가 발생했는데 불길이 온 동물원을 휩쓸어 하마들이 탱크에 든 채로 삶겼습니다. 여러분, 좋

• 뉴욕 시 브롱스의 명문 사립학교.
•• 미국 켈로그사에서 나온 팝타르트 제품 가운데 하나.
••• 어린 시절 가족이 부르던 케루악의 이름.(역자 주)

은 저녁 보내시기 바랍니다!" 그걸 포착한 건 빌*이었어. 그는 그런 종류의 것들을 잘 포착하거든.

모로코 탕헤르에서 버로스를 위해 『네이키드 런치』를 타자기로 쳐주셨다는 게 사실인가요?**

케루악 아냐. 처음 두 챕터만 그랬지. 난 잠자리에 들었고, 악몽을 꿨어. 입에서 엄청 크고 긴 볼로냐소시지가 나오는 거야. 그리고 그 원고를 계속 타이핑하고 있었지. 내가 말했어. "빌!" 그가 말했어. "타자 계속 쳐. 내가 자네한테 빌어먹을 등유 스토브를 사줬잖아." 모로코에서 석유난로를 구하기란 어려운 일이지. 나는 석유난로에 불을 붙였어. 이불과 약간의 마리화나를, 아니 그곳에서 부르는 말로 마약을 챙기고…… 가끔은 해시시였을 거야. 그리고 나는 톡톡톡 타자를 쳤고, 밤에 잠자리에 들면 그것들이 입에서 계속 나왔지. 그래서 결국 안센과 긴즈버그가 나타났고, 그 친구들은 원고 전체를 망쳐버렸지. 빌이 쓴 대로 타자를 쳐주지 않았으니까.

그로브 출판사에서는 그가 올림피아 출판사에서 낸 책들을 많이 바꾸고 이것저것 덧붙여서 출간해오고 있어요.

케루악 흠, 내 생각에 버로스는 『네이키드 런치』 이후로는 우리의 가슴을 찢어놓을 흥미로운 작품을 전혀 내놓질 않았어. 지금 그가 하고 있는 것이라고는 '해체' 작업뿐이야. 한 페이지에 산문을 쓰고 맞은편 페이지에 또 산문을 쓰는 거야. 그런 다음 그걸 접고 오려서 합치지. 그런 형편없는 것을……

그럼 『정키』*는요?

케루악   그건 명작이지. 헤밍웨이와 비슷하지만 훨씬 더 낫지. 이런 구절이 있어. "어느 날 밤 대니가 우리 집으로 와서 말했다. '이봐, 빌. 네 곤봉 좀 빌려줘.'" 네 곤봉이라, 곤봉이 뭔지 아나?

짧은 몽둥이요? (사로잡)

케루악   짧은 몽둥이지. 빌이 말해. "나는 서랍 아래서 빠져나왔고, 멋진 셔츠들 밑에서 곤봉을 끄집어냈다. 그걸 대니에게 주며 말했다. '자, 이거 잃어버리면 안 돼.' 대니가 말했다. '안 잃어버릴 테니 걱정 마.' 그는 떠났고 그걸 잃어버렸다." 곤봉…… 짧은 몽둥이……. 그게 나지.

그건 하이쿠네요. '곤봉, 짧은 몽둥이, 그게 나지.' 적어두시는 게 좋겠어요.

케루악   아니.

제가 적을게요.

케루악   방귀나 먹어라!

합작을 신용하지 않으세요? 출판사를 제외하고, 공동 작업을 해보신 적이 있나요?

케루악   빌 캐너스트라와 다락방 침대 속에서 두어 번 공동 작업을

• 윌리엄 버로스를 가리킴. (역자 주)
•• 출간 당시 외설 시비로 버로스가 법정에 서기도 한 작품으로, 영화로도 만들어졌다.

했지. 금발 아가씨들과.

홈스의 『고』^{Go} [●]에서 봤는데, 애스터 플레이스 역에서 지하철에 올라가려 했던 남자 아닌가요?

케루악 맞네. 빌이 말했지. "우리 옷을 몽땅 벗고 뛰어다니자." 비가 내리고 있었지. 내가 말했어. "난 팬티는 입고 있겠어." 그가 말했지. "아니, 팬티는 안 돼." 내가 말했지. "난 팬티는 입고 있을 거야." 그가 말했지. "알겠어. 하지만 난 안 입을 거야." 그리고 우린 그 거리를 빠른 걸음으로 총총거렸다. 16번가에서 17번가 쪽으로. 그리고 되돌아와서 계단을 달려 올라갔어. 우릴 본 사람은 없었지.

몇 시쯤이었나요?

케루악 새벽 3~4시 무렵이었지. 빌은 실오라기 하나 걸치지 않았어. 비가 내렸고, 모두 그곳에 있었지. 빌은 깨진 유리 위에서 춤을 추고 바흐를 연주했어. 빌은 지붕 위에 서 있었다네. 6층 높이였어, 알겠나? 그는 이렇게 말했지. "내가 떨어지면 좋겠어?" 우린 말했지. "아니야. 빌, 아니야." 그는 이탈리아인이었어. 이탈리아인들은 자유분방하잖아.

그 사람도 글을 썼나요? 무슨 일을 했나요?

케루악 빌이 말했지. "잭, 나랑 같이 가서 이 작은 구멍으로 아래를 보세." 우린 작은 구멍을 통해 보았지. 많은 것을 보았어. 그의 화장실 속을. 내가 말했어. "난 그런 데 관심 없어, 빌." 그가 말했지. "넌 뭐든 다 관심 없잖아." 이튿날 오후에 오든이 칵테일을 가지러 왔지.

어쩌면 체스터 캘먼이랑 같이. 테네시 윌리엄스도.

그 시절에 닐 캐서디도 함께였나요? 빌 캐너스트라와 어울릴 때 닐 캐서디를 이미 알고 계셨어요?

케루악 그럼. 그는 언제나 마리화나가 든 큰 꾸러미를 갖고 있었지. 언제나 마리화나로 행복한 남자였어.

닐이 왜 글을 쓰지 않는다고 생각하세요?

케루악 글을 썼지. 나보다 더 잘 썼어. 닐은 무척 재미난 친구야. 진짜 캘리포니아인이지. 우린 소코니 주유소 종업원 5천 명이 누릴 수 있는 것보다 더 큰 재미를 봤지. 닐은 내가 평생 만나본 사람 중에 가장 총명한 사내라네. 그런데 그는 예수회 신자야. 덴버의 가톨릭 교회에서 노래도 했다네. 소년 성가대원이었지. 신성과 관련해 믿을 게 과연 있다면 내가 지금 믿는 건 모두 그가 가르쳐준 거지.

에드거 케이시˚˚에 대해서도 얘기했나요?

케루악 아니, 닐은 에드거 케이시에 대해 알아내기 전, 나와 함께 길 위에서 보낸 그 시기에 그 모든 것을 이야기했어. 그가 말했지. "우린 신을 알아, 그렇지 않아?" 내가 말했지. "그렇고말고, 친구." 그가 말했어. "우린 잘못된 일이 일어나지 않을 거라는 걸 알지 않나? 그리고 우린 계속 그리고 계속⋯⋯" 그는 완벽했지. 그는 언제나 완벽

˚ 미국 소설가 존 클레런 홈스가 쓴 작품으로, 최초의 비트 소설로 여겨진다.(역자 주)
˚˚ 미국의 유명한 예언가.(역자 주)

해. 그와 이야기를 나눌 때면 난 끼어들어 말할 틈조차 없다네.

『코디의 환영』에서 미식축구를 하는 닐에 대해 쓰셨어요.

케루악 맞아, 무척 뛰어난 선수였지. 그는 그때 샌프란시스코 노스 비치에서 청바지를 입은 비트족 둘을 발견했어. 그가 말했지. "난 가야 하는데 빵빵, 가야 하나?" 그는 철도 회사에 다니고 있었어. 시계를 꺼냈지. "2시 15분이네. 이런, 2시 20분까지는 가야 하는데. 이봐요! 내가 기차를 놓치지 않게 태워주시죠." 어디로 가는 기차였더라? 산호세였나? 그들은 말했지. "알았네." 그리고 닐은 "여기 마리화나 있어요."라고 말했지. 그래서— "우리가 멋진 턱수염을 기른 비트족처럼 보이겠지만 경찰이다. 너를 체포하겠다."

그 뒤 한 남자가 「뉴욕 포스트」에 실으려고 교도소로 찾아가서 그를 인터뷰했지. 그는 말했지. "케루악에게 아직도 나를 믿는다면 타자기를 보내달라고 말해줘요." 그래서 나는 앨런 긴즈버그에게 타자기를 구해달라고 100달러를 보냈고, 닐은 타자기를 갖게 됐지. 그리고 그걸로 글을 썼지만, 교도소에서는 그걸 가지고 나가게 해주지 않았어. 그 타자기가 지금 어디에 있는지도 모른다네. 장 주네는 『꽃의 노트르담』을 교도소 변소에서 썼지. 대단한 작가야. 글을 쓰고 또 쓰다가 결국 글을 쓰는 그 자체에 대한 글을 쓰는 단계에 이르렀지. 침대에 들어갈 때까지 글을 썼어. 프랑스 감방에서. 그리고 그게 그 챕터의 끝이야. 모든 챕터에서 주네는 잘 해내고 있다네. 분명 사르트르도 알아챘을 거야.*

그게 즉흥적 글쓰기의 또 다른 종류라고 생각하세요?

케루악　글쎄, 나도 주네처럼 감옥에 갈 수 있었고 매일 밤 아가씨들에 대한 글을 한 꼭지씩 쓸 수 있었지. 아름다운 글이야. 주네는 우리보다 나이가 더 많은 앞선 세대지만 나 케루악과 버로스 이후에 나타난 가장 정직한 작가지. 그렇다고 내가 정직하지 않았다고는 생각하지 않아. 이봐, 난 좋은 시간을 보냈어! 난 벌처럼 자유롭게 이 나라를 돌아다녔다고. 주네는 무척 비극적이고 아름다운 작가야. 그에게 왕관을 주겠네. 월계수 화관도 줘야지. 리처드 윌버에게는 월계수 화관을 주지 않겠어. 로버트 로웰도 마찬가지야. 그걸 장 주네와 윌리엄 버로스에게 주겠네. 그리고 앨런 긴즈버그에게, 특히 그레고리 코소에게 줘야지.

피터 오를로프스키의 글은 어때요? 피터의 글을 좋아하세요?

케루악　그는 바보야! 러시아 바보지. 심지어 러시아인도 아니야. 폴란드인이라네.

훌륭한 시를 몇 편 썼잖아요.

케루악　오, 그래? 무슨 시?

「두 번째 시」라는 아름다운 시가 있어요.

케루악　"내 동생이 침대에서 오줌을 지렸다. 지하철을 탔는데 키스하는 두 사람이 보인다……."

• 사르트르는 주네에 대한 평전 『성 주네』Saint Genet를 썼다.(역자 주)

아니, "바닥을 청소하는 것보다 그곳에 그림을 그리는 게 더 창의적이다."라는 시 말이에요.

케루악　헛소리! 그건 또 다른 폴란드인 바보, 아폴리네르라는 미치광이가 쓴 그런 종류의 시야. 알겠지만 아폴리네르는 진짜 이름도 아니었어. 샌프란시스코에 있는 어떤 녀석들이 나에게 그가 바보라고 말하더군. 하지만 난 바보들을 좋아하고, 그의 시를 즐기지. 그래도 내 취향은 그레고리 쪽이야. 저거 하나 이리 주게.

이 알약이오?

케루악　그래. 그게 뭐지? 끝이 갈라진 클라리넷인가?

오비트롤°이라는 거예요. 닐이 알려준 거죠.

케루악　오버톤?

오버톤? 아니, 오버코트예요.

베리건! 대체 뭔 소리야. 그로브 선집 뒤편에 보면…… 행을 좀 더 늘려서 문장 끝에 나타나는 은밀한 이미지로 거길 채우려 하셨잖아요. (사로얀)

케루악　진정한 아르메니아인°°이군! 침전물, 삼각주, 진흙. 거기가 시가 시작되는 곳이지.

　어느 날 거리를 걷다가
　호수를 에둘러 지나가는 사람들을 보았지
　조지 번스처럼 노래를 부르는 1만 7천 명의 사제들을

그다음에 계속되지.

> 나는 나에 대한 농담을 하며
> 내 뼈를 부러뜨려 땅에 묻으니
> 이곳에서 나는 땅으로 돌아가는
> 위대한 아르메니아인 존

화자는 처음에 자신이 어디에 있었는지를 기억하고 말하지.

> 아하하! 빠이빠이…… 빌어먹을 터키!

알겠나? 마지막에는 행을 기억했지. 중간에는 정신을 잃었지만.

맞아요. {사로얀}

케루악　그건 시뿐만 아니라 산문에도 적용돼.

하지만 산문에서는 이야기를 들려주잖아요.

케루악　산문에서는 단락을 만들지. 모든 단락이 한 편의 시야.

그게 단락을 쓰는 방법인가요?

• 1950년대와 60년대에 인기를 끌었던 다이어트용 알약으로, 필로폰 성분이 포함돼 있다.(역자 주)
•• 인터뷰 중간에 끼어들어 함께 이야기하고 있는 아람 사로얀은 『인간 희극』, 『휴먼 코미디』를 쓴 윌리엄 사로얀의 아들이다. 윌리엄 사로얀의 아버지 또한 아르메니아에서 이민 온 작가였다.

케루악 내가 그 도심을 달리고 있었을 때, 또 내가 거기에 있던 여자와 침대에 누워 있었을 때 한 남자가 가위를 꺼냈어. 그가 추잡한 사진을 보여주었지. 난 밖으로 나오다가 감자 자루와 함께 아래층으로 굴러떨어졌지.

거트루드 스타인의 작품을 좋아한 적이 있나요?

케루악 크게 흥미를 느낀 적은 없어. 「멜랑타」Melanctha •는 약간 좋아했지. 난 학교로 가서 아이들을 가르쳐야 해. 일주일에 2천 달러는 벌 수 있을 텐데. 이런 건 배울 수 있는 게 아니라네. 왜인지 아나? 비참한 조상들 밑에서 태어나야 하거든.

뉴잉글랜드에서 태어나야만 가능한 일이네요.

케루악 그런데 내 아버지는 자네 아버지가 비참하지 않다고 말씀하셨어.

저도 제 아버지가 비참하다고 생각하지 않아요. (사로얀)

케루악 아버지는 말씀하셨어. "윌리엄 사로얀은 전혀 비참하지 않았다. 완전 형편없었지." 그리고 나는 아버지와 언쟁을 벌였어. 어쨌든 자네 아버지의 「공중그네를 탄 용감한 젊은이」는 몹시 비극적이었다고 말하고 싶네.

아시겠지만, 당시 아버지는 젊은이에 불과했어요. (사로얀)

케루악 맞아. 하지만 그는 굶주렸고, 공중을 날면서 타임스퀘어에 있었지. 공중그네를 타는 젊은이. 그건 아름다운 이야기였어. 어렸을 때 내 혼을 쏙 빼놨지.

월리엄 사로얀이 쓴 인디언 이야기 기억나세요? 도시로 와서 자동차를 사고, 어린아이에게 대신 운전을 시킨 인디언 말이에요.

캐딜락이었어요. (스텔라)
케루악   어느 도시였지?

프레즈노였어요. (사로얀)
케루악   흠, 기억하겠지만 내가 한참 잠을 자고 있는데 네가 흰 말을 타고 창밖에서…….

「아름다운 흰 말의 여름」˙˙이에요. (사로얀)
케루악   난 창밖을 보며 말했지. "이게 뭐야?" 네가 말했지. "내 이름 은 아람이야. 그리고 난 흰 말을 타고 있어."

무라드예요. (사로얀)
케루악   실례. "내 이름은 무라드야." 아니, 내 이름은…… 나는 아람 이었고, 너는 무라드였어. 네가 말했지. "일어나!" 난 일어나고 싶지 않았어. 자고 싶었지. 『내 이름은 아람』˙˙˙은 책 제목이야. 너는 농 부에게서 흰 말을 훔쳤고 함께 타고 가자며 나, 아람을 깨웠지.

• 세 명의 여성노동자 이야기를 다룬 『세 사람의 생애』Three Lives 가운데 한 부분.
•• 「The Summer of the Beautiful White Horse」, 윌리엄 사로얀의 단편소설.(역자 주)
••• 윌리엄 사로얀의 단편집.

무라드는 말을 훔친 미치광이였어요. (사로얀)

케루악   이봐, 나한테 준 저게 뭐라고?

오비트롤이에요.

케루악   아, 오비.

재즈와 비밥의 영향을 받으셨죠? 사로얀, 헤밍웨이, 울프 대신에 말이에요.

케루악   그래, 재즈와 비밥! 테너 색소폰 연주자는 숨을 들이마셨다
가 숨이 다할 때까지 한 소절을 부르는데, 그렇게 하면 그의 문장, 그
가 하고 싶은 말이 나타나잖아. 숨이 정신을 분리하듯이 그게 내가
문장을 분리하는 방법이야. 나는 산문과 시에 적용할 기준으로 숨
의 이론을 만들었어. 찰스 올슨*이 뭐라고 하든지 상관 않고, 버로
스와 긴즈버그의 부탁으로 1953년에 그 이론을 만들어냈다네. 그러
자 짜릿함과 자유와 유머러스한 재즈가 생겨났지. 그 지루한 분석과
"제임스는 방으로 들어가서 담배에 불을 붙였다. 그는 제인이 이것
을 너무 모호한 몸짓으로 여겼을지 모른다고 생각했다."와 같은 문
장 대신에 말이야. 자네도 알 거야, 윌리엄 사로얀에 관해서는. 십 대
시절, 그는 나를 사로잡았어. 내가 공부하려 애쓰던 19세기의 상투
적인 관습에서 나를 건져줬지. 익살맞은 어조는 물론이고 그 말끔한
아르메니아 시학으로 말이야. 헤밍웨이는 매혹적이었지. 백지 위에
진주 같은 단어들을 펼쳐 정확한 그림을 보여줬거든. 하지만 울프는
미국의 천국과 지옥에서 솟구친 격류였고, 주제 그 자체인 미국을
향해 내 눈을 열어주었어.

영화는요?

케루악 우린 모두 영화의 영향을 받았지. 맬컴 카울리가 그걸 수차 례 언급했지. 가끔은 통찰력이 뛰어나단 말이야. 그는 『색스 박사』 에 오줌에 대한 언급이 끝없이 나온다고 지적했는데, 그건 꽤나 당 연한 일이지. 그걸 쓸 장소라고는 멕시코시티의 폐쇄된 화장실의 좁 은 변기 위뿐이었거든. 아파트에 들어온 손님들을 피해야 했으니까. 우연히 마리화나를 피우며 글을 썼더니 환각적인 문체가 탄생했어. 허, 말장난을 의도한 건 아니었지.

선불교는 작품에 어떤 영향을 미쳤나요?

케루악 작품에 실제로 영향을 미친 건 대승불교, 그러니까 고대 인 도의 고타마 붓다가 만든 원래의 불교지. 선불교는 붓다의 불교, 혹 은 보리菩提••가 남은 것으로 불교가 중국과 일본으로 전해지고 나 서 생겼다네. 내 글에 영향을 미친 선불교의 부분은 하이쿠에 담긴 선불교지. 내가 말했듯이 3행 17음절로 이루어진 그 시는 수백 년 전에 바쇼, 이샤, 시키 같은 사람들에 의해 쓰였고, 최근의 대가들도 있지. 내 글에서 생각이 순식간에 도약하는 짧고도 기분 좋은 문장 은 일종의 하이쿠이고, 그걸로 나 자신을 놀라게 하는 데 커다란 즐 거움과 자유가 있어. 나뭇가지에 앉아 있던 새가 날아오르듯 생각이 도약하게 내버려두는 거야. 하지만 나의 진지한 고대 인도의 불교 는, 자네가 종교적이라거나 열렬하다거나 독실하다고 부를지 모르

• 투사시를 주창한 미국 시인으로, 충동적으로 나오는 멜로디와 스토리를 구현하는 열린 시 형식을 추구했다.

•• 불교에서 말하는 최고 경지의 깨달음이나 지혜.(역자 주)

는 내 글에 가톨릭만큼이나 큰 영향을 미쳤다네. 원래의 불교는 끊임없는 의식적 연민, 형제애, '완벽한 베풂'이라는 뜻의 보시바라밀과 관련이 있어. 벌레를 밟지 말라든가 겸손, 탁발, 다정하고도 슬픈 붓다의 얼굴처럼. 그런데 붓다는 아리아인이었지. 사진에서 보는 것처럼 동양인은 아니었다네. 원래의 불교에서는 수도원에 온 어린아이에게 "이곳에서는 사람을 산 채로 묻어버린다."라고 겁을 주지 않아. 붓다는 그저 명상하고 친절을 베풀라고 부드럽게 격려했을 뿐이야. 하지만 선불교의 시작은 붓다가 수도승들을 모아 설법하고 교파의 첫 조사를 뽑았을 때였지. 그는 말하는 대신 그냥 꽃을 들어 올려 보였어. 모두가 놀랐지. 마하가섭만 빙그레 웃었어. 마하가섭은 최초의 조사로 임명됐어. 이 개념이 중국인들의 마음에 들었는데, 예를 들면 제6대 조사인 혜능은 "처음부터 무無가 있었다."라고 말하고, 수트라에 보관된 붓다의 발언 기록을 찢어버리고 싶어했어. 수트라는 '담론을 엮은 것'이지. 그러고 보면 어떤 의미에서 선불교는 온화하면서도 우스꽝스러운 이단 형태야. 난 일본에 간 적이 없다네. 자네의 늙은 스승은 단지 이 모든 것을 신봉하는 사람일 뿐이고, 새로운 것의 창시자가 아니라네. 자니 카슨의 「투나잇 쇼」에서 붓다의 이름조차 입에 올리지 않았지. 어쩌면 그의 붓다는 미아 패로일지도 몰라.

왜 예수에 대한 글은 쓰지 않으셨어요? 붓다에 대한 글은 쓰셨잖아요. 예수도 위대한 인물 아닌가요?

케루악　예수에 대한 글을 쓴 적이 없다고? 자네는 내 집에 찾아온 정신 나간 사기꾼이로군. 내가 쓴 글은 모두 예수에 대한 거야. 난 예수회 총장 신부 에버라드 머큐리언일세.

예수와 붓다의 다른 점이 뭔가요? (사로얀)

<u>케루악</u>   무척 훌륭한 질문이군. 다른 점은 없네.

다른 점이 없다고요? (사로얀)

<u>케루악</u>   하지만 인도에 있던 최초의 붓다와 베트남의 붓다는 다른 점이 있지. 베트남의 붓다는 머리를 자르고 노란 옷을 걸친 공산주의 선동 요원이야. 최초의 붓다라면 파괴하고 싶지 않은 마음 때문에 어린 잔디도 밟지 않을걸. 그는 고라크푸르에서 태어났어. 전사들의 현자라고 불렸고, 1만 7천 명의 계집들이 밤새도록 그를 위해 춤을 추며, 꽃을 내밀고 말했지. "향기를 맡아보시겠어요, 주인님?" 그는 말했어. "이 창녀들, 여기서 썩 꺼져." 알겠지만 그는 그 많은 여자들과 섹스를 했지. 하지만 서른한 살쯤 되자 넌덜머리가 나고 지루해졌어. 그의 아버지는 도시 밖에서 벌어지는 일들로부터 아들을 보호하고 있었지. 그러다 아버지의 명령을 어기고 말을 타고 나갔다가 죽어가는 여인을 본 거야. 계단에서 불에 탄 남자도 봤지. 그는 말했어. "이 죽음과 부패는 다 뭐지?" 하인이 말했어. "이것이 세상이 돌아가는 방식입니다. 아버님이 지금껏 감추고 계셨던 겁니다." 그가 말하지. "뭐? 아버지가! 말을 가져와 안장을 얹어라. 나를 숲 속으로 안내하라!" 둘은 말을 타고 숲 속으로 갔어. 그가 말하지. "이제 안장을 벗겨 네 말 등에 얹고 붙잡아 매라. 성으로 돌아가 아버지께 다시는 뵐 일이 없을 것이라 전하거라!" 그 하인, 찬나는 울었고 붓다는 말했지. "너를 다시는 볼 일이 없을 것이다. 걱정 말고 가거라.

워어이! 떠나라."

붓다는 숲 속에서 7년을 보냈어. 굶주림으로 자기 자신을 고문했어. 그가 말했지. "죽음의 이유를 찾을 때까지는 이를 악물고 견디겠어." 그러던 어느 날, 랍티 강을 건너다 기절했어. 어린 소녀가 우유죽을 가져와 말했지. "나리, 우유죽이에요." [후루루루룩] 그가 말했어. "이걸 먹으니 기운이 솟는구나, 고맙다." 그런 다음 보리수나무 아래에 가서 앉았어. 그가 말했어. "이제 나는 다리를 꼴 거야. [자세를 직접 보여준다.] 그리고 죽음의 이유를 찾아낼 때까지 이를 악물 거야." 새벽 2시, 10만 개의 혼령들이 그를 괴롭혔어. 그는 움직이지 않았지. 새벽 3시, 엄청 큰 파란색 유령들이 "아아! 아아!!" 그에게 다가가 말을 걸었어. 새벽 4시, 지옥의 미치광이들이 맨홀에서 나왔어. 증기가 나오는 월스트리트를 아나? 맨홀에서 증기가 올라오는 월스트리트를 알아? 맨홀 뚜껑을 들면 "아아아아아아!" 6시 정각, 모든 게 평화로웠지. 새들이 지저귀기 시작했고 그는 말했어. "아하! 죽음의 원인은 탄생이다." 간단하지? 그래서 그는 인도의 바라나시를 향해 길을 걷기 시작했지. 자네처럼 긴 머리를 한 채.

자, 세 남자가 있어. 한 사람이 말해. "어이, 저기 숲 속에서 우리와 같이 굶주리던 붓다가 온다. 그가 이리 와서 저 들통에 앉아도 발을 씻겨주지 마." 붓다가 들통 위에 앉았지. 다른 남자가 재빨리 달려가 붓다의 발을 씻겼어. 처음에 말한 남자가 물었지. "발을 왜 씻기는 거지?" 붓다가 말해. "내가 삶이라는 북을 치러 바라나시로 가니까.", "그건 뭐죠?", "죽음의 원인이 탄생이라는 거야.", "무슨 뜻입니까?", "내가 보여주지."

한 여자가 품에 안았던 죽은 아기를 내놓으며 말해. "당신이 부처라면 아기를 살려주세요." 붓다가 말해. "물론 그렇게 해주겠소. 스라바스티로 가서 지난 5년간 죽은 사람이 한 명도 없는 가족을 찾으시오. 그 사람들에게서 겨자씨를 얻어오시오. 그러면 아이를 살려주겠소." 그녀는 도시 곳곳을 다녔어. 세상에, 200만 명이 사는 스라바스티는 바라나시보다 더 큰 도시지. 그 여자가 돌아와서 말했어. "그런 가족을 찾을 수가 없습니다. 모두 5년 이내에 죽은 사람들이 있었어요." 붓다가 말했지. "그렇다면 아기를 장사 지내시오."

또 그의 시기심 많은 사촌 데바닷타(알겠지만 이건 긴즈버그지. 난 붓다고, 긴즈버그가 데바닷타야.)가 술에 취한 코끼리를 데려왔어. 위스키에 취한 무지막지 큰 코끼리를. 코가 엄청 큰 코끼리가 들어서는데 [코끼리 울음소리를 흉내 낸다.] 붓다가 코끼리를 잡고 이렇게 해. [무릎을 꿇는다.] 그리고 코끼리도 무릎을 꿇지. "넌 슬픔의 진흙 속에 묻혔구나! 조용히 해라! 가만있어!" 그는 코끼리 조련사야. 그때 데바닷타가 벼랑에서 커다란 바위를 굴렸어. 바위는 붓다의 머리를 맞힐 뻔했지. 살짝 스쳤을 뿐. 쾅! "또 데바닷타로군." 붓다는 이렇게 [앞뒤로 발걸음을 옮긴다.] 제자들 앞에서 걸어 다녔지. 붓다의 뒤에는 그를 사랑하는 사촌, 아난다가 있었어. 아난다, 산스크리트어로 '환희'라는 뜻이야. [계속 발걸음을 옮긴다.] 이건 감옥에서 건강을 유지하려고 하는 행동이지.

나는 붓다에 관한 일화를 많이 알고 있지만, 그가 정확히 뭐라고 말했는지는 모른다네. 하지만 그가 자기에게 침을 뱉은 남자에 대해 한 말은 알고 있지. "그의 모욕이 내겐 아무 의미가 없으니 괜찮다." 멋진 사람이었지.*

[케루악이 피아노를 연주한다. 술이 나온다.]

뭔가 느낌이 있어요. (사로얀)

제 어머니가 그 곡을 연주하곤 했어요. 그 음표들을 종이 위에 어떻게 옮길 수 있는지 모르겠어요. 이 연주도 녹취해야겠어요. 녹음할 수 있게 다시 연주해주시겠습니까, 파데레프스키°° 씨? '종달새'alouette °°° 연주하실 수 있나요?

케루악　아니. 아프로afro 풍의 게르만 음악만 가능하지. 어쨌거나 난 사각머리*야. 위스키가 그 오비에 무슨 짓을 할지 궁금하군.

의식과 미신은 어떤가요? 일을 시작하실 때 그런 게 있나요?

케루악　한때는 양초에 불을 붙인 뒤 그 불빛에 의지해 글을 쓰고, 일을 끝내면 촛불을 끄곤 했지. 시작하기 전에는 무릎을 꿇고 기도했지. 이건 헨델에 대한 프랑스 영화에서 힌트를 얻은 거지. 하지만 이제는 그냥 글을 쓰기가 싫어. 내 미신? 보름달에 의심이 들기 시작했다네. 또 숫자 9에 지나치게 신경이 쓰여. 나 같은 물고기자리는 숫자 7을 고수해야 한다는 말을 들었는데도 말야. 난 하루에 아홉 번 터치다운을 하려고 노력하는데, 그러니까 욕실에서 물구나무를 선 뒤 균형을 유지한 채 한쪽 발가락 끝으로 바닥을 찍고 올라오기를 아홉 번 하는 거야. 요가보다 더 힘들어. 운동선수의 묘기지. 그 뒤로 나를 '언밸런스드'**라고 부르는 걸 상상해봐. 솔직히 내 정신이 오락가락하고 있다는 느낌이 정말 들어. 그러니 자네가 말했듯이 다른 '의식'은 내 제정신과 활력을 보존해달라고 예수께 기도드리는 거라네. 내가 내 가족을 도울 수 있도록 말이야. 그러니까 마비된 내 어머니, 내 아내, 그리고 언제나 함께 있는 고양이들. 됐나?

『길 위에서』는 3주 만에, 『지하생활자』는 3일 만에 타자를 끝내셨잖아요. 지금도 그런 굉장한 속도로 작품을 만들어내세요? 자리에 앉아 그 엄청난 타이핑을 시작하시기 전에, 작품이 어떻게 유래되는지에 대해 말씀해주실 수 있나요? 어느 정도가 머릿속에 준비돼 있나요?

케루악   실제로 일어난 일을 생각해내고, 친구들에게 그것에 관해 긴 이야기를 들려준 뒤 머릿속으로 궁리하고, 한가할 때 그걸 하나로 연결한 다음, 집세를 낼 때가 다가오면 타자기나 글 쓰는 공책 앞에 억지로 몸을 앉히고, 빨리 해치워버리는 거야. 이야기 전체가 준비돼 있으니까. 이제 그걸 완성하는 방법은 이 작은 머릿속에 어떤 종류의 강철 덫이 있느냐에 달려 있지. 이렇게 말하면 자화자찬 같지만, 예전에 어떤 여자가 나에게 강철 덫 같은 머리를 갖고 있다고 말했어. 내가 그녀를 사로잡았다는 뜻이었지. 그녀와 나눈 대화가 요점에서 100만 광년쯤 떨어진 횡설수설이었지만 그녀가 한 말인 건 분명하지. 자넨 내 말이 무슨 뜻인지 알 거야. 변호사처럼 똑똑하니까. 그 모든 건 내 머릿속에 당연히 들어 있지. 그리고 『길 위에서』와 『지하생활자』에 관해서 말하자면, 더는 그렇게 빨리 쓸 수가 없다네. 사흘 밤 만에 『지하생활자』를 쓴 건 정신적인 묘기뿐 아니라 굉장한 신체적 묘기였지. 끝냈을 때의 내 모습을 자네가 봤어

• 석가모니의 출신이나 탄생지를 비롯해 출가 당시의 나이와 과정이 우리가 흔히 알고 있는 것과 다르지만 인터뷰임을 감안해 그대로 옮겼음.
•• 폴란드의 피아니스트 겸 작곡가인 이그나츠 얀 파데레프스키.(역자 주)
••• 프랑스 민요.
* '아프로'에는 '둥글게 부풀린 흑인 머리'라는 뜻이 있다.(역자 주)
** 균형을 잃었다는 뜻도 있고, 미식축구에서 라인맨 4명 이상을 센터의 한쪽에 모이게 하는 공격대형을 일컫는 용어이기도 하다.(역자 주)

야 하는데. 백짓장처럼 창백했고, 7킬로그램이나 몸무게가 줄어 있었어. 거울을 보니 이상하더군. 지금은 한밤중에 한 번 앉으면 평균 8천 단어 정도를 쓰고, 일주일 뒤에 또 한 번 쓰지. 그 사이에 휴식을 취하며 한숨 돌리고 말이야. 난 정말 글쓰기가 싫어. 글을 써도 재미가 전혀 없어. 아침에 일어나서 "난 일할 거야."라고 말한 뒤 내 방문을 닫고, 가져다주는 커피를 마시고, 자리에 앉아서 '문필가'처럼 여덟 시간 근무를 하고 그 덕분에 스스로 초래한 지루한 유행어와 허풍으로 인쇄된 세상을 잔뜩 채웠기 때문이지. 베갯속으로나 어울릴 스코틀랜드인 같은 허풍으로. 정확히 세 단어로 말할 수 있는 내용을 말하려고 천오백 단어를 쓴 정치가에 대해 들어봤나? 난 스스로를 지루하게 만들지 않으려고 단숨에 써버린다네.

모든 것을 분명히 보되 글은 생각하지 않으려 노력하시는 거예요? 그러니까 모든 걸 분명하게 본 다음 느낌으로 쓰시려는 건가요? 예를 들면 『트리스테사』처럼요. {사로얀}

케루악 인디애나 대학 창작 세미나에 온 것처럼 말하는군.

알아요. 하지만······. {사로얀}

케루악 내가 한 것이라곤 그 가여운 여자아이, 트리스테사와 함께 괴로워한 것뿐이지. 그녀의 머리가 바닥에 부딪힌 거 기억나나? 온몸을 다쳤지. 그녀는 내가 본 가장 매력적인 인디언 소녀였어. 본명은 에스페란자 빌라누에바Esperanza Villanueva. 빌라누에바는 어디 있는지 모르는 스페인 지명이야. 하지만 그녀는 인디언이야. 그러니까 반은 인디언, 반은 스페인 사람이지. 미인이야, 절대적인 미인. 그리고 어떻게 그녀를 차지했는지는 책에 쓰지 않았네. 알겠나? 난 마침내 그녀를 차지했어. 그녀가 말했어. "쉬이이이! 주인님이 들으면 안 돼요." 또 그녀가 말했지. "명심하세요. 전 무척 약하고 아파요." 내가 말했지. "알아. 당신이 얼마나 약하고 아픈지에 대한 책을 써오고 있었어."

왜 그 부분은 책에 넣지 않으셨어요?

케루악 클로드*의 아내가 넣지 말라고 말했거든. 그게 책을 망칠 거라고 하더군. 하지만 그녀를 정복했다고 말할 수는 없어. 그녀는 M 때문에 빛처럼 꺼져버렸지. M은 모르핀이야. 나는 그녀를 위해 업타운에서 다운타운으로, 슬럼 지구로 도망 다녔지. 그리고 말했어. "여기 당신의 물건이 있어." 그녀가 말했어. "쉬잇!" 그녀는 자기 몸에 약을 주입했어. 내가 말했지. "이제 시간이 됐어." 그리고 쓸모없는 작품 하나가 생겼지.

이리 와, 야옹아! 또 밖으로 나가버렸어. (스텔라)

케루악 그녀는 상냥했어. 자네도 그녀를 좋아했을 텐데. 아까 말한 그 이름, 에스페란자가 무슨 뜻인지 아나?

아니요.

케루악 스페인어로 '희망'이라는 뜻이야. '트리스테사'는 스페인어로 '슬픔'이라는 뜻이지만, 그녀의 진짜 이름은 '희망'이었지. 지금은

---

* '클로드'는 케루악이 붙인 루시엔 카의 가명으로, 『둘루오즈의 허영』에서도 쓰인다.

멕시코시티의 경찰서장과 결혼해서 산다네.

그건 아니지. {스텔라}

케루악　당신은 에스페란자가 아니잖아. 내가 말해줄게.

나도 그 얘기 알아, 여보. {스텔라}

케루악　그녀는 피골이 상접할 만큼 말랐지. 철로처럼 수줍어했고.

그녀는 서장이 아니라 경위랑 결혼했다고, 당신이 말해줬잖아. {스텔라}

케루악　그녀는 끝내줘. 조만간 그녀를 만나러 갈 거야.

내 눈에 흙이 들어가기 전엔 안 되지. {스텔라}

『트리스테사』를 멕시코에 계시는 동안 쓴 거예요? 나중에 쓴 게 아니고요?

케루악　첫 부분은 멕시코에서 썼고, 두 번째 부분도 멕시코에서 썼지. 첫 부분은 1955년에, 두 번째 부분은 1956년에 썼어. 그게 뭐가 중요한가? 난 위대한 예술가 찰스 올슨이 아니라고!

그냥 사실을 알아보려는 거예요.

케루악　찰스 올슨은 날짜까지 죄다 알려주잖아. 글로스터 해변에서 어떻게 사냥개를 발견했는지, 자위 중인 어떤 남자를 어느 해변에서 발견했는지. 뭐라더라? 밴쿠버 해변? 디그 도그 강? 도그타운? 그래 '도그타운'이라고 부르지. 흠, 여긴 메리맥 강에 있는 빌어먹을 마을이야. 로웰*은 "메리맥 강가의 빌어먹을 마을"로 불리지. 하지만 내가 2미터 장신이라면, 뭐든 쓸 수 있었을 거야. 그렇지 않나?

지금은 다른 작가들과 어떻게 교류하세요? 편지 왕래를 하세요?

케루악   존 클레런 홈스와는 편지 왕래를 하지만 해마다 줄어들고 있어. 점점 게을러져서 말이야. 팬레터에도 답을 할 수가 없어. 내 말을 받아써 주고 타자를 쳐주고 우표와 편지봉투를 사는 등등의 일을 해줄 비서가 없거든. 그리고 답장으로 쓸 말도 없고 말야. 내 여생을 고위 공직에 출마한 후보처럼 웃음을 짓고 악수를 하고 진부한 말을 주고받으며 보내진 않겠어. 난 작가니까. 그레타 가르보••처럼 내 정신을 혼자 있게 해줘야 해. 하지만 외출하거나 갑작스럽게 손님이 찾아오면, 우린 원숭이 떼보다 더 재미난 시간을 보내지.

작업을 망치는 건 뭔가요?

케루악   작업을 망치는 것…… 오락거리? 나는 주로 관심이라고 말하지. 은밀하게 야심을 품은 작가 지망생들, 그러니까 빌어먹을 작가 대리인들의 업무로나 적당할 일을 위해서 놀러오거나 글을 쓰거나 전화를 하는 이들로 인해 악명(내가 '명성'이라고 말하지 않는다는 점에 주목하길!) 높은 작가에게 돌아가는 관심 말일세. 내가 분투하는 무명의 젊은 작가였을 때 옛말에도 있듯이, 나는 스스로 발 빠른 대응을 했어. 오랫동안 매디슨 가•••를 발에 땀이 나도록 이 출판사, 저 출판사, 이 대리인, 저 대리인을 찾아다니긴 했지만 유명 작가에

• 미국 매사추세츠 주의 도시.
•• 스웨덴 출신의 미국 인기 영화배우로, 36세에 은퇴한 뒤 은둔생활을 했다.(역자 주)
••• 미국 광고 거리로 유명한 뉴욕의 거리.(역자 주)

게 조언이나 도움을 구하는 편지를 써본 적은 평생 단 한 번도 없어. 용기를 내서 원고를 어느 가난한 작가에게 실제로 '우편'으로 보낸 적도 맹세코 없다네. 그랬다면 그 작가는 내 아이디어를 훔쳤다고 고소당하기 전에 서둘러 원고를 되돌려보내야 했겠지. 젊은 작가들에게 내가 해줄 조언은 직접 대리인을 구하라는 거야. 대학 교수들을 통해서라도 말이야. 내가 마크 반 도렌° 교수님을 통해 첫 출판사를 만났듯이. 그리고 스스로 발 빠른 대응을 하거나 속담에 나오듯 젖 먹던 힘을 다하라는 거야. 그러니 작업을 망치는 건 특정한 '사람들'뿐이지. 작업을 지켜주는 건 '드넓은 세상이 금세 잠드는 때'인 밤의 고독이고 말이야.

글쓰기에 가장 좋은 시간과 장소를 찾으셨나요?

케루악　침대 옆 불빛이 비추는 책상, 자정에서 새벽까지가 적당하지. 피곤할 때는 술 한 잔도 곁들이고. 집이 제일 좋지만 그게 아니면 호텔이나 모텔 방, 지금 머무는 곳을 내 집으로 삼으면 되지. 평화롭게 말야. [하모니카를 들고 분다.] 이런, 연주가 되네!

약의 영향을 받으며 글을 쓰는 건요?

케루악　『멕시코시티 블루스』의 230번 시는 순수하게 모르핀의 힘으로 썼지. 그 시의 모든 행이 한 시간 간격으로 쓰였어. 대량 주입한 모르핀에 취해서. [책을 찾아 읽는다.]

　　사랑은 부패한 드넓은 묘지

한 시간 뒤에는:

영웅들의 엎질러진 우유

한 시간 뒤에는:

모래폭풍으로 망가진 실크 스카프

한 시간 뒤에는:

눈이 가려진 채 기둥에 묶인 영웅들의 애무

한 시간 뒤에는:

삶을 허락받은 살인 피해자

한 시간 뒤에는:

손가락과 관절을 팔아넘긴 해골들

한 시간 뒤에는:

독수리에게 갈가리 찢긴
친절한 코끼리들의 떨고 있는 고기

한 시간 뒤에는:

섬세한 슬개골이라는 개념

• 퓰리처상을 수상한 시인이자 비평가로, 컬럼비아 대학에서 잭 케루악과 앨런 긴즈버그를
가르쳤다.

따라 해보게, 사로얀.

섬세한 슬개골이라는 개념. 〔사로얀〕

<u>케루악</u>   아주 좋아.

　　박테리아와 함께 떨어지는 쥐들의 공포

　한 시간 뒤에는:

　　금빛 희망을 향한 골고다의 차가운 희망

　따라 해보게.

금빛 희망을 향한 골고다의 차가운 희망. 〔사로얀〕

<u>케루악</u>   꽤 차갑군.

　한 시간 뒤에는:

　　뱃전에 부딪히는 축축한 가을 낙엽

　한 시간 뒤에는:

　　풀 같은 해마의 섬세한 이미지

　바닷속의 작은 해마를 본 적이 있나? 풀로 만들어졌다네. 해마 냄새를 맡아본 적 있어?

풀 같은 해마의 섬세한 이미지. (사로얀)

케루악   눈치 없긴. 계속해보게, 사로얀.

     오염에 장시간 노출되어 비롯된 죽음

오염에 장시간 노출되어 비롯된 죽음. (사로얀)

케루악   자신들의 성을 숨기려는 두렵고 황홀하고 불가사의한 존재들

자신들의 성을 숨기려는 두렵고 황홀하고 불가사의한 존재들. (사로얀)

케루악   붓다를 재료로 만든 작품을

       북쪽의 영안실에서 얼려

       극도로 얇게 썬 것

잠깐, 이건 따라 하기 어려워요. 붓다를 재료로 만든 작품을 북쪽의 영안실에서

얼려 극도로 얇게 썬 것. (사로얀)

케루악   시들어가는 남근 사과들

시들어가는 남근 사과들. (사로얀)

케루악   모래알보다 많은 절단된 식도食道

모래알보다 많은 절단된 식도. (사로얀)

케루악   내 새끼 고양이의 배에 입을 맞추는 것

내 새끼 고양이의 배에 입을 맞추는 것. (사로얀)

우리가 받는 보상의 부드러움. (사로얀)

케루악 이 친구가 정말 윌리엄 사로얀의 아들인가? 멋진데! 이 말도 따라 해보겠나?

앨런 긴즈버그는 언제 만나셨어요?

케루악 클로드를 먼저 만났지. 그 뒤에 앨런을 만났고, 그다음에 버로스를 만났어. 클로드는 비상계단으로 들어왔어. 골목길에서 총격이 있었거든. 팡! 팡! 비가 내리고 있었지. 금발머리 남자가 쫄딱 젖어서 비상계단으로 들어왔지. 내가 말했지. "이게 무슨 일이야? 도대체 이게 다 뭐야?" 그가 말했지. "나를 쫓고 있어요." 다음 날에는 앨런이 책을 들고 들어왔지. 두 귀를 쫑긋 세운 열여섯 살짜리가 말해. "분별력은 용맹의 중요한 요소예요!" 내가 말했지. "입 닥쳐, 애송이." 그다음 날에는 버로스가 시어서커 정장을 입고 들어왔고, 다른 남자가 뒤따라왔지.

다른 남자라니요?

케루악 강에 빠진 남자지. 뉴올리언스에서 왔는데 클로드가 죽여서 강에 던져버렸지. 보이스카우트 칼로 심장을 열두 번 찔렀어. 클로드는 열네 살 때 뉴올리언스에서 가장 잘생긴 금발 소년이었어. 그리고 보이스카우트에 들어갔지. 보이스카우트 단장은 몸집이 큰 빨간 머리 호모였는데 세인트루이스 대학에 딸린 학교에 갔어. 그랬을 거야. 그는 이미 파리에서 클로드와 꼭 닮은 남자와 연애한 적이 있었지. 그런데 그놈이 클로드가 가는 곳이라면 미국 어디든 따라다닌 거야. 그놈 때문에 클로드는 볼드윈, 툴레인, 앤도버 스쿨에서 쫓겨났지. 기묘한 이야기지만, 클로드는 동성애자가 아니야.

긴즈버그와 버로스의 영향력은 어땠나요? 세 분이서 미국적 글쓰기를 하게 될 거라는 기미를 당시에 조금이라도 감지하셨나요?

<u>케루악</u> 나는 '위대한 작가'가 되기로 결심했지, 토머스 울프처럼. 알 겠나? 앨런은 늘 시를 읽고 쓰고 있었고, 버로스는 책을 많이 읽었고 세상을 보기 위해 돌아다녔어. 우리가 서로에게 미친 영향력은 몇 번이고 반복되며 글로 쓰였지. 우린 그냥 뉴욕이라는 재미난 대도시에 살면서 캠퍼스와 도서관, 카페테리아를 돌아다니는 재미난 세 인물이었어. 『둘루오즈의 허영』에서 자세한 내용을 찾아볼 수 있지. 『길 위에서』에서는 버로스가 불 리이고, 긴즈버그가 카를로 막스야. 『지하생활자』에서 둘은 각각 프랭크 카모디와 애덤 무라드지. 다시 말해서 이것 때문에 자네에게 결례를 범하고 싶진 않지만, 나는 내 소설에서 나 자신을 인터뷰하느라 바쁘고, 그 인터뷰들을 쓰느라 그동안 너무 바빴는데, 왜 지난 10년 동안 매년 나를 인터뷰한 모든 사람들(수백 명의 기자들, 수천 명의 학생들)에게 이미 책에서 설명한 내용을 되풀이하고 또 되풀이하느라 괴롭게 숨을 돌려야 하는지 그 이유를 모르겠네. 그 책은 분별력을 간청하고 있다네. 그리고 그렇게 중요하지 않아. 중요한 건 우리의 작품이지. 나는 소로와 그 비슷한 이들 이후로는 내 작품이나 그 친구들의 작품이나 다른 누구의 작품을 지나치게 자랑스러워하지 않아. 위안 삼기에는 너무 정곡을 찌르는 탓이겠지. 문학 형식으로 나타나는 악평과 공개적인 자

백은 우리의 심장을 너덜너덜하게 만든다네, 믿어도 좋아.

앨런은 셰익스피어 읽는 법을 당신에게 배웠다고 말한 적이 있죠. 당신이 읽어 주는 셰익스피어를 듣기 전까지는 셰익스피어를 결코 이해하지 못했다고요.

케루악 왜냐하면 전생에서는 내가 바로 그였으니까.

> 내가 그대 곁을 떠난 시간은 그 얼마나 겨울 같았던가?
> 덧없는 세월의 기쁨, 나는 어떤 냉기를 느꼈는가?
> 어떤 암흑의 날들을 보았는가? 그러나 여름은 그의 주인인
> 종말과 함께 내 과수원에 커다란 똥을 낳았노라.
> 돼지들이 먹으러 왔다가 망가진 내 산
> 올가미를 부수고 쥐덫도 부수는구나
> 여기 소네트를 끝내기 위해 반드시 해야 할
> 말이 있으니, 짜잔- 짜잔- 짜잔!

즉흥적으로 만드신 건가요?

케루악 음, 첫 부분은 셰익스피어였고, 두 번째 부분은…….

소네트를 쓰신 적이 있나요?

케루악 즉흥적 소네트를 지어주지. 그 조건이 뭐더라?

14행이어야 해요.

케루악 질질 끄는 2행과 12행이지. 우리의 무거운 대포를 꺼내오는 곳이야.

여기 스코틀랜드의 물고기는 당신의 눈을 보았고

내 모든 그물은 삐걱삐걱 움직였네

압운도 맞춰야 하나?

아니에요.

케루악 내 가여운 튼 손은 비틀어지고

교황의 매운 눈을 보았네

머리칼이 거친 미치광이들이 내 방 근처에서 어슬렁거리며

내 무덤에 귀를 기울인다네

압운이 없는 그곳에

7행인가?

8행째예요.

케루악 대지의 오르곤은 모두 개처럼

기어 다니며 페루 그리고

스코틀랜드의 무덤을 타넘으리라

10행까지 됐고.

그러나 걱정하지 말거라

사랑스러운 나의 천사여

그곳에는 내 유산 속에 심어진

근사해요. 어떻게 하셨어요?

케루악 강약약격^{dactyl} •을 공부하지 않은 덕분이지, 긴즈버그처럼. 나는 긴즈버그를 만났지. 멕시코시티에서 버클리로 되돌아오는 동안 내내 히치하이크를 했는데, 그건 긴 길이었다네. 멕시코시티에서 두랑고를 지나…… 치와와를 지나…… 텍사스로. 나는 긴즈버그의 작은 집으로 가서 말했지. "같이 음악을 연주하자." 그가 말했지. "내가 내일 무슨 일을 할지 알아? 마크 쇼러 ••의 책상에 새 운율학 이론을 던질 거야! 오비디우스의 강약약격 정리에 대해서!" [웃음을 터뜨린다.]

   내가 말했지. "그만둬, 친구. 그건 잊어버리고 나무 아래서 와인이나 마시자고. 필 웨일런과 게리 스나이더, 샌프란시스코의 모든 부랑자들과 함께. 위대한 버클리 선생이 되려고 애쓰지 마. 그냥 나무 밑에 앉은 시인이면 충분해. 우린 레슬링을 할 거고 누르기에서 빠져나올 거야." 그는 내 조언을 받아들였지. 그가 말했어. "뭘 가르칠 셈이야. 입술은 바싹 말라가지고서!" 내가 말했지. "당연하지. 이제 막 치와와에서 왔으니까. 거긴 무지 더워, 어휴! 밖으로 나가면 작은 돼지들이 와서 다리에 몸을 비벼대." 스나이더가 포도주 병을 들고왔지. 웨일런이 오고, 이름이 뭐더라, 렉스로스. 그리고 다들 몰려오는 거야. 그리고 우린 샌프란시스코의 시 르네상스를 일으켰지.

앨런이 컬럼비아 대학에서 쫓겨난 건 어떻게 된 일이에요? 그 일과 연관된 건가요?

케루악　오, 아니야. 나를 자기 방에서 재워준 것 때문에 대학에서 쫓겨난 건 아니었어. 처음에는 나를 기숙사 자기 방에서 재워줬고, 그 방에서 함께 잔 남자는 영국의 흰 장미 아니면 붉은 장미 가문의 후손인 랭커스터였어. 하지만 복도를 뛰어서 한 남자가 방으로 들어왔고, 그 남자는 내가 앨런과 뒹굴려던 중이라고 생각했지. 앨런은 내가 그와 뒹굴려고 그 방에서 자고 있었던 게 아니라 그가 나와 뒹굴려고 노력하고 있었다고 이미 썼지. 하지만 우린 잠만 자고 있었어. 그 뒤로 그에게는 자신만의 방이 생겼고, 거기에는 훔쳐온 물건들이 좀 있었어. 그곳에는 도둑들도 있었지, 비키와 허크라고. 그들은 훔쳐온 물건 때문에 발각됐고, 자동차는 전복됐고, 앨런의 유리컵이 깨졌는데, 모두 존 홈스의 『고』에 나오는 내용이지.

　　앨런 긴즈버그는 열아홉 살 때 나에게 물었어. "내 이름을 앨런 르나르로 바꿀까?", "르나르로 바꾸면 네 가운데를 확 차주겠어! 계속 긴즈버그로 해." 그는 그렇게 했지. 그게 내가 앨런을 좋아하는 점이야. 맙소사, 앨런 르나르라니!

1950년대에 여러분을 뭉치게 한 건 무엇인가요? 무엇이 비트 세대를 모이게 했나요?

케루악　비트 세대는, 1951년에 쓴 『길 위에서』에서 이상한 일자리와 여자 친구들, 스릴을 찾아 자동차를 타고 미국을 돌아다니던 모리아티 같은 남자들을 설명하려고 쓴 문구였을 뿐이야. 그 뒤로 웨

• 영시에서 널리 쓰이는 음보 중 하나로 1개의 강음절 뒤에 2개의 약음절이 이어짐.(역자 주)
•• 미국의 작가이자 비평가로, "스타일이 곧 주제"라고 주장하여 문체가 주제를 결정할 만큼 중요하다고 강조했다.

<u>스트코스트</u> 좌익 단체들이 그걸 알게 되면서 '비트 반란'이나 '비트 폭동'처럼 헛소리 같은 의미로 바꿔버렸지. 그들은 그저 자신들의 정치적인 목적을 실현하기 위해 붙들 청년운동이 필요한 거였어. 난 그런 것과 아무 관련이 없었지. 나는 미식축구 선수였고, 대학 장학생, 상선 선원, 철도 화물 조차장 직원, 영화 스크립터, 비서였지. 그리고 모리아티, 즉 캐서디는 콜로라도 주 뉴레이머에 있는 목장에서 진짜 카우보이로 지냈어. 그게 어떤 종류의 비트족이란 말인가?

비트 무리 사이에는 공동체 의식이 있었나요?

케루악 공동체 감각은 주로 내가 언급했던 인물들에 의해 고취되었지. 퍼링게티, 긴즈버그 등등. 그들은 사회주의적인 사고가 강했고, 열광적인 특정 키부츠 속에서 연대감을 가지고 살기를 바랐어. 나는 혼자 있기를 더 좋아했다네. 스나이더는 웨일런과 다르고, 웨일런은 매클루어와 다르고, 나도 매클루어와 다르고, 매클루어는 퍼링게티와 다르고, 긴즈버그는 퍼링게티와 다르지만 어쨌거나 우린 모두 와인을 마시며 재미있게 보냈지. 우린 수천 명의 시인들과 화가들, 재즈 음악가들을 알고 있었어. 자네가 말하는 '비트 무리' 같은 건 없다네. 스콧 피츠제럴드와 그의 '잃어버린 무리'라고 하면 어떤가? 자연스럽게 들리나? 아니면 괴테와 그의 '빌헬름 마이스터* 무리'는? 그 주제는 정말 지루해. 그 유리컵 이리 주게.

1960년대 초에 해산된 이유가 뭔가요?

케루악 긴즈버그가 조이스처럼 좌파 정치에 관심을 갖게 됐지. 조이스가 1920년대에 에즈라 파운드에게 말했듯이 긴즈버그에게 말했지. "정치로 나를 괴롭히지 말아줘. 내 관심을 끄는 건 오직 문체뿐이야." 게다가 아방가르드와 선정주의가 지겨웠어. 난 파스칼의 글을 읽고 종교에 대해 메모하고 있었지. 난 비지식인들과 어울리는 게 좋고, 내 정신은 영원히 전향되지 않는다네. 그들은 심지어 즉흥극 때 닭을 십자가에 못 박기 시작했어. 다음 단계는 뭘까? 사람을 실제로 십자가에 못 박는 거지. 자네 말대로 비트 집단은 1960년대 초에 해산돼 모두 제 갈 길로 갔고, 이게 내 길이지. 새로 시작하는 기분으로 가정생활을 하고, 간혹 동네 술집에서 술판을 벌이는 것 말야.

그들이 지금 하는 일을 어떻게 생각하세요? 앨런의 급진적 정치 활동은요? 버로스의 잘라붙이기 기법은요?

케루악   나는 친미적인데 급진적 정치 활동은 다른 쪽으로 흐르는 것 같더군. 미국은 캐나다인이었던 내 가족에게 좋은 기회를 주었고, 우린 이 나라를 비하할 이유를 찾을 수가 없다네. 버로스의 잘라붙이기 기법에 대해서는, 나는 그가 예전에 썼던 그 지독하게 재미난 이야기와 『네이키드 런치』의 멋지도록 건조한 비네트**로 되돌아오면 좋겠어. 잘라붙이기는 새로운 게 아니라네. 사실 내 기민한 머리는 활동하는 동안 잘라붙이기를 수없이 하지. 모든 사람의 머리가 말을 하거나 생각하거나 글을 쓰는 동안 그렇게 해. 그건 그냥 옛날 다다이즘 같은 속임수고, 일종의 문학적 콜라주야. 하지만 버로

• 괴테가 50년이 걸려 완성한 걸작.(역자 주)
•• 사람이나 상황을 정확히 묘사하는 간결한 글.(역자 주)

스는 그걸로 훌륭한 결과물을 내지. 나는 그가 우아하고 논리적이라서 좋아하고, 그게 내가 잘라붙이기를 싫어하는 이유야. 그 기법은 우리의 정신에 금이 갔다는 걸 가르쳐주려는 것 같잖아. 환각에 빠져 있으면 누구나 알 수 있듯이, 분명 정신에 금이 가지. 하지만 일상적인 순간에 이해할 수 있도록 금이 간 현상을 설명해보면 어떨까?

히피와 엘에스디^{LSD} *에 대해서는 어떻게 생각하세요?

케루악 그들은 이미 변하고 있으니 내가 판단할 수는 없지. 그리고 그들 모두가 같은 마음인 것도 아니야. 디거^{Digger} **는 달라. 어쨌든 난 히피를 한 사람도 모른다네. 아마 그들은 내가 트럭 운전수라고 생각할 거야. 엘에스디에 대해서는, 심장병 발병률이 유전되니 사람들에게 나쁘지. [마이크로 발판을 두드린다. 마이크가 다시 작동한다.] 어차피 죽을 운명인데 선한 것을 찾을 이유가 있나?

죄송한데, 다시 말씀해주시겠어요?

케루악 자네는 배에 작고 흰 수염이 있다고 말했지. 죽을 운명인 자네의 배에 왜 작고 흰 수염이 있나?

생각해보지요. 사실 그건 작고 흰 알약이에요.

케루악 작고 흰 알약?

효과가 좋아요.

케루악 나한테 주게.

상황이 좀 진정될 때까지 기다리세요.

케루악　맞아. 이 작고 흰 알약은 어차피 죽을 운명인 자네에게 작고 흰 수염으로서 조언해주고, 자네가 페루의 무덤 속에서 긴 손톱을 기르게 되리란 걸 알려주지.

중년이 되신 기분인가요? (사로얀)

케루악　아니, 들어봐. 테이프의 끝에 다다랐어. 덧붙이고 싶은 말이 있네. '케루악'이 무슨 뜻이냐고 나한테 물어보게.

'케루악'이 무슨 뜻인지 말씀해주시죠.

케루악　자, '케른'은 K(아니면 C), A, I, R, N이야. 케른이 뭔가? 그건 쌓아올린 돌무더기야. 그리고 콘월Cornwall은 케른-월cairn-wall이야. '커른', 즉 K, E, R, N은 케른과 같은 뜻이야. 커른, 케른. '우악'ouac은 '~의 언어'라는 뜻이지. 그러니 '케른우악'은 '콘월의 언어'라는 뜻이 돼. 케르Kerr는 데버러 커Deborah Kerr와 비슷해. '우악'Ouack은 '물의 언어'라는 뜻이고. 케르, 카르Carr는 물을 뜻하거든. 그리고 케른은 쌓아올린 돌무더기지. 돌무더기에는 언어가 없어. 케루악. 케르Ker는 '물'이고, 우악ouac은 '~의 언어'지. 그리고 이건 옛 아일랜드 이름인 커위크Kerwick와도 관련이 있는데 그건 '부패'를 뜻해. 또 이건 콘월어 이름이기도 한데, 그 자체로 '케른 같다.'는 뜻이지. 그리고 셜록 홈스에 따르면, 이건 완전히 페르시아어야. 물론 그가 페르시아인이

• 비트 세대가 탐닉한 강력한 환각제.(역자 주)
•• 봉사활동과 구제에 힘쓴 히피 무리.(역자 주)

아니란 건 알겠지. 셜록 홈스가 왓슨 박사와 함께 옛 콘월 지방에 가서 사건을 해결한 다음 "왓슨, 바늘! 왓슨, 바늘을 줘."라고 말한 거 기억나나? 그는 말했지. "난 이 사건을 여기 콘월에서 해결했어. 이제는 여기 앉아 작정하고 책을 읽을 자유가 있지. 그게 나에게 증명해줄 거야. 콘월인들, 다른 말로는 '케누악'이나 '케루악'으로 알려진 이 사람들의 기원이 왜 페르시아인인지를. 그게 바로 내가 착수하려는 일이라네." 그 뒤에 그는 총에 맞고 나서 말했지. "위험한 일이니 순진한 아가씨에게는 어울리지 않아." 이거 기억나나?

기억납니다. (맥노튼)

케루악 그걸 기억하는군, 맥노튼. 설마 내가 스코틀랜드인의 이름을 잊어버릴 줄 아나?

테드 베리건 Ted Berrigan 툴사 대학교를 졸업했고, 시인으로 활발하게 활동하면서 잡지사와 출판사에서 편집자로 일했다.

주요 작품 연보

———

『바다는 나의 형제』The Sea is My Brother, 1942
『그리고 하마들은 그들의 탱크 속에서 삶겼다』And the Hippos Were Boiled in Their Tanks, 1950
『마을과 도시』The Town and the City, 1950
『길 위에서』On the Road, 1957
『지하생활자』The Subterraneans, 1958
『달마 부랑자』The Dharma Bums, 1958
『색스 박사』Doctor Sax, 1959
『매기 캐시디』Maggie Cassidy, 1959
『멕시코시티 블루스』Mexico City Blues, 1959
『트리스테사』Tristessa, 1960
『코디의 환영』Visions of Cody, 1960
『외로운 여행자』Lonesome Traveler, 1960
『꿈의 책』Book of Dreams, 1960
『랭보』Rimbaud, 1960
『빅 서』Big Sur, 1962
『제라드의 환영』Visions of Gerard, 1963
『절망의 천사들』Desolation Angels, 1965
『파리의 사토리』Satori in Paris, 1966
『둘루오즈의 허영』Vanity of Duluoz, 1968

* 출간 연도가 아니라 원고가 완성된 해를 표기했습니다.

07

시가 된 주기율표

프리모 레비
PRIMO LEVI

프리모 레비 ^{이탈리아, 1919. 7. 31.~1987. 4. 11.}

이탈리아를 대표하는 작가이자 화학자. 제2차세계대전 때 파
시즘에 저항하는 지하운동에 참여하다 체포당해 아우슈비츠로
끌려갔다. 아우슈비츠에서 기적적으로 살아남은 레비는 당시
의 체험을 『이것이 인간인가』에 담았다. 이는 현대 증언문학을
대표하는 중요한 작품으로 평가받는다.

1919년 이탈리아 토리노에서 태어났고, 토리노 대학교
화학과를 최우등으로 졸업했다. 유대계였던 레비는 제
2차세계대전 말 파시즘에 저항하는 지하운동에 참여하
다 체포당해 아우슈비츠 제3수용소로 이송되었다. 그
곳에서 며칠에 한 번씩 시체소각실에서 나오는 검은
연기를 보며 지옥 같은 11개월을 보냈다.
1945년 아우슈비츠에서 살아남아 토리노로 돌아왔고,
자신의 처절한 경험을 담은 『이것이 인간인가』를 1947
년 발표했다. 1963년 출간한 『휴전』으로 제1회 캄피
엘로 상을 수상했다. 1975년 『주기율표』를 발표했고,
1978년 『멍키스패너』를 출간해 스트레가 상을 받았다.
『멍키스패너』는 출간 후 여러 언어로 번역되었으며, 인
류학자 클로드 레비스트로스에게 찬사를 받았다. 아우
슈비츠 경험을 다룬 『지금이 아니면 언제?』는 1982년
비아레조 상과 캄피엘로 상을 동시에 수상했다. 1986
년에는 생애 마지막 저작이 된 『가라앉은 자와 구조된
자』를 출간했다.
아우슈비츠에서 밀라노로 돌아온 직후 실험실과 공장
을 몇 군데 거친 뒤 니스와 에나멜을 생산하는 공장에
취직했는데, 작가로서 명성을 떨치며 활발하게 활동하
면서도 그만두지 않았다. 1977년 퇴직할 때까지 총감
독으로 일하면서 다양한 시와 소설을 남겼으나 1987년
자살로 생을 마감했다.

레비와의 인터뷰

게이브리얼 모톨라

글에서도 느꼈지만 직접 만난 레비는 겸손의 달인이었다.
부드럽지만 활발한 어조로, 후기 작품에서 점차 뚜렷해지는
풍자적 유머 감각을 드러내며 이야기했다.

프리모 레비는 1919년 이탈리아 토리노에서 태어났는데, 중산층
인 그의 부모는 스페인 종교재판을 피해 달아난 유대인의 후손이다.
1930년대에 이탈리아의 인종법이 레비의 학문 연구를 위협했고, 그
뒤로는 독일의 인종차별 법안이 목숨을 위협했다. 졸업논문을 지도
해준 한 동정심 많은 교수 덕분에 토리노 대학에서 학업을 마칠 수
있었고, 그의 목숨을 구하게 될 화학 박사 학위를 받았다.

　1943년 초에 친구 열 명과 함께 토리노를 떠나 산속으로 피신해
반파시즘 저항운동 단체인 '정의와 자유'에 동참하려고 했다. 그러나
그해 12월 레비가 파시스트 민병대에 체포되며 계획은 무산되었다.
1944년 2월, 레비는 아우슈비츠에 수감되었다. 그곳의 화학 실험실
에서 일했고 당장이라도 죽을지 모르는 상황에서, 스스로 자기 인생
의 "궁극적인 경험"을 하고 있음을 알았다.

전쟁이 끝난 뒤에는 토리노로 돌아와 화학자로 일했다. 주목받지는 못했지만 첫 번째 책인 『이것이 인간인가』를 1947년 출간하고, 이듬해에는 페인트 공장 실험실의 관리자가 되어 1977년 은퇴할 때까지 일했다. 1975년에는 『주기율표』를 출간했는데, 그는 그 책이 나오기까지 무엇보다 과학과 관련된 자신의 직업에 빚을 졌음을 인정했다. 이 무렵에는 이탈리아의 가장 중요한 작가로 인정받으며 시와 회고록, 소설, 에세이를 연달아 써냈다.

레비는 1987년 자살했다. 4층짜리 아파트 외부에 있는 대리석 계단 난간에서 몸을 던졌다. 그 아파트는 1919년에 그가 태어난 곳이며, 아내와 함께 아이들을 기른 곳이자 1985년 7월에 이 인터뷰를 진행한 곳이기도 하다. 인터뷰를 위해 방문했을 때 레비는 나를 서재로 데려갔고, 우린 가죽 소파에 앉아 커피를 마셨다. 책상에는 컴퓨터가 놓여 있었고, 레비는 컴퓨터가 소설을 쓰는 데 무척 유용하다고 말했다. 창문을 통해 움베르토 거리가 내다보이는 서재는 주인인 레비와 마찬가지로 몹시 깔끔하고 질서정연했다.

글에서도 느꼈지만 직접 만난 레비는 겸손의 달인이었다. 부드럽지만 활발한 어조로, 후기 작품에서 점차 뚜렷해지는 풍자적 유머 감각을 드러내며 이야기했다. 츠베탕 토도로프˙의 언어이론과 이탈리아의 사회경제 구조, 그리고 모든 과학자에게 교육의 일환으로 윤리학을 가르쳐야 한다는 주장 등 다양한 이야기를 쏟아냈다.

프리모 레비는 목소리가 부드럽고 내성적이지만 강렬한 열정을 소유한 사람이었다. 그래서 인생의 근본적인 문제를 과학, 특히 과학의 간결성과 정밀성에 결부하여 자신의 예술을 완성할 수 있었다. 그의 가족사이자 시대사를 표현한 『주기율표』는, 과학자에서 작가로 발전해가는 레비 본인의 역사이기도 하다. 소설에서는 그것을 탄소 원자에 빗대 은유적으로 표현했다. 책의 마지막 장인 '탄소'에서 레비는, 자신이 다루는 중심 주제 중 하나를 제시한다. 한 생명체를 다른 생명체에, 그러니까 생명체 자체는 물론이고 생명체의 근원이 되는 물질에도 연결해주는 '보편적 끈'을 묘사한다. 극미량의 물질인 탄소 입자는 우주적 규모라는 상징적인 의미를 띤다.

자살하기 바로 전해에 출간한 『가라앉은 자와 구조된 자』에서, 아우슈비츠 수감 생활로 겪은 고통과 자신을 줄기차게 괴롭힌 수치심, 그리고 그 만행에 가담한 사람들은 물론이고 그것에 저항하는 목소리를 내지 못했던 사람들에게 느끼는 혐오감을 이야기했다. 그는 모든 사람은 다른 생물뿐만 아니라 서로에 대해서도 책임이 있다고 믿었다. 도덕적 전통 때문이기도 하지만 유인원이든 사과든 우리 모두는 같은 재료로 만들어졌기 때문이라고 그는 말했다.

• 구조주의 문학이론가로, 인류 평화에 대한 실천적인 관심으로 유럽 언론으로부터 '휴머니즘의 사도'라는 평가를 받고 있다. 지은 책으로 『민주주의 내부의 적』, 『일상 예찬』, 『비평의 비평』, 『구조시학』 등이 있다.

April 24ᵗʰ '79

New verse for the unicorn poem (song for Mary O'Hara).

4.

~~The air is blue and made of light~~

They hunted him ~~through~~ by summer light

in green dew ~~through~~ and green fire,

~~in by the~~

the unicorn ~~stood~~ in their sight

~~where~~ ~~he~~ ~~was shaded out of sight~~

the ~~born~~ grass was young and clear,

his coat was white, his blood was bright.

he was her hearts desire.

(Coat of snow, unicorn,

horn of gold, unicorn,

heart of snow, unicorn).

PL

24. 4. '79

(The winter unmade him

the spring could not shade him

when she lay beside him

the summer betrayed him)

프리모 레비의 원고 중 한 페이지.

프리모 레비
×
게이브리얼 모톨라

어떤 교육을 받았는지 간단하게 말씀해주시겠습니까?

<u>프리모 레비</u>　고전교육을 받았어요. 글쓰기 훈련이 중요했지요. 묘하게도 이탈리아 문학 수업은 마음에 들지가 않았습니다. 화학이 좋았지요. 그래서 인문주의적 문학 수업을 거부했지만 문학은 저도 모르게 피부로 들어왔어요. 저는 선생들에게 일종의 반론을 폈는데, 그들이 문장의 구조 따위를 강조했기 때문이지요. 더욱 화가 났던 건 문학 수업이 시간 낭비로 여겨졌기 때문입니다. 제가 찾던 건 별과 달, 미생물, 동식물, 화학 등 우주의 의미에 대한 지식이었으니까요. 나머지 모든 것, 그러니까 역사와 철학 등은 제가 졸업장을 받고 대학에 들어가기 위해 넘어야 할 장벽에 불과했지요.

그런데 저서들을 보면 미국, 이탈리아, 독일 문학 등 무척 폭넓고 깊이 있는 독서를 하신 것 같습니다.

레비 아버지가 독서를 좋아하셨기 때문에 그다지 부유한 형편이 아니었는데도 아낌없이 책을 사주셨습니다. 지금은 번역이 됐건 안 됐건 외국 서적을 찾기가 쉽지만 그 당시에는 파시스트들이 무척 날카롭게 분류한 탓에 구하기가 어려웠습니다. 이 책은 괜찮고, 저 책은 안 된다는 식이었죠. 예를 들어 영국이나 미국 사회를 비판한 번역서는 허가했습니다. 탄광 생활에 대해 쓴 D. H. 로런스의 책들은 이탈리아어로 출간되었을 뿐만 아니라 널리 배포되었는데, 영국 광부들의 처지에 대해 매우 비판적이었기 때문이지요. 이탈리아 광부들의 생활은 그렇지 않다는 암시였어요. 로런스는 파시즘을 낭만적인 모험으로 착각했으니, 그의 작품을 번역할 이유가 한 가지 더 있었던 셈이지요. 그렇습니다. 파시스트 검열관들은 나름대로 똑똑했지요. 어떤 것은 받아들이고, 어떤 것은 배제하고. 예를 들면 헤밍웨이가 그랬습니다. 헤밍웨이는 스페인에 있을 때 공산주의자나 다름없었지요. 헤밍웨이의 책은 전쟁이 끝난 뒤에야 번역되었습니다. 아버지는 제가 열두 살 때 프로이트를 읽게 하셨어요.

대단하군요!

레비 불법이었지요. 프로이트는 허가되지 않았으니까요. 하지만 아버지는 『정신분석학 입문』의 번역서를 용케 갖고 계셨습니다. 저는 그 책을 읽었지만 이해하지는 못했어요.

미국 작가들은 어땠습니까? 마크 트웨인은요? 월트 휘트먼은요?

레비 마크 트웨인은 정치적으로 중립이었습니다. 또 누가 있더라? 존 더스패서스*는 번역되었고, 숄럼 아시**도 번역되었고, 뭐, 이탈리아가 외부와 완전히 단절된 곳은 아니었으니까요. 허먼 멜빌의 작품은 체사레 파베세***가 번역했습니다.『모비 딕』은 탐험물이었어요. 정치적 함의含意가 없었지요. 저는 그 책을 스무 살에 읽었습니다. 소년은 아니었지만 멜빌에게 매료되었지요. 파베세는 정통파라고는 할 수 없지만 뛰어난 번역가 중 한 사람입니다. 그는『모비 딕』을 이탈리아어에 어울리도록 다듬고 바꿨습니다. 파베세는 뱃사람이 아니었습니다. 바다를 싫어했어요. 그러니까 번역하기 전에 준비를 해야 했어요. 파베세와 알고 지냈는데, 그가 자살하기 전에 두 번 만났지요. 문학적 성공의 정점을 찍은 1950년에 호텔 볼로냐에서 불가사의한 이유 때문에 자살했어요. 모든 자살은 불가사의하지요. 성적인 문제가 있었지만 발기불능은 아니었어요. 성적으로 소심했다고나 할까요. 매우 까다로운 사람이기도 했고요. 작가로서 자기 작품에 만족한 적이 없었습니다. 정치적인 문제도 있었어요. 전쟁 중에 공산주의를 신봉했지만 용기를 내서 저항운동에 가담하지는 못했습니다. 그래서 전쟁이 끝난 뒤 독일군과 싸우지 않았다는, 일종의 죄의식을 느꼈어요. 그런 것이 자살한 이유 가운데 일부겠지만 전부는 아닐 겁니다.

『주기율표』에서 정신과 물질의 차이를 이야기하셨지요. 물질을 통해서만 우리

• 에피소드를 병렬적으로 나열하는 파노라마식 구성과 빠른 장면 전환 등 실험적인 기법을 사용하여 뉴욕의 본질을 그려낸 소설가로, 대표작으로『맨해튼 트랜스퍼』가 있다.

•• 폴란드 태생의 미국 작가. 예수의 이야기를 다룬『나사렛 사람』이 세계적 베스트셀러가 되어 명성을 얻었다.

••• 이탈리아 신사실주의 문학을 대표하는 작가로,『레우코와의 대화』,『해변』등을 남겼다.『아름다운 여름』으로 1950년 스트레가 상을 받았으며, 같은 해 스스로 생을 마감했다.

가 우주와 그 구성요소를 이해할 수 있다고 암시하셨어요.

레비　파시스트 철학자들은 정신을 무척이나 강조했습니다. '물질을 중요하게 만드는 것은 정신이다'가 구호였지요. 예를 들어 이탈리아 군은 장비가 형편없었지만 그들의 정신이 물질을 지배한다면 장비가 없어도 전쟁에서 이길 수 있다는 식이었어요. 정신만 있다면 승리할 수 있다는 발상이죠. 어리석은 생각이었지만 그런 분위기가 학교마저 지배했습니다. 철학 시간에 우리에게 가르친 정신이라는 단어는 뜻이 매우 모호했어요. 동급생 대부분은 그것을 받아들였지만 전 그렇게 정신을 강조하는 분위기에 짜증이 났어요. 정신이 뭡니까? 정신은 영혼이 아니에요. 저는 종교인이 아니었습니다. 지금도 마찬가지고요. 정신은 만질 수 없는 어떤 것이에요. 그 시절 눈과 귀, 손가락으로 경험할 수 없는 것을 강조하는 주장은 제게는 공식적인 거짓말로 보였습니다.

정신은 위험한 부분이 있지요. 이성을 통제할 수 있으니까요.

레비　뭐랄까, 정신은 이성이 아니라 본능입니다. 이성은 비판의 도구였기 때문에 금지되었어요. 그들의 언어에서 정신은 매우 막연한 것이었지만 선량한 시민이라면 적응해야 했죠. 조지 오웰이 『1984』 부록에서 다룬 신어新語, Newspeak에 대해 기억하십니까? 그것은 전체주의를 모방한 것이었어요. 파시스트 치하의 이탈리아에서는 많은 것이 제대로 돌아가지 않았어요. 하지만 교육은 순조로웠지요. 그들은 용의주도하게 반파시즘 교사들을 처벌하거나 내치고, 열성당원인 교사들을 데려왔습니다. 그래서 파시스트의 신념이 쉽게 침투했는데, 그중 하나가 바로 물질이 아닌 정신의 탁월함을 주장한 것이었어요. 물질이야말로 제가 화학자가 되기로 결심한 이유지요. 진실인지 거짓인지 증명할 수 있는 것을 제 손 안에 두고 싶었거든요.

정신은 그것을 믿는 사람이 아니면 결코 입증할 수 없지요.

레비 맞습니다. 플라톤이 논한 그 문제들이 아직까지도 논의되고 있어요. 영혼이 불멸이건 아니건, 존재한다는 것이 무슨 의미인지에 대한 논의는 끝이 없습니다. 반대로 자연과학으로는 어떤 개념이든 입증하거나 반증할 수 있어요. 그래서 저는 막연한 논의에서 벗어나 구체적인 것, 실험실에서 시험할 수 있는 것으로 전환했다는 사실에 안도감을 느꼈습니다.

당신의 작품을 읽다 보면 과학과 윤리, 즉 도덕성에 대한 의문이 떠오릅니다. 과학자가 다른 직업 종사자보다 더 윤리적이어야 한다고 생각하시나요?

레비 모든 사람이 윤리적이어야 한다고 생각합니다. 그러나 이탈리아나 미국에서 하는 과학교육이 특별히 윤리 의식을 일깨워준다고는 생각하지 않아요. 그래야 하는데 말입니다. 전 대학의 자연과학 학부에 들어온 젊은이들에게, 그들이 들어서게 될 이 직종에서 도덕성이 중요하다는 사실을 명심하라고 엄격하게 알려줘야 한다고 생각합니다. 저처럼 페인트 공장에서 일하는 화학자와 독가스 공장에서 일하는 화학자는 다릅니다. 실생활에 미칠 영향을 자각해야 해요. 어떤 직업이나 일자리는 거부할 수 있어야 합니다.

지금 말씀하시는 내용이 작품에 나타나더군요. 충성심과 동류인 친구에 대한 사랑도 마찬가지고요. 예를 들어 『주기율표』의 산드로가 그렇습니다. 본문 가운

데 "그의 어떤 것도 남지 않았다. 그렇다. 말 빼고는 그 어떤 것도."라는 부분은 몹시 감동적이었습니다. 하지만 이야기를 통해 그를 되살리셨잖아요.

레비　네, 독자를 위해서였습니다. 저를 위해서는 아니었어요. 제가 지면에 표현할 수 있는, 실제와 가장 가까운 모습이었습니다. 초상화와 실제 인물 사이에는 늘 차이가 있기 마련입니다.

산드로라면 기쁘게 당신에게 찬사를 돌릴 텐데요.

레비　산드로라면 웃음을 터뜨릴 겁니다. 묘하게도 전 그의 가족과 말다툼은 하지 않았지만 갈등을 겪었습니다. 그를 인정해주지 않았으니까요. 늘 그런 식이에요. 살아 있는 사람을 종이에 옮기려고 하면, 그 인물의 자질을 더 뛰어나게 표현하려는 훌륭한 의도가 있더라도 그를 불안하게 하고 맙니다. 우린 모두 자신에 대한 이미지를 가지고 있어요. 자신이 갖고 있는 이미지가 관찰자의 묘사와 일치하는 경우는 매우 드물지요. 책 속의 이미지가 더 아름답더라도 똑같지는 않으니까요. 마치 거울로 다가갔는데 실제보다 더 잘생긴 얼굴, 그러나 내 얼굴이 아닌 얼굴을 보게 되는 것과 같습니다. 『주기율표』에 나오는 인^{phosphorous} •에 대한 이야기를 기억하시나요?

그럼요.

레비　거기 등장하는 젊은 아가씨는 제 친구입니다. 그녀에 대한 장을 쓴 뒤에 그녀가 사는 밀라노로 가서 원고를 내밀었어요. 그리고 그녀에게, 당신과 나에 대한 이야기를 약간 모호하게 썼는데 출판해도 좋은지 허락받고 싶다고 말했어요. 그녀는 허락해줬지만 그녀의 얼굴에서 약간의 불안과 당혹감을 읽었어요. 그녀는 결혼한 몸이었거든요. 누구인지 드러나지 않도록 그녀의 외모를 다르게 설정했지만 말입니다. 그녀는 "괜찮아요, 좋아요, 흐뭇해요."라고 건조하게 말했지만 사실은 그렇지 않았죠.

『주기율표』에서 대학 동창 모임을 만든 남자는 어떻습니까?
레비 그는 가공의 인물입니다. 등장인물이 어리석거나 볼품없는 인물일 때는 다양하게 재창조하는 것이 좋은 전략이에요. 한 사람에게서 이마를 가져오고, 다른 사람에게서는 턱을, 또 다른 사람의 경련 증세를 가져오는 식이지요. 그렇게 했는데도…….

다들 "이건 나야!"라고 했겠죠.
레비 수전증이 있는 사람을 만났는데, 제게 아무 말도 하지 않더군요. 그 책을 칭찬하지도 않고, 차갑게 대했어요.

그게 죄 지은 사람이 받는 벌이겠지요. 『주기율표』는 언어와 문체가 다른 책들과 다르더군요. 어떤 이들이 새로운 소설이라거나 신사실주의라고 부르는 것을 의식하시나요? 이탈로 칼비노는 그 부류에 속한 작가로 여겨지지요.
레비 어려운 질문이군요. 칼비노는 신사실주의로 출발했지만 워낙 독특한 문체와 개성을 창조한 탓에 어떻게도 분류할 수가 없어요. 저한테도 어느 유파에 속하냐고 자주 묻는데, 모르겠습니다. 그런 것에는 전혀 관심이 없어요. 칼비노와는 오랜 친구지요. 칼비노나

• 21장으로 구성된 『주기율표』는 과학기술에 대한 화학자로서의 레비의 열정을 엿볼 수 있는 작품으로, 주기율표상의 원소(납, 수은, 인, 황, 질소 등)들이 꼬리를 물면서 연상되는 이야기들을 담고 있다. 회고록의 성격 또한 지니고 있어 주변 사람들에 대한 회상도 담겨 있다.

제 글에서 수많은 작가의 흔적을 찾을 수 있을 겁니다. 최근의 작가나 단테, 베르길리우스 등이 포함되어 있어요. 제 바탕에는 제가 읽은 책들보다 화학자로서의 경력이 훨씬 큰 비중을 차지합니다. 정말 그렇습니다. 새로운 소재를 제공하니까요. 칼비노의 경우에는 여행이 그랬지요. 그는 파리에 체류하면서 프랑스의 주요 지식인들과 교류했습니다. 그 모든 것이 글에 중요한 영향을 미쳤습니다. 그가 그 사실을 자각했는지는 모르겠군요.

칼비노도 과학자로 교육을 받았습니까?

레비　과학자로 제대로 교육받은 건 아닙니다. 그의 부모님은 식물원을 관리했는데 처음에는 쿠바에서, 그다음에는 이탈리아의 산레모에서였지요. 그러니 그는 유년기를 동식물과 함께 보냈을 뿐입니다. 하지만 천문학, 화학 등 새로운 과학 지식을 늘 주시했지요.

과학자로서의 경력 덕분에 언어에 대한 지식을 넓게 되셨지요. 영어와 독일어를 그런 식으로 익히셨나요?

레비　공장에서 화학자로 일하며 고객들과 이야기할 때 영어를 쓰곤 했습니다. 업무상의 대화는 간단한 편이지요. 처음 미국에 가서 청중 앞에 섰을 때가 영어로 10분 이상 쉬지 않고 이야기한 첫 경험이었어요. 청중을 앞에 두니 어색하더군요. 사람들이 멀리 떨어진 뒤쪽에서 질문을 했는데, 억양이 다르거나 발음이 불분명할 때가 있어서 통역해달라고 부탁했다니까요. 문제는 말하는 게 아니라 이해하는 것이었지요. 영어를 체계적으로 공부한 적은 없지만 책은 정말 많이 읽지요. 제 어휘는 풍부해요. 단어는 알지만 발음을 모를 때가 많긴 합니다.

독일어는요?

레비 수용소에서 독일어를 배웠어요. 제 영어는 불완전하지만 정중하고 공손합니다. 독일어는 그렇지 않아요. 과거에 그랬다는 뜻이에요. 별로 정중하지 않았습니다. 막사에서 쓰는 독일어였지요. 저는 생존하려고 아우슈비츠에서 독일어를 배웠어요. 그곳에서 생활할 때는 살기 위해 반드시 말을 알아들어야 했으니까요. 저의 많은 동료들은 말을 알아듣지 못해서 죽었습니다. 어느 날 갑자기 독일어나 이디시어, 폴란드어를 쓰는 세상으로 뚝 떨어진 거예요. 이탈리아어를 쓰는 사람은 거의 없었습니다. 이탈리아에서 독일어를 공부하는 것은 특이한 일이었고, 당연히 폴란드어나 이디시어는 아예 배우지 않았어요. 그러니 아우슈비츠는 그야말로 불가해한 세계였지요. 미칠 지경이었습니다. 운 좋게도 화학에 쓰이는 독일어를 조금 이해하게 된 처음 며칠이 섬뜩하게 기억납니다. 당시에 화학은 독일의 기술이었지요. 많은 책이 독일어로 쓰였고, 내용을 이해하기 위해 독일어를 조금 공부해뒀거든요. 그러니 완전히 백지 상태는 아니었어요. 저는 이중 언어를 쓰는 알자스로렌 출신의 동료들을 찾아갔어요. 저 고함소리가 대체 무슨 뜻인지 알아듣도록 좀 가르쳐달라고 했지요. 독일인들은 고함치듯 거칠게 명령을 내리곤 했어요. 개가 짖는 것 같았죠. 그럭저럭 독일어를 좀 익혔지만, 수용소에서는 폴란드어, 이디시어와 뒤섞인 혼합 언어였어요. 격식을 갖춘 독일어가 아니었지요.

1951년에 쾰른 근처 마을에 출장을 갔습니다. 업무에 대한 논의가 끝난 뒤 한 독일인이 말하더군요. "이보시오, 이탈리아 사람이 독일어를 하는 건 신기한 일이긴 하지만 당신의 독일어는 이상하군요. 그런 식으로 말하는 법을 어디에서 배웠습니까?" 전 일부러 퉁명스럽게 말했습니다. "집단수용소에서 배웠습니다. 아우슈비츠 말입니다." 그러고 나면 공연이 끝난 것처럼 조용해지지요. 다른 사람들에게도 똑같이 해보곤 했습니다. 일종의 리트머스 시험 같은 거였지요. 상대의 대응 방식이 징표였어요. 나치 당원인지, 아니면 집단수용소에서 일했는지를 알려줬죠. 물론 그 뒤로는 제 독일어를 세련되게 다듬으려고 노력했습니다. 특히 억양에 신경 썼어요. 전 언어에 대한 반사 행동이 전혀 없었습니다. 독일어를 말하거나 듣는다고 화가 나지는 않습니다. 독일어는 고귀한 언어라고 생각하지요. 괴테와 고트홀트 레싱*의 언어지요. 언어 자체는 나치와 아무 관련이 없습니다. 독일어 이야기는 그만합시다. 오늘날의 독일은 더 이상 나치 독일이 아니에요.

그러면 지금은 그곳에 가는 것이 불편하지 않으신가요?

레비　대체로는요. 기념식 때문에 아우슈비츠를 두 번 방문했는데, 예전과 너무나 다른 활기찬 폴란드를 발견했지요. 독일인과 유대인들을 향한 관심과 불안이 뒤섞인 곳이었어요.

폴란드는 여전히 반유대주의가 강한가요?

레비　지금은 그렇지 않습니다. 남은 유대인은 불과 5천 명 정도밖에 되지 않으니까요. 그중 절반은 정부에서 일하는 공무원이고, 나머지 절반은 폴란드 자유노동조합에 속해 있어요.

수용소에 있을 때, 당신의 과학 쪽 경력을 인정한 과학자들이 좀 더 인간적인 대우를 해주리라고 기대하셨나요?

레비   기대하지 않았습니다. 제 경우는 예외였어요. 저는 화학자라는 경력이 밝혀진 덕분에 화학 실험실에서 일했습니다. 포로 1만 명 중 세 명이 그랬지요. 모든 생존자의 상황이 그랬던 것처럼 제 처지는 극단적으로 예외였고, 평범한 포로들은 죽었습니다. 그들이 그곳에서 벗어날 수 있는 유일한 방법이었지요. 화학 시험을 통과한 뒤, 저는 상사들에게 그 이상의 것을 기대했어요. 하지만 인간적인 배려심을 조금이라도 보여준 사람은 실험실 감독인 뮐러 박사뿐이었습니다. 우리는 전쟁이 끝난 뒤 편지로 그 이야기를 나누었지요. 그는 영웅도 야만인도 아닌 평범한 사람이었습니다. 우리가 처한 상황을 전혀 알지 못했습니다. 불과 며칠 전에 아우슈비츠에 발령된 사람일 뿐이었죠. 그래서 혼란스러워했습니다. 그는 이런 말을 들었지요. "우리는 실험실과 공장에 포로들을 고용할 겁니다. 그들은 악마 같은 자들이며, 정부의 적입니다. 그들을 착취하기 위해 일을 시키지만, 당신은 그들과 말을 섞어서는 안 됩니다. 그들은 위험한 공산주의자이고, 살인자입니다. 그러니 일을 시키되 접촉하지는 마시오." 뮐러는 그리 영리하지 못하며 눈치 없는 사람이었습니다. 나치 당원도 아니었어요. 인간미는 조금 있었지요. 그는 제가 면도를 하지 않았다는 걸 알아차리고는 왜냐고 물었어요. 저는 말했습니다. "이봐요, 우리에게는 면도기가 없습니다. 심지어 손수건도 없어요.

• 독일 근대 희곡의 아버지로 불리는 극작가이자 사상가. 전 생애를 통해 모든 종교가 관용의 정신을 가져야 한다고 주장했고, 『현자 나탄』, 『라오콘』, 『에밀리아 갈로티』 등을 남겼다.

우리는 완전히 알몸입니다. 모든 것을 빼앗겼어요." 뮐러는 제게 일주일에 두 번 면도를 하라고 요구했어요. 현실적으로는 도움이 되지 않았지만, 그것은 긍정적인 징조였습니다. 게다가 그는 제가 나무로 만든 나막신을 신고 있다는 것을 알았어요. 왜 그걸 신고 있냐고 물었고, 저는 처음 들어온 날 신발을 빼앗겼다고 말했습니다. 이것이 우리의 표준 제복이라고. 그는 가죽 신발을 신으라고 했고, 나막신은 너무 시끄럽고 고통스러웠기 때문에 이번에는 그의 지시가 도움이 되었어요. 나막신 때문에 생긴 흉터가 아직도 있습니다. 나막신에 익숙하지 않으면 800미터쯤 걸은 뒤에는 발에서 피가 나고 먼지로 뒤덮여 감염이 됩니다. 가죽 신발을 신는 것은 이점이 있었기 때문에, 그 사람에게 감사한 마음을 갖게 되었습니다. 그렇게 용감한 사람은 아니었어요. 그도 저처럼 SS*를 두려워했어요. 뮐러의 관심은 저를 박해하는 게 아니라 오직 제 작업의 유용성이었어요. 그는 유대인이나 포로들에게 적의가 전혀 없었습니다. 그저 우리가 능률적인 노동자가 되기를 바랐지요. 『주기율표』에 나오는 그에 대한 이야기는 모두 사실입니다. 전쟁이 끝난 뒤에는 그를 만날 기회가 없었습니다. 우리가 만나기로 한 며칠 전에 죽었지요. 그는 건강을 회복하려고 머물던 독일의 한 온천에서 제게 전화를 걸었어요. 제가 아는 한, 그의 죽음은 자연사지만 모르는 일이지요. 『주기율표』에서 그 점을 일부러 모호하게 남겨뒀습니다. 제가 그랬듯이 독자도 의심하도록 말이지요.

당신에게 음식을 준 로렌초에 대해 말씀해주시지요.

<u>레비</u>　로렌초는 다른 경우였습니다. 문맹이나 다름없었지만 세심한

사람으로, 성인과도 같았지요. 전쟁이 끝나고 이탈리아에서 만났을 때 들어보니 저만 도와준 게 아니었습니다. 당사자에게는 말하지 않고 포로 몇 명을 도왔어요. 우린 거의 말을 주고받지 않았지요. 매우 과묵한 남자였어요. 고맙다는 말을 들으려고도 하지 않았어요. "빵 받아요, 설탕이요, 말은 필요 없습니다."라고만 할 뿐 제 말에 대답도 거의 하지 않았지요. 그저 어깨를 으쓱할 뿐이었죠. 나중에 제가 그를 도우려고 했을 때, 그의 관심을 끌거나 대화하기가 어려웠어요. 그는 무식했고, 그때까지도 글을 거의 쓰지 못했어요. 신앙은 없었어요. 기독교 복음도 몰랐지만, 본능적으로 사람들을 구하려고 했지요. 자만심이나 명예 때문이 아니라 선량한 마음과 인간적인 이해심 때문이었지요. 한번은 매우 간결한 말로 제게 묻더군요. "우리가 서로 돕지 않는다면 왜 세상에 있는 거죠?" 그게 다였어요. 하지만 그는 세상을 두려워했어요. 아우슈비츠에서 사람들이 파리처럼 죽는 모습을 보았기 때문에 더는 행복할 수가 없었지요. 그는 유대인도, 포로도 아니었어요. 그러나 무척 민감한 성격이었고, 집으로 돌아온 뒤 괴로움을 잊기 위해 습관적으로 술을 마셨어요. 토리노에서 멀지 않은 곳에 살고 있어 찾아가서 술을 그만 마시라고 설득했습니다. 그는 알코올에 중독되어 벽돌공이라는 직업을 관두고 고철을 사고 팔았어요. 돈이 조금만 생기면 술 마시는 데 써버렸죠. 왜 그렇게 사냐고 물었더니 서슴없이 말하더군요. "더는 살고 싶지 않아요. 인생이 지긋지긋해요. 그 무시무시한 원자폭탄을 보고 나니…… 볼 것을 다 본 기분이에요." 그는 많은 것을 기억하고 있었지만, 자신이 있었

• Schutzstaffel, 나치 친위대.(역자 주)

던 곳이 어딘지조차 제대로 알지 못했어요. 아우슈비츠가 아니라 스위스와 비슷하게 '오슈비츠'라고 발음했지요. 지리를 혼동했어요. 그는 시간표에 따라 살지 못했습니다. 술에 취한 채 눈 속에서 잠들곤 했어요. 그러다가 결핵에 걸렸어요. 저는 그가 치료받도록 병원에 보냈지만 병원에서 술을 주지 않는다면서 달아나버렸지요. 결국 결핵과 술 때문에 죽었습니다. 사실상 자살이었어요.

페인트 공장에서 일할 때, 당신의 문학적 야망을 높이 평가한 상사가 있었죠.

레비 그는 영리하고 지적인 사람이었는데, 우리 사이에는 암묵적인 이해가 있었어요. '당신, 프리모 레비는 여가 시간에는 글을 쓰되 공장에서는 절대 쓰면 안 됩니다.' 그는 작가인 화학 감독관을 둬 자랑스러워했지만 입 밖으로 꺼낸 적은 없었어요. 나중에 제가 퇴직을 하고 연금을 받게 되었을 때 우린 친구가 되었고, 서로 점심 식사에 초대했지요.

전에는 그런 적이 없었나요?

레비 없었죠. 그를 멋진 레스토랑에 초대할 형편이 아니었어요. 그랬다면 그건 범죄였을 거예요. 그는 내가 얼마를 버는지 알고 있었습니다. 당시에 저는 글로 돈을 전혀 벌지 못했고, 봉급으로 먹고살았죠.

집으로 초대할 수는 없었나요?

레비 그는 이곳에 절대 오지 않았어요. 파티가 있을 때 가끔 제가 그 사람 집에 갔지만, 우리의 수입은 하늘과 땅 차이였어요. 그는 백만장자였고, 전 그에게 의지해 먹고사는 사람이었죠. 그러니 경계가 뚜렷했어요. 이제는 그렇지 않지만 말입니다.

하인리히 뵐[*]의 말을 인용하자면 독일인들이 홀로코스트를 용인한 이유 중 하나는 그들이 지나치게 법을 지켰기 때문입니다. 법을 고분고분 따른 탓이었죠. 이탈리아인이 법을 지키지 않는다는 말을 한 적이 있지요.

레비 맞습니다. 그것이 이탈리아 파시즘과 독일 나치의 가장 큰 차이입니다. 우린 우리가 법을 전반적으로 무시한 덕분에 파시즘이라는 폭정이 좀 더 누그러졌다고 말하곤 했습니다. 그 결과는, 아주 많은 이탈리아 유대인들이 그 덕에 구조된 것입니다. 법이 나쁘면 법을 무시하는 것이 좋습니다. 일반적으로 이탈리아에는 외국인 혐오증이 없습니다. 유럽과 다른 나라에서 매우 속된 모습을 보았기에, 제가 이탈리아인이라는 것이 불만스럽지 않습니다. 물론 우리의 결점도 아주 잘 알고 있습니다. 우리는 지금껏 정치 엘리트를 보여주지 못했습니다. 또한 우리 정부는 견고하지 못하고 허약합니다. 타락했지요. 제 생각에 우리가 안고 있는 가장 심각한 질병은 학교와 보건정책입니다. 그야말로 형편없지요. 교사 집단은 1968년의 학생봉기에 동참한 사십 대 남녀로 주로 구성되어 있습니다. 그중 많은 이들이 공부를 열심히 하지 않았고 특별히 전공한 것도 없지요. 제대로 교육받지 않은 사람들이 어떻게 가르칠 수가 있겠습니까? 그들은 행동주의와 모험, 언쟁, 정치 등을 이유로 문화를 거부했습니

• 노벨 문학상을 받은 독일의 소설가. 전쟁의 비인도성과 사회 비리를 비판하고, 유머와 풍자를 통해 인간의 구원 문제를 다루었다. 『기차는 늦지 않았다』, 『아담이여 그대는 어디 있는가』 등을 남겼다.

다. 그런데 그들이 현재 교사 집단의 대다수입니다. 학생들은 그 점에 분개하지요.

작품에서도 그렇고 지금 대화중에도 느낀 점인데, 그런 일들을 겪으셨는데도 석개심이나 증오를 표면적으로 나타내지 않으시더군요.

레비 타고난 성정의 문제겠지요. 제 아이들에게 화를 내야 하는 상황, 예를 들면 아이들이 어리기 때문에 상황의 심각성을 이해하도록 제가 화를 표출하는 편이 나은 상황일 때도 그러지 못했습니다. 그건 미덕이 아니라 결점이에요. 독일인들을 향한 적개심이 없다는 이유로 여러 번 찬사를 받았습니다. 그건 철학적인 미덕이 아닙니다. 저의 1차 반응보다 2차 반응이 습관적으로 먼저 나온 것이지요. 저는 화를 폭발하도록 열을 올리기 전에 이성적인 추론부터 합니다. 그리고 대개는 추론이 이기지요. 독일인을 용서할 준비가 되었다는 뜻은 아닙니다. 그리고 전 이탈리아인이기는 하지만 법이 개인적인 분노를 이기는 편이 낫다고 생각합니다. 아이히만(나치 친위대 중령)이 붙잡혀 법정에 세워졌다가 처형당했을 때, 전 사형제도를 반대하는 입장인데도 기뻤습니다. 그 경우에는 그래도 괜찮다고 생각했지요. 그 점에 대해서는 의문의 여지가 전혀 없습니다. 하지만 제가 당신에게 아이히만을 증오한다고 말한다면 그건 거짓말입니다. 두 달 전에 출판사로부터 루돌프 회스가 쓴 책의 서문을 써달라는 부탁을 받았습니다. 그는 아우슈비츠의 소장이었죠. 제 생각에 그 책은 일품입니다. 저는 대략 이런 식으로 썼습니다. '일반적으로 작가가 어느 책의 서문을 써달라는 부탁을 수락한다면 그것은 작가가 그 책을 사랑하고, 그 책이 아름답다고 생각하기 때문이다. 그러나 친애

하는 독자여, 이 책은 아름답지 않다. 나는 이 책을 사랑하지 않는다. 증오한다. 그러나 이 책은 평범한 사람이 어떻게 정권에 의해 비뚤어져 수백만 명을 죽인 살인자가 되고 말았는지를 여러분에게 가르쳐주므로 무척 중요하다.' 회스는 힘든 청년기를 보냈어요. 1차세계대전 동안 이라크에서 페다인 민병대와 싸워야 했지요. 어쨌든 그는 당신이나 나와 다른 물질로 만들어진 존재가 아니고, 타고난 범죄자도 괴물도 아니었어요. 그는 보통의 인간적인 성분으로 구성된 사람이 분명하지요. 그러나 국가주의를 주입하고 나치에게 교육을 받은 뒤, 예스맨이 되었지요. 언제나 '예스'라고 말하면서 법을 준수하는 사람. 뵐의 말이 옳았어요. 회스는 전형적인 독일인이었지요. 그 시대에 회스는 법이 히틀러와 힘러의 말과 일치하는지 여부는 신경쓰지 않았어요. 자신과 동료 독일인들이 히틀러의 명령을 무시하기란 불가능한 일이었다고 말했지요. 생각할 수 없는 일이었다고. 그들은 모든 종류의 명령을 또박또박 따르도록 훈련되었어요. 명령의 내용을 판단하지 않고 그냥 복종하는 거죠.

물질은 솔직하고 흠잡을 데가 없습니다. 정신은 이해하기에 부적절한 것이므로 파괴와 거짓을 초래할 수 있습니다. 이런 까닭에 멘델레예프의 주기율표가 시가 된다고 말씀하신 것 같은데요.

레비 그건 농담일 뿐입니다. 주기율표를 본 적 있나요?

화학 시간에 봤지요.

레비 행이 있고, 각 행이 마치 압운처럼 원소의 종류로 끝나기 때문에 시처럼 읽힙니다. 상당히 과장된 직유법이지요. 책 속에서 산드로에게 역설처럼 이야기할 때 명백히 드러나지요. "봐, 이건 한 편의 시 같아. 시에 압운이 있듯이 여기에도 있어." 물론 이 역설에는 숨겨진 의미가 있습니다. 저는 물질을 이해하는 측면에서 과학과 화학에 정말 시적인 데가 있다고 생각합니다. 갈릴레오는 이탈리아에서 가장 중요한 작가 중 한 명입니다. 비록 그렇게 여겨지지는 못했지만, 제가 갖고 있는 그의 책들은 정밀성과 간결성이 뛰어나지요. 또 그는 할 말이 있었습니다. 작가에게 할 말이 있다는 건 매우 중요하지요. 어떤 작가가 정직한 사람이고 말하고자 하는 핵심이 있다면, 나쁜 작가가 되기란 매우 어렵습니다. 명확한 방식으로 자신의 생각을 옮길 수가 있으니까요. 반대로 할 말이 없는 작가라면, 글이라는 도구가 있다 해도 그는 이류랍니다.

『주기율표』에는 당신이 아우슈비츠 수감자가 아니었더라도 역시 작가가 되었을 것임을 알려주는 탁월함이 있습니다.

레비 제가 가장 자주 받는 질문은 이겁니다. "수감 생활을 하지 않았다면, 무슨 일을 했을까요?" 대답할 수가 없어요. 화학자이면서 아우슈비츠 수감자였던 제 처지가 몸에 깊이 배이고 뒤얽혀 이제는 그것과 저의 다른 개성을 구별할 수가 없지요. 고등학교 때는 작문에 매우 약했습니다. 학교에서는 단테 같은 최고의 작가를 모방하라고 가르쳤어요. 저는 그러고 싶지 않았습니다. 누군가를 대놓고 모방하고 싶지 않았어요. 하지만 무의식적으로는 많은 작가들을 모방하고 있었지요. 그런 작가들을 본보기로 삼으라는 가르침에 화가 났어요. 그래서 작문 실력이 형편없는 학생이었고, 낙제에 가까운 성적을 받았지요. 10점 만점에 3점. 학생들 가운데 세 명이 3점을 받았는데 그중 두 명이 작가가 되었지요. 다른 한 사람은 페르난다 피바노*로, 파베세와 헤밍웨이의 친구죠. 그녀는 미국 문학비평가입니다. 저는 문학에는 의혹을 품었지만 언어의 역사에는 늘 마음을 빼앗겼어요. 열한 살 때 아버지에게 어원학에 대한 책을 달라고 부탁했어요. 그리고 그걸 보물로 간직했지요. 집단수용소의 비참하기 짝이 없는 환경에서도 독일어와 영어의 유사성에 매료되었던 기억이 생생하게 납니다. 휴식을 취하는 짧은 시간에도 유사점과 차이점을 깊이 생각했죠. 독일어 문법은 왜 그토록 복잡해졌고, 영어 문법은 왜 그토록 간결해졌는지를. 언어이론을 따로 체계적으로 공부한 적은 없었어요.

그리스 유대인들과도 접촉하셨나요?

레비 네. 그 사람들은 라디노어(유대 스페인어)를 쓰고, 저는 이탈리아어를 쓴 덕택에 서로 그럭저럭 알아들었죠. 그들은 감정을 거의 드러내지 않았어요. 2년 전에 테살로니카에서 추방당한 뒤 생존자가 아주 적었으니까요. 생존자들은 교활했어요. 양심의 가책이 없었죠. 살아남으려면 친절하지도 온순하지도 않아야 해요. 그들은 대부분 요리사나 목공이었는데, 그다지 신뢰할 수 있는 사람들은 아니었지만 우린 수감자라는 공통점이 있었죠. 그래서 우리 사이에는 미약하나마 유대감이 있었습니다. 제 책 『휴전』**을 읽어보셨나요? 모르도 나훔을 기억하시죠? 저는 그에게 뒤섞인 감정을 갖고 있었습

니다. 어떤 상황에도 적응하는 남자인 그를 존경했어요. 하지만 그는 제게 무척 잔인했어요. 관리 능력이 없다며 경멸했어요. 저는 신발도 없었지요. 그는 저에게 말했습니다. "기억해. 전쟁 중에는 신발이 먼저고, 그다음이 음식이야. 너한테 신발이 있으면 달려가서 도둑질이라도 할 수 있으니까." 저는 알겠다고 대답했어요. "옳은 말씀이에요. 하지만 이제 전쟁은 끝났어요." 그러자 그 사람은 나에게 "구에라 에스 시엠프레."_{Guerra es siempre.}라고 말했어요. "전쟁은 늘 진행 중이야."라고.

게이브리얼 모톨라_{Gabriel Motola} 뉴욕 시립 대학교 영문과 명예 교수로 있다. 30년 넘게 학생들을 가르치면서 권위 있는 문예지와 학술지에 수많은 비평을 남겼다. 프리모 레비와 여러 차례 인터뷰하면서 인간적인 교류를 나누었다.

주요 작품 연보

―――

『이것이 인간인가』Se questo è un uomo, 1947

『휴전』La tregua, 1963

『주기율표』Il sistema periodico, 1975

『멍키스패너』La chiave a stella, 1978

『지금이 아니면 언제?』Se non ora, quando?, 1982

『살아남은 자의 아픔』Ad ora incerta, 1984

『다른 사람의 거래』L'altrui mestiere, 1985

『가라앉은 자와 구조된 자』I sommersi e i salvati, 1986

08

자신에게 진실할 수 있는 자유

수전 손택
Susan Sontag

수전 손택 미국, 1933. 1. 16.~2004. 12. 28.

———

미국 지성계의 대모로, 문학, 연극, 영화, 음악, 미술 등 분야를 가리지 않고 비평과 감상을 남겼다. 미국 펜클럽 회장을 지냈고, 2003년 프랑크푸르트 국제도서전에서 「타인의 고통」으로 '독일출판협회 평화상'을 수상했다.

1933년 뉴욕 맨해튼에서 태어났다. 1955년 하버드에서 영문학과 철학으로 석사 학위를 받은 뒤 뉴욕시립대학, 컬럼비아 대학 등에서 철학과 종교학을 가르쳤다. 1963년 첫 소설 『은인』과 1966년 에세이집 『해석에 반대한다』를 발표하면서 주목을 받았다.

베트남 전쟁의 폭력성과 아메리칸 드림의 허상을 폭로했고, 1988년 펜클럽 회장 자격으로 서울을 방문해 구속 문인의 석방을 촉구하기도 했다. 살만 루슈디가 『악마의 시』로 사형선고를 받자 미국 문학계의 항의운동을 이끌어냈고, 1993년에는 사라예보 내전에 반대하면서 「고도를 기다리며」를 전쟁통인 사라예보에서 공연하는 등 행동하는 지식인으로서의 면모를 보여주었다. "인정하든 그렇지 않든 인간은 모두 관음증 환자다."라고 한 손택은, 사진작가로서 사회 비리를 고발한 것으로도 유명하다. 행동하는 지식인으로 활동하면서 느낀 점을 『타인의 고통』에 담았는데, 백혈병으로 투병 생활을 하던 2003년에 발표한 이 책을 통해 전쟁과 폭력이 인간의 삶을 어떻게 비극으로 몰아가는지에 대한 깊은 통찰을 보여주었다. 『사진에 관하여』로 전미도서비평가협회상 비평 부문을, 『인 아메리카』로 전미도서상 소설 부문을 수상했다.

손택과의 인터뷰

에드워드 허시

대화는 매우 다양한 주제를 아울렀지만
반드시 문학의 기쁨과 탁월함으로 되돌아왔다. 손택에게는 수많은 임무가 있지만
그중 가장 중요한 것은 작가로서의 소명이다.

수전 손택은 맨해튼 서부 첼시의 어느 건물 꼭대기 층, 가구가 간소한 방 다섯 개짜리 아파트에 산다. 책(무려 1만 5천 권이다.)과 종이가 집 안 곳곳에서 눈에 띈다. 미술과 건축, 극장과 춤, 철학과 정신의학, 의학의 역사, 종교의 역사, 사진, 오페라 등을 다룬 책들을 대강 훑어보는 데만 평생이 걸릴지 모른다. 프랑스, 독일, 이탈리아, 스페인, 러시아 등의 다양한 유럽 문학은 물론이고 수백 권의 일본 문학과 일본 관련 책들이 연대순으로 배열되어 있다. 미국과 영국 문학도 마찬가지다. 이를테면 영국 문학은 『베어울프』*에서 시작해 제임스 펜턴**까지 이어진다. 손택은 스크랩하는 고질적인 습관이 있어서 책에는

---

* 게르만족의 영웅인 베어울프의 일대기를 그린 서사시. 현존하는 가장 오래된 영문학 작품으로, 6세기경에 지어진 것으로 추정된다. 현재 10세기경에 완성된 것으로 보이는 필사본이 영국박물관에 소장되어 있다.

신문 스크랩이 가득 끼워져 있다. 그녀의 말에 따르면 "책마다 표시를 하며 뼈를 발라낸다."고 한다. 추가로 읽을 책들의 제목을 휘갈겨 쓴 쪽지들이 책장을 장식하고 있다.

손택은 대개 거실에 있는 낮은 대리석 탁자에서 글을 쓴다. 자그마한 공책에는 작업 중인 소설『인 아메리카』에 관한 메모가 가득하다. 쇼팽을 다룬 낡은 책이, 식탁 매너의 역사를 다룬 책 위에 놓여 있다. 방은 어쩌면 모조품일 수 있는 귀여운 포르투니 램프●●●를 켜놔 환하다. 피라네시*의 판화가 걸려 있는데, 건축을 소재로 한 판화는 손택이 열정을 쏟는 대상 가운데 하나다.

손택의 아파트에 있는 모든 것이 그녀의 방대한 관심사를 입증한다. 그러나 여러 가지에 몰두하는 열정적인 기질을 증명해주는 것은, 그녀와 나누는 대화와 마찬가지로 작품 그 자체다. 손택은 주제가 이끄는 곳이라면 어디든지 주제가 가닿는 한 멀리까지, 아니 그 너머까지 따라가려는 열망이 있다. 손택이 롤랑 바르트에 대해 한 말은 자신에게도 적용된다. "지식이 문제가 아니라 각성이 문제다. 일단 집중력이라는 물줄기 속으로 들어간 다음에는 어떤 것에 대해 생각할 수 있는 내용을 깐깐하게 글로 옮기는 것이 문제다."

손택은 1994년 7월, 지독하게 더운 사흘 동안 맨해튼에 있는 자신의 아파트에서 인터뷰에 응했다. 사라예보를 여러 번 다녀온 뒤였는데 관대하게도 인터뷰 때문에 시간을 비워둔 것이다. 손택은 대단한 입담꾼으로, 박식하고 정열적이다. 솔직하고 허물없는 태도로 부엌 나무 식탁에서 매일 7~8시간씩 열변을 토했다. 부엌은 다목적실인데, 팩스와 복사기는 조용했다. 전화기만 아주 드물게 울렸다. 대화는 매우 다양한 주제를 아울렀지만 반드시 문학의 기쁨과 탁월함으로 되돌아왔다. 손택은 창작의 메커니즘부터 소명의 고귀한 본질에 이르기까지, 글쓰기와 관련된 모든 것에 관심이 있다. 손택에게는 수많은 임무가 있지만 그중 가장 중요한 것은 작가로서의 소명이다.

•• 영국에서 인정받는 시인으로 여러 권의 시집을 냈다. 옥스퍼드 대학에서 시를 가르쳤고, 언론인, 연극 평론가로 활동하고 있다.
••• 스페인의 패션 디자이너 마리아노 포르투니가 디자인한 램프.
* 18세기 이탈리아 건축가이자 동판화가.

There are many stories of statues come to life. The statue is usually a woman, often a Venus. She comes alive to return the embrace of an ardent man. (Only rarely, like male statues who come to life, to take revenge.) ~~Consider the statue that comes to life as a malevolent~~ purpose is ~~mostly unknown.~~

There is a dinner party. People are enjoying themselves in the careless way people want to enjoy themselves. The food is ~~excellent,~~ ostentatious, abundant; the wine is flowing; ~~[struck-out lines]~~ says ~~[struck-out line],~~ the lighting is muted and flattering; sexual ~~[struck]~~ tomfoolery is taking place, both of the wanted and ~~[struck]~~ kind ["we're just having fun", says a man, interrupted by someone who observes his pressing his unwanted attentions on some woman]; the servants are docile and smile, hoping for a good tip.

And in comes this guest, a chilling stony presence. He comes to break up the party and haul the chief reveller down to hell. ~~Or,~~ in a more modern version, he comes ~~[struck]~~ ~~[struck]~~ comes with his higher idea, his better standards. He, the stony guest, reminds the partyers of the existence of another way of seeing things. Your life is revealed as shallow...

~~He, too, is enjoying himself.~~ He is sulky, and stands in a corner. Perhaps he looks at the [blot] books, or fingers the art. His every gesture is a reproach. He is bored. He asks himself why he came. ~~The~~ [Answer: he is curious.] He enjoys

수전 손택의 『화산의 연인』 원고 중 한 페이지.

수전 손택
×
에드워드 허시

언제부터 글을 쓰셨나요?

<u>수전 손택</u> 확실히는 모르겠는데, 아홉 살 무렵 자가 출판을 한 건 기억해요. 4쪽짜리 신문을 매달 펴냈는데, 매우 원시적인 방법이지만 젤라틴판으로 복사해서 20부를 만들어 이웃들에게 5센트를 받고 팔았어요. 몇 년 동안 계속 펴낸 그 신문은, 제가 읽고 있던 책을 모방한 글로 채워졌죠. 단편소설과 시, 그리고 희곡 두 편은 지금도 기억나는데 그중 하나는 카렐 차페크의 『로숨의 유니버설 로봇』*, 다른 하나는 에드나 밀레이**의 「아리아 디 카포」^Aria de Capo에서 영감을 받아 쓴 희곡이에요. 그리고 미드웨이 해전이나 스탈린그라드 전투 탓에 진짜 신문 기사를 충실하게 요약해 실었죠. 그때가 1942년,

---

• '로봇'이라는 말을 최초로 쓴 카렐 차페크의 희곡으로, 1920년에 출간되었다.
•• 1920~30년대에 활약한 미국의 서정시인이자 극작가.

1943년, 1944년이라는 점을 기억해주세요.

사라예보에 다녀오시느라 인터뷰가 몇 차례 미뤄졌어요. 인생에서 가장 저항하기 힘든 경험 중 하나였다고 말씀하셨는데, 전 당신의 일과 삶에서 전쟁이 반복된다는 생각을 했어요.

손택 맞아요. 미국의 폭격을 받고 있는 북베트남에도 두 번 다녀왔는데, 첫 번째 방문은 「하노이 여행」에서 자세하게 이야기했어요. 1973년 4차 중동전쟁이 일어났을 때는 영화 「약속된 땅」을 찍으러 이스라엘 전선으로 갔지요. 보스니아는 제게 세 번째 전쟁이고요.

『은유로서의 질병』에서 군대를 빗대어 표현했다며 비난하는 소리가 들려요. 또 『화산의 연인』이 내러티브의 절정에서 전쟁의 광포함을 소름끼치게 환기했다는 말도 있지요. 제가 편집하고 있는 『바뀌는 시각』Transforming Vision: Writers on Art *에 기고해주십사 부탁했을 때는 고야의 『전쟁의 참화』**에 대한 글을 쓰기로 하셨고요.

손택 전쟁터를 직접 찾아가는 모습이 이상하게 보일 수 있어요. 제가 여행자의 가문에서 태어난 점을 고려하더라도 말이에요. 아버지는 중국에서 모피상을 하셨는데, 일본이 침략했을 때 그곳에서 돌아가셨어요. 그때 전 다섯 살이었죠. 초등학교에 입학하던 1939년 9월에 '세계대전'에 대해 들은 기억이 나요. 반 친구 중에 가장 친한 아이가 스페인 내전 난민이었어요. 1941년 12월 7일***에는 공황상태에 빠졌던 기억이 나요. 제가 곰곰이 생각해본 최초의 구절은 '그 기간 동안에'였어요. '그 기간 동안에는 버터가 없어.'라는 표현에서처럼. 그 문구의 기이함과 낙천주의를 음미했던 게 떠오르네요.

롤랑 바르트에 대해 쓴 「글쓰기 자체」에서, 바르트가 아버지를 1차세계대전의 어느 전투에서 잃었고(당시 바르트는 아기였죠.) 그는 젊은 남자로서 2차세계대전에서, 즉 독일 점령기에 살아남았는데도 글에서 '전쟁'이라는 단어를 단 한 번도 언급하지 않았다며 놀라움을 표현하셨잖아요. 그런데 당신의 작품은 전쟁에 사로잡힌 것처럼 보여요.

손택 작가란 세상에 관심을 기울이는 사람이라는 말로 답할 수 있겠네요.

「약속된 땅」에 대해 이렇게 쓰신 적이 있죠. "내가 다루는 주제는 전쟁이며, 그 어떤 전쟁에 대한 그 어떤 내용도 파괴와 죽음이라는 오싹한 실체를 나타내지 않는다면 위험한 거짓말이다."

손택 그 권위적인 목소리에 몸이 움츠러드네요. 민망하지만 사실이에요.

사라예보에 대한 글을 쓰실 건가요?

손택 아직은 아니에요. 한동안은 쓰지 않을 거예요. 그리고 아마 에세이나 보도 형식은 아닐 거예요. 제 아들인 데이비드 리프*가 저보다 먼저 사라예보에 찾아가기 시작했는데, 그런 보도 형식의 에세이를 출간했어요. 『도살장』Slaughterhouse이라는 책이죠. 보스니아 대학

• 존 업다이크, 수전 손택 등 당대 유명 작가들이 명화에 대한 감상을 쓴 일종의 화집.

•• 1863년, 고야 사후에 출판된 판화집.

••• 일본이 진주만을 기습한 날.

* 수전 손택의 외아들로, 「뉴욕 타임스」, 『월 스트리트 저널』, 『워싱턴 포스트』 등에 칼럼을 기고하는 저술가다.

살을 다룬 책은, 가족 중에서 한 권 나온 걸로 충분해요. 사라예보에 관한 글을 쓰려고 그곳에서 시간을 보내는 게 아니에요. 지금으로서는 그저 최대한 많은 시간을 그곳에서 보내는 걸로 충분해요. 목격하고, 애도하고, 비공모자의 본보기를 제시하면서 협력하는 것만으로요. 그건 인간의 의무, 옳은 행동을 믿는 사람으로서의 의무이지, 작가로서의 의무는 아니에요.

늘 작가가 되고 싶으셨어요?

손택 여섯 살 무렵, 퀴리 부인의 전기를 읽었어요. 그녀의 딸인 이브 퀴리가 쓴 책이었죠. 그래서 처음에는 화학자가 되어야겠다고 생각했어요. 그 뒤 오랫동안, 유년기의 대부분은 의사가 되고 싶었고요. 하지만 문학이 저를 집어삼켰죠. 제가 정말 원했던 건 다양한 삶을 살아보는 것이었고, 작가의 삶이 가장 포용적으로 보였어요.

작가로서 역할 모델이 있었나요?

손택 전 제가 『작은 아씨들』에 나오는 조라고 생각했어요. 하지만 조가 쓴 것을 쓰고 싶지는 않았어요. 그러다가 『마틴 이든』*에서 제가 동감할 수 있는 글을 쓰는 작가 주인공을 찾았기에, 그 뒤로는 마틴 이든 같은 작가가 되고 싶었어요. 물론 잭 런던이 그에게 부여한 음울한 운명은 빼고요. 저 자신을 영웅적인 독학자로 여겼던 것 같아요. 글 쓰는 삶에 뒤따르는 투쟁을 기대했죠. 작가가 되는 것을 영웅적 소명으로 생각했어요.

다른 모델은요?

손택 열세 살 때 앙드레 지드의 일기를 읽었는데, 대단한 특권 의식과 수그러들지 않는 갈망으로 점철된 삶을 묘사했더군요.

언제부터 글을 읽었는지 기억하세요?

손택 세 살 때였다고 들었는데, 여섯 살 무렵 책을 읽은 기억은 나요. 전기와 여행기였어요. 그러다가 포와 셰익스피어, 디킨스, 브론테 자매, 빅토르 위고, 쇼펜하우어, 페이터**에 푹 빠져들었죠. 문학적 희열이라는 무아지경에서 유년기를 보냈어요.

틀림없이 다른 아이들에 비해 특이한 아이였겠어요.

손택 제가요? 전 티 안 내는 법도 잘 알고 있었는걸요. 저 자신에 대해서는 그리 많이 생각하지 않았고, 더 훌륭한 것을 알게 되어 무척 기뻤어요. 하지만 다른 어딘가에 있고 싶은 마음이 간절했죠. 독서를 하면 행복하고도 확실하게 현실과 단절할 수 있었고요. 독서와 음악 덕분에, 제가 다짐한 열렬함에 대해 전혀 신경쓰지 않는 사람들의 세상에서 살 수 있었어요. 다른 행성에서 온 사람이 된 기분이었지요. 그건 그 당시의 만화책에서 빌려온 몽상이었어요. 만화책에도 중독되어 있었거든요. 물론 다른 사람들에게 어떻게 보일지 의식하지도 않았어요. 실제로 사람들이 저를 의식한다고 생각해본 적이 없었죠. 네 살 무렵 공원에서의 광경이 또렷이 기억나는데, 아일랜드인인 유모가 풀을 먹인 흰 제복을 입은 한 거인(어른)에게 "수전은

• 1909년 발표한 잭 런던의 자전적 소설.

•• 영국의 비평가 월터 페이터.

굉장히 신경질적이에요."라고 말하는 걸 듣고는 '그거 재미있는 말이네.'라고 생각했죠. 그게 사실일까요?

어떤 교육을 받았는지 말씀해주세요.

손택 공립학교만 다녔는데, 꽤 여러 곳을 다녔어요. 전학할 때마다 이전 학교보다 수준이 낮아졌지요. 하지만 다행히 아동심리학자들의 시대가 되기 전에 입학했죠. 글을 읽고 쓸 줄 알았기 때문에 3학년에 배정되었는데, 한 학기를 건너뛰어 나중에 고등학교(노스 할리우드 고등학교예요.)를 졸업할 때는 열다섯 살이었어요. 그 뒤로는 버클리에서, 그다음에는 시카고 대학의 허친스 칼리지에서, 그다음에는 하버드와 옥스퍼드의 철학과 대학원생으로 교육을 받았어요. 1950년대의 대부분을 학생으로 지냈고, 제가 가르침을 받지 않은 분을 스승으로 모시진 않았어요. 하지만 다닌 대학들 중 가장 중요한 시카고 대학에는 존경할 뿐만 아니라 감사한 마음으로 가르침을 받은 세 분의 선생님이 있었어요. 케네스 버크*, 리처드 매키언**, 레오 스트라우스***지요.

버크는 어떤 스승이었나요?

손택 텍스트를 해석하는 자신만의 매혹적인 방식에 몰두했지요. 조지프 콘래드*의『승리』Victory를 한 단어씩 읽으며 거의 1년 동안 수업을 했어요. 버크에게 책 읽는 법을 배운 셈이죠. 전 아직도 그가 가르쳐준 방식대로 읽어요. 그는 제게 약간 관심을 보였어요. 그에게 인문학 수업을 듣기 전에 이미 그의 책을 몇 권 읽었거든요. 당시에 그는 유명인이 아니었고, 자신의 책을 고등학교 때 읽은 학생을 만난 적이 없었으니 당연하죠. 그는 제게 『더 나은 삶을 향해』Towards a Better Life 라는 자신의 소설을 주면서, 1920년대에 그리니치빌리지에서 하트 크레인**, 주나 반스***와 아파트를 같이 쓴 이야기를 들려줬어요. 그게 저한테 어떤 영향을 미쳤는지 상상할 수 있을 거예요. 제가 소장한 책을 쓴 작가들 가운데 제일 처음 만난 사람이 버크예요. 「순례」라는 단편에서 썼듯이 열네 살 때 억지로 수강한 토마스 만은 제외하고요. 제게 작가들은 영화배우들만큼이나 멀리 있는 존재였어요.

열여덟 살에 시카고 대학에서 문학사로 학위를 땄는데, 그 무렵에 작가가 되리란 걸 알고 계셨나요?

손택 네, 하지만 대학원에 진학했어요. 작가로 생계를 유지할 수 있을 거란 생각을 해본 적이 없었거든요. 강단에 서게 되면 행복할 거라고 생각했고, 정말 그랬죠. 문학은 아니지만 철학과 종교사를 가르치기 위해 신중하게 준비한 건 당연하고요.

하지만 가르친 건 이십 대 때뿐이고 대학 강단으로 돌아와 달라는 수많은 요청을 거절하셨잖아요. 학문적인 삶과 창의적인 작가의 삶이 양립할 수 없다고 느

- 20세기 후반 미국 비평계를 이끈 인물로, 수많은 작가와 비평가에게 영향을 미쳤다.
- •• 신아리스토텔레스 학파의 일원으로, 형식주의 산문이론을 대표한다.
- ••• 독일 태생의 유대계 정치 철학자로, 미국 신보수주의의 형성에 영향을 끼쳤다.
- * 폴란드 출신 영국 소설가로, 영화 「지옥의 묵시록」의 원작인 『어둠의 심연』과 『로드 짐』 등을 남겼다.
- ** 서사가 강조되는 시를 썼고, 『다리』The Bridge, 『하얀 건물들』White Buildings을 남겼다.
- *** 소설가, 언론인, 미술가로, 제임스 조이스가 작품을 보여주며 상의할 정도로 가깝게 여긴 동료였다.

낀 탓이었나요?

손택　맞아요. 양립할 수 없는 정도가 아니었죠. 학구적인 삶이 제가 속한 세대의 훌륭한 작가들을 망가뜨리는 모습을 봐왔으니까요.

지성인이라고 불리는 게 언짢으세요?

손택　글쎄요. 뭐든 수식어가 붙는 걸 좋아할 사람은 없지요. 그리고 그 단어는 명사보다는 형용사로 느껴져요. 물론 그렇더라도 점잖지 못한 괴짜라는 추정은 늘 존재할 것 같아요. 특히 작가가 여성이라면. 그래서 지배적인 반지성적 클리셰를 거스르는 제 논증법에 더 매달리게 돼요. 가슴 대 머리, 감정 대 지성 같은 클리셰 말이에요.

본인을 페미니스트라고 생각하세요?

손택　그건 제가 만족해하는 몇 안 되는 이름표 가운데 하나예요. 그렇더라도…… 그건 명사인가요?

중요하게 여기는 여성 작가들은 누군가요?

손택　세이 쇼나곤, 제인 오스틴, 조지 엘리어트, 에밀리 디킨슨, 버지니아 울프, 마리나 츠베타예바, 안나 아흐마토바, 엘리자베스 비숍, 엘리자베스 하드윅…… 계속 나열하면 이보다 훨씬 많아요. 왜냐면 여성은 문화적으로 소수집단이고, 소수집단의 관점에서 전 언제나 여성의 성취가 대단히 기쁘니까요. 작가의 관점으로는, 존경할 수 있는 작가라면 여성이건 남성이건 모든 작가의 성취가 기쁘고요.

어렸을 때 영감을 준 문학적 소명의 모델이 무엇이었건, 성인이 된 뒤의 소명에 대한 생각은 미국보다 유럽에 더 가깝다는 느낌이 드는데요.

손택 확실히는 모르겠어요. 그게 저만의 고유한 상표인 것 같기도 해요. 20세기 후반을 산 덕분에 실제로 고국을 떠나지 않고도 유럽 친화적인 경험을 만끽할 수 있었던 건 사실이에요. 그래도 어른이 된 뒤 유럽에서 많은 시간을 보내긴 했죠. 그게 미국인으로 사는 제 방식이었어요. 거트루드 스타인도 "내가 가져갈 수 없다면 뿌리가 무슨 소용이겠는가?"라고 말했잖아요. 누군가는 그 말이 무척 유대인답다고 하겠지만, 매우 미국적이기도 해요.

세 번째 소설 『화산의 연인』은 제가 보기에 무척 미국적인 책이에요. 이야기가 18세기 유럽에서 일어나는데도요.

손택 맞아요. 오직 미국인만이 『화산의 연인』을 쓸 수 있죠.

『화산의 연인』의 부제인 '로맨스'도 그래요. 호손을 참조하신 거죠?

손택 정확해요. 전 호손이 『일곱 박공의 집』의 서문에서 한 말을 생각하고 있었어요. "작가가 자신의 작품을 로맨스라고 부를 때는, 굳이 주시하지 않아도 그가 방법이나 소재에 관해서 어떤 자유를 주장하고 싶어한다는 걸 알 수 있다. 소설을 쓰고 있는 중이라고 공언했다면, 그런 자유를 취할 권리가 있다고 느끼지 못했을 것이다." 제 상상력은 19세기 미국 문학의 영향을 받았어요. 가장 먼저는 포였어요. 어린 나이에 포를 읽었는데 사변적 특성과 공상, 음울함이 뒤섞인 그에게 매혹됐죠. 포의 소설은 아직도 제 머릿속에서 살고 있답니다. 그 뒤에는 호손과 멜빌이었어요. 저는 『클레어럴』과 『모비 딕』처럼 멜빌의 집요함이 좋아요. 또 『피에르』가 있는데, 영웅적이고 고독한 작가의 지독한 좌절을 다룬 소설이죠.

첫 책으로 장편소설 『은인』을 내셨잖아요. 그 뒤로는 장편이 두 권 더 있긴 하지만 에세이, 여행기, 단편소설, 희곡을 써오셨어요. 작품을 쓰는 도중에 형식이 바뀐 적이 있나요?

손택 아니에요. 처음부터 무엇이 될지 이미 알고 시작해요. 글을 쓰고 싶다는 충동은 언제나 형식을 갖춘 아이디어에서 나오지요. 시작하려면 형태, 즉 설계가 필요해요. 나보코프의 이 말보다 더 훌륭하게 표현할 수가 없네요. "실체의 형식이 실체보다 앞선다."

작가로서 얼마나 거침없이 글을 쓰시나요?

손택 『은인』을 거의 어려움 없이 썼어요. 두 번의 여름방학(컬럼비아 대학의 종교학과에서 강의하던 때였어요.) 동안 주말을 이용해 썼지요. 영지주의Gnosticism라는 이름으로 통하는, 이교적 종교 사상의 성쇠를 설명하는 불운한 이야기를 즐겁게 들려주고 있다고 생각하며 썼어요. 초기 에세이들도 쉽게 썼지만 제 경험으로 보면 글이란 연습한다고 더 쉬워지는 활동이 아니에요. 그 반대죠.

글은 어떤 식으로 시작되나요?

손택 문장이나 문구에서 시작돼요. 대개는 첫 문장이지만 때로는 마지막 문장이 들리기도 해요.

실제로 어떻게 글을 쓰세요?

손택 펠트펜으로 써요. 가끔은 연필로 노란색이나 흰색 리걸 패드

(줄 처진 노트)에 쓰기도 하고요. 리걸 패드는 미국 작가들이 열광하는 아이템이죠. 손으로 글을 쓸 때의 느린 속도가 좋아요. 손으로 쓴다음에는 타이핑해서 옮겨놓고, 그 종이 곳곳에 고칠 내용을 마구 휘갈겨 써요. 그러고는 또 타이핑을 하는데, 그럴 때마다 손으로 고쳐 쓰면서 타자기로도 교정을 해요. 이보다 더 좋은 글로 만들 수 없겠다 싶을 때까지는 계속하죠. 5년 전까지는 그랬어요. 그 뒤에는 제 삶에 컴퓨터가 들어왔어요. 두 번째나 세 번째 초고를 쓴 다음에 컴퓨터에 입력을 하니 이제는 원고 전체를 다시 타이핑하진 않지만, 컴퓨터로 출력한 초고에 손으로 교정하는 과정은 지금도 계속하고 있어요.

글쓰기에 시동을 걸도록 도와주는 것이 있나요?

손택 독서죠. 제가 쓰고 있는 글이나 쓰고 싶은 글과는 상관없는 독서죠. 예술사, 건축사, 음악학, 그리고 수많은 주제를 다룬 학술 서적을 읽는답니다. 물론 시도 읽지요. 시동을 걸어주는 건 부분적으로는 시간벌기, 그러니까 책을 읽고 음악을 듣는 것과 같은 시간벌기죠. 책과 음악은 기운을 북돋아주기도 하지만 불안하게도 해요. 글을 쓰고 있지 않다는 죄책감이 느껴지거든요.

매일 글을 쓰세요?

손택 아니에요. 벼락치기로 써요. 닥쳐야 쓰게 되지요. 압박감이 커져야 머릿속에서 뭔가가 무르익고 그걸 글로 써낼 수 있다는 자신감이 생기거든요. 일단 글을 쓰기 시작하면 다른 일은 하고 싶지가 않아요. 외출하지도 않고, 먹는 것도 잊고, 잠도 거의 자지 않죠. 굉장히 체계 없는 작업 방식이고, 다작에도 전혀 도움이 안 되죠. 하지만 다른 수많은 것에 관심이 많으니 별 수 없어요.

예이츠는, 사람은 삶과 일 중 하나를 선택해야 한다는 유명한 말을 했죠. 그게 사실이라고 생각하세요?

손택 아시겠지만 그가 실제로 한 말은 완벽한 삶과 완벽한 일 중 하나를 선택해야 한다는 거죠. 글쎄요, 글쓰기가 바로 삶인걸요. 무척 특별한 삶이죠. 물론 삶이라는 말이 다른 사람들과 함께하는 삶을 뜻한다면, 예이츠의 말은 사실이에요. 글쓰기는 지독한 고독이 필요해요. 제가 그 선택의 가혹함을 누그러뜨리기 위해 해온 행동은 늘 글만 쓰지 않는 거예요. 전 외출하기를 좋아해요. 여행도 자주 하죠. 말하기를 좋아하고, 듣기를 좋아하고, 구경하고 관찰하기를 좋아해요. 어쩌면 '주의력과잉장애'가 있는지도 몰라요. 제게 세상에서 가장 쉬운 일은 집중하는 거랍니다.

작업을 진행하며 수정하나요, 아니면 초고를 완성한 뒤 전체를 수정하시나요?

손택 진행하며 수정해요. 그리고 그건 꽤 유쾌한 일이에요. 조바심 내지 않고, 제대로 될 때까지 몇 번이고 검토할 의향이 있거든요. 어려운 것은 도입부예요. 언제나 엄청난 공포와 불안을 느끼며 시작해요. 니체는 글을 시작하겠다는 결심이 차가운 호수로 뛰어드는 것과 같다고 말했죠. 삼분의 일쯤 진행되어야 그게 그럭저럭 괜찮은지 아닌지 알 수 있어요. 그 뒤에는 저만의 카드가 생겼으니 열심히 게임을 하면 되죠.

소설과 에세이 쓰기가 다른가요?

손택 에세이를 쓰는 건 언제나 힘이 들었어요. 수많은 초고를 거치는데, 마지막 결과물이 첫 번째 원고와 거의 관련이 없을 수도 있어요. 종종 에세이를 쓰는 과정에서 생각이 완전히 바뀌기도 하니까요. 소설은 훨씬 쉽게 나와요. 결국 마지막에 남게 되는 필수요소, 즉 어조와 어휘, 속도, 열정이 첫 원고에 이미 들어 있다는 의미에서요.

지금까지 쓴 글 가운데 후회되는 작품이 있나요?

손택 온전한 형태로 나온 글 중에는 없지만, 1960년대에 『파르티잔 리뷰』를 위해 썼고 불행히도 첫 에세이집인 『해석에 반대한다』에 실은 연극 평론은 예외예요. 전 그런 종류의 호전적이고 인상주의적인 작업에는 적합하지 않아요. 확실히 초기에 쓴 에세이들을 지금 보면 동의할 수 없는 부분이 많아요. 전 변했고 더 많은 것을 알게 됐으니까요. 그리고 그런 글의 영감이 되었던 문화적 맥락도 완전히 변했죠. 하지만 이제 와서 고친들 의미가 없을 거예요.

이십 대 후반에 쓰신 『은인』에서는 육십 대 프랑스 남자가 화자로 등장하잖아요. 자신과 무척이나 다른 사람을 구현하려니 어렵지 않았나요?

손택 저 자신에 대한 글을 쓰는 것보다는 쉬웠어요. 글은 흉내 내기예요. 「순례」와 「중국 여행 프로젝트」에서 그랬듯이 제게 일어난 사건에 대해 쓸 때조차 진짜 제가 아니죠. 『은인』에서는 그 차이가 제가 생각해낼 수 있는 범위에선 꽤 넓었다는 건 인정해요. 전 독신자가 아니었고, 은둔자도 남자도 노인도 프랑스인도 아니었죠.

『은인』은 프랑스 문학에 큰 영향을 받은 것처럼 보이던데요.

손택 그런가요? 그 책이 누보로망의 영향을 받았다고 생각하는 사람들이 많긴 해요. 하지만 제 생각은 달라요. 프랑스 책들 중에는 동시대 책에는 거의 없는 반어적인 암시를 갖춘 책이 두 권 있었어요. 데카르트의 『명상록』과 볼테르의 『강디드』죠. 하지만 그 책들의 영향을 받진 않았어요. 『은인』에 영향을 준 게 있다면, 비록 당시에는 의식하지 못했지만 버크의 『더 나은 삶을 향해』였어요. 열여섯 살 때 버크에게서 그 책을 받은 뒤로 다시 읽은 적은 없었을 거예요. 그런데 수십 년이 지난 최근에 다시 읽었는데, 서문을 보면서 『은인』의 모델처럼 보이는 것을 발견했어요. 그 소설은 아리아와 훈계가 차례로 배열되어 있었죠. 주인공(버크가 대담하게도 그 소설의 영웅이라고 부른 인물이죠.)이 교묘하게 자아도취적이기 때문에 어떤 독자도 그 인물에게 공감하진 못했을 거예요.

두 번째 소설인 『죽음의 도구』는 『은인』과 무척 달라요.

손택 『죽음의 도구』는 비참한 주인공과의 공감을 유도해요. 저는 비통한 심정이었어요. 베트남 전쟁의 그림자 속에서 그 책을 썼고, 베일을 쓴 채 애도해야 할 책이죠.

당신의 작품에서는 새로운 정서라고 할 수 없죠. 처음 출간된 단편소설 제목이 「고통스러운 남자」 아니었나요?

손택 초기 작품이에요. 단편집인 『나, 그리고 그 밖의 것들』에도 실리지 않았어요.

『파르티잔 리뷰』에 어떻게 연극 평론을 쓰게 되셨어요?

손택 당시에는 이른바 작은 잡지들이 문단을 특징지었다는 점을 이해하셔야 해요. 지금과는 많이 다르니 상상하기 어렵지요. 제 문학적 사명의식은 『케니언 리뷰』, 『스와니 리뷰』, 『허드슨 리뷰』, 『파르티잔 리뷰』 같은 문학지를 읽으며 형성되었어요. 1940년대 말이었고, 남부 캘리포니아에서 고등학교를 다니고 있었죠. 1960년, 제가 뉴욕에 왔을 무렵에도 그 잡지들은 있었지만 이미 전성기는 지난 뒤였죠. 물론 전 그 사실을 알 수 없었어요. 당시 제 최고의 야망은, 그 잡지들 가운데 한 곳에 글을 발표하는 것이었어요. 그럼 5천 명이 제 글을 읽게 될 테니, 그야말로 천국처럼 보였어요.

뉴욕으로 이사하고 얼마 지나지 않아 어떤 파티에서 윌리엄 필립스를 보고는, 용기를 내 다가가 어떻게 하면 『파르티잔 리뷰』에 글을 쓸 수 있냐고 물었어요. 필립스가 "잡지사로 오면 예비용 평론을 쓸 책을 주겠소."라고 하더군요. 이튿날 찾아갔지요. 그가 소설을 한 권 줬어요. 관심 있는 책은 아니었지만 괜찮은 글을 써 보냈고, 그게 잡지에 실렸어요. 그렇게 문이 열렸죠. 하지만 당시 '제2의 메리 매카시'*가 될 거라는 부적절한 기대가 있었는데, 이후에 그걸 진압하기 위해 노력했죠. 필립스는 연극 평론을 써달라고 하면서 그런 바람을 분명히 밝혔어요. "이건 메리가 했던 거예요."라고 하면서요. 연극 평론을 쓰고 싶지 않다고 말했지만 그는 완강했어요. 결국 두 편의 연극 평론을 썼어요. 정말이지 제2의 메리 매카시가 되고

• 미국의 소설가 겸 비평가로 명망 있는 여러 잡지에 글을 기고했으며 상류 계층 여성들의 생활을 적나라하게 표현한 소설 『그룹』The Group으로 명성을 날렸다.(역자 주)

싶은 마음은 조금도 없었고, 그녀는 제가 한 번도 중요하다고 생각한 적이 없는 작가였어요. 저는 아서 밀러, 제임스 볼드윈, 에드워드 올비가 쓴 희곡을 비평하면서, 그 작품들이 형편없다고 말했어요. 재치를 발휘해 말하려고 애쓰는 저 자신을 증오했어요. 그다음 호에 실린 평론을 쓴 뒤에 필립스에게 그만두겠다고 말했어요.

하지만 결국 계속 일하면서 그 유명한 에세이들을 쓰셨고, 그중 일부가 『파르티잔 리뷰』에 실렸잖아요.

손택 맞아요. 하지만 그 주제들은 모두 제가 선택한 거예요. 의뢰를 받아 쓴 적은 거의 없어요. 제게 감탄을 주지 못하는 작품에 관한 글을 쓰는 데는 관심이 없어요. 그리고 그런 작품들 중에서도 제가 느끼기에 저평가되었거나 상대적으로 덜 알려진 내용만 다뤘어요. 저는 전문 평론가가 아니고, 평론가는 에세이스트와는 아주 다른 존재예요. 제 에세이를 문화적인 작품으로 생각했고, 글로 쓸 '필요'가 있다고 생각해서 쓴 작품들이죠.

예술의 주된 과업은 대립 의식을 강화하는 데 있다고 생각했어요. 그래서 상대적으로 특이한 작품에 손을 뻗게 되었죠. 문화에 대한 자유주의적 합의(예전이나 지금이나 라이오넬 트릴링*을 무척이나 존경한답니다.)가 현 상태를 유지할 것이며, 위대한 책들에 담긴 전통적인 규범이 관습을 거스르거나 장난스러운 작품에 위협받을 리가 없다고 생각했어요. 하지만 제가 글을 써온 30년 동안 대중의 취향이 저급해져 이제는 진지함이라는 개념을 방어하기만 해도 대립적인 행동으로 여겨지지요. 그저 진지하기만 해도, 사심 없이 세상에 관심을 기울이기만 해도 대부분 사람들에게는 이해할 수 없는 행동으로 비춰지는 분위기예요. 아마 저처럼 1930년대에 태어난 사람들만, 그리고 어쩌면 유행에 뒤처진 일부 낙오자들만이 예술 프로젝트에 반대하는 예술에 대해 이야기하는 것이 무슨 의미인지 이해할 거예요. 그리고 유명 인사에 반대하는 예술가에 관한 이야기도요. 보시다시피 전 이런 문화의 야만적 행태와 우매함에 대한 분노로 가득 차 있어요. 분노하는 것은 정말 따분한 일이에요.

문학의 목적이 교훈에 있다는 생각은 시대에 뒤떨어진 게 아닌가요?

손택　글쎄요. 문학은 정말로 삶에 대해 가르쳐줘요. 책이 없었다면 전 지금과 같은 사람이 되지 못했을 테고, 지금 알고 있는 것을 알지도 못했을 거예요. 19세기 러시아 문학의 위대한 질문, '사람은 무엇으로 사는가?'를 생각하는 중이에요. 읽을 가치가 있는 소설은 마음을 단련시키지요. 인간의 가능성에 대한, 인간의 본성이 무엇인지에 대한, 세상에서 일어나는 일들에 대한 인식을 확장시켜요. 문학은 자기 성찰로 이끌지요.

에세이와 소설 쓰기는 당신의 각각 다른 부분에서 비롯되나요?

손택　맞아요. 에세이는 제한된 형태지만 소설은 자유롭지요. 이야기를 들려줄 자유이자 산만해질 자유이기도 해요. 하지만 산만함과 장황함이 소설이라는 맥락에 들어오면 의미가 아예 달라져요. 뜻이 분명하게 표현돼요.

• 소설가이자 평론가로, 컬럼비아 대학 영문과 최초의 유대인 교수로 인기를 모았다.

에세이 쓰기를 그만두신 것처럼 보여요.

손택 그랬지요. 그리고 지난 15년 동안 써온 글들은 찬사 아니면 비가예요. 엘리아스 카네티, 롤랑 바르트, 발터 베냐민에 대한 글은 그 작가들의 작품을 구성한 요소와 제가 친근하게 느낀 감수성을 다뤘어요. 카네티가 다루는 군중의 굉기와 잔학 행위에 대한 혐오, 바르트 고유의 심미가적 감수성, 베냐민의 우울한 시학. 저는 그들에게 제가 말하지 않은 탁월함이 있다는 걸 잘 알고 있었어요.

그 에세이들이 변장한 자화상이라는 걸 알겠어요. 하지만 『해석에 반대한다』에 실린 글들을 포함한 초기 에세이에서도 비슷한 작업을 하지 않으셨나요?

손택 어쩔 수 없이 모든 게 일관되는 것 같아요. 그래도 마지막 에세이집인 『우울한 열정』에 포함된 글에서는 다르게 진행됐어요. 전 일종의 슬로모션 상태가 되어, 그러니까 자각 증상이 없는 신경쇠약을 앓으며 쓰고 있었죠. 넘쳐나는 감정과 개념과 공상을 에세이 형식에 쑤셔 넣으려 기를 쓰고 있었어요. 즉, 에세이라는 형식에서 얻을 수 있는 막바지에 이른 것이었죠. 베냐민과 카네티, 바르트에 대한 에세이는 어쩌면 자화상이지만 사실상 소설이기도 했어요. 제 '화산의 연인'인 캐벌리어는 제가 카네티와 베냐민에 대한 에세이적인 자화상으로 말하려 애써온 것을 충격적인 방식으로 완벽히 구현한 소설적 형태예요.

소설을 쓸 때 플롯을 고심해서 만들어내시나요?

손택 묘하지만 플롯은 선물처럼 통째로 나타나는 것 같아요. 불가사의해요. 제가 듣거나 보거나 읽은 것이 완전히 구체적인 형태로 이야기 전체, 즉 장면, 인물, 풍경, 파국을 요술처럼 불러내요. 『죽음의 도구』 때는 '리처드'라는 친구의 어린 시절 별명을 말하는 소리를 듣게 됐어요. '디디'라는 이름이 그냥 들렸죠. 『화산의 연인』 때는 영국박물관 근처의 판화 상점을 둘러보다가 화산이 폭발하는 장면의 풍경화 몇 점을 우연히 발견했는데, 나중에 보니 윌리엄 해밀턴 경의 「불타는 들판」Phlegraei Campi이 원작이었어요. 새로 들어간 소설의 경우에는 카프카의 일기에서 본 내용이 그 역할을 했어요. 제가 좋아하는 책인데, 꿈에 대한 내용인 그 문단을 한 번 이상 읽었던 게 분명해요. 이번에 그걸 다시 읽으면서 소설의 전체 이야기가 예전에 봤던 영화처럼 머릿속으로 뛰어 들어왔어요.

이야기 전체가요?

손택 네, 이야기 전체가요. 하지만 그 이야기는 진행될 수도 있고 축적될 수도 있어요. 그건 글을 쓰면서 알게 되죠. 『화산의 연인』이 벼룩시장에서 시작해 엘레오노라가 저세상에서 하는 독백으로 끝나기는 하지만, 글을 시작하기 전까지 그 여정의 모든 함의를 깨닫지 못했던 것 같아요. 그 여정은 떠돌이 수집가에 대한 아이러니하고 통속적인 묘사에서 시작해 독자가 경험한 이야기 전체를 바라보는 엘레오노라의 관찰자적 시점에 이르죠. 엘레오노라로 끝맺는 방식과 주인공들을 향한 그녀의 비난은 소설이 시작할 때 가지고 있던 제 관점과는 동떨어진 것이에요.

1964년에 발표한 전설적인 에세이 「캠프에 대한 단상」 도입부에서, 당신의 태도는 '반감 때문에 변형된 깊은 공감'의 일종이라고 쓰셨잖아요. 그게 당신의 전

형적인 태도 같아요. 캠프 °에 동의하면서도 반대하고, 사진에 동의하면서도 반대하고, 내러티브에 동의하면서도 반대하고요.

손택 제가 뭔가를 좋아하면서도 싫어하는 것은 아니에요. 그건 너무 단순하잖아요. 말하자면 '동의하면서도 반대하는 것'이 아니에요. '이것일 뿐만 아니라 저것'이에요. 하나의 강렬한 감정이나 반응에 정착하고 싶지만 뭐든 일단 보고 나면 제 의식은 계속 전진하면서 다른 것을 보게 돼요. 어떤 것에 대해 제가 한 말이나 제가 내린 판단의 한계를 금세 보게 되는 거예요. 헨리 제임스가 명언을 남겼죠. "어떤 것에 대한 내 마지막 말은 아무 의미가 없다." 더 말해야 할 것, 더 느껴야 할 것이 언제나 있기 마련이에요.

대부분의 사람이, 당신이 소설에 어떤 이론적 의제를 도입한다고 생각하는 것 같아요. 작가로서가 아니라면 적어도 독자로라도 말이에요.

손택 그렇지 않아요. 전 제가 읽는 것에 관심을 기울이고 감동을 받을 필요가 있어요. 지혜로워지는 데 전혀 기여하지 못하는 책에는 관심을 기울일 수가 없어요. 그리고 화려한 산문체에는 사족을 못 쓴답니다. 좀 더 점잖게 말하면, 산문에서 제 모델은 시인의 산문이에요. 제가 흠모하는 작가들 중 다수는 젊은 시절에 시인이었거나 시인이 될 수도 있었던 사람들이에요. 이 모든 것과 이론은 상관이 없어요. 제 취향은 못 말릴 정도로 폭넓어요. 시어도어 드라이저의 『제니 게르하르트』와 조앤 디디온의 『민주주의』, 글렌웨이 웨스코트의 『순례자 매』, 도널드 바셀미의 『죽은 아버지』에 홀딱 빠지지 않으려 애쓸 생각은 없어요.

좋아하는 동시대 작가들을 많이 언급하시네요. 그들에게 영향을 받았나요?

손택 영향을 받았다고 인정할 때마다, 제가 사실을 말하고 있는지 확신이 들지 않아요. 하지만 도널드 바셀미로부터는 구두법과 속도에 대해, 엘리자베스 하드윅으로부터는 형용사와 문장의 리듬에 대해 많이 배웠어요. 나보코프와 베른하르트로부터도 배운 게 있는지 모르겠지만, 그 비길 데 없는 책들은 저 자신을 위한 기준을 엄격하게 유지하도록 도와주지요. 장 뤽 고다르는 제 감수성의 주된 자양분이었기 때문에 제 글에도 당연히 자양분이 되었죠. 그리고 아르투르 슈나벨이 베토벤을 연주하는 방식에서, 글렌 굴드가 바흐를 연주하는 방식에서, 미츠코 우치다가 모차르트를 연주하는 방식에서 확실히 작가로서 배운 게 있어요.••

당신의 작품에 대한 평론을 읽으세요?

손택 아니에요. 칭찬일색인 평론조차 읽지 않아요. 평론은 저를 심란하게 해요. 친구들 덕분에 평론이 호평인지 혹평인지는 알 수 있지요.

『죽음의 도구』 이후에 몇 년 동안은 글을 많이 쓰지 않으셨어요.

손택 1964년부터 반전운동을 적극적으로 해왔어요. 그리고 그 활동에 시간을 점점 더 많이 빼앗기게 됐죠. 전 우울해졌어요. 책을 읽

• 과장된 것, 끔찍한 것, 조악한 것, 인위적인 것에 대한 취미를 이르는 말로, 「캠프에 대한 단상」에서 내용과 형식을 구분하는 전통 관념을 비판하며, 비평보다 더 중요한 것으로 심미적인 체험을 제시했다.
•• 각 음악가를 가장 잘 해석하고 연주한다고 정평이 난 피아니스트를 열거함.

고, 유럽에서 지냈어요. 사랑에도 빠졌죠. 제가 존경하는 이들은 발전했고, 저는 영화를 몇 편 만들었어요. 글 쓰는 법에 대한 자신감에 위기가 찾아왔어요. 책은 반드시 필요한 것이어야 하고, 내가 쓰는 책은 모두 이전 책보다 더 나아야 한다고 늘 생각해왔기 때문이죠. 기혹한 기준이지만, 충실히 지키고 있답니다.

『사진에 관하여』는 어떻게 쓰시게 됐나요?

손택   1972년 초에 『뉴욕 리뷰 오브 북스』의 바바라 엡스타인과 함께 점심을 먹으면서 현대미술관에서 열린 다이앤 아버스*의 추모 사진전에 대해 불평을 늘어놓고 있었어요. 그런데 그녀가 "사진전에 대한 글을 써보는 게 어때요?"라고 하더군요. 할 수 있을지도 모른다는 생각이 들었어요. 그 뒤 그 글을 쓰기 시작했을 때, 사진 전반을 다루는 몇 단락으로 시작한 다음 아버스로 넘어가야겠다는 생각이 들었죠. 그리고 곧 몇 단락보다 훨씬 많은 단락이 생겼는데 뿌리칠 수가 없었어요. 그 글은 점점 증식했어요. 종종 불운한 마법사의 견습생이 된 기분이 들기도 했어요. 글로 쓰기가 점점 더 어려워졌지요. 하지만 전 고집이 세요. 세 번째 에세이를 쓴 뒤에야 아버스와 그 사진전을 다룬 몇 단락을 간신히 넣었답니다. 그리고 이 작업에 전념할 것이며 포기하지 않을 거라는 느낌이 들었죠. 『사진에 관하여』를 구성하는 에세이 여섯 편을 쓰는 데 5년이 걸렸어요.

그런데 그다음 책인 『은유로서의 질병』을 무척 빨리 썼다고 말씀하셨잖아요.

손택   그 책은 더 짧아요. 중편소설에 버금가는 한 편의 긴 에세이죠. 그리고 병을 앓는 건 분명 집중력을 높여줘요. 그 책을 쓰는 동안 전 예후가 암울한 암환자[**]였거든요. 다른 암환자들과 그 주변 사람들에게 도움이 될 책을 쓰고 있다는 생각이 활력을 주었죠.

그러는 동안 단편소설은 줄곧 쓰셨고요?

<u>손택</u> 장편을 대비해 엔진의 회전속도를 올리는 거죠.

『화산의 연인』을 마치고 얼마 지나지 않아 장편을 시작하셨어요. 짧은 소설보다는 긴 소설에 더 끌린다는 뜻인가요?

<u>손택</u> 맞아요. 『나, 그리고 그 밖의 것들』에 실린 단편 중에 「사후 보고」와 「안내 없는 여행」, 1987년에 쓴 「지금 우리가 사는 법」을 무척 좋아해요. 운율의 변화가 있는 내러티브, 어느 정도 길이가 있는 내러티브에 더 끌려요.

『화산의 연인』을 쓰는 데 얼마나 걸렸나요?

<u>손택</u> 첫 번째 초고의 첫 문장부터 교정쇄까지 2년 반이 걸렸죠. 저로서는 무척 빠른 거예요.

어디에 계셨어요?

<u>손택</u> 1989년 9월에 베를린에서 『화산의 연인』을 쓰기 시작했어요. 상당히 고립되면서 중유럽의 버클리라고 할 수 있는 곳으로 가야겠다고 생각하며 지내러 간 장소였죠.[***] 고작 두 달이 지나자 베를린

• 초현실적이고 남다른 사람들의 초상을 많이 찍어 '괴짜를 찍은 사진작가'로 알려졌다.

•• 수전 손택은 백혈병으로 사망했는데, 이 병은 삼십 대에 생긴 유방암과 육십 대에 생긴 자궁암을 치료하는 과정에서 생겼다고 한다.

은 매우 다른 곳이 되었지만 그래도 중요한 이점은 계속 유지됐어요. 저는 제 모든 책이 있는 뉴욕의 아파트에 있지 않았고, 제가 글에서 다루는 장소에 있지도 않았으니까요.

『화산의 연인』의 절반 정도는 1989년 후반부터 1990년 말 사이에 베를린에서 썼어요. 나머지 반은 뉴욕에 있는 제 아파트에서 썼지요. 그중 두 장은 예외인데 하나는 밀라노의 호텔 방에서 썼고(2주간의 도피였어요.), 또 다른 장은 뉴욕의 메이플라워 호텔에서 썼지요. 캐벌리어가 임종할 때 독백하는 부분이었는데, 완벽하게 고립된 상태에서 써야 한다고 생각했고, 사흘 안에 해낼 수 있으리란 걸 알고 있었어요. 그래서 타자기와 리걸 패드, 펠트펜을 챙겨 메이플라워 호텔에 투숙해서는 사흘 내내 비엘티BLT*만 주문했죠.

그 소설을 차례대로 쓰셨나요?

손택 네, 저는 장 단위로 쓰는데, 작업 중인 장이 끝나기 전에는 다음 장으로 넘어가지 않아요. 처음에는 좌절감을 느꼈어요. 왜냐면 시작하면서부터 등장인물들이 마지막 독백에서 하면 좋을 말을 알고 있었거든요. 하지만 그걸 미리 써버리면 중간으로 되돌아가지 못할까 봐 겁이 났어요. 또 그 부분에 이를 무렵엔 아이디어의 일부를 잊어버리거나 그 감정과 단절될까 봐 두려웠고요. 1장은 타이핑한 걸로 따지면 14쪽인데, 그걸 쓰는 데 4개월이 걸렸어요. 뒷 부분 다섯 장은 100쪽 정도인데 2주가 걸렸고요.

시작하기 전에 책의 어느 만큼이 머릿속에 담겨 있었나요?

손택 먼저 제목이 있었지요. 제목을 미리 정하지 않으면 글을 못 쓰지요. 헌정할 대상도 있었어요. 전 그 책을 아들에게 바칠 생각이었죠. 코지 판 투테(Così fan tutte, 여자는 다 그래.)라는 유명한 말도 있었어요. 물론 줄거리도 있었고요. 가장 유용했던 건데, 구조에 대한 확고한 계획이 있었어요. 음악작품에서 따왔는데, 파울 힌데미트** 가 연주한 「네 가지 기질」The Four Temperaments이에요. 조지 발란신이 안무를 한 무척 웅장한 발레 음악인데, 그 발레를 셀 수 없이 봤거든요. 힌데미트는 세 부분으로 구성된 서막, 즉 매우 짧은 세 곡으로 시작해요. 그러다가 네 가지 변화가 나타나죠. 우울질melancholic, 다혈질sanguinic, 점액질phlegmatic, 담즙질choleric 순서로. 저는 제 소설에서 세 부분으로 구성된 서막이 나온 다음, 네 가지 기질과 일치하는 네 부분이 이어질 거라는 걸 알고 있었어요. 1부부터 4부까지 '우울질', '다혈질' 등 실제로 제목을 붙여서 개념을 장황하게 이야기할 이유는 전혀 찾지 못했지만. 전 그 모든 걸 미리 알고 있었고, 소설의 마지막 문장도 알고 있었어요. "모두 엿 먹으라지." 물론 누가 그 말을 하게 될지는 몰랐지만요. 어떻게 보면 그 소설을 쓰는 작업 전체가 그 문장을 정당화해줄 내용을 만드는 것으로 구성되었죠.

많은 부분을 알고서 시작하신 것 같아요.

<u>손택</u> 맞아요. 하지만 그 모든 것을 알고 있었는데도, 그게 어떻게 되어갈지 완전히 알지는 못했어요. 저는 『화산의 연인』을 화산의 연

• • • 베를린과 버클리는 진보주의의 중심지였다는 공통점이 있다. 손택이 베를린에서 『화산의 연인』을 집필하던 중에 베를린 장벽이 붕괴된다.(역자 주)
* B Bacon, L Lettuce, T Tomato 의 약자로 베이컨, 양상추, 토마토를 넣은 샌드위치.(역자 주)
** 독일의 바이올리니스트 겸 작곡가.(역자 주)

인인 윌리엄 해밀턴 경, 즉 제가 캐벌리어라고 부른 남자의 이야기라고 생각하며 시작했어요. 그를 중심으로 책이 이어질 거라고 생각하면서요. 그리고 그의 두 번째 부인 이야기는 모두 아는 것이니 생략하고, 대신 겸손한 첫째 부인 캐서린을 발전시키려고 했어요. 그녀의 사연을 알고 있었고, 넬슨과의 관계도 소설에 등장해야 했지만 배경으로 유지할 계획이었어요. 세 부분으로 구성된 서막과 '우울'이라는 주제의 수많은 변주—수금원의 우울, 그 우울의 황홀한 승화—가 담긴 1부는 모든 게 계획대로 진행됐어요. 1부는 캐벌리어로부터 절대 벗어나지 않아요. 하지만 2부를 시작했을 때 에마가 책을 납치해버렸어요. 거기에서는 '피'라는 주제를 변주할 예정이었죠. 활기와 생명력으로 터질 듯한 인물인 다혈질 에마부터 나폴리 혁명으로 비롯된 말 그대로의 피까지 말이에요. 덕분에 소설이 전개되면서 분량이 점점 늘어났죠. 열광적인 스토리텔링 속으로, 정의와 전쟁과 잔학 행위에 대한 깊은 생각으로 빠져들었죠. 그게 삼인칭의 목소리로 들려준, 중심 내러티브의 끝이었어요. 소설의 나머지는 일인칭으로 진행할 예정이었어요. 매우 짧은 3부는 캐벌리어가 자신의 임종을 연기해요. 그건 제가 상상한 그대로 진행됐지만 그 뒤에 캐벌리어가 중심인 1부의 세상으로 되돌아갔어요. 4부 '담즙질'의 독백, 즉 성난 여자들이 무덤 저편에서 말하는 내용을 쓰게 됐을 때는 더 큰 놀라움을 느꼈죠.

왜 무덤 저편인가요?

손택 허구를 추가하면 인물들이 무척이나 고집스럽고 절실하고 가슴 아픈 진실함으로 이야기하고 있다는 사실이 더욱 그럴듯하게 느껴지니까요. 오페라 아리아의 직설적이고도 애처로운 솔직함에 맞먹는 것이었죠. 그리고 등장인물들이 자신의 죽음을 묘사하는 독백으로 끝맺겠다는 야심찬 도전을 어떻게 뿌리칠 수 있었겠어요?

그들은 모두 여자가 될 예정이었나요?

손택 네, 물론이죠. 저는 그 책이 여성들의 목소리로, 마침내는 발언권을 갖게 될 여성들의 목소리로 끝나리란 걸 알고 있었어요.

여성의 관점도 제시해주고요.

손택 글쎄요. 여성의 관점, 또는 여성적인 관점이란 게 있다고 가정하시는군요. 전 그렇게 생각하지 않아요. 그 말씀을 들으니 여성들은 수가 얼마든 언제나 소수집단으로 언급되고, 문화적으로도 소수집단으로 구성된다는 사실이 떠오르네요. 우린 소수집단에게는 단일한 관점이 있다고 믿어버려요. 여성들이 원하는 건 뭘까요? 여러 가지예요. 만약 소설을 남자 네 명의 목소리로 끝냈다면, 누구도 제가 남성의 관점을 제시하고 있다고 여기진 않을 거예요. 네 목소리의 차이점이 두드러지겠죠. 이 여성들은 제가 소설에서 선택했을지도 모를 네 남성 인물들만큼이나 서로 달라요. 각자가 독자에게 이미 알려진 이야기나 이야기의 일부를 자신만의 관점으로 다시 들려주지요. 저마다 말해야 할 진실이 있어요.

그들 사이에 공통점이 있나요?

손택 물론이죠. 그들은 모두 서로 다른 방식으로, 세상이 남자들에 의해 굴러간다는 걸 알고 있어요. 따라서 그들의 삶에 관여한 거대하고 공적인 사건들에 대해 권리를 박탈당한 이의 통찰력으로 바라보죠. 그러나 그 사건들에 대해 이야기하지는 않아요.

그 여성들이 누가 될지 알고 계셨어요?

손택 무덤 너머의 독백 중 처음 세 개가 캐서린, 에마의 어머니, 에마의 몫이 될 거란 건 꽤 빨리 알게 됐어요. 이미 2부를, 즉 6장을 한창 쓰며 1799년의 나폴리 혁명에 대해 공부하던 중이었어요. 그 뒤에야 마지막 독백의 주인공으로, 소설에서 내러티브의 절정인 그 장의 끝을 향해 갈 때 잠깐 나타나는 엘레오노라 피멘텔Eleonora Pimentel *을 찾아냈어요. 그리고 그녀를 찾으면서, 포장이 벗겨진 선물인 그 마지막 대사, 글쓰기를 시작하기 전부터 제 머릿속에서 들려오던 마지막 대사를 마침내 이해하게 됐죠. 그걸 말할 권리가 있는 목소리는 그녀의 것이란 걸 말이에요. 그녀의 삶에 일어난 공적이고 사적인 사건들은 물론이고, 그녀의 처참한 죽음까지도 역사적 기록을 따랐어요. 하지만 그녀의 신념, 그 윤리적 열정은 소설가의 발명품이죠. 전 『은인』과 『죽음의 도구』의 인물들에게는 동정심을 느꼈지만, 『화산의 연인』에 나오는 인물들에게는 사랑을 느꼈어요. 『화산의 연인』에서 제가 사랑하지 않았던 한 인물을 창조하기 위해 무대 위의 악당인 「토스카」의 스카르피아를 빌려와야 했어요. 전 6장을 쓰는 내내 영화적 측면에서 생각하고 있었어요. 1960년대 초에 얼마나 많은 프랑스 영화가 카메라가 뒤로 물러나며 롱숏으로 잡은 장면으로 끝났는지 떠올려보세요. 크레디트 타이틀이 올라가기 시작할 때 인물들이 그림이 그려진 공간 뒤로 점점 멀어져가며 작아졌던 것도요. 엘레오노라 피멘텔이 제시하는 윤리적인 와이드 숏으로 보면 넬슨과 캐벌리어와 에마는, 그녀가 그들을 판단하는 것처럼 가혹한 판단을 받아야 해요. 비록 그들은 이런저런 방식으로 나쁘게 끝을 맞이하지만, 최상의 특권을 누린 변함없는 승리자니까요. 가여운 에마는 제외지만, 그녀조차 잠시나마 특권을 누렸죠. 마지막 대사는 희생자들을 위해 말하는 사람에게 돌아가야 해요.

중심 이야기에 보조적 이야기들까지 화자가 참 많아요.

손택   1980년대 후반까지 제가 소설에서 한 작업의 대부분은, 『은인』에서처럼 사실상 일인칭 시점이건 『죽음의 도구』처럼 명목뿐인 삼인칭 시점이건 단일한 의식 속으로 들어가는 것이었어요. 『화산의 연인』 전까지는 누군가의 의식을 탐험하는 것과 반대되는 이야기, 말하자면 진짜 이야기를 하는 걸 스스로 용납할 수가 없었어요. 열쇠는 제가 힌데미트의 곡에서 빌려온 그 구조였어요. 세 번째 소설에 '우울의 해부'라는 제목을 붙이겠다는 생각을 오랫동안 해왔지만 그걸 거부하고 있었죠. 소설을 거부했다는 뜻이 아니라 줄거리도 아직 잡히지 않은, 그 뻔한 책을 거부했어요. 하지만 지금은 정말 그걸 쓰고 싶지 않았다는 사실을 분명하게 알고 있어요. 그러니까 그 제목의 비호를 받으며 쓰는 책, 그저 방식만 달리해서 '우울한 열정'을 말하는 책 말이에요. 제 작품 대부분은 오랜 기질들 가운데 우울한 정서만을 투영했는데, 거기에서 벗어나고 싶었어요. 음악적 구조가, 그 임의적인 순서가 저를 해방했죠. 드디어 네 가지 기질을 모두 다룰 수 있게 된 거예요. 『화산의 연인』으로 문이 열렸고, 넓은 입구

• 18세기 나폴리 혁명 당시의 이탈리아 여성 시인이자 혁명가.

가 생겼어요. 더 넓은 통로와 더 풍부한 표현력을 얻기 위한 위대한 투쟁이죠. 그렇지 않나요? 필립 라킨의 말을 좀 바꿔보자면, 정말 쓰고 싶은 소설이 있다고 해서 쓸 수 있는 건 아니에요. 하지만 전 근접해가고 있는 것 같아요.

에세이스트로서 받는 자극이 소설 형식으로 나타나기도 하는 것 같아요.

손택 『화산의 연인』에서 수집에 관해 쓴 단락을 모두 연결하면 불연속적이지만 경구적인 한 편의 에세이가 될 거예요. 하지만『화산의 연인』에 나타나는 에세이적인 사색은 유럽 소설의 전통에 비교하면 절제된 편이죠. 발자크와 톨스토이와 프루스트를 생각해보세요. 에세이로 인용될 만한 페이지들이 수없이 이어지잖아요. 토마스 만의『마의 산』은 가장 사변적인 소설일지 몰라요. 사색, 반추, 독자를 향한 직접적인 연설은 전적으로 소설 고유의 특성이에요. 소설은 큰 배예요. 저는 제 속에 있는 추방된 에세이스트를 구조할 수 없었어요. 제 속에 있는 에세이스트는 소설가의 일부였을 뿐이에요. 제가 마침내 되었다고 인정한 소설가의 일부 말이에요.

조사를 많이 해야 하나요?

손택 독서 말인가요? 좀 하는 편이죠. 자발적으로 강단을 떠난 학자인 저로서는, 과거를 무대로 한 소설을 쓴다는 점이 무척 유쾌했죠.

왜 과거로 설정하셨어요?

손택 동시대인들과 관련된 제 의식의 압박에서 벗어나기 위해서지요. 우리가 살고 느끼고 생각하는 방식이 얼마나 타락했으며, 얼마나 가치가 떨어졌는지에 대한 의식 말이에요. 과거는 현재보다 더 거대하지요. 18세기의 인물들이 주인공이지만 『화산의 연인』에서 이야기를 들려주는 목소리는 20세기 후반의 특색이 강하고, 20세기 후반의 관심사에 따라 움직여요. 현장에 있는 듯이 느껴지는 역사소설을 쓰려는 생각은 전혀 없었어요. 소설의 역사적 내용을 가능한 치밀하고 정확하게 쓰는 것은 제 명예가 걸린 문제이긴 했지만요. 과거 속에서 한 번 더 뛰놀며 까불어보기로 결정했는데, 지금 쓰고 있는 『인 아메리카』에서 말이에요. 이번에도 같은 방식으로 잘 풀릴지는 모르겠어요.

배경은 어느 시기인가요?

손택 1870년대 중반부터 거의 19세기 끝까지예요. 『화산의 연인』처럼 실화가 바탕인데, 유명한 폴란드 여배우와 폴란드를 떠나 유토피아적인 공동체를 만들려고 남부 캘리포니아로 간 그녀의 측근에 얽힌 이야기랍니다. 주요 인물들의 태도는 놀랄 만큼 이국적이에요. 말하자면 빅토리아풍이죠. 하지만 그들이 도착한 아메리카는 그다지 이국적이지 않아요. 책의 배경을 19세기 후반의 아메리카로 설정하면 18세기 후반의 나폴리와 런던만큼이나 멀리 떨어진 것처럼 느껴질 거라 생각했는데, 그렇지가 않아요. 우리나라에는 놀랍게 연관되는 문화적 태도가 있어요. 저는 알렉시스 드 토크빌이 1830년대 초에 관찰한 아메리카가 많은 부분에서 20세기 말의 아메리카와 단번에 알아볼 수 있을 만큼 비슷하다는 사실에 놀랐어요. 인구와 민족적 구성이 완전히 달라졌는데도 말이에요.

희곡 『앨리스, 깨어나지 않는 영혼』에서도 19세기 말의 감수성을 다루셨잖아요.

손택　맞아요. 앨리스 제임스와 19세기에 최고로 유명했던 루이스 캐럴의 앨리스까지. 이탈리아에서 루이지 피란델로*의 「당신이 나를 원하기에」^As You Desire Me 공연을 연출하고 있을 때였어요. 어느 날 주인공 역의 아드리아나 아스티가 제게 와서는, "저를 위한 희곡을 써주세요."라고 농담처럼 말하더군요. 좌절한 작가이자 병을 달고 살았던 앨리스 제임스가 머릿속으로 불쑥 들어왔고, 저는 그 자리에서 희곡을 구상해서 아드리아나에게 이야기했어요. 하지만 10년이 지나도록 그걸 쓰진 않았죠.

희곡을 더 쓰실 생각인가요? 연극과는 늘 깊은 관계를 유지해오셨잖아요.

손택　그래요. 제게 이야기를 들려주는 목소리들이 있어요. 그게 제가 희곡 쓰기를 좋아하는 이유예요. 그리고 제 삶의 많은 시간을 연극판에서 보냈어요. 아주 어렸을 때는 무대 위에서 벌어지는 일에 발을 들여놓기 위해 아는 방법이라고는 연기뿐이었어요. 열 살 때 연기를 시작했고, 지역 극장에서 상연된 브로드웨이 작품에서 어린이 역을 맡았죠. 시카고 대학 학생 극단에서 적극적으로 활동했고요. 이십 대 초반에는 휴양지 공연도 좀 했어요. 그러다 연극 연출을 하고 싶어서 그만뒀어요. 그리고 영화 제작도 했죠. 1970년대와 80년대 초반에 스웨덴, 이스라엘, 이탈리아에서 각본을 쓰고 감독한 작품들보다 더 나은 작품을 다시 만들고 싶어요. 오페라 감독도 해보고 싶었는데 아직까지는 못해봤죠. 저는 오페라에 굉장히 끌려요. 가장 규칙적이고, 예상한 대로의 황홀경을 주는 예술 형태죠. 적어도 저 같은 오페라광에게는요. 오페라는 『화산의 연인』에 영감을 준

요소 가운데 하나인데, 오페라에서 나온 이야기들과 오페라적인 정서에 영향을 받았죠.

문학이 황홀경을 주나요?

손택 물론이죠. 하지만 음악이나 춤보다는 확실하지 않아요. 문학은 그 정신에 더 많은 것이 담겨 있어요. 우린 책에 엄격해야 해요. 저는 다시 읽고 싶어지는 책만 읽고 싶어요. 가치가 있는 책이란 바로 그런 거죠.

본인의 작품을 다시 찾아 읽은 적이 있나요?

손택 번역본을 점검할 때를 제외하고는 없어요. 절대로 다시 읽지 않아요. 완성한 작품에는 애착을 갖지 않아요. 작품들이 얼마나 비슷한지 보고 싶지 않은 탓이겠죠. 쓴 지 10년이 지난 글은 뭐든 다시 읽기가 꺼려져요. 끝없이 새로운 도입부를 쓰고 있다는 환상이 깨질 테니까요. 저는 늘 새로운 도입부를 쓰고 있다고 느낀답니다.

걱정하시는 것과 달리 작품은 각양각색이던데요.

손택 물론 그래야죠. 하지만 일관된 기질과 집착, 즉 특정한 곤경과 감정이 되풀이되고, 열정과 우울이 담겨 있어요. 또 개인적 관계에서의 잔혹성이건 전쟁의 잔혹성이건, 인간의 잔혹성에 대한 과도한 관심도 늘 작품에 나타나죠.

• 1934년 노벨 문학상을 수상한 소설가이자 극작가.

본인의 가장 훌륭한 작품이 앞으로 나올 수 있다고 생각하세요?

손택 그러길 바라죠.

당신의 책을 읽는 독자에 대해 많이 생각하시나요?

손택 그럴 엄두가 안 나요. 그리고 싶지도 않고요. 어쨌든 독자가 있기 때문에 글을 쓰지는 않아요. 문학이 있기 때문에 글을 쓰지요.

에드워드 허시 Edward Hirsch 시인이자 비평가로, 「시, 어떻게 읽을 것인가」How to Read a Poem는 베스트셀러가 되었다. 뉴욕에 있는 존 사이먼 구겐하임 기념재단 이사장을 맡고 있다.

주요 작품 연보

:: 09

표면적 진실 너머의
진짜 진실

돈 드릴로
DON DELILLO

돈 드릴로 ^{미국, 1936. 11. 20.~}

———

현대문학의 대가이자 현대문명의 예언자로 불리는 돈 드릴로
는, 지적이면서 인간적인 인물을 통해 동시대 주요 이슈를 블
랙유머와 아이러니 섞인 언어로 보여준다. 특히 9·11 사태 이
후 그 예언적인 면모가 작품에서 더욱 부각되고 있다. 1999년
에 미국 작가로는 처음으로 이스라엘 최고 문학상인 예루살렘
상을 수상했고, 현재 미국예술원 회원으로 있다.

이탈리아 이민 2세로 1936년 뉴욕 브롱크스에서 태어
나고 자랐다. 토마스 핀천과 함께 포스트모던 소설의
양대 축을 형성한다는 평가를 받았다. 현대사회의 문화
현상과 대중매체의 실상을 예리하게 묘사하는 것으로
유명하다.
글 잘 쓰기로 소문난 폴 오스터가 "미국에서 돈 드릴로
만큼 소설을 잘 쓰는 작가는 없다. 현대사회를 살아가
는 데 관심 있는 사람이라면 꼭 읽어야 한다."라고 극찬
을 하면서 자신의 작품을 헌정하기도 했다.
전미도서상을 안겨준 『화이트 노이즈』는 그의 출세작
이자 대표작으로, 세계 여러 나라에서 번역되어 세계적
인 명성을 얻는 발판이 되었다. 예술가, 테러리스트, 기
자들의 이미지 조작을 다룬 풍자소설인 『마오 Ⅱ』로 펜
포크너 상을 수상했다. 로큰롤 스타를 주인공으로 내세
워 미국 자본주의 현실을 돌아보는 『그레이트존스 거
리』를 비롯해 『언더월드』, 『코스모폴리스』, 『추락하는
남자』 등의 장편소설과 『데이룸』, 『발파레이소』 등의
희곡을 썼다.

드릴로와의 인터뷰

애덤 베글리

> 그는 회색 머리의 호리호리한 남자로, 네모진 갈색 안경을 쓰고 있다.
> 두꺼운 렌즈로 인해 확대된 눈은 가만히 있질 않지만 교활해 보이지는 않는다.
> 그는 오른쪽을 보고, 왼쪽을 본다. 고개를 돌려 뒤에 무엇이 있는지 살핀다. 그의
> 초조한 태도는 불안과는 아무 상관이 없다. 그는 디테일을 찾는, 훈련된 관찰자다.

"미국 소설계 편집증파의 최고 주술사"[*]라고 불려온 남자라면 조금 초조하게 행동할 거라는 예측이 가능하다.

나는 맨해튼의 아일랜드 식당에서 돈 드릴로를 처음 만났다. 그의 말대로라면 "심도 있는 사전 준비"가 될 대화를 나누기 위해서였다. 그는 회색 머리의 호리호리한 남자로, 네모진 갈색 안경을 쓰고 있다. 두꺼운 렌즈로 인해 확대된 눈은 가만히 있질 않지만 교활해 보이지는 않는다. 그는 오른쪽을 보고, 왼쪽을 본다. 고개를 돌려 뒤에 무엇이 있는지 살핀다. 그의 초조한 태도는 불안과는 아무 상관이 없다. 그는 디테일을 찾는, 훈련된 관찰자다. 점심을 같이 먹고, 몇 달

---

[*] 편집증은 전후 미국 작가들의 전반적인 특색이었고, 그중 드릴로는 토머스 핀천과 노먼 메일러를 제칠 만큼 편집증이 심하기로 유명하다. (역자 주)

뒤에 시내의 갤러리를 방문해 안젤름 키퍼의 전시를 보기도 하고, 뒤이어 우스울 만큼 호화로운 바에서 술을 한잔하기도 하면서 여러 날에 걸친 장시간의 인터뷰를 진행한 뒤에야 또 다른 사실을 발견했다. 드릴로는 친절한 남자이며 관대하고 사려 깊다는 사실이다. 그것은 편집증 환자들의 내성적인 경계심과는 양립할 수 없는 자질이다. 그는 두려워하지 않는다. 세심하다. 그의 미소는 쑥스럽고, 웃음은 돌발적으로 터진다.

돈 드릴로는 이탈리아계 이민 2세로, 1936년에 브롱크스에서 태어나 이탈리아계 미국인 동네에서 자랐다. 카디날 헤이스 고등학교와 포드햄 대학교를 다녔다. 대학에서는 커뮤니케이션을 전공했고, 광고 대행사인 '오길비 앤 매더'Ogilvy & Mather에서 잠시 카피라이터로 일했다. 지금은 아내와 함께 뉴욕 근교에 살고 있다.

1971년에 출간된 첫 번째 소설 『아메리카나』는, 4년이나 걸려 쓴 작품이다. 당시 그는 맨해튼의 작은 원룸에서 살았다. 『아메리카나』 이후로 소설이 마구 쏟아져 나왔는데, 7년 동안 다섯 권이 나왔다. 『엔드 존』, 『그레이트존스 거리』, 『래트너의 별』, 『플레이어스』, 『러닝 도그』는 평단의 열광적인 호평을 받았고, 잘 팔리지는 않았지만 소수의 충성스러운 팬들에게 사랑받았다.

1980년대에는 상황이 달라졌다. 『더 네임스』는 드릴로가 이전에 쓴 모든 소설보다 뛰어난 평가를 받았다. 『화이트 노이즈』는 전미도서상을 받았다. 『리브라』는 베스트셀러가 되었고, 『마오 II』는 펜포크너 상을 받았다. 현재 소설을 쓰는 중인데 그 작품의 일부가 "담장의 파프코"Pafko at the Wall라는 제목으로 『하퍼스 매거진』에 실렸다. 희곡을 두 편 썼는데, 『달빛의 기관사』The Engineer of Moonlight와 『데이룸』The Day

^{Room}이다.

　이 인터뷰는 1992년 가을에 테이프에 녹음된 일련의 대화로 시작되었다. 여덟 시간에 이르는 녹취 자료를 글로 옮겼다. 드릴로는 편집한 최종 원고를 다음과 같은 문장으로 시작되는 메모와 함께 돌려보냈다. "이건 기본이고 핵심입니다."

Always the pain of composition. A word was a
puzzle he had to complete. There were spaces he could
find the ~~pieces~~ for those he could not. He mixed
up the ~~letters~~ pieces. He felt the deep frustration
of knowing a ~~thing~~ and not knowing how to get ~~it~~ down
on paper. Why was ~~simple~~ spelling so important? ~~Why~~
~~did~~ that did it mean to be a poor speller? ~~did he feel it marked him as a failed failure when he~~
~~know so much.~~ It was a humiliation to know something
and to be unable to show it clearly. Th
~~Maxxxx~~ humiliation of the world extended right down
to his fingertips.
~~It~~ It was nearly dawn. He was worn out. That was
part of the reason. He could write ~~more~~ better when
he was rested. ~~But~~ ~~the left a came.~~

He ~~had~~ wild tries at phonetic spelling
It imposed a limit on his ability to know.

He could watch a sentence deteriorate as he ~~was~~
approached the end ~~of it.~~ It was like a trail that
peters out into ~~mystizxxxxx~~ emptiness.

He could not find himself in the field of little symbols.
They were in the ~~empty~~ distance. He could not ~~see~~
the picture ~~mixxxxx~~ that is called a word. A word is
~~mystzxxxx~~ also a picture of a word. ~~There were~~ spaces,
~~ine blanks he could only guess at.~~

돈 드릴로의 『리브라』 원고 중 한 페이지.

돈 드릴로
×
애덤 베글리

왜 작가가 되었다고 생각하세요?

돈 드릴로 추측되는 이유는 있지만 확실하진 않아요. 아마 생각하는 법을 배우고 싶었나 봐요. 글은 생각의 농축된 형태죠. 지금도 자리에 앉아 글을 쓰기 전에는 특정 주제에 대해 제가 어떻게 생각하는지 정확하게 알 수가 없어요. 또한 더 엄밀한 사고방식을 찾고 싶었던 것 같아요. 이건 제가 아주 초기에 썼던 글에 대한 이야기이자 청년기 말에 세상을 정의하고 혼란스러운 경험을 간결한 방식으로 정의하는 언어의 힘과 관련된 이야기예요. 글이 편리하다는 사실을 잊어서는 안 됩니다. 가장 단순한 도구들만 있으면 되죠. 젊은 작가는 1페니 값도 안 되는 종이 위에 적은 단어와 문장으로, 세상에 분명하게 자리 잡을 수 있다는 사실을 발견합니다. 작가가 주변을 둘러싼 세력, 즉 길거리의 사람들과 그들의 압력으로부터 자기 자신을 분리하기 위해 필요한 건 종이에 적힌 단어들뿐입니다. 작가는 그런 주변 세력에 대해 생각하는 법과 자신이 쓴 문장을 타고 새로운 통찰에 들어서는 법을 배웁니다. 당시에 제가 이런 것을 어느 만큼이나 느꼈냐고요? 그저 어렴풋이 본능적으로만 느꼈을 겁니다. 글은 형언할 수 없는 충동이었어요. 부분적으로는 당시에 제가 읽고 있던 작가들이 부재질한 충동이었죠.

어릴 때 책을 읽으셨나요?

<u>드릴로</u> 전혀 읽지 않았어요. 만화책만 읽었죠. 그래서인지 특정한 이야기 흐름을 따르고 싶은 스토리텔링 욕구가 없는 것 같아요.

십 대 때는요?

<u>드릴로</u> 처음엔 별로 읽지 않았죠. 열네 살 때『드라큘라』를 읽었어요. 파리는 거미에게 먹히고, 거미는 쥐에게 먹히고, 쥐는 고양이에게 먹히고, 고양이는 개에게 먹히고, 개는 아마 누군가에게 먹히겠죠. 포식 단계 하나를 빼먹었나요?『스터즈 로니건』3부작*도 읽었는데, 제 일상이나 주변의 것들이 작가가 탐구할 주제가 될 수 있다는 걸 가르쳐줬죠. 놀라운 발견이었어요. 그러다 열여덟 살 여름에, 아르바이트로 유원지에서 일했어요. 유원지를 관리하는 건데 흰색 티셔츠에 갈색 바지, 갈색 신발을 신고 목에 호루라기를 걸어야 한다더군요. 호루라기는 회사에서 지급했지만 나머지 복장은 갖추지 못했죠. 전 청바지에 체크무늬 셔츠를 입은 채 호루라기는 주머니에 넣고 다녔어요. 놀러나온 시민인 척 공원 벤치에 앉아 윌리엄 포크너의『내가 죽어 누워 있을 때』와『8월의 빛』을 읽었죠. 물론 돈은 받으면서요. 그다음에는 제임스 조이스를 읽었어요. 조이스를 통해,

찬란한 빛의 언어로 표현된 글을 보게 됐어요. 단어의 아름다움과 열정을 느꼈고, 단어에 삶과 역사가 있다는 느낌을 갖게 됐죠.『율리시스』나『모비 딕』과 함께 헤밍웨이의 문장들을 바라보곤 했어요. 아, 그 당시에『율리시스』를 접하진 않은 것 같고『젊은 예술가의 초상』이었네요. 헤밍웨이와 빠르게 흐르는 맑은 물과 병사들이 거리를 행군하며 일으킨 먼지가 나뭇잎에 내려앉는 모습을 본 건 확실해요. 이 모든 게 브롱크스의 유원지에서 있었던 일입니다.

이탈리아계 미국인 가정에서 자란 사실이 소설에 어떤 식으로든 드러나나요?

드릴로 초기의 단편소설에 나타났죠. 더 큰 환경을 보는 관점을 주었다는 의미에서만 소설에 표현됩니다. 첫 장편 제목이『아메리카나』인 건 우연이 아니에요. 사적인 독립선언이자 문화 전체를 사용하겠다는 의도를 밝힌 것이죠. 아메리카는 예전이나 지금이나 이민자의 꿈이고, 이민자의 아들인 저는 조부모님과 부모님을 끌어당겼던 가능성이라는 감각에 매료됐어요. 이 주제 덕분에 초기 단편들에서 나타내지 않았던 영역에 눈을 돌릴 수 있었죠. 그 무렵 스무 살이 넘었고, 제가 자란 거리를 떠난 지 오래된 때였습니다. 영원히 떠난 건 아니었습니다. 그 시절에 대한 이야기를 정말 쓰고 싶어요. 단지 알맞은 틀을 찾는 게 문제죠.

『아메리카나』는 어떻게 시작하게 됐나요?

드릴로 아이디어가 언제, 어디에서 처음 신경계를 강타했는지 매번

• 미국 소설가 제임스 패럴이 스터즈 로니건을 주인공으로 내세워 쓴 소설.(역자 주)

알 수는 없지만 『아메리카나』는 기억합니다. 친구들과 메인 주에서 항해 중이었죠. 우린 마운트데저트 섬에 있는 작은 항구로 들어갔어요. 샤워를 하려고 기다리며 굄목에 앉아 있다가 채 50미터가 되지 않는 곳에 있는 거리를 흘끗 봤어요. 아름답고 오래된 집들과 줄지어 선 느릅나무와 단풍나무, 정적과 회한이 느껴졌죠. 그 거리는 고유한 열망을 품고 있는 것처럼 보였어요. 그리고 일시적인 멈춤을, 제 앞에 열린 무언가를 느꼈어요. 『아메리카나』를 쓰기까지 대략 한두 달이 걸렸고, 제목을 찾아내기까지 3년쯤 걸렸을 거예요. 하지만 모든 건 그 순간에 내재되어 있었어요. 아무 일도 일어나지 않았고, 표면상으로는 아무것도 변하지 않았던 순간, 본 적 없는 것을 본 것도 아니었던 그 순간에. 하지만 그때 시간이 잠깐 멈추었고, 그 거리에 막 도착했거나 그 거리에 사는 남자에 대한 책을 써야 한다는 걸 알았어요. 그리고 그 소설이 결국 어떤 길을 따라갔든, 제가 그 조용한 거리에 대한 생각을 고수했다고 믿습니다. 대조 요소로서, 잃어버린 순수로서의 역할에 불과했다고 하더라도 말이지요.

서른이 다 되어서 뒤늦게 소설을 쓰기 시작하셨는데, 그게 작가 활동에 영향을 줬다고 생각하세요?

<u>드릴로</u>   좀 더 일찍 시작했으면 좋았겠지만 준비가 되지 않았죠. 무엇보다 야망이 없었어요. 머릿속에는 쓸 이야기들이 있었을지 몰라도 종이 위에 옮긴 건 없었고, 어떤 목적을 성취해야겠다는 불타는 소망도 없었죠. 또한 진지한 작가가 되기 위해 무엇이 필요한지에 대한 감각이 없었어요. 그 감각을 키우는 데 오랜 시간이 걸렸어요. 첫 장편소설을 낸 뒤에도 체계가 잡히지 않아 정해진 일과가 없었

어요. 때로는 밤늦게, 때로는 오후에 계획 없이 글을 썼죠. 소설과 상관없는 일을 하거나 아무것도 하지 않은 채 많은 시간을 보냈어요. 글을 쓰려면 어느 정도의 열정이 꼭 필요한지에 대한 감각이 없었던 거죠.

지금은 어떤 작업 습관이 있나요?

드릴로　아침에 수동 타자기로 일을 합니다. 네 시간쯤 일한 뒤 달리기를 하러 나가지요. 그러면 한 세계를 떨쳐내고 다른 세계로 들어가는 데 도움이 돼요. 나무와 새들, 이슬비. 멋진 간주와 같죠. 늦은 오후에 세 시간 정도 더 일합니다. 다시 책을 위한 투명한 시간이 시작되죠. 간식을 먹거나 커피도 마시지 않고, 담배도 피우지 않습니다. 담배는 오래전에 끊었어요. 집은 밝고 조용합니다. 작가는 자신의 고독을 지켜줄 확실한 조치를 취하고, 그다음에는 수많은 방법으로 그 고독을 허비합니다. 창밖을 바라보고, 사전에서 아무 항목이나 찾아 읽어대죠. 저는 그 마법을 깨뜨리기 위해 보르헤스의 사진을 봅니다. 콤 토인Colm Tóin이라는 아일랜드 작가가 보내준 건데, 캄캄한 배경에 대비된 보르헤스의 얼굴이에요. 눈멀었지만 매서운 눈매, 벌어진 콧구멍, 팽팽하게 당겨진 피부, 놀랄 만큼 선명한 입. 입은 그린 것처럼 보여요. 그는 예지를 얻기 위해 그려진 주술사 같고, 얼굴 전체에 냉혹한 황홀감이 깃들어 있어요. 그가 일하는 방식에 대해서 전혀 모르지만, 그 사진은 창가나 다른 곳에서 시간을 낭비하지 않았던 작가의 모습을 보여주지요. 그래서 그를 무기력과 표류상태에서 벗어나 마법과 예술, 예언이라는 별세계로 데려갈 안내자로 삼으려고 노력했습니다.

타자기로 친 초고들은 그냥 주변에 쌓여 있나요?

<u>드릴로</u> 맞습니다. 그 원고들을 곁에 두려고 하는데, 종잇장 아랫부분에 휘갈겨 쓴 내용을 참조해야 할 일이 반드시 생기기 때문이에요. 버려진 원고들은 작가의 노동을 물리적 수치로 나타내주죠. 제대로 된 단락을 쓰기 위해 얼마나 많이 시도해야 하는지 아시죠? 초고의 원고들이 만들어낸 무시무시한 축적물도 마찬가지예요. 『리브라』의 초고는 원고 상자 열 개에 가득 차죠. 그게 집 안에 있어 좋습니다. 연결되어 있는 느낌이 들거든요. 그건 책으로 완성됐고, 종이 위에서 만끽할 수 있는 최대치의 경험이었죠. 이제는 예전보다 글을 쓴 페이지를 좀 더 쉽게 버리게 됐어요. 전에는 보관해둘 것들을 찾았죠. 새로운 자리에 배치해서라도 단락 하나, 문장 하나를 살릴 방법을 찾곤 했는데, 이젠 버릴 방법을 찾지요. 마음에 드는 문장 하나를 버리면, 마음에 드는 문장 하나를 지니는 것만큼이나 만족스러워요. 제가 무자비하거나 심술궂게 변했다고 생각하지는 않습니다. 그저 자연이 스스로 회복한다는 것을 좀 더 적극적으로 믿게 된 것뿐이죠. 버리는 본능은 결국 일종의 신념이에요. 비록 당장은 단서에 접근할 수 없더라도 그 페이지를 구성할 더 좋은 방법이 있다고 알려줍니다.

농구나 축구선수 같은 운동선수들은 '절정의 지대'˚로 들어간다고 하죠. 혹시 작가로서 들어가는 절정의 지대가 있나요?

<u>드릴로</u> 간절히 들어가고 싶긴 하지만 그걸 찾아내는 건 다른 문제예요. 무의식적으로 글이 써지는 상태, 작가의 의식 한가운데 있는 역설을 나타내지요. 어쨌든 우선 저는 규율과 통제력을 찾습니다.

의지를 발휘해 언어를 제 방식대로 굴복시키고 세상을 제 방식대로 굴복시켜야 해요. 자극, 이미지, 단어, 개념의 흐름을 통제해야 해요. 하지만 더 고차원적인 부분, 즉 은밀한 열망이 있죠. 작가는 언어에 몰두하며 운반자나 전달자가 되어야 해요. 가장 멋진 순간은 통제력 상실과 관련이 있어요. 그건 일종의 황홀감인데, 단어와 구문으로 인해 상당히 자주 발생하기도 해요. 더 고차원적인 종류의 의미를 만들어내면서 난데없이 다가오는 완벽하게 놀라운 조합이죠. 하지만 확장 주기일 때는, 그러니까 단락과 쪽을 다룰 때는 거의 발생하지 않아요. 시인들이 소설가들보다 이 상태에 접근하기 쉽죠. 『엔드 존』에서는 많은 인물들이 눈보라 속에서 풋볼 게임을 하죠. 그 글에는 황홀하거나 마술적인 데가 없어요. 단순하지요. 하지만 저는 완전히 가속도가 붙은 상태에서 대여섯 쪽이나 되는 그 부분을 썼지요. 쉬거나 고민할 겨를도 없이 말입니다.

독자를 어떤 식으로 상상하세요?

<u>드릴로</u>   머리를 타자기에 박고 있을 때는 독자를 전혀 염두에 두지 않습니다. 일련의 기준이 있을 뿐이죠. 하지만 출판되어 세상에 나온 제 작품을 생각하면, 이렇게 상상하고 싶어집니다. 주변에 책이나 글에 대해 이야기할 사람이 전혀 없는 어떤 이가, 어쩌면 작가 지망생일 수도 있고 어쩌면 조금 고독한 탓에 자신을 유쾌하게 만들어줄 특정한 종류의 글에 의지하는 그런 사람이, 어딘가에서 그 책을 읽고 있다고 말입니다.

• 고도의 집중력이 발휘되는 의식 상태.(역자 주)

당신 작품들이 사람들을 불쾌하게 만든다는 비평을 읽은 적이 있는데요.

<u>드릴로</u> 알게 되어 다행이군요. 우리가 지금 말하고 있는 그 독자는 이미 불쾌함을 느끼고 있어요. 무척 불쾌해하죠. 그리고 그에게 필요한 것은 자신만 그런 게 아니라는 사실을 깨닫도록 도와줄 책이겠지요.

어떻게 시작하세요? 이야기의 원료는 무엇인가요?

<u>드릴로</u> 장면, 그러니까 어떤 장소에 있는 인물에 대한 인상이 먼저 떠올라요. 시각적이고 색채가 선명하죠. 그다음에는 문장이 하나씩 공백을 채웁니다. 개요는 없어요. 다음 스무 쪽을 대표해줄 짧은 목록이 시간순으로 생길 수는 있죠. 기초 작업은 문장을 중심으로 구축됩니다. 이게 제가 스스로를 작가라고 부를 때 염두에 두는 특징입니다. 문장을 구성할 때 문장을 헤쳐나가도록 이끄는 리듬이 들리죠. 백지 위에 타이핑된 단어들은 조각 같은 특성이 있어요. 그 단어들은 기묘한 관련성을 만들어내요. 의미를 통해서만이 아니라 소리와 외형을 통해서도 조화를 이루지요. 한 문장의 리듬은 일정한 수의 음절을 담게 되죠. 한 음절이라도 넘치면 다른 단어를 찾아요. 의미가 거의 같은 다른 단어는 반드시 있기 마련이고 그렇지 않더라도 리듬을, 음절의 운율을 유지하기 위해 문장의 의미를 바꾸면 어떨지 고민합니다. 언어가 제게 의미를 강요하도록 얼마든지 내맡길 의향이 있어요. 문장의 균형을 유지하면서 단어들이 조화를 이루는 방식을 지켜보면 감각적인 쾌락을 느낄 수 있지요. 한 문장에서 '무척'very과 '오직'only을 특이한 방식으로 간격을 두고, 정확히 말하면 아주 멀리 떼어놓은 상태로 쓰고 싶을지 모릅니다. '황홀'rapture과

'위험'danger을 짝지어보고 싶을 수도 있고요. 어미語尾를 맞추는 걸 좋아하거든요. 손으로 쓰기보다 타이핑을 하는 편인데, 문자들이 타자기 해머를 떠나 종이 위에 박히며 모습을 드러내는 게 마음에 들기 때문이에요. 손끝을 떠나 인쇄되어 아름답게 마무리되잖아요.

단락에 신경 쓰세요?

드릴로　『더 네임스』를 쓸 때 새로운 방법을 고안해냈어요. 한 단락을 끝내면 그게 고작 세 줄짜리라도, 반드시 새 종이에 다음 단락을 시작했어요. 혼잡한 페이지가 생기지 않은 덕분에 문장을 좀 더 명확하게 볼 수 있었죠. 그러자 더 쉽고 효율적으로 고쳐 쓸 수 있었어요. 종이의 흰 공백은 이미 쓴 것에 더 깊이 몰두할 수 있게 해주었고요. 그리고 이 책을 통해 깊은 수준의 진지함을 찾으려 애썼죠. 『더 네임스』는 새롭게 뭔가에 전념한 것을 기념하는 책이에요. 낯선 언어와 새로운 풍경이 주는 활기가 필요했고, 에게 해의 밝은 빛처럼 명쾌한 문장을 찾으려 노력했어요. 그리스인들은 알파벳으로 시각적 예술을 창조했고, 저는 아테네 곳곳의 돌에 새겨진 문자들의 형상을 연구했어요. 덕분에 신선한 활력을 얻었고, 종이 위에 쓰고 있던 것을 더욱 깊이 생각할 수 있게 되었죠. 1970년대에 했던 일부 작업은 준비 없이 즉흥적으로 한 것이지 의욕에 넘쳐서 한 게 아니에요. 누가 써달라고 애원한 것도 아니고, 너무 빨리 쓰고 있던 건지도 모르는 두 권의 책을 억지로 밀고 나간 것 같아요. 그 이후로는 주제가 저를 장악해 책상과 타자기를 넘어 제 삶의 일부분이 되도록 기다리며 인내하려고 노력해왔습니다. 『리브라』는 대단한 경험이었어요. 이야기의 일부였던 매혹적이고 비극적인 삶 때문에, 제 머릿속에 메아리치고 있어요. 그리고 『더 네임스』의 반향이 잦아들지 않는 이유는, 제가 들었고 읽었고 말하려 했고 어쩌면 조금은 말했던 언어들, 또 제가 책의 문장과 단락에 섞어 넣으려 했던 햇빛과 광포한 풍경 때문이지요.

대화문이 다른 작가들과 달라요.

드릴로 　글쎄요. 사람들이 말하는 방식에 충실하게 대화를 쓰는 52가지 방법이 있긴 하지요. 그런데 거기에 충실하려고 애쓰지 않는 때가 와요. 다른 방식들로 써봤고, 『플레이어스』에서 가장 깊이 있게 몰두했다고 생각합니다. 극사실주의적인 대화인데, 함께 살고 있고 서로의 말하는 방식과 사고방식을 잘 알며 서로가 하는 말을 완성해주지만 필요하지 않으면 애써 하려고 하지 않는 도시 남녀의 대화죠. 예민하고 초조하고 약간은 적대적인 대화인데, 그들은 어떤 상황에서든 유머러스해야 한다고 강박적으로 생각하죠. 바로 뉴욕의 목소리들이에요.

대화를 다루는 방법이 진화했나요?

드릴로 　그렇기는 하지만 아마 옆길로 진화했을 겁니다. 제겐 원대하고 통일된 이론은 없어요. 책마다 다르게 적용하지요. 『더 네임스』에서는 지성과 인식의 수준을 높였어요. 사람들은 이상화된 카페용 대화를 하지요. 『리브라』에서는 밋밋하게 만들었습니다. 인물들은 더 거창하고 범위도 넓지만 대화는 훨씬 밋밋하죠. 다큐멘터리 접근법을 썼더니 오즈월드의 대사, 그의 해병대 동료들과의 대화, 그의 아내나 어머니와의 대화가 생겼죠. 그들은 '워런 보고서'**의

밋밋한 산문체로 말합니다.

초기 단편소설들을 언급하셨는데, 이젠 쓰시지 않나요?

<u>드릴로</u>   점점 덜 쓰게 되네요.

『마오 Ⅱ』의 통일교 결혼식이나 『플레이어스』의 기내 상영 영화를 염두에 두고 하는 말인데, 영화를 비롯한 기성 형식을 단편소설의 대안으로 생각하시나요?

<u>드릴로</u>   그렇게 생각하지는 않습니다. 이 형식으로 저를 끌어당기는 것은 단편 같지 않은 특성, 고도의 양식화예요. 『플레이어스』에서는 소설의 모든 주요 인물들이 프롤로그에 등장해요. 이름이 정해지거나 정의되지 않은 배아 상태로. 그들은 비행기에서 영화를 보는 그림자 같은 사람들이에요. 이 부분은 축소된 소설이지요. 소설 외부에 놓여 있고요. 끼워 넣거나 빼낼 수 있는 조립식이에요. 『마오 Ⅱ』의 집단결혼식은 좀 더 전통적이에요. 주요 인물 한 명을 소개하고 주제와 여운을 설정하죠. 그게 없으면 그 책은 말이 안 됩니다.

『아메리카나』에 대한 이야기는 좀 나눴으니, 두 번째 소설에 대해 말씀해주세요. 『엔드 존』의 형식에 적용한 아이디어는 무엇인가요?

<u>드릴로</u>   아이디어가 있었던 건 아닙니다. 배경과 몇몇 인물만 설정한 채 귀를 기울이며 뒤에서 따라가기만 했어요. 어느 순간 구조적 중심이 필요하겠다 싶어 풋볼 게임을 하기로 결정했죠. 이것이 소설

• JFK 암살 사건의 전모를 밝히기 위해 구성된 워런 위원회에서 작성한 보고서. 배후세력은 없고 오즈월드의 단독 범행이었다고 결론 내렸지만 많은 이들이 이 보고서에 의혹을 갖고 있다.(역자 주)

의 중심물이 됐어요. 『화이트 노이즈』도 마찬가지죠. 강렬한 사건을 향해 목적 없이 터덜터덜 다가갑니다. 이번 경우에는, 사람들이 어쩔 수 없이 대피하게 만드는 유독물질 유출이 있죠. 그러고 보면 책마다 일종의 몰락, 즉 고의적인 에너지 손실이 있어요. 그게 아니면 두 책은 꽤 다르다고 생각해요. 『엔드 존』은 전쟁, 언어, 풋볼 같은 게임에 관한 이야기입니다. 『화이트 노이즈』에서는 언어가 축소되고 인간의 불안이 확대되죠. 일정한 방정식이 작용합니다. 과학기술이 발달함에 따라 두려움은 더욱 원시적으로 변해요.

플롯은 그늘진 공모의 형태로, 세 번째 소설 『그레이트존스 거리』에서 처음 나타나지요. 정부의 탄압과 관계가 있을지 모르는 불가사의한 약*이라는 개념에 대해 쓰게 된 원인은 무엇인가요?

드릴로   그런 분위기가 있었어요. 그건 사람들이 생각하고 있는 방식이었죠. 그 시절은, 적이란 정부에서 흘러나오는 존재로 여겨졌고, 대부분의 편집증적인 두려움이 상식과 구분되지 않던 때였어요. 저는 편집증이라는 단어와 결합된 번지르르함을 파헤치려고 노력했어요. 그건 일종의 상품이 되어가고 있었고, 한 가지 의미로 쓰이다가 곧 모든 걸 의미하기 시작했죠. 클럽 메드 상품처럼 돈을 주고 사는 것이 됐어요.

플롯을 찾는 중이셨나요?

드릴로   플롯이 저를 찾아냈죠. 두려움과 편집증을 다루는 책에서, 플롯은 스스로 존재를 드러내기 마련이었죠. 엄격한 종류의 플롯은 아니었어요. 벽에서 죽은 친척들이 나오는 게 보이는, 약물로 인한 환각에 가깝죠. 결국 남는 건 작은 방에 스스로를 격리해버린 남자예요. 그게 제 작품에서 벌어지는 일이에요. 폭력으로부터 몸을 숨기거나 폭력을 계획한 남자, 아니면 자신의 주변을 둘러싼 폭력에 떠밀려 침묵하게 된 개인이 있죠.

『그레이트존스 거리』에서 가장 서정적인 언어는 마지막 장의 몫으로 남겨져 있더군요. 언어능력을 박탈당한 버키 원덜릭은 로어맨해튼 거리를 헤매고 있어요. 이런 황폐한 장면에 그토록 시적인 아름다움을 쏟아부은 이유는 뭔가요?

드릴로 그게 도시인들이 악화된 주변 상황에 반응하는 방법이라고 생각했어요. 우리는 회복력을 키우고, 아름다움을 창조해야 해요. 작가는 생생한 용어로 추함과 고통을 묘사하면서도 도시의 황폐한 지역과 그곳에서 만난 사람들에게서 품위와 의미를 찾아내야 합니다. 추하면서 아름다운 것이 『그레이트존스 거리』에 존재하는 갈등의 일부예요. 책을 쓰고 있을 때, 거지들과 부랑자들이 전에는 한 번도 모습을 드러내지 않았던 시내 곳곳에 나타났어요. 실패한 사람들과 잊혀버린 삶이 새로운 느낌으로 다가오더군요. 이 도시가 중세의 어느 지역사회와 조금 비슷한 분위기라는 느낌이 들기 시작했죠. 질병이 퍼진 거리, 혼잣말을 하는 미친 사람들, 젊은이들 사이에 퍼진 마약 문화. 지금 말하고 있는 건 1970년대 초반 이야기인데, 제가 뉴욕을 14세기 유럽 도시처럼 생각했던 기억을 얘기하는 겁니다. 어쩌면 이것이 제가 책의 마지막에서, 언어에서 황폐화된 웅장함을 찾

• 저항 문화의 상징적 인물인 주인공 버키는 마약을 주입당하고 일시적으로 언어기능을 잃게 된다.(역자 주)

왔던 이유일지 모릅니다.

『그레이트존스 거리』와 다음 책인 『래트너의 별』 사이에는 3년의 간극이 있는데, 그 기간 내내 『래트너의 별』을 쓰셨나요?

드릴로 2년 넘게 집중해서 작업했어요. 지금 생각하면 그 정도 기간에 쓸 수 있었다는 게 놀랍습니다. 과학언어의 아름다움과 숫자의 신비, 비밀스러운 역사와 언어로서의 순수수학이라는 발상에 마음이 끌렸어요. 그리고 이 모든 것의 중심에 있는 열네 살짜리 수학 천재라는 개념에도. 이건 수학이 주가 되는 게임 책이라고 볼 수도 있어요. 벽, 철골, 토대 같은 구조가 지배하는 책이죠. 제가 건축 중인 글의 내부를 헤매면서 때로는 장악당한 기분을 느꼈어요. 그 속에서 길을 잃었다기보다는 그 책이 새로운 관계, 새롭고 은밀한 관계를 구축하지 못하도록 막을 힘이 도무지 없었던 겁니다.

수학에 그토록 관심을 갖게 된 계기는요?

드릴로 수학은 숨어 있는 지식이에요. 전문가들만 수학용어와 참고문헌을 알지요. 인간의 사고에 대단히 중요하지만 잘 알려지지 않은 영역을 소설로 다루고 싶었죠. 하지만 어떤 은밀한 존경심을 품은 초보 개그 작가처럼 주제에 몰래 다가가야 했어요. 『래트너의 별』만큼 재미있으면서도 고생스럽게 쓴 책은 없어요. 그리고 쓰는 내내 머릿속 다른 부분에서 그림자 같은 책을 동시에 쓰고 있었어요. 같은 중심인물이 등장하고 같은 이야기가 전개되지만 어린이 책 크기만 한 구조도 덜 복잡하고 가벼운 책을 쓰고 있었지요. 그러니까 84명이나 104명 대신 네 명의 인물만 나오는 책이었죠.

실제로 『래트너의 별』은 앞의 세 작품과 무척 달라요.

드릴로 누군가 『래트너의 별』을 제 작품의 중심부에 자리한 괴물이라고 하더군요. 어쩌면 그 책은 다른 책들 주위를 도는 궤도에 놓여 있는지도 모릅니다. 다른 책들은 하나로 압축된 개체이고, 『래트너의 별』은 아주 먼 거리에서 그 주변 궤도를 돌고 있어요.

다음으로 쓰신 책이 『플레이어스』죠.

드릴로 역시 구조가 중요하지만 방식이 아예 다릅니다. 사람들이 삶에서 필요로 하는 것으로서의 구조지요. 그 책은 이중생활을 다룹니다. 제2의 삶은 단지 비밀스러운 삶만이 아니라 좀 더 구조화된 삶이죠. 사람들에게는 규칙과 경계가 필요한데 사회가 그것을 만족스럽게 제공하지 않으면, 사회에서 멀어진 개인들은 더 깊고 위험한 것에 빠져들게 됩니다. 테러 행위는 구조를 기반으로 구축돼요. 테러리스트의 활동은 며칠이나 몇 주, 인질들이 연루될 경우 몇 년에 걸쳐 벌어지는 구조화된 이야기지요. 우린 테러리스트나 총기 밀반입자나 이중간첩 들이 그림자 같은 삶을 산다고 말합니다. 하지만 그 삶에서는 어떤 명쾌함이 효력을 발휘하고 명확한 의미가 중요하며, 양측이 동일한 규칙을 따르는 경향이 있습니다.

『더 네임스』의 등장인물인 오언 브레이드마스는 소설에 대해 흥미로운 논평을 합니다. "내가 작가라면 소설이 죽었다는 말을 듣고 얼마나 즐거울까. 중심 개념에서 벗어나 주변부에서 일하게 되면 얼마나 자유로울까. 당신은 문학의 도굴꾼이야."

드릴로 소설은 죽지 않았고, 심각하게 부상당하지도 않았지요. 하지만 우리가 주변부, 그러니까 소설이 지닌 위대함과 영향력의 그늘에서 일하고 있다고는 생각합니다. 인상적인 재주꾼들이 곳곳에 있고, 젊은 작가들이 속속 등장하며 폭넓은 주제들을 찾아내고 있는걸 확신할 수 있어요. 하지만 소설에 대해 이야기할 때 소설이 작용하는 문화를 고려해야 해요. 문화의 모든 요소가 소실에 만기를 들어요. 특히 문화의 복잡성이나 무절제와 맞먹으려고 하는 소설이라면 더더욱 그렇지요. 이것이 윌리엄 개디스의 『제이알』JR, 노먼 메일러의 『할롯의 유령』, 토머스 핀천의 『중력의 무지개』, 로버트 쿠버의 『공개 화형』Public Burning이 중요한 이유예요. 이 책들은 중산층 독자에게 양보하지 않고도 많은 즐거움을 주며, 문화에 영합하기는커녕 문화를 흡수하고 포함해버려요. 로버트 스톤과 조앤 디디온의 작품도 있는데, 둘 다 양심적인 작가이며 문장과 단락에 공을 들이는 작가죠. 그리고 코맥 매카시의 『핏빛 자오선』을 빼놓을 수가 없지요. 이런 책과 작가들은, 여전히 소설은 충분히 폭넓고 대담하기 때문에 거대한 경험의 영역을 망라할 수 있음을 보여줍니다. 우리에게는 풍요로운 문학이 있지만 때로 그 문학은 너무 쉽게 힘을 잃고 주변 소음에 섞여버려요. 그래서 저항하는 작가들이 필요합니다. 부당한 권력과 정부, 기구, 기업에 맞서 글을 쓰는 작가들이 필요하지요. 자칫 잘못하면 다들 엘리베이터에서 나오는 경음악으로 전락해버릴 겁니다.

『화이트 노이즈』에서 잭이 딸 스테피의 잠꼬대를 듣고 있을 때, 스테피가 '토요타 셀리카'* 라는 단어를 반복하는 대목에 대해 말씀해주시겠어요?

<u>드릴로</u>　우리 삶을 떠도는 특정한 단어와 구절에는 신비로운 데가

있어요. 컴퓨터가 만든 신비주의라고 할 수 있죠. 일본에서 덴마크에 이르기까지 어디에서나 팔릴 상품에 쓰려고 컴퓨터로 생성한 단어들, 백 가지 언어로 발음할 수 있도록 고안된 단어들이지요. 그리고 상품에서 단어를 분리할 경우 그 단어가 구호의 특성을 갖도록 고안됐죠. 어떻게 그런 결론에 도달했는지는 모르지만, 영어에서 가장 아름다운 구가 '지하실 문'cellar door이라고 오래전에 누군가가 결론을 내렸어요. 그 소리에 집중하고, 단어가 뜻하는 물체로부터 단어를 분리하고, 그 단어를 되풀이해 소리내보면 고차원적인 에스페란토어가 돼요. '토요타 셀리카'는 이런 식으로 탄생하게 됐지요.

『리브라』를 쓰기 위해 어떤 조사를 하셨는지 말씀해주세요.

드릴로 여러 단계의 조사를 했는데, 소설가의 작업이 다 그렇죠. 저는 살아 있는 사람이 아니라 유령들을 찾고 있었어요. 뉴올리언스, 댈러스, 포트워스, 마이애미에 갔고 집과 거리와 병원, 학교와 도서관을 살펴봤죠. 이건 주로 오즈월드를 추적할 때였지만, 다른 인물들의 경우도 마찬가지예요. 그 뒤 제 머리와 공책 속에 있던 인물들이 세상으로 나왔어요. 그다음엔 책을 조사했죠. 오래된 잡지와 사진, 보고서, 출판물에 인쇄된 흐릿한 자료, 아내가 텍사스의 친척들로부터 찾아낸 자료. 그리고 캐나다에 사는 어떤 남자의 차고가 놀라운 물건으로 가득하다는 걸 알게 됐죠. 라디오 프로그램에서 말하는 오즈월드의 목소리가 녹음된 테이프, 오즈월드의 어머니가 아들의 편지를 읽는 목소리가 녹음된 테이프 등. 그리고 케네디 암살 당

• 일본 토요타 자동차가 1970년부터 2006년까지 생산한 스포츠형 승용차.

일 댈러스에서 아마추어가 찍은 장면으로 구성된 영상을 보았어요. 제프루더가 찍은 영상을 포함한 원본 그대로인 강렬한 장면을 본 거죠. 그리고 제 나름의 가설들을 입증해줄 물건을 우연히 발견하며 흥분을 느끼기도 했어요. 이 미로에 들어오는 사람은 누구나 부분적으로는 과학자, 소설가, 전기 작가, 사학자, 탐정이 되어야 한다는 사실을 알고 있죠. 풍경은 비밀들로 가득했고, 이 소설은 저만의 소중한 비밀이었죠. 제가 무엇을 하고 있는지 극소수의 사람들에게만 말했어요.

그리고 나서 케네디 암살 사건에 있어서는 '옥스퍼드 영어사전'이라고 부를 수 있는 워런 보고서를 조사했지요. 1.5톤쯤 되는 자료를 누락시켰는데도 여전히 자료가 풍부하고, 사건의 광기와 의미를 풍부하게 포착한 유일한 서류지요. 저는 강박적인 조사원은 아니지만 총 26권에 이르는 워런 보고서를 반은 읽었습니다. 광대한 FBI 보고서도 있는데, 그건 거의 손대지 못했어요. 그리고 성적표, 소지품 목록, 부엌 서랍에서 발견된 매듭지은 줄에 달린 사진 자료가 있지요. 대통령을 죽이는 데 걸린 시간은 단 7초였지만 우린 아직도 증거를 수집하고, 서류를 면밀히 조사하고, 사람들을 찾아내 이야기를 듣고, 사소한 정보들을 뒤적이며 진실을 밝히기 위해 노력하고 있어요. 사소한 정보는 정말 특별합니다. 잭 루비* 어머니의 치과 기록을 우연히 발견했을 때, 감탄이 밀려왔어요. '정말 이것도 자료에 넣었단 말이야?' 시대 언어와 지역 속어, 오즈월드 어머니와 현장에서 급조된 천재 같은 이들의 엉망으로 꼬인 목격담, 기차 승무원과 스트리퍼와 전화 담당 직원의 삶을 비롯해 목격자의 증언은 훌륭한 정보였어요. 저는 실용적인 태도를 취해야 했기 때문에 모든 걸 읽고 싶은 충동을 뿌리치고 자료를 선별해야 했어요.

『리브라』가 나왔을 때 이것이 당신의 대표작이라는, 일생의 위업이라는 느낌이 들었어요. 다음에 뭘 할지 알고 계셨어요?

드릴로　그 후 한동안은 그 이야기와 인물들에 사로잡혀 있을 거라고 생각했어요. 그 생각은 맞았지만 자료를 찾거나 새로운 책을 시작해야 할 때라는 생각에는 영향을 주지 않았어요. 『리브라』는 제 삶에 오래도록 영향을 미칠 겁니다. 제가 그 이야기와 깊이 연관되어 있기 때문이기도 하고, 책을 넘어선 바깥세상에서 아직 끝나지 않은 이야기이기 때문입니다. 새로운 주장과 용의자, 자료들이 꾸준히 나타나고 있죠. 결코 끝나지 않을 거예요. 끝나야 할 이유도 없고요. 케네디 암살 25주기 때 어느 신문에서 기사를 실으며 '미국이 제정신을 잃었던 날'이라고 제목을 붙였죠. 거의 같은 무렵에 록그룹 세 팀이, 어쩌면 록그룹 두 팀과 포크그룹 한 팀이었는지도 모르겠는데 동시에 순회공연 중이라는 걸 알게 됐어요. 오즈월즈^{Oswalds}, 잭 루비스^{The Jack Rubies}, 그리고 데드 케네디스^{Dead Kennedys}였죠.

한 작품을 끝내고 나면 기분이 어떠세요? 그동안 해온 작업에 진저리가 나요, 아니면 흐뭇한가요?

드릴로　대개는 완성해서 기쁘지만 결과물에 확신이 생기질 않죠. 바로 이때가 편집자들, 친구들, 독자들에게 의지해야 할 순간입니다. 『리브라』를 끝낼 때 묘한 일이 일어났어요. 소총과 좌파 잡지들

• 경찰 조사를 받고 나오는 오즈월드를 권총으로 사살했다.(역자 주)

을 들고 있는 오즈월드의 사진을 책꽂이에 세워뒀는데, 그 책을 작업하는 내내 3년 넘게 그 자리에 있었죠. 마지막 문장에 이르렀을 때였어요. 그건 마지막 페이지에 이르기 오래전부터 알고 있었던 정밀한 어법을 갖춘 문장이었고, 제가 무척이나 도달하고 싶었던 문장이었죠. 마침내 그 문장에 도달했을 때, 마음 깊이 안도감과 만족감을 느끼며 평소 속도보다 타자를 더 빨리 쳤던 모양이에요. 그 사진이 책꽂이에서 스르르 미끄러졌고, 그걸 붙잡기 위해 글쓰기를 멈춰야 했습니다.

당신에 대한 평론 중에 저를 좀 심란하게 했던 대목이 있어요. 인터뷰에서 직접 하신 말씀인지, 평론가의 가정이었는지 모르지만 당신이 등장인물들에 대해 각별히 마음을 쓰지 않는다는 주장이었죠.

<u>드릴로</u> 인물은 작가가 독자에게 주고 싶은 즐거움 가운데 하나예요. 저는 언어나 문장 구성을 통해, 재미있거나 심술궂거나 폭력적일지 모르는 인물들을 통해 즐거움을 주고 싶습니다. 하지만 저는 특정한 인물을 애지중지하며 독자들도 그래 주기를 바라는 부류의 작가는 아닙니다. 모든 작가는 자신이 창조한 인물들을 좋아해요. 어머니를 계단 아래로 밀어버리는 남자를 창조한다고 합시다. 노파가 휠체어에 앉아 있고, 남자는 술에 취한 채 집으로 돌아와 길게 이어진 계단 아래로 노파를 밀어버려요. 끔찍한 짓을 저질렀기 때문에 작가가 무의식적으로 이 인물을 싫어할까요? 전 그렇게 단순하지 않다고 생각합니다. 인물에 대한 작가의 감정은 그를 완전히 현실화했는지, 그를 이해하고 있는지에 달려 있어요. 좋아하거나 싫어하는 단순한 문제가 아니죠. 또한 작가는 현실에서 사람들에게 감정

을 나타내는 것과 똑같은 방식으로 등장인물들에 대한 감정을 드러내지는 않습니다. 『마오Ⅱ』에서 캐런 제니에게 엄청난 공감을, 그러니까 공감과 이해와 연대감을 느꼈어요. 그녀의 의식 속으로 빠르고 쉽게 들어갈 수 있었죠. 그리고 그녀의 관점에서 글을 쓰며 제가 사용한 언어를 통해 공감과 연대감을 나타내려 애썼지요. 자유롭게 흘러가며 불합리하고 장황하게 뻗어 나가는 그녀의 관점은 다른 인물들의 관점과 완전히 달라요. 캐런은 특별히 호감이 가는 인물은 아니에요. 이렇게 말하면 지나치게 단순하기는 하지만 제 의지와는 별개로 일단 그녀에게 삶을 부여한 이상, 그녀를 좋아할 수밖에 없었어요. 그건 문장에서 나타납니다. 평소처럼 단어를 일정한 방식으로 문장에 구속하며 제약을 두지 않았지요.

『리브라』로 『더 네임스』 때보다 더 많은 독자를 얻으려고 하신 건가요?

드릴로　그렇게 할 방법을 알지 못했습니다. 제 머리는 한쪽으로, 그러니까 단순한 것을 복잡하게 만드는 쪽으로 작동합니다. 그건 다수의 독자를 얻는 방법이 아니지요. 제 작품이 마땅히 가져야 하는 독자가 저를 찾는다고 생각합니다. 쉬운 작품들은 아니죠. 상당히 늦은 나이에 소설을 쓰기 시작했고, 기대 또한 낮았다는 점을 알아주셔야 합니다. 첫 장편소설을 시작하고 2년이 지날 때까지 스스로 작가라고 생각하지도 않았어요. 『리브라』와 씨름하면서 불운하다고 느꼈는데 그 뒤로 벌어진 모든 일들이 제가 틀렸음을 입증했죠. 인정받은 덕분에 저의 타고난 초조함과 염세적 기질도 완화됐고요. 그렇다고 작품의 어조가 누그러진 건 아닙니다. 제가 작가로서 운이 좋았다는 걸 깨닫게 됐지요.

주제적인 관점에서 『마오 II』가 『리브라』로부터 자연스럽게 나왔다는 걸 알 수 있어요. 테러리스트와 작은 방에 갇힌 남자라는 주제 면에서요. 그런데 『리브라』 이후에 왜 이전 소설들의 형식과 느낌으로 돌아가셨는지 궁금해요. 『마오 II』에는 『플레이어스』나 『러닝 도그』로 되돌아가는, 방황에 대한 내용이 있어요.

드릴로　『마오 II』의 가장 기본적인 구조는 프롤로그와 에필로그를 포함해 『플레이어스』와 비슷해요. 하지만 『마오 II』는 분야를 만들어본다면 '쉬었다가 움직이는 책'rest-and-motion book이라고 할 수 있어요. 책의 처음 절반은 '책'이라고 제목을 붙일 수 있을 겁니다. 빌 그레이는 자신의 책에 대해 이야기하고, 종이 원고들을 쌓아두고 자신의 작품들을 보관하는 서류 캐비닛 역할을 하는 집에서 살지요. 그리고 책의 나머지 절반은 '세상'이라고 제목을 붙일 수 있겠네요. 여기에서 빌은 자신의 책에서 벗어나 세상으로 나갑니다. 알고 보니 정치적 폭력의 세상이죠. 책의 처음 절반을 끝낼 무렵에야 나머지 절반이 어떤 형식이어야 하는지 깨달았습니다. 앞이 보이지 않는 채로 글을 쓰고 있었던 거죠. 그 지점에 이르기까지 어려움을 겪었지만, 일단 빌이 자신의 조련사들로부터 벗어나야 한다는 사실을 파악하자 솟구치는 흥분을 느꼈습니다. 마침내 그 책이 제게 자신을 드러냈기 때문이죠. 가장 명백한 것들은 깜짝 놀랄 계시의 형태로 나타나는 경향이 있지요.

앞에서 작은 방에 갇힌 사람들에 대해 잠깐 이야기를 나눴어요. 빌 그레이는 작가이고, 오즈월드는 저격범이죠. 오언 브레이드마스는 라호르라는 오래된 도시에 있고요. 버키 원덜릭은 콘서트 무대에서 이탈해 숨어버리죠. 하지만 군중은 어떤가요? "미래는 군중의 것이다."라고 『마오 II』에서 쓰셨잖아요. 그 문장은

많이 인용됐고요.

드릴로 『마오 II』에서는, 넘쳐나는 이미지 세상의 바깥에 사는 은둔한 작가, 극도의 개인주의자에 대해 생각했어요. 그다음에는 여러 종류의 군중을, 그러니까 축구 경기장에 있는 사람들이나 성자나 국가 원수의 거대한 사진 주변에 모인 사람들을 생각했지요. 이 책은 미래에 대한 논의예요. 세상에 대한 상상력을 얻고자 벌이는 투쟁에서 누가 이길 것인가? 카프카나 베케트의 개인적인 상상력 같은 소설가의 내적 세계가, 우리가 살고 있는 삼차원 세상 속에 결국 섞여버린 때가 있었어요. 그들은 일종의 세상 이야기를 썼어요. 그리고 다른 의미에서 조이스도 그랬죠. 조이스는 『율리시스』와 『피네간의 경야』로 책을 세상으로 바꾸었어요. 오늘날에는 그 세상이 책이 됐지요. 좀 더 정확하게는 보도 기사나 텔레비전 쇼나 한 토막의 영화 장면이 됐죠. 그리고 세상 이야기는 재앙과도 같은 사건을 획책한 사람들, 말하자면 군부 지도자나 전체주의 지도자, 테러리스트, 권력에 현혹된 사람들에 의해 쓰이고 있어요. 세상 소식은 사람들이 읽고 싶어하는 소설이고, 소설이 갖고 있던 비극적인 내러티브를 전달하죠. 『마오 II』에서의 군중은 집단결혼식을 제외하면, 텔레비전 앞의 군중이에요. 우리가 끔찍한 사건들을 다루는 뉴스에서 보게 되는 대중이죠. 뉴스는 군중으로 가득 찼고, 텔레비전 시청자들은 다른 종류의 군중을 상징합니다. 수백만 개의 작은 방으로 나뉘어 들어간 군중이지요.

전형적으로 암울하면서도 재미있는 장면인데, 『마오 II』에서 빌 그레이가 차에 치였을 때 수의사들에게 다가가잖아요. 자신의 다친 정도를 확인하려고요. 그건

어디에서 나왔나요?

드릴로 앞에서 단순한 순간에서 복잡한 순간으로 가는 문제를 언급했어요. 이건 그 예시의 하나죠. 빌 그레이의 신체 상태가 심각하다는 걸 나타내고 싶었지만, 의사의 진료실로 걸어가게 하는 건 어처구니없을 만큼 난순해 보였어요. 부분적으로는 그가 의사를 만나고 싶어하지 않았기 때문이지만(그는 직설적인 진실을 두려워했으니까요.), 주된 이유는 좀 더 재미있게 표현해보고 싶었기 때문이죠. 그래서 우회로를 택했어요. 기초적인 의학정보로 희극적인 대화와 흥미진진한 연극을 이끌어내고 싶었죠. 제 말은 빌이 작가인 척한다는 거예요. 물론 그는 진짜 작가지만, 자신의 책에 넣고 싶은 의학적인 문제를 조사하는 작가인 척하는 거죠. 우연하게도 그건 그 대목을 쓰기 전에 제가 한 행동이고요. 빌이 차에 치였을 때 입은 부상의 종류와 부상의 파장이 어떤 식으로 나타날지에 대해 의사와 이야기를 나누었거든요. 그리고 거나하게 취한 세 명의 영국인 수의사라는 매개를 통해 그 의사의 대답을 재생했어요. 낯선 이에게 호의를 베풀려고 하는 수의사들을 통해서 말이죠. 작가인 빌은 자기 작품의 등장인물이 돼요. 그는 일종의 소설을 설정함으로써 정보를 가리고 약화시키려 하지요. 빌은 책을 위해서 그렇게 해야 한다고 수의사들에게 말하지만, 사실은 그의 책이 아니라 제 책이죠.

당신의 작품에는, 정확히 언제인지는 알지 못하지만 자신이 생각보다 일찍 죽게 되리란 사실을 알게 되는 인물이 많아요. 버키 원덜릭은 죽지는 않겠지만 부작용이 치명적임을 알면서도 끔찍한 약을 주입당하죠. 유독물질 유출로 중독된 잭 글래드니 역시 명백한 예시고요. 그다음에는 자동차 사고를 당한 빌 그레이가 나오죠. 모호한 이 죽을 운명은 무엇을 뜻하나요?

드릴로 누가 알겠습니까? 글이 생각의 농축된 형태라면, 가장 농축된 글은 죽음에 대한 고찰로 끝나겠지요. 이건 우리가 충분히 오래, 그리고 깊이 생각한다면 결국 대면하는 문제입니다.

혹시 『리브라』에 담긴 개념과 관련이 있나요?

드릴로 모든 플롯이 죽음으로 이어진다는 개념 말인가요? 그럴 가능성이 있겠군요. 『리브라』나 『화이트 노이즈』에서 그랬지만, 그렇다고 플롯이 정교하게 짜인 소설이라는 뜻은 아닙니다. 『리브라』에는 여담과 명상이 많고, 오즈월드의 삶은 책의 상당 부분에서 그저 두서없이 진행됩니다. 자신의 음모가 암살 '공포'를 실제 살인으로 바꿀 촉수들을 키워낼 것인지 궁금해한 사람은 본래 음모를 꾸민 월터 에버렛 주니어(그냥 '윈'이라고 불렀죠.)이고, 당연히 그 일은 벌어집니다. 플롯은 최후의 지점까지 자신만의 논리로 뻗어 나가지요. 그리고 『화이트 노이즈』는 주인공이 말려드는 진부한 간통 플롯을 발전시키고, 플롯에 포함된 죽음 에너지에 대한 그의 공포를 정당화하지요. 플롯이 정교한 소설들을 생각하면 탐정소설이나 추리소설, 그러니까 반드시 시체 몇 구는 만들어내는 부류의 작품이 떠오르지요. 하지만 본래 플롯의 핵심은 공들인 등장인물들이 아니라 그 시체들이에요. 책의 플롯은 시체를 향해 거침없이 움직이거나 그것에서 곧장 흘러나오는데, 인위적일수록 상황이 더 나아져요. 독자들은 피상적인 방식으로 죽음과 대면함으로써 자신의 두려움을 속일 수 있습니다. 추리소설은 죽음을 일종의 게임 형식에 담아 플롯에 빡빡하게 집어넣고는, 책 바깥에 있는 진짜 죽음이라는 무시무시한 두려움을 약화시키지요.

케네디 암살 사건 전의 세상에서는 당신의 책들이 쓰일 수 없었을 거라고 말씀하셨죠.

드릴로 우리 문화는 여러 먼에서 변화했어요. 그리고 그런 변화는 제 작품의 요소 가운데 하나입니다. 제 작품에는 사건의 충격적인 임의성, 실종된 동기, 사람들이 직접 저지르기도 하지만 거리를 두고 일제히 지켜보는 것처럼 느껴지는 폭력이 있죠. 암살 사건을 에워싼 기본적인 사실들, 예를 들어 저격한 사람의 수와 발포된 탄환의 수에 대해 우리가 느끼는 의심이 있어요. 사건 관련 내용이 하나씩 폭로될 때마다 새로운 기밀이나 예상하지 못했던 관련성이 나타나는 것처럼 보이지요. 아마 그런 은밀한 심리가 제 작품의 일부분이었던 것 같아요. 평범한 사람들이 서로 몰래 감시하고, 권력의 핵심부가 움직이고 조작하는 방식 말이에요. 우린 전쟁 이후에도 거리에 나온 탱크와 거대한 폭력을 봐왔습니다. 하지만 우리에겐 작은 방에 들어간 개인만 있을 뿐, 그림자 속에서 나와 모든 걸 바꿔줄 사람은 없지요. 메인 주에서 보낸 그 주간과 소설을 써야겠다고 생각하게 해준 그 거리가 생각나네요. 메인 주에서 보내던 때인지 그 뒤였는지 확실하진 않지만, 어느 날 신문을 샀는데 찰스 휘트먼에 대한 기사가 있었어요. 텍사스 주 오스틴에 있는 탑 꼭대기로 올라가서 총을 난사해 열두 명을 죽이고 약 서른 명에게 부상을 입힌 젊은이죠. 총을 여러 자루 들고 올라갔답니다. 장기간의 포위에 대비해 겨드랑이용 탈취제를 포함해 물품들을 챙겨서요. '또 텍사스로군.'이라고 읊조렸죠. 물론 '겨드랑이용 탈취제라니.'라고도 생각했지요.

『리브라』에서 중요한 점들 가운데 하나는 암살을 찍은 동영상이 존재한다는 사실이에요. 그 책으로 제기하신 논점은 살해당하는 오즈월드를 찍을 때까지 텔레비전이 사실상 진가를 발휘하지 못했다는 것이지요. 작가로서의 당신을 특징짓는 점들 중에 하나가 '텔레비전 이후의 작가'라고 할 수 있을까요?

드릴로 케네디는 동영상에서 총격을 당했고, 오즈월드는 텔레비전에서 총격을 당했습니다. 그게 어떤 의미라도 있을까요? 아마 오즈월드의 죽음을 즉각 되풀이해 방송했다는 점뿐이겠죠. 텔레비전은 모두의 것이었어요. 케네디의 죽음을 찍은 제프루더의 동영상은 독점 영상이었죠. 판매되면서 꼼꼼하게 선별한 대상에게 나눠졌어요. 사회적 차이가 계속 존재하고 계층구조가 굳게 유지되도록 말이에요. 사람들은 텔레비전을 보며 저녁을 먹는 동안 오즈월드의 죽음을 구경했고, 그들이 잠자리에 들 무렵에도 오즈월드는 여전히 죽어가고 있었죠. 하지만 제프루더의 동영상을 보고 싶다면 매우 중요한 인물이거나 제가 알기로 텔레비전에서 그 영상을 한 번 보여준 1970년대까지 기다려야 했어요. 아니면 누군가에게 3만 3천 달러를 지불해야 했죠. 그게 당시 시가였죠.

제프루더의 동영상은 18초짜리 홈비디오인데, 역사부터 물리학까지 대학수업에서 열 개 이상의 주제를 던져줄 수 있을 겁니다. 또 새로운 세대의 기술 전문가라면 누구나 제프루더의 동영상에 덤벼들어 분석하게 됩니다. 그 동영상은 우리가 기술에 투자하는 모든 희망을 대변하지요. 제프루더의 동영상뿐만 아니라 다른 중요한 영상과 스틸사진에도 적용할 수 있는 새로운 기법이나 컴퓨터 분석이 결국은 사건의 진상을 정확하게 밝혀줄 겁니다.

전 그걸 정확히 반대로 해석하는데, 그 점마저 고려하고 계실 수도 있겠네요. 영상이 존재하는데도 사건의 진상을 알지 못한다는 게 아이러니잖아요.

드릴로   우린 아직도 어둠 속에 있습니다. 우린 그 사건의 조각들과 그림자만 가지고 있을 뿐이고, 사건은 여전히 수수께끼예요. 꿈이 주는 공포 같은 요소도 여전히 존재하지요. 그리고 무서운 건 가장 사진이 잘 받았던 우리의 대통령이 영상 속에서 살해당한 겁니다. 그런데 제프루더의 영상에는 필연적인 데가 있어요. 그런 식으로 진행되는 게 당연했어요. 그 순간은 20세기에 속해 있는데, 이 말은 그 사건이 영상으로 포착되는 게 당연했다는 뜻입니다.

좀 더 나아가서, 그 영상 때문에 혼란이 발생했다고 말할 수 있을까요? 어쨌든 그 영상이 없었다면 음모론을 사실로 상정하기가 어려웠을 테니까요.

드릴로   우리가 느끼는 모든 감정이 그 영상의 일부라고 생각하는데, 분명 혼란과 공포는 그중 더 강렬한 감정일 거예요. 머리 총격은 우리의 거실에서 예고 없이 일어나는 음란한 순간처럼 끔찍한 거예요. 세상에 대한 어떤 진실, 관여한 사람들이 있지만 우리는 알고 싶어하지 않는 입에 담지 못할 어떤 행위죠. 케네디 대통령이 언제 처음 총에 맞았는지, 코넬리 주지사가 언제 처음 총에 맞았는지, 영부인은 왜 좌석 너머로 기어오르고 있었는지에 대한 혼란이 지나가면, 그리고 머리 총격이 주는 공포가 지나가면 놀라운 사실이 벼락 치듯이 드러납니다. 왜냐하면 머리 총격은 치명적인 총탄이 정면에서 발포됐다는 가장 직접적인 진술이니까요. 그 충격과 반사작용에 어떤 물리적 가능성이 있든 그걸 보면 무슨 일이 벌어지고 있는지 궁금해져요. 우리는 영상 매체나 자신의 사물 인지력에 내재된 왜곡을 보고 있는 걸까요? 정부의 거대한 거짓말에 자발적으로 희생되고 있는 걸까요? 아니면 우리 몸속 모든 세포가 말해주듯이, 총알은 단순히 정면에서 날아온 걸까요?

『아메리카나』에서 자신에 대한 영화를 제작한 데이비드 벨부터 『러닝 도그』의 히틀러 벙커에서 제작되는 포르노 영화, 『더 네임스』의 영화제작자 볼테라의 짧은 강연까지, 영화라는 주제로 계속 돌아가시잖아요. "20세기는 영화에 존재한다."라고 『더 네임스』에 쓰셨고요. "영화화된 세기"라고 말이에요.

드릴로   영화는 이전 사회가 하지 못한 방식으로 우리가 스스로를 점검하게 해줍니다. 스스로를 점검하고, 모방하고, 확장하고, 현실을 개조하게 합니다. 영화는 복시複視와도 같은 우리 삶에 침투하고 우리를 현실에서 분리해줍니다. 우리 중 어떤 이들을 리허설 중인 배우로 바꿔주기도 하지요. 제 작품에서 영화와 텔레비전은 흔히 재난과 연결됩니다. 텔레비전은 시각적인 특징을 갖추고 있는 한, 나쁜 소식과 재난에 대한 욕망을 버리지 못할 겁니다. 우리는 세상을 영화화하고 재생하고 또다시 재생하는 시점에 이르렀어요. 어떤 사람들은 걸프 전쟁이 텔레비전을 위해 만들어졌다는 느낌을 받았을 거예요. 또 국방부가 밀착 보도를 검열했을 때 우울해졌지요. 나라 전역을 떠돌던 행복감이 돌연 무너져버렸어요. 우리가 이기지 못하고 있어서가 아니라, 그들이 우리의 전투 화면을 빼앗아버렸기 때문이었어요. 가장 자주 되풀이되는 영상이 뭔지 생각해보세요. 로드니 킹 비디오테이프*나 챌린저호 폭발사고**나 오즈월드를 총으로 쏘는 루비의 모습이지요. 이런 영상이 우리와 관계 맺는 방식은 베티 그레이블이 그 유명한 핀업 사진에서 흰 수영복을 입고 등 뒤로 고개를 돌려 이쪽을 바라보는 것과 같은 방식이지요. 텔레비전에서는 그런 테이프를 수없이 반복해 틀지요. 그건 세상 이야기이므로, 세상 모든 사람이 볼 때까지 트는 거지요.

프랭크 렌트리키아●●●**는 당신을 문화의 형태와 운명이 자아의 형태와 운명을 좌우한다고 믿는 부류의 작가라고 말하더군요.**

드릴로   맞아요. 그런 측면에서 『러닝 도그』에 대해 생각해볼 수 있겠네요. 그 책은 정확히 강박관념에 대해 이야기하지는 않아요. 강박관념 매매에 대한 책이지요. 최고가를 부른 입찰자에게 주는 경매품이나 무모할 만큼 적극적으로 달려드는 구매자에게 주는 제품 같은 강박관념. 그게 바로 이 책에서 일어나는 일이에요. 어쩌면 이 소설은 베트남 전쟁(제가 공격하고 있는 게 바로 이거죠)과 그 전쟁이 자기 나름의 전략을 구사한 사람들에게 영향을 미친 방식, 개개인이 자신의 삶을 이끈 방식에 대한 응답일지 모릅니다. 등장인물들 사이에는 미쳐 날뛰는 욕구가 있어요. 책의 신성한 목적을 달성하기 위해 특정한 인물들이 느끼는 난폭한 충동과 히틀러의 벙커에서 제작된 홈비디오가 있지요. 모든 편집증과 조작, 폭력, 추잡한 욕망은 베트남전의 경험에서 비롯된 부산물의 한 형태예요. 『리브라』에서도 마찬가지죠. 텔레비전을 보고 있는 오즈월드, 소총의 볼트를 만지는 오즈월드, 자신과 대통령이 여러 가지 면에서 비슷하다고 생각하는 오즈월드가 있어요. 제가 보기에 러시아에서 돌아온 오즈월드는 개인적인 성취감을 누릴 수 있다는 기대로 가득 찬 남자예요. 하지만 그는 가난하고 불안정하고 아내에게 잔인하고, 고용되기에 적합한 사람이 아니에요. 자신이 누구이고, 자신의 운명을 어떻게 이끌어야 하는지 알아내기 위해 자신만의 할리우드 영화 속으로 들어가야 하는 남자죠. 우린 이야기가 오랜 세월 동안 계속 업데이트되는 과정을 지켜봤어요. 이것은 불만을 품은 젊은이의 이야기예요. 미디어 천국에서 흘러나오는 신성한 영향력이 과연 존재하는지 의심하면서, 그 성스러운 소용돌이로 들어갈 유일한 방법이 폭력극을 연기하는 것이라고 느낀 젊은이 말이에요. 오즈월드는 정치와 자신의 변화 가능성에 대한 믿음을 잃은 사람이지요. 그리고 뒤에 나타날, 미디어에 중독된 남자아이들과 그다지 다르지 않게 생의 마지막 몇 달을 살았습니다.

『뉴욕 리뷰 오브 북스』가 "미국 소설계 편집증파의 최고 주술사"라는 별명을 붙였어요. 그 별명은 당신에게 어떤 의미인가요?

드릴로   그게 어떤 이에게는 명예로운 별명일 수 있겠지만 저한테 어울리는 별명인지는 모르겠습니다. 분명 제 작품에는 편집증적인 요소가 있어요. 어떤 이들이 생각하는 것만큼 심하지는 않지만 『리브라』가 그렇지요. 그 책에서 우연이라는 요소는 조작된 역사만큼이나 의미가 강력할지도 모릅니다. 역사는 암살 이전이 아니라 이후에 조작됐죠. 『러닝 도그』와 『그레이트존스 거리』 역시 편집증적인 기운이 있을지 모르지만 저 자신이 편집증적이지는 않습니다. 제 주

• 1991년 3월 미국 로스앤젤레스에서 흑인인 로드니 킹이 과속운전을 하다 적발돼 백인 경찰에게 무차별 구타를 당했다. 그 장면을 촬영한 비디오가 텔레비전으로 방영돼 사건이 세상에 알려졌으나 구타한 경찰들이 무죄판결을 받으며 흑인폭동이 일어났다.(역자 주)
•• 1986년, 미국의 우주왕복선 챌린저호가 발사 73초 만에 폭발했다. 민간인 여교사를 포함해 7명이 타고 있었고 발사장면은 CNN을 통해 미국 전역에 생중계 중이었다.(역자 주)
••• 『문학연구를 위한 비평용어』의 저자로, 듀크 대학에서 연구 교수로 있다.

변 분위기 중에서 편집증적인 요소에 마음이 끌렸는데, 1960년대와 70년대에는 그런 분위기가 훨씬 강했지요. 제 인물들에게 나타나는 편집증의 중요한 면은 종교적 경외심의 형태로 작용한다는 겁니다. 그건 오래된 어떤 것, 영혼의 망각된 부분에서 나온 잔재죠. 그리고 제겐 이런 편집증을 만들어내고 제공하는 정보기관들이, 스파이 조련사나 탁월한 첩보원만큼 흥미롭게 느껴지지 않습니다. 그들은 오래된 신비와 매력을, 말로 표현할 수 없는 것들을 상징해요. 중앙정보국은 최후의 비밀을 간직한 교회 같지요.

"미국 사회를 과시적일 만큼 우울하게 바라본다."는 평을 들어오셨어요.

<u>드릴로</u>　동의하지 않지만, 어떤 독자들은 상황의 우울한 면을 본다는 사실은 이해돼요. 제 작품은 다른 종류의 소설이 주는 위안을 제공하지 않아요. 오늘날 우리의 삶과 인식, 당면한 문제가 50~60년 전과 다르지 않다고 시사하는 작품이죠. 저는 희극과 구조와 언어에 숨겨진 것 말고는 위안을 제공하지 않아요. 희극이 특별히 위로가 되지도 않을 겁니다. 하지만 그 무엇보다 언어가 먼저예요. 역사와 정치보다 언어가 먼저죠. 언어는, 페이지 위에서 만들어지고 쓰이는 모습을 바라보며 제 머릿속에서 내는 휘파람 소리를 듣는 온전한 즐거움을 줍니다. 바로 그게 제 작품을 나아가게 하지요. 독자에게 음악적 감성이 있다면 예술은 어둡더라도 아주 즐거울 수가 있어요. 분명 제가 다루는 소재보다 훨씬 어두운 소재도 있지요. 저는 20세기 후반이라는 특별한 껍질 속에 사는, 평범하면서 비범한 사람들을 창조하기 위해 노력합니다. 또 주변에서 보고 듣고 느낀 것을 기록하려 애씁니다. 제가 시대의 흐름 속에서, 전자 문화에서 느끼는 것

을 말이죠. 그런 것들이 미국의 힘과 에너지라고 생각해요. 그리고 우리 시대의 것이기도 하죠.

최근에는 어떤 작업을 하고 계신가요?

<u>드릴로</u> 1991년 후반부터 새로운 글을 쓰기 시작했는데 그게 뭐가 될지는 몰랐어요. 짧은 이야기일지, 긴 이야기일지도 몰랐죠. 그냥 한 편의 글이었고, 제가 썼던 그 어느 글보다도 큰 즐거움을 주었죠. 결국에는 중편소설인 『담장의 파프코』가 됐고, 시작한 지 1년쯤 뒤에 『하퍼스 매거진』에 실렸죠. 어느 순간 그 작품을 그대로 끝내지 말아야겠다고 다짐했어요. 돌고래나 박쥐처럼 우주에 신호를 보내고 응답을 받았죠. 그래서 약간 바뀐 그 작품은 프롤로그가 되어 현재 쓰고 있는데 제목은 바뀔 거예요. 그런데 즐거움은 오래전에 사라지고 긴 소설이라는, 황무지와도 같은 힘겨운 현실이 돼버렸어요. 하지만 여전히 우주의 응답을 듣고 있답니다.

그 소설을 끝내고 나면 다른 계획이 있나요?

<u>드릴로</u> 구체적인 계획은 없습니다. 하지만 시간이 한정되어 있다는 사실을 의식하고 있지요. 새 소설을 시작할 때마다 위에 있는 분에게 "책 한 권을 더 쓸 수 있을 만큼만 오래 살게 해주십시오!"라고 이야기하면서 계약 기간을 연장합니다. 우리에게 책이 얼마나 많은가요? 그중 좋은 작품은 얼마나 될까요? 소설을 보험계리사처럼 수치로 판단하는 사람들은 가장 훌륭한 작품이 지난 20년 동안 나왔고, 그 뒤로 우리는 반짝거리는 돌들을 찾아 떠돌고 있다고 말해요. 그 말에 꼭 동의하는 건 아니지만, 저는 쏜살같이 지나가는 시간을 의

식하고 있습니다.

그래서 조바심이 나나요?

드릴로 아닙니다. 그것 때문에 조바심이 나지는 않습니다. 그저 글을 좀 더 빨리 쓰고 싶어지지요.

글을 계속 쓰실 거죠?

드릴로 뭐든 계속 쓰겠죠.

제 말은, 정원 가꾸기를 시작하실 순 없다는 뜻이었어요.

드릴로 그건 안 되죠, 안 돼요.

핸드볼*은요?

드릴로 길거리 핸드볼 용어로 '킬러'^{killer}가 뭔지 아십니까? 공을 벽과 바닥이 만나는 이음매에 정확히 내려치면, 공은 절대 튀어오르지 못해요. 그걸 킬러라고 불렀답니다.

• 드릴로는 어느 인터뷰에서 어린 시절에 독서나 글쓰기를 거의 하지 않았고 펀치볼이나 핸드볼을 하거나 길거리에서 놀며 시간을 보냈다고 말했다.

애덤 베글리$^{Adam\ Begley}$ 미국의 프리랜서 작가로, 존 업다이크의 전기 『업다이크』를 출간했다. 1989년 하버드 대학을 졸업했고, 스탠퍼드 대학에서 박사 학위를 받았다. 「뉴욕 타임스」, 「로스앤젤레스 타임스」, 「가디언」, 「파이낸셜 타임스」에 기고하고 있다.

주요 작품 연보

10

절망에서 잉태되는
삶의 희망

존 치버
JOHN CHEEVER

존 치버 미국, 1912. 5. 27.~1982. 1. 18.

환상과 반어적인 희극을 통해 미국 중산층의 삶과 도덕성을 정밀하게 묘사했다. 우아하면서도 명료한 문체를 사용하고 사건과 일화를 치밀하게 접목하는 것으로 유명하다. 생전에 157편의 단편소설을 발표해 미국 문단에서 단편소설의 전통을 다지는 데 이바지했다는 평가를 받았다.

1912년 매사추세츠 주 퀸시에서 태어났다. 부모의 불행한 결혼생활로 인해 외롭고 우울한 어린 시절을 보냈다. 대학 예비학교인 세이어 아카데미 재학 시절 담배를 피우다 적발돼 퇴학당한 경험을 토대로 쓴 단편소설 「퇴학」을 『뉴 리퍼블릭』에 발표한다. 독서와 창작에 매달리며 착실하게 작가 수업을 했고, 1934년 「브루클린 하숙집」을 『뉴요커』에 발표하면서 40년 동안 이어진 『뉴요커』와의 인연이 시작된다. 이후 단편소설뿐 아니라 드라마와 영화 대본, 잡지 기사 등 다양한 글을 썼고, 아이오와 대학과 보스턴 대학에서 글쓰기를 가르치기도 했다.

첫 단편집 『어떤 사람들이 살아가는 방법』을 시작으로, 『거대한 라디오』, 『셰이디 힐의 가택 침입자』, 『여단장과 골프 과부』, 『사과의 세계』, 『존 치버 단편집』 등 일곱 권의 단편집을 냈다. 『존 치버 단편집』으로 퓰리처상, 전미도서상, 전미비평가협회상을 받았다. 첫 장편소설 『왑샷 가문 연대기』로 전미도서상을 받았고, 그 속편에 해당하는 『왑샷 가문 몰락기』 또한 문학성을 인정받았다.

치버는 비평가 존 레너드가 '교외의 체호프'라고 부를 정도로, 미국 교외 중산층의 일상을 예리한 관찰력으로 설득력 있게 묘사했다. 1982년 미국 예술원으로부터 문학 부문 국민훈장을 받았고, 그로부터 6주 후 암으로 세상을 떠났다.

치버와의 인터뷰

아네트 그랜트

> 우리는 숲 속을 걸었고, 한 바퀴 돌고 집으로 돌아왔을 때 치버가 말했다.
> "어서 장비를 챙겨요. 금방 돌아와서 역까지 데려다줄 테니까." 말을 마치자마자
> 그는 옷을 훌렁 벗고 연못에 풍덩 뛰어들었다. 알몸이 되어, 한 번 더 진행된
> 인터뷰로부터 자신을 씻어내고 싶은 게 분명했다.

존 치버와의 첫 인터뷰는 1969년 봄, 『불릿파크』가 막 출간된 뒤에 진행되었다. 보통 치버는 새 책을 발표하면 시골을 떠나지만 이번에는 그러지 않았다. 그래서 이스트코스트에 사는 많은 인터뷰 진행자들이 뉴욕 주의 오시닝으로 찾아갔고, 이야기의 달인은 그들에게 시골에서의 유쾌한 하루를 선물했다. 다만 그의 책이나 소설 작법에 대한 이야기는 거의 나누지 않았다.

치버는 까다로운 인터뷰 상대로 유명하다. 평론에는 전혀 관심을 두지 않고, 일단 출간된 뒤에는 자신의 책이나 줄거리를 다시 읽은 적이 없으며 그 세부사항에 대해서 또렷이 기억하지 못할 때가 많다. 자기 작품에 대해 말하는 것 또한 싫어한다. 그의 말을 빌리자면 특히 "그런 기계에 대고" 인터뷰하는 건 더욱 싫어한다. 자신이 어디에 있었는지가 아니라 지금 어디를 향해 가는지를 살펴보는 걸 더 좋아

하기 때문이다.

치버는 인터뷰를 위해 빛바랜 파란색 셔츠와 카키색 바지를 입고 있었다. 우리가 오랜 친구인 까닭도 있겠지만 그는 느긋하고 편안해 보였다. 치버는 1799년에 지어진 오래된 집에 살고 있기 때문에 건물과 주변을 돌아보는 건 필수 코스였다. 곧 우리는 햇볕이 잘 드는 2층 서재에 자리를 잡고 대화를 시작했다. 그가 창문 커튼을 싫어한다는 사실, 오시닝 인근의 고속도로 건설을 막기 위해 애쓰는 중이라는 얘기, 이탈리아 여행, 누드 공연을 하는 극장에서 자동차 열쇠를 잃어버린 남자를 주인공으로 하여 쓰고 있는 원고, 할리우드, 정원사와 요리사, 칵테일 파티, 1930년대의 그리니치빌리지, 텔레비전 수신 상태, 존이라는 이름을 가진 수많은 작가(특히 친구인 존 업다이크)에 대해서 이야기를 나눴다.

치버는 자신에 대해서는 자유롭게 이야기했지만, 작품에 대한 대화로 넘어가자 화제를 돌렸다. "이런 이야기는 지루하지 않나?", "뭐 좀 마실까요?", "점심이 준비된 것 같은데, 내려가서 확인해보죠.", "숲속을 산책한 다음 수영이나 할까요?", "시내로 나가서 내 사무실을 구경할래요?", "주사위 놀이 해요?", "텔레비전은 많이 봐요?"

몇 차례의 방문 동안 우리는 대부분 먹거나 마시거나 걷거나 수영하거나 주사위 놀이를 하거나 텔레비전을 봤다. 치버는 전기톱으로 나무를 함께 자르자고 하지는 않았는데, 그것은 그가 중독되었다고 소문난 활동이었다.

마지막 녹음을 하던 날은, 시어 스타디움에서 열린 월드 시리즈에서 뉴욕 메츠가 볼티모어 오리올스를 이기는 광경을 보며 오후를 보냈다. 경기가 끝나자 팬들이 기념물로 간직하려고 잔디 조각을 뜯어내고 있었다. "놀랍지 않소?" 치버는 뉴욕 메츠와 팬 양쪽 모두를 염두에 두며 이 말을 여러 번 되풀이했다. 그 뒤에 우리는 숲 속을 걸었고, 한 바퀴 돌고 집으로 돌아왔을 때 치버가 말했다. "어서 장비를 챙겨요. 금방 돌아와서 역까지 데려다줄 테니까." 말을 마치자마자 그는 옷을 훌렁 벗고 연못에 풍덩 뛰어들었다. 알몸이 되어, 한 번 더 진행된 인터뷰로부터 자신을 씻어내고 싶은 게 분명했다.

The main entrance to Falconer--the only entrance for
convicts,their visitors and the staff--was crowned by an
escutcheon representing Liberty,Justice and,between the two,
the power of legislation. Liberty wore a mob-cap and carried a
pike. Legislation was the federal eagle,armed with hunting arrows.
Justice was conventional;blinded,vaguely erotic in her clinging
robes and armed with a headsman's sword. The bas-relief was
bronze but black these days--as black as unpolished anthracite or
onyex. How many hundreds had passed under this--this last
souvenir they would see of man's struggle for cohreence. Hundreds,
one guessed,thousands,millions was close. Above the escutchen was
a declension of the place-names:Falconer Jail 1871,Falconer
Reformatory,Falconer Federal Penitionary,Falconer State Prison,
Falconer Correctional Facility and the last,which had never
caught on:Daybreak House. Now cons were inmates,the assholes
were officers and the warden was a superindendent. Fame is
chancey,God knows but Falconer--with it's limited accomodations
for two thousand miscreants was as famous as Old Bailey. Gone
was the water-torture,the striped suits,the lack-stepkthe balls
and chains and there was a soft-ball field where the gallows had
stood but at the time of which I'm writing leg-irons were still
used in Auburn. You could tell the men from Auburn by the noise
they made.

존 치버의 『팔코너』 원고 중 한 페이지.

존 치버
×
아네트 그랜트

소설 쓰기에 대한 어느 소설가의 고백을 읽는 중이에요. "현실에 진실하고 싶다면, 그것에 대한 거짓말부터 시작하라."는 말에 대해 어떻게 생각하세요?

존 치버   허튼소리. 우선 '진실'과 '현실'은 납득할 만한 기준이 세워지지 않는 한 아무런 의미가 없어요. 고정된 진실은 없어요. 거짓말에 대해서 말하자면, 소설에서 거짓은 중요한 요소지요. 이야기를 들으며 느끼는 스릴은 눈속임을 당하거나 마음을 빼앗길 기회죠. 나보코프는 이 분야의 대가예요. 거짓말을 하는 것은 삶에 대해 우리가 느끼는 가장 깊은 감정을 표현해주는 교묘한 속임수죠.

삶에 대해 많은 이야기를 들려주는 터무니없는 거짓말의 예를 말씀해주실 수 있나요?

치버   물론이죠. 거룩한 결혼 서약이 그겁니다.

핍진성과 사실성은 어떤가요?

치버 제가 생각하기에 핍진성은 독자에게 지금 듣고 있는 이야기의 진실성을 보증하기 위해 활용하는 기법이에요. 독자가 책을 읽으면서 정말로 양탄자 위에 서 있다고 믿는다면, 작가는 독자의 발밑에서 그걸 잡아당길 수 있지요. 물론 핍진성은 거짓말이기도 해요. 제가 핍진성에 대해 바라는 건 우리 삶과 닮은 개연성을 갖추는 거예요. 이 탁자는 진짜처럼 보이고, 과일 바구니는 제 할머니의 것이지만 언제든지 미친 여자가 문으로 들어올 수 있어요.*

책을 끝낼 때 기분이 어떠세요?

치버 대개는 피로감을 느끼죠. 첫 장편소설인 『왑샷 가문 연대기』를 마쳤을 때는 무척 즐거웠어요. 우린 유럽으로 가서 머물렀고 평론을 보지 않았기 때문에, 거의 10년 동안 맥스웰 가이스머의 비난을 알지 못한 채 지냈죠. 『왑샷 가문 몰락기』는 달랐어요. 그 책에 큰 애정을 느낀 적은 없지만 책이 나왔을 때 전 몹시 심각한 상태였어요. 그 책을 불태워버리고 싶었죠. 한밤중에 깨어나 헤밍웨이의 목소리를 듣곤 했어요. 헤밍웨이의 목소리를 실제로 들어본 적은 없지만 그가 "이건 작은 고통일 뿐이야. 나중에는 더 큰 고통이 올 거야."라고 말하는 것 같았어요. 자리에서 일어나 욕조에 걸터앉아서 새벽서너 시까지 줄담배를 피우곤 했어요. 한번은 창밖의 검은 세력들에게, 다시는 어빙 월리스**를 뛰어넘으려 노력하지 않겠다고 맹세했죠. 『불릿파크』 이후로는 그렇게 나쁘진 않았어요. 그 책에서는 마음에 드는 세 명의 등장인물과 단순하면서도 깊은 울림이 있는 산문체, 한 남자가 불구덩이에서 사랑하는 아들을 구하는 장면 등 제가 원하던 것을 정확하게 달성했죠. 그 책은 어디에서나 열광적으로 인정받았지만 벤저민 디모트•••가 「타임스」에서 헐뜯자 다들 자기 구슬을 집어들고 집으로 달려가 버리듯 외면하더군요. 얼마 뒤 스키 사고로 왼쪽 다리를 다쳤고, 파산할 지경에까지 이르렀죠. 언론 쪽에 운도 없었지만 제 능력에 대한 과대평가가 문제였어요. 책을 끝내고 나면, 반응이 어떻든 간에 상상력이 어느 정도는 고갈되기 마련이에요. 정신이상이라고까지 표현하지는 않겠지만 소설을 끝내는 건 언제나 상당한 심리적 타격을 주지요. 그게 자신이 진정으로 하고 싶어하는 일이고, 그 일을 진지하게 여긴다면 더욱 그렇지요.

심리적 타격이 사라지기까지 얼마나 걸리나요? 치료법이 있기는 한가요?

치버 치료법이라는 말의 정확한 뜻을 모르겠지만 심리적 타격을 줄이기 위해 주사위를 높이 던지고, 술을 진탕 마시고, 이집트에 가고, 낫을 들고 들판으로 나가고, 나사를 조입니다. 차가운 연못에 뛰어들기도 하고요.

소설의 인물들은 각자 나름의 독자성을 갖고 있나요? 수습이 불가능해 작품에

• 픽진성은 개연성을 포괄하는 개념으로, 소설의 경우 허구에 개연성을 부여해서 독자로 하여금 있음직한 일이라고 받아들이게 하는 정도를 뜻한다. 개연성은 논리적 인과관계만으로 얻을 수 있지만, 언뜻 불필요해 보이는 세부묘사 등의 장치를 넣으면 픽진성이 높아진다.(역자 주)
•• 시사적 사건에 근거한 대중소설에 주력해 폭넓은 독자층을 확보한 작가로, 면밀한 조사를 통해 쓴 그의 소설은 날카로운 저널리즘의 색채를 띠기도 한다. 베스트셀러가 된 『채프먼 보고서』를 비롯해 많은 작품을 남겼다.
••• 작가이자 문화비평가로 수많은 잡지에 글을 썼고, 암허스트 대학에서 40년 동안 학생들을 가르쳤다.

서 빼버려야 할 때는 없었나요?

치버 인물들이 작가에게서 달아난다는 얘기, 즉 인물들이 마약을 하고 성전환 수술을 하고 갑자기 우두머리가 되어버린다는 이야기 는 작가가 자신의 기술에 대한 지식이 전혀 없거나 숙달하지 못한 바보라는 뜻이죠. 한마디로 황당한 얘기예요. 상상력을 극도로 발휘 하면 머릿속에 담긴 정보가 복잡해지고 풍부해지면서, 생명체가 갑 작스럽게 방향을 바꾸거나 빛과 어둠에 반응하듯이 자유로움을 추 구하려는 경향이 나타나요. 하지만 작가가 자신의 바보 같은 발명품 보다 뒤처져 무력하게 뛰어다닌다는 생각은 한심하지요.

소설가는 비평가이기도 해야 하나요?

치버 저는 비판적인 어휘력이 부족하고 비평하는 재능도 없습니다. 그래서 늘 인터뷰 진행자들의 질문에 얼버무리게 되는 것 같습니 다. 제 문학비평 능력은 주로 실용적인 수준이죠. 제가 좋아하는 것 을 활용하는데, 무엇이든 해당되지요. 카발칸티, 단테, 프로스트 등 누구든 해당되지요. 원하는 부분을 책에서 뜯어내기 때문에 서재는 늘 어수선하고 지저분해요. 작가가 문학을 지속적인 과정으로 바라 볼 책임이 있다고는 생각하지 않습니다. 아주 적은 문학작품이 살아 남을 겁니다. 제 생애의 순간순간을 아름답게 채워준 책들이 있었는 데, 그 시간이 지나면서 유용성을 잃어버렸죠.

그런 책들을 어떻게 '활용'하시나요? 무엇 때문에 '유용성'을 잃어버리나요?

치버 가장 내밀하고 예리한 의사소통 수단인 책을 '활용'하여 나 자 신을 발견하는 설렘을 느끼지요. 하지만 그런 심취는 때로 일시적인 것에 그칩니다.

그렇다면 비판적 어휘가 부족하다는 가정 아래, 공식적인 교육을 많이 받지 않았는데도 어떻게 상당한 학식을 갖추게 되셨나요?

치버　전 학구적인 사람은 아니에요. 학교교육을 제대로 받지 않은 것을 후회하진 않지만, 동료들의 박식함은 진심으로 존경합니다. 물론 전 무식하지는 않아요. 문화 수준이 높은 뉴잉글랜드에서 자란 덕분이겠죠. 가족들은 모두 그림을 그리고 책을 읽고 노래하는 걸 즐겼는데, 특히 책을 많이 읽었어요. 어머니는 조지 엘리엇의 『미들마치』를 열세 번 읽었다고 주장했어요. 죄송한 말씀이지만 사실이 아니에요. 그러려면 평생이 걸릴 테니까요.

『왑샷 가문 연대기』에서 누군가 그렇게 하지 않았나요?

치버　맞아요. 오노라가 그랬죠. 제 기억이 틀릴 수도 있지만 그녀는 그 책을 열세 번 읽었다고 주장했죠. 어머니는 『미들마치』를 읽다가 정원에 내버려두곤 해서 비를 맞히기도 했어요. 이 일화는 소설에 나옵니다.

그 책을 보면 당신의 가족 이야기를 엿듣는 기분이 들 정도예요.

치버　『왑샷 가문 연대기』는 어머니가 돌아가신 뒤에 출간했습니다. 배려였지요. 이모님(책에는 등장하지 않아요.)은 말씀하셨죠. "저 녀석한테 정신분열이 있다는 걸 알았으니 망정이지, 몰랐다면 다시는 말을 섞지 않았을 거다."

친구들이나 가족은 자신들이 책에 등장한다고 생각하나요?

치버 오직 불명예스러운 의미에서만 그렇습니다. 다들 그런 식으로 느끼는 모양이에요. 어떤 인물에게 보청기를 달면, 사람들은 자기를 묘사한다고 짐작합니다. 등장인물이 다른 나라 사람이거나 아예 다른 역할이라고 해도 말이지요. 허약하거나 서투르거나 어떤 식으로든 결함이 있는 인물들을 창조하면, 사람들은 곧바로 자기와 연결짓죠. 하지만 미모가 뛰어난 인물을 창조하면, 자신과 결부하지 않아요. 사람들은 스스로를 격려하고 칭찬하기보다는 늘 비난할 준비가 되어 있는데, 소설을 읽는 사람들이 특히 그렇지요. 어떤 여자가 넓은 파티장을 가로질러 가다가 "왜 저에 대한 이야기를 쓰셨어요?"라고 물어본 적이 있어요. 전 무슨 이야기를 썼는지 생각해내려 애썼죠. 열 가지쯤 뒤지다 보니 눈이 붉은 사람을 언급한 책이 있더군요. 그 여자는 그날 자기 눈이 충혈되었기 때문에 제가 그녀를 지목했다고 생각한 거예요.

그 사람들은, 당신이 그들의 삶에 참견할 권리가 없다며 분개하는군요?

치버 그게 글쓰기의 창의적인 측면이라고 생각하면 멋질 텐데 말이에요. 그럴 의도가 전혀 없었는데 사람들이 비난받았다고 느끼는 모습을 보는 게 싫어요. 물론 일부 작가들은 비방하려고 애쓰기도 해요. 비방은 에너지의 원천이긴 하지만 소설의 순수한 에너지가 아니라 어린아이의 투정 같은 거죠. 신입생들의 작문에서나 나타나는 그런 종류의 것이지요. 비방은 제 에너지에 해당되지 않습니다.

나르시시즘이 소설의 중요한 특성이라고 생각하세요?

치버　흥미로운 질문이군요. 물론 나르시시즘은 자기애, 적의를 품은 소녀, 네메시스의 분노, 줄기가 지나치게 긴 식물 같은 여생을 뜻하지요. 누가 그걸 원하겠어요? 하지만 우린 가끔 자신을 정말 사랑하게 돼요. 아마 대부분의 사람이 그럴 거예요.

과대망상은 어떤가요?

치버　작가들은 지독하게 자기중심적인 성향이 있어요. 좋은 작가들은 글쓰기 외에도 다른 뛰어난 재주가 많지만 글쓰기는 더 큰 자유를 약속해주지요. 저는 제 소중한 친구인 예프투셴코*가 6미터나 떨어진 수정을 깨뜨릴 만큼 대단한 자존심을 지녔다고 얘기하곤 합니다. 하지만 그보다 한 수 위인, 등이 굽은 투자 전문 은행가를 알고 있습니다.

상상력의 내적인 스크린, 즉 등장인물들을 투영하는 방식에 어떤 식으로든 영화의 영향을 받았나요?

치버　저와 같은 세대의 작가들, 그리고 영화와 함께 자란 작가들은 다양한 미디어에 익숙하기 때문에 카메라와 작가에게 무엇이 가장 적합한지 알아요. 군중 장면, 불길해 보이는 문, 미인의 눈가 잔주름을 클로즈업하는 진부함을 건너뛰는 법을 터득하지요. 이런 기법에서의 차이는 명확하게 이해되는 것이기 때문에 좋은 소설을 각색한다고 좋은 영화가 나오지는 않습니다. 제 생각에 공감해주는 감독을 만나게 되면 독창적인 시나리오를 써보고 싶어요. 여러 해 전에 르

---

* 스탈린주의에 맞서 싸운 러시아의 대표적 시인.

네 클레르가 제 소설을 영화화하려고 했지만 경영 본부에서 소식을 듣자마자 투자금을 모두 회수해버렸죠.

할리우드에서 일하는 건 어떻게 생각하세요?

치버 남부 캘리포니아에서는 언제나 여름밤과도 같은 냄새가 나지요. 제게 여름밤은 항해의 끝, 게임의 끝을 뜻하지만 실상은 그게 아니에요. 제 경험과는 다르더군요. 저는 나무, 특히 나무의 탄생에 관심이 많은데, 그 시절은 나무들이 이식되어 전혀 새로운 장소에 있게 된 것처럼 당황스러웠어요.

할리우드에는 돈을 벌려는 단순한 이유 때문에 갔습니다. 사람들은 친절하고 음식도 맛있었지만, 그곳에서 행복한 적은 없었습니다. 그저 돈을 벌러 갔기 때문이겠지요. 영화 제작비를 마련해야 하는 엄청난 어려움을 겪으면서도 훌륭하고 독창적인 영화를 계속 만들어내는 감독들을 존경합니다. 하지만 할리우드를 생각하면 '자살'이라는 단어가 먼저 떠오르지요. 침대에서 나와 샤워실로 들어갈 수 있으면 괜찮은 상태일 정도로 엉망인 상황이었어요. 호텔비를 지불하지 않았기 때문에, 전화기를 들고 생각해낼 수 있는 가장 복잡하고 상세한 아침 식사를 주문한 다음 목을 매기 전에 샤워부터 하려고 애쓰곤 했죠. 할리우드의 영향이 아니라 그냥 그곳에서 자살 콤플렉스가 있었던 것 같아요. 전 고속도로를 좋아하지 않아요. 수영장 물도 너무 뜨거웠고요. 마지막으로 그곳에 갔던 지난 1월에는 맙소사, 상점에서 애완견용 야물커*까지 팔더군요. 저녁을 먹으러 가서 식당을 가로지르는데 어떤 여자가 균형을 잃고 넘어지더군요. 그 여자의 남편이 고함을 쳤죠. "내가 목발을 가져오라고 할 때는 듣는 시늉도 않더니만!" 그야말로 완벽한 대사였어요.

다른 집단, 그러니까 학계 쪽은 어떤가요? 비판적인 작업을 많이 하잖아요. 과도할 만큼 범주를 나누고 라벨을 붙이는 데 열을 올리죠.

치버　학계는 다른 분야와 비슷하게, 수입을 보장하기 위해 무엇을 생산할 수 있느냐를 토대로 존재합니다. 그러니 소설을 다룬 논문은 나오지만, 주로 산업 논리에서 나오지요. 소설을 쓰는 사람들이나 소설 읽기를 좋아하는 사람들에게는 결코 도움이 되지 않아요. 『램파츠』에 실린 『불릿파크』 평론에 대해 말했나요? 거기에서는 제가 세인트보톨프스⁎⁎를 떠난 탓에 위대함을 놓쳤다고 하더군요. 포크너가 옥스퍼드에서 그랬듯이, 그곳에 머물렀다면 포크너만큼이나 위대해졌을 텐데 실수했다고요. 그곳은 아예 존재하지 않는 곳인데, 완벽한 허구의 장소로 돌아가라는 말을 들으니 너무 이상했어요.

고향인 퀸시를 얘기한 것 같은데요.

치버　그건 아니었죠. 어쨌든 그 글을 읽었을 때 정말 서글펐어요. 평론이 뭘 말하려고 하는지 알았거든요. 14년 동안 살았던 나무속으로 되돌아가라는 말을 듣는 것과 같았죠.

어떤 사람이 당신의 책을 읽을 거라고 생각하세요? 어떤 사람이 읽기를 바라시나요?

• 유대인 남자들이 쓰는 테두리 없는 모자.(역자 주)
•• 존 치버의 장편 『왑샷 가문 연대기』의 배경으로, 이 소설은 세인트보톨프스라는 작은 어촌 마을에 사는 왑샷 가문 사람들의 이야기를 그렸다.

치버 각양각색의 유쾌하고 지적인 사람들이 책을 읽고, 그 책에 대한 사려 깊은 편지를 보내줍니다. 그들이 누구인지는 모르지만 놀라운 사람들이죠. 광고와 저널리즘, 심술궂은 학계의 편견과는 상관없이 독립적으로 사는 것 같아요. 독립적인 삶을 즐기도록 해준 책들을 생각해보세요. 제임스 에이지의 『이제 유명인들을 칭송하자』, 맬컴 라우리의 『화산 아래서』, 솔 벨로의 『비의 왕 헨더슨』과 『훔볼트의 선물』 같은 뛰어난 책들은 혼란과 경악이 뒤섞인 반응을 얻었지만, 수많은 사람들이 양장본으로 펴낸 그 책들을 샀지요. 나무가 내다보이는 작업실 창문 앞에서 진지하고 사랑스럽고 신비한 독자들이 그곳에 있다고 즐겨 생각한답니다.

현대의 글쓰기가 좀 더 전문화되고 자전적이 되어간다고 생각하시나요?

치버 그런 것 같아요. 소설보다는 자서전과 편지가 더 재미있을지도 모르지만 그래도 전 소설을 고집할 겁니다. 소설은 편지나 일기로는 얻지 못하는 반응을 각양각색의 사람들로부터 얻을 수 있는 매우 중요한 소통수단이에요.

어릴 때 글쓰기를 시작하셨나요?

치버 이야기를 들려주었죠. 세이어랜드라는 자유로운 분위기의 학교에 다녔어요. 무척 작은 학교였는데, 학생 수가 열여덟 아니면 열아홉 명이었어요. 선생님은 아이들이 산수 문제를 다 풀면 제게 이야기를 들려줄 기회를 특별히 주곤 했어요. 연속물을 이야기했는데, 무척 영리한 작전이었죠. 정해진 시간이 끝날 때까지, 그러니까 한 시간 동안 이야기를 이어가면서 결말을 알려주지 않고 끝내면 다들 다음 시간이 될 때까지 궁금해하면서 결말을 듣고 싶어했거든요.

몇 살이었나요?

치버 　음, 저는 나이를 속이는 경향이 있긴 하지만, 그때는 여덟 살이나 아홉 살이었을 거예요.

그 나이에 한 시간이나 줄줄 이어지는 이야기를 생각해냈다고요?

치버 　그럼요. 지금도 그렇고요.

뭐가 먼저인가요? 플롯인가요?

치버 　전 플롯을 가지고 작품을 쓰지 않습니다. 직관, 이해, 몽상, 개념으로 작업합니다. 인물과 사건은 동시에 떠오르지요. 플롯에는 내러티브와 수많은 허튼소리가 들어 있어요. 도덕적 신념을 희생하여 독자의 흥미를 끌려는 계산된 시도지요. 사람들은 지루해지는 걸 바라지 않기 때문에 긴장감을 유지할 요소가 필요하지요. 하지만 좋은 내러티브는 가장 기본적인 구조에 있어요.

글만 쓰셨나요? 다른 일도 해보셨나요?

치버 　신문배달 트럭을 운전한 적이 있는데, 꽤 괜찮았어요. 월드 시리즈 기간에는 특히나 좋았죠. 퀸시 신문에 박스 스코어와 경기의 전체 내용이 실리곤 했거든요. 라디오나 텔레비전을 가진 사람이 없었기 때문에, 마을 사람들은 뉴스를 기다리곤 했어요. 덕분에 전 좋은 소식을 전하는 사람이 되어 뿌듯했지요. 그리고 군대에서 4년을 보냈어요. 첫 작품인 「퇴학」을 『뉴 리퍼블릭』에 판 게 열일곱 살 때였고, 스물두 살 때는 『뉴요커』에서 제 작품을 가져갔죠. 그 뒤로 오랫동안 『뉴요커』의 지원을 받았어요. 무척 유쾌한 조합이었죠. 1년에 열둘에서 열네 편의 단편을 보냈어요. 처음에는 허드슨 가에 있는 빈민가의 유리가 깨진 지저분한 방에서 살면서 글을 썼어요. 그러다가 MGM 영화사에서 폴 굿맨과 시놉시스 작업을 했죠. 짐 패럴과도 했고요. 우린 출간된 책이란 책은 모두 3쪽이나 5쪽, 아니면 12쪽으로 압축해서 5달러에 팔았죠. 타이핑도 직접 했고요.

『뉴요커』에 실린 소설을 쓰는 건 어땠나요? 누가 소설 편집 담당이었나요?

치버 월코트 기브스가 아주 잠깐 소설 편집을 했고, 그 뒤로는 거스 로브라노였어요. 거스와는 아주 잘 아는 사이였어요. 낚시 동료였지요. 물론 해럴드 로스를 빼놓을 수 없죠. 까다로웠지만 그 사람이 무척 좋았죠. 로스는 원고에 대해 터무니없는 질문을 했어요. 다른 작가들이 글로 썼던 얘기이기도 한데, 이야기에 대한 서른여섯 가지 질문 같은 거였죠. 작가 입장에서는 매우 모욕적이고 취향을 무시당하는 행위였지만 로스는 신경 쓰지 않았어요. 그 사람은 자기 생각을 털어놓고 작가를 일깨우기를 좋아했어요. 기발할 때도 있었죠. 「거대한 라디오」에서, 그는 두 가지를 고쳤어요. 파티가 끝난 뒤 욕실 바닥에서 다이아몬드가 발견되는 장면이었는데, 남자는 "그걸 팔아. 그럼 몇 달러를 쓸 수 있어."라고 말해요. 로스는 '달러'dollar를 '벅'buck으로 바꿨는데 절대적으로 완벽했어요. 놀라웠죠. 그런 다음 저는 '라디오가 잔잔하게 흘러나왔다.'라고 썼는데, 로스는 연필로 '잔잔하게'를 한 번 더 썼어요. '라디오가 잔잔하게, 잔잔하게 흘러나왔다.' 완벽하게 옳았죠. 하지만 그 뒤로 스물아홉 가지 다른 제안을 하더군요. "이 소설은 24시간 지속되는데 뭘 먹는 사람이 아무도 없군요. 식사에 대한 언급이 전혀 없어요." 같은. 이런 종류의 전형적인 예는 돌 던지는 풍습을 다룬 셜리 잭슨의 「제비뽑기」*였어요. 로스는 그 소설을 싫어했어요. 악랄하게 굴기 시작했죠. 버몬트 주에는 그런 종류의 돌이 있는 마을이 없다는 거예요. 이러쿵저러쿵, 이러쿵저러쿵. 놀라운 일은 아니었죠. 전 로스 때문에 섬뜩해지곤 했어요. 로스가 온다는 걸 모르고 점심을 즐기고 있는데, 그가 삶은 달걀이 담긴 컵을 들고 나타나곤 했거든요. 저는 등을 의자 등받이에 딱 붙이고 앉아 있곤 했죠. 로스는 손으로 할퀴고 코를 후벼대는 사람이었고, 바지와 셔츠 사이로 속옷이 보일 정도로 잔뜩 추켜올려 입을 수 있는 그런 사람이었죠. 많은 걸 배운 창의적이고 파격적인 관계였죠. 그가 그립군요.

그 시기에 작가들을 많이 만나셨죠?

치버 작가로 성공할 수 있을지 의심스럽던 중에, 제게 매우 중요한 두 사람을 만났습니다. 가스통 라셰즈**와 에드워드 E. 커밍스***죠. 전 커밍스를, 특히 그의 기억력을 좋아했어요. 그는 티플리스에서 민스크까지 가는 목탄 기관차를 멋지게 흉내 냈어요. 5미터 거리에서도 푹신한 먼지 속으로 핀이 떨어지는 소리를 들을 수 있는 사람이었죠. 커밍스의 죽음에 관한 일화를 아세요? 무더운 9월이었고,

---

• '6월에 제비뽑기를 하면 옥수수가 묵직해진다.'는 속담에 따라, 해마다 희생양을 뽑아 돌을 던지는 산골마을의 하루를 그린 소설로, 셜리 잭슨을 명작가의 반열에 올려놓았다.
•• 양감을 강조한 여성 나체상으로 유명한 프랑스 태생의 미국 조각가.
••• 시인, 소설가, 화가로 모더니즘의 영향을 받아 시각에 호소하는 실험적인 시를 썼다.

커밍스는 뉴햄프셔의 집에서 불쏘시개로 쓸 나무를 패고 있었어요. 예순일곱 살이었을 거예요. 아내인 매리언이 창밖으로 몸을 내밀며 "나무 패기에는 너무 더운 날씨 아니에요?"라고 물었어요. "이제 그만할 거요. 도끼를 넣어두기 전에 날을 갈아야겠어, 여보." 그게 그의 마지막 말이었어요. 장례식 때 매리앤 무어*가 추도사를 했어요. 아내인 매리언은 눈이 퉁퉁 붓도록 울더군요. 책에 넣어도 좋을 풍경이었죠. 그녀는 담배를 피웠는데, 검은 드레스에 담배 구멍이 나 있었어요.

라셰즈는요?

치버　뭐라 말해야 할지 모르겠네요. 그가 걸출한 예술가라고는 생각해요. 아무튼 자기 생활에 만족하는 사람이었어요. 그는 메트로폴리탄 미술관에 가서 자기가 아끼는 조각상들을 껴안곤 했어요. 그런데 거기에는 그의 작품이 전시되지 않았죠.

커밍스가 작가로서 조언을 해주었나요?

치버　커밍스는 절대 아버지처럼 굴지 않았어요. 하지만 비스듬히 기운 머리, 굴뚝에서 나오는 바람 같은 목소리, 얼간이들에게 베푸는 호의, 매리언을 향한 사랑, 그 모든 것이 조언이나 다름없었죠.

시를 쓰신 적이 있나요?

치버　없어요. 시는 매우 다른 훈련이 필요한 것처럼 보여요. 소설과는 다른 언어, 다른 대륙처럼 느껴지죠. 시보다 단편소설을 쓰는 데 고도의 훈련이 필요한 경우도 있지만, 그 훈련은 12구경 엽총을 쏘는 것과 수영을 하는 것만큼이나 다릅니다.

잡지사로부터 기사를 써달라는 부탁을 받은 적은 있나요?

치버 『새터데이 이브닝 포스트』에서 소피아 로렌의 인터뷰 기사를 써달라는 부탁을 받았어요. 기꺼이 받아들였고, 소피아에게 키스하게 되었지요. 다른 부탁도 받은 적이 있지만 그것만큼 보람 있는 경우는 없었어요.

노먼 메일러°° **처럼 소설가들이 기사를 쓰는 게 유행이라고 생각하세요?**

치버 질문이 마음에 들지 않는군요. 소설은 일 등급짜리 기사와 경쟁해야 해요. 실제로 길거리나 시위 현장에서 벌어지는 전투에 버금가는 이야기를 쓸 수 없다면, 소설을 쓸 수 없어요. 포기하는 편이 낫지요. 요즘엔 소설 분야가 양계장에서 자라난 아이의 감수성 이야기나 직업적 매력을 벗어버린 창녀 이야기 따위로 난장판이에요. 「타임스」의 신간 광고란이 이토록 쓰레기로 넘쳐난 적이 없다니까요. 그래도 다른 분야와 마찬가지로 소설을 가리켜 '죽음'이나 '병약함' 같은 단어를 쓰는 사례가 줄어들고 있어요.

소설에 실험을 해보고 싶은 생각, 엉뚱한 쪽으로 나아가고픈 생각이 드시나요?

치버 소설은 원래 실험이에요. 그걸 그만두면 소설이기를 포기하는

° 물체의 세부를 면밀하게 관찰해 지적인 통찰을 끌어냈다고 평가받는 시인으로, 오랫동안 동료 문인들로부터 찬사를 받았다.

°° 뉴저널리즘 문학을 대표하는 작가이자 언론인으로, 퓰리처상과 전미도서상을 수상한 『밤의 군대들』이 있다.

거죠. 문장을 써내려갈 때 전에는 이런 방식으로 쓴 적이 없다는 생각, 문장의 내용마저도 이런 느낌은 처음 줄 거라는 생각이 반드시 들게 마련이에요. 모든 문장은 혁신이지요.

미국 문학의 특정한 계보에 속한다고 생각하세요?

치버 아니에요. 사실 특정 계보에 속한다고 할 만한 미국 작가를 생각해낼 수가 없네요. 존 업다이크, 노먼 메일러, 랠프 엘리슨, 윌리엄 스타이런을 특정 계보에 한정할 수는 없어요. 미국만큼 작가의 개성이 뚜렷한 곳이 없지요.

그럼, 본인을 사실주의적 작가로 여기세요?

치버 그런 정의에 대해 이야기하려면 우선 그 의미에 동의해야 해요. 비록 저는 좋아하지 않지만 드라이저, 졸라, 더스패서스의 작품들 같은 다큐멘터리 소설은 사실주의적이라고 분류될 수 있다고 생각해요. 짐 패럴 역시 다큐멘터리 소설가지요. 어떤 의미에서 스콧 피츠제럴드도 그래요. 피츠제럴드를 그런 식으로 생각해버리면 매우 특별한 세계가 어떤 모습인지 느끼게 해주려고 한, 그의 가장 멋진 특기를 축소하는 셈이긴 하지만.

피츠제럴드가 자각하고 다큐멘터리 소설을 썼다고 생각하세요?

치버 피츠제럴드에 대한 글을 쓴 적이 있어요. 그의 일대기와 평론을 모조리 읽었는데, 글 하나가 끝날 때마다 눈물을 흘렸어요. 아기처럼 엉엉 울었지요. 무척 슬픈 이야기였거든요. 그에 대한 평가는 모두 1929년의 대공황과 과도한 번영, 옷, 음악 등에 대한 그의 묘사와 관련되어 있어요. 그래서 그의 작품은 일종의 시대물로, 시대에 뒤떨어진 것으로 설명돼요. 이 모든 게 전성기의 피츠제럴드를 굉장히 축소해버리지요. 피츠제럴드의 작품을 읽는 사람은 그게 어느 시대, 어느 장소에서 일어난 일인지 반드시 알게 돼요. 그토록 사실적으로 장면을 배치한 작가는 없었어요. 하지만 그건 유사 역사학이 아니라 그가 지닌 생존 감각인 것 같아요. 위인들은 누구나 자기 시대에 고지식할 만큼 충실하지요.

당신의 작품들도 그런 식으로 시대에 뒤떨어진 것이 될 거라고 생각하세요?

치버   오, 제 작품이 읽힐 거라는 기대도 하지 않아요. 그런 건 제 관심사가 아니에요. 전 내일이라도 잊힐 수 있어요. 그렇더라도 눈곱만큼도 당황하지 않을 겁니다.

하지만 당신의 많은 작품은 시대와는 상관이 없어요. 어느 때, 어느 장소에서든 일어날 수 있는 이야기지요.

치버   그게 제 의도였어요. 한 시대를 정확히 묘사할 수 있는 것들은 최악이 되기 쉬워요. 방공호 이야기(『여단장과 골프 과부』)는 근본적인 불안의 정도를 다룬 것이고, 이야기를 특정한 시간에 놓이게 하는 방공호는 은유일 뿐이죠. 어쨌든 그게 제가 의도한 것입니다.

『여단장과 골프 과부』는 슬픈 이야기였죠.

치버   다들 제 이야기에 대해 늘 이렇게 말하더군요. "오, 정말 슬퍼요." 제 출판 대리인인 캔디다 도나디오는 새 소설 때문에 전화를 걸어서는 "오, 정말 아름다운 이야기예요. 무척 슬퍼요."라고 하더군요.

그래서 제가 말했죠. "그래요, 그럼 내가 슬픈 사람인 모양이군요."
『여단장과 골프 과부』에서 슬픈 점은, 이야기 끝부분에서 방공호를
바라보며 서 있던 여인이 하녀의 재촉에 돌아서는 거예요. 『뉴요커』
에서 그 장면을 삭제하려고 한 일화를 아시나요? 그쪽에서는 그 결
말이 없으면 이야기가 훨씬 효과적이라고 생각한 거죠. 조판 교정
쇄를 보러 잡지사로 갔는데, 한 페이지가 빠진 느낌이 들더군요. 이
야기의 결말이 어디 갔느냐고 물었더니, 어떤 아가씨가 "숀 씨는 이
게 더 낫다고 생각하세요."라고 대답했어요. 화가 부글부글 끓어올
랐죠. 기차를 타고 집에 돌아와 술을 잔뜩 마시고 편집자에게 전화
를 걸었어요. 그때쯤엔 큰 소리로 욕을 퍼붓고, 추잡스러워져 있었
죠. 그 편집자는 엘리자베스 보엔*과 유도라 웰티를 접대하는 중이
었어요. 다른 곳에서 통화하면 안 되겠느냐고 계속 묻더군요. 어쨌
든 아침에 잡지사로 찾아갔더니 시와 시사만화를 비롯해 잡지 전체
를 다시 조판한 뒤 그 장면을 복구해놨더라고요.

**『뉴요커』에 관한 소문을 한마디로 요약한 유명한 말이 있지요. "마지막 단락을
삭제하고 전형적인 『뉴요커』식 결말을 낸다." 좋은 편집자에 대한 정의를 내리
신다면요?**
치버 제가 매력적이라고 생각하는 사람, 제 작품과 외모와 성적 능
력을 칭찬하고, 거액의 수표를 보내주고, 출판사와 은행의 목을 조
르는 사람이죠.

**소설의 도입부에 대해 이야기해볼까요? 발동이 걸리는 속도가 매우 빨라요. 놀
라울 정도예요.**

치버　이야기꾼으로서 독자와의 관계를 구축하고자 한다면, 작가가 두통과 소화불량을 앓고 있고, 존스 비치에서 자갈 때문에 발진이 생겼다는 얘기부터 꺼내진 않지요. 잡지 광고가 20~30년 전보다 훨씬 대중화되었기 때문에 더욱 그래선 안 되죠. 소설가는 잡지에서 거들 광고, 여행 광고, 시사만화, 심지어는 시와도 경쟁하고 있지만 이길 가망은 거의 없어요. 늘 머릿속에 담고 있는 도입부가 있습니다. 어떤 사람이 풀브라이트 장학금으로 이탈리아에서 1년 동안 공부한 뒤 돌아오는 길이에요. 세관에서 그의 여행가방을 열었는데 옷과 기념품 대신 팔다리가 절단된 이탈리아 선원의 시체가, 머리를 뺀 나머지가 있는 거죠. 또 자주 생각하는 첫 문장은 "내가 티파니에서 도둑질을 한 첫날, 비가 내리고 있었다."예요. 물론 그런 식으로 단편을 시작할 수도 있지만 소설이 그렇게 기능하게 해서는 안 돼요. 독서 쪽은 물론이고 우리 생활 전반에서 평온함이 상실되었으니까요. 텔레비전이 처음 유행하면서 어느 순간부터 광고가 나오는 동안 다 읽을 수 없는 기사는 싣지 않았죠. 하지만 소설은 이 모든 것에서 살아남을 만큼 내구성이 있어요. "나 자신을 총으로 쏘려는 참이다."라거나 "난 당신을 쏠 거야." 따위로 시작하는 단편을 좋아하지 않아요. 아니면 "내가 당신을 쏘거나 당신이 나를 쏘거나, 아니면 우리가 누군가를, 어쩌면 서로를 쏘아야 해."라는 루이지 피란델로 스타일도 싫어요. "그는 바지를 벗기 시작했지만 지퍼가 걸렸다. ……그는 세 가지 성분이 농축된 오일 캔을 가져왔다." 같은 에로틱

• 서정성이 뛰어난 문체로 인간의 심리를 섬세하게 묘사한 영국 작가로,『파리의 별장』,『햇빛』등이 있다.

한 스타일도 마찬가지죠.

당신의 소설은 확실히 빠른 속도로 진행돼요.

치버 미학의 첫 번째 원칙은 흥미 아니면 서스펜스지요. 따분한 사람과 누가 이야기를 나누려 하겠어요.

윌리엄 골딩*은 두 부류의 소설가가 있다고 했어요. 한 부류는 의미가 인물이나 상황 전개에 따라 발전해가도록 내버려두는 소설가, 다른 부류는 어떤 아이디어를 가지고 의미를 구현할 신화를 찾는 소설가. 골딩은 두 번째 소설가의 예시지요. 그는 디킨스가 첫 번째 부류라고 생각해요. 당신은 이 둘 중 하나에 속한다고 생각하시나요?

치버 골딩이 무슨 소리를 한 건지 모르겠군요. 장 콕토는 "글이란 우리가 아직 이해하지 못한 기억의 힘."이라고 말했어요. 그 말에는 동의합니다. 레이먼드 챈들러는 "글은 잠재의식에 이르는 직통선."이라고 묘사했지요. 우리가 정말 좋아하는 책들은 처음 펼친 순간 그곳에 가본 적이 있다는 느낌을 줘요. 기억의 방과 다름없이 창작물이지요. 한 번도 가보지 못한 장소, 한 번도 보거나 듣지 못한 것들이지만 완벽한 적합성 때문에 경험한 것처럼 느껴지죠.

하지만 신화의 여운을 이용하시잖아요. 성경과 그리스 신화를 언급하셨고요.

치버 그건 매사추세츠 주 남부에서 자랐다는 사실 때문이에요. 그곳에서 신화는 확실히 이해해야 하는 주제예요. 제가 받은 교육의 상당히 많은 부분을 차지했지요. 세상을 해석하는 가장 쉬운 방법이 바로 신화예요. 리앤더**는 포세이돈이고, 또 누구는 데메테르라는 식으로 쓰인 논문이 셀 수 없이 많지요. 피상적인 분석처럼 보이지만, 그 덕분에 논문이 통과되지요.

어쨌거나 여운을 원하시는군요.

치버 물론이죠.

어떤 식으로 작업하세요? 아이디어를 바로 글로 옮기시나요, 아니면 잠시 묵혀두면서 구체적으로 발전시키나요?

치버 두 가지 다예요. 정말 좋아하는 건 본질적으로 아예 다른 사실들이 조합될 때지요. 예를 들면 이런 것입니다. 카페에 앉아 고향에서 온 편지를 읽으면서 나체쇼에서 선두를 맡은 이웃집 주부의 소식을 듣고 있었어요. 그러다가 어느 영국 여자가 "엄마가 셋 셀 때까지 이렇게 하지 않으면."이라며 아이를 꾸짖는 소리를 들었죠. 나뭇잎이 공중으로 떨어지는 모습을 보니 겨울이 떠올랐고, 아내가 저를 떠나 로마에 있다는 사실이 떠올랐어요. 그 이야기가 소설이 되었지요. 「참담한 작별」과 「교외의 남편」의 결말 때도 이와 똑같이 멋진 시간을 보냈어요. 헤밍웨이와 나보코프도 이런 걸 좋아했지요. 전 그 작품들 속에 모자 쓴 고양이, 바다에서 나오는 벌거벗은 여인들, 입에 신발을 문 개, 금 갑옷 차림으로 코끼리를 타고 산맥을 넘는 왕을 담았어요.

• 비행기 사고로 외딴 섬에 고립되어 야만적인 상태로 되돌아간 소년들의 이야기를 그린 『파리 대왕』으로 노벨 문학상을 수상했다.
•• 『왑샷 가문 연대기』에서 변화에 적응하지 못한 채 자신만의 삶에 갇혀버리는 인물.

빗속의 탁구도요?

치버   그게 어느 소설에 나왔는지 기억나지 않네요.

가끔 비를 맞으면서 탁구를 치셨잖아요.

치버   그랬던 것 같군요.

그런 경험을 비축해두시나요?

치버   중요한 건 비축하는 게 아니에요. 역동적인 에너지가 중요하죠. 자신의 경험을 제대로 이해하는 것도 중요하고요.

소설이 교훈을 줘야 한다고 생각하세요?

치버   아니에요. 소설은 때로는 환히 빛나고, 때로는 진실을 드러내고, 때로는 기분을 상쾌하게 해줘야 해요. 소설에 일관된 논리의 도덕 철학이 있다고 생각하지는 않습니다. 전 늘 감정과 속도의 정확성을 중요하게 생각합니다. 사람들은 소설과 철학을 늘 혼동하기 때문에 소설에서 교훈을 찾지요.

소설이 제대로 되었다는 걸 어떻게 아세요? 처음에 느낌이 오나요, 아니면 진행하면서 평가하시나요?

치버   소설에는 어떤 무게가 있는 것 같아요. 일례로 지금 쓰고 있는 책은 제대로 되지 않고 있어요. 결말을 몇 번이고 고쳐 쓰고 있지요. 이상과 일치시키려고 노력하는 게 핵심이지 싶어요. 어떤 모양과 비율이 있는데, 뭔가 어긋난 게 있으면 알게 되는 거죠.

본능적으로요?

치버   저처럼 오랫동안 글을 써온 사람이라면 그걸 본능이라고 할
수도 있겠군요. 한 줄이 잘못되면 바로 아니라는 느낌이 들지요.

예전에 제게 인물들의 이름을 생각해내는 게 흥미롭다는 말씀을 하셨어요.

치버   저한테는 매우 중요한 일이에요. 이름을 여러 개 가진 남자에
대한 소설을 쓴 적이 있는데, 추상적이고 함의를 최대한 제거한 이
름들이었죠. 펠, 위드, 해머, 네일즈. 물론 네일즈는 교활하다고 여겨
졌습니다만, 그럴 의도는 전혀 없었어요.

「헤엄치는 사람」에 해머의 집이 나오지요.

치버   맞아요. 꽤 훌륭한 이야기지요. 글로 쓰기에 몹시 어려운 이야
기였어요.

왜요?

치버   제 생각을 털어놓을 수 없었으니까요. 밤은 다가오고, 그해도
지나가고 있었죠. 문제는 기술적인 게 아니라 실체를 알 수 없는 뭔
가였어요. 그가 어둡고 추워진 걸 깨달았을 때는 그 상황이 지속돼
야 했거든요. 그리고 정말 그렇게 됐어요. 그 소설을 끝낸 뒤에도 얼
마 동안 전 어둠과 추위를 느꼈죠. 그건 오랫동안 쓴 소설 가운데 하
나인데, 그 뒤로 『불릿파크』를 쓰기 시작했죠. 독자에게 가장 쉬워
보이는 이야기들이 쓰기에 가장 어려운 부류랍니다.

그런 이야기를 쓰는 데 얼마나 걸리시나요?

치버 3일, 3주, 3개월 정도 걸리죠. 전 제 작품을 거의 읽지 않아요. 나르시시즘 중에서도 가장 모욕적인 형태 같아서 말이에요. 마치 자신의 대화가 녹음된 테이프를 다시 트는 것과 같죠. 어떤 길로 달려 왔는지 보려고 뒤돌아보는 것과 같아요. 그게 바로 제가 헤엄치는 사람, 달리는 사람, 뛰는 사람의 이미지를 자주 쓰는 이유지요. 중요한 건 하던 것을 끝마치고 다음으로 넘어가는 거예요. 또 전처럼 심하지는 않지만, 뒤를 돌아보면 죽을 것 같은 기분도 들어요. 사첼 페이지*와 "뒤돌아보지 마라. 바짝 뒤쫓아오는 누군가를 보게 될 것이다."라는 그의 경고가 자주 생각나요.

완성했을 때 특별히 기분이 좋았던 작품이 있나요?

치버 그야말로 '이거야!' 싶었던 소설이 열다섯 개쯤 있어요. 그 모든 것을 사랑했죠. 건물과 집, 제가 있었던 모든 장소까지 말이에요. 대단한 느낌이었어요. 대부분은 사흘 정도에 쓴 이야기이고, 35쪽 정도의 분량이지요. 전 그 이야기들을 사랑하지만, 읽지는 못해요. 읽었더라면 사랑이 식었을 겁니다.

최근에 '작가의 벽'writer's block** **을 겪은 일에 대해 말씀하셨는데, 그동안 한 번도 겪지 않은 일이잖아요. 지금은 어떤 느낌이 드세요?**

치버 고통스러운 기억은 깊이 묻혀버리는 법이지만, 작가에게 작품을 쓸 수 없는 것보다 더 큰 고통은 없지요.

4년은 소설 한 편에 들이기에 다소 긴 시간이 아닌가요?

치버 장편은 보통 그 정도 걸려요. 글을 쓰는 이런 생활은 단조롭게 마련이지만 저는 자주 변화를 주려고 합니다.

그 이유는요?

치버 생활을 단조롭게 하는 게 글의 바람직한 역할이라고 생각하지 않으니까요. 가능하면 글은 우리를 확장시켜야 해요. 또 우리를 위태롭게 하되, 가능하다면 쓰러뜨리는 게 아니라 탁월함을 발휘하게 해야 해요.

『불릿파크』에서 인물들을 지나치게 폄하했다고 생각하지는 않으세요?

치버 그렇게 생각하지 않지만 독자들에게 그런 뜻으로 이해된 것 같습니다. 해머와 네일즈는 사회적 피해자로 여겨졌는데, 제 의도는 그게 아니었어요. 의도를 분명하게 밝혔다고 생각했지만, 소통이 되지 않았다 해도 누구의 잘못도 아니에요. 해머도 네일즈도 정신의학적 혹은 사회적 은유로가 아니라 위기에 처한 남자로 설정했을 뿐이에요. 그런 측면에서는 책이 오해를 받았다고 생각해요. 하지만 그 뒤로 평론을 읽지 않아서, 상황이 어떻게 되어가는지는 모릅니다.

작품이 흡족하게 완성되었다는 걸 어떻게 아시나요?

치버 완벽하고도 지속적인 만족감을 준 글을 완성한 적은 단 한 번도 없습니다.

• 40세가 넘어 메이저리그에 데뷔한 것을 비롯해 수많은 기록을 남긴 전설적인 흑인 투수.
•• 심리분석가 에드먼드 버글러가 처음 쓴 용어로, 작가가 글을 쓰려고 할수록 글이 막히는 일종의 슬럼프 상태.(역자 주)

글을 쓸 때 문장에 본인의 모습을 많이 투영한다고 느끼세요?

치버 오, 그럼요! 작가로서 말할 때는 저 자신의 목소리로 말합니다. 지문만큼이나 독특한 저만의 목소리지요.

타자기 앞에 앉아 있는 동안 작가는 신이 된 기분, 쇼 전체를 단번에 창조한다는 느낌을 받나요?

치버 아니에요. 신이 된 듯한 기분을 느껴본 적은 없습니다. 그보다는 유능하다는 느낌이 들지요. 우리에겐 통제력이 있습니다. 우리 삶의 일부죠. 사랑할 때도, 좋아하는 일을 할 때도 통제력을 발휘해요. 그건 황홀경과도 같은 느낌이에요. 그만큼 단순하죠. "난 이 일에 유능해. 처음부터 끝까지 잘 해낼 수 있어."라는 느낌이에요. 그건 늘 아주 좋은 기분을 느끼게 해줍니다. 요약하자면, 자신의 삶을 이해하게 되지요.

글을 쓰는 동안에나 마친 뒤에 그런 기분을 느끼세요?

치버 정말 마음에 드는 이야기를 쓸 때는 뭐랄까, 참 놀라워요. 그게 제가 할 수 있는 일이고, 그 일을 하는 동안 애정이 샘솟죠. 좋은 작품이라는 걸 느낄 수 있지요. 전 아내와 아이들에게 이렇게 말할 겁니다. "좋아, 이제 시작할 테니 날 혼자 둬. 사흘이면 끝날 거야."

아네트 그랜트 Annette Grant 문학과 예술 전문 기고가로, 소설가와 미술가를 비롯한 예술가들의 인터뷰를 진행해 「뉴욕 타임스」와 「파리 리뷰」 등에 실었고, 연극, 미술 관련 칼럼을 오랫동안 써왔다.

주요 작품 연보

『어떤 사람들이 살아가는 방법』The Way Some People Live, 1943

『거대한 라디오』The Enormous Radio and Other Stories, 1953

『왑샷 가문 연대기』The Wapshot Chronicle, 1957

『셰이디 힐의 가택 침입자』The Housebreaker of Shady Hill and Other Stories, 1958

『왑샷 가문 몰락기』The Wapshot Scandal, 1964

『여단장과 골프 과부』The Brigadier and the Golf Widow, 1964

『불릿파크』Bullet Park, 1969

『사과의 세계』The World of Apples, 1973

『팔코너』Falconer, 1977

『존 치버 단편집』The Stories of John Cheever, 1978

『이 얼마나 천국 같은가』Oh What a Paradise It Seems, 1982

11

창백한 언덕 너머 빛나는 삶

가즈오 이시구로
KAZUO ISHIGURO

가즈오 이시구로 영국, 1954. 11. 8.~

인간과 문명에 대한 비판을 특유의 문체로 잘 녹여낸 작품들을
발표해, 현대 영미 문학을 이끌어가는 거장이라고 평가받는다.
대표작인 『나를 보내지 마』는 『타임』 선정 '100대 영문소설',
2006년 전미도서협회 알렉스 상, 2006년 독일 코리네 상을 수
상했고, 37개국에서 번역·출간되었다.

1954년 일본 나가사키에서 태어났고, 1960년 해양학
자인 아버지를 따라 영국으로 이주했다. 켄트 대학에서
철학을 공부한 뒤, 이스트 앵글리아 대학에서 문예창작
으로 석사 학위를 받았다.
나가사키를 배경으로 전쟁의 상처와 현재를 교차해 엮
은 첫 소설 『창백한 언덕 풍경』으로 위니프레드 홀트비
기념상을 받았고, 전쟁 후 일본의 상황과 생활을 노 화
가의 눈으로 회고한 『떠도는 세상의 예술가』로 휘트브
레드 상과 스칸노 상을 받았다. 세 번째 소설 『남아 있
는 나날』로 부커 상을 받으면서 세계적인 작가로 떠올
랐다. 이 작품은 『뉴욕 타임스』로부터 "마술에 가까운
솜씨"라는 찬사를 받았고, 영어판이 100만 부 이상 판
매되며 20여 개국에서 출간되어 대중적 성공까지 거두
었다. 『위로받지 못한 사람들』로 첼튼햄 상을 받았고,
『우리가 고아였을 때』도 부커 상 후보에 오르며 화제가
되었다. 복제 인간의 사랑과 운명을 통해 인간의 존엄
성에 의문을 제기한 『나를 보내지 마』는 전 세계적으로
사랑받았다. 문학적 공로를 인정받아 1995년 대영제국
훈장과 1998년 프랑스 문예훈장을 받았다.

이시구로와의 인터뷰

수재너 휴뉴웰

이시구로가 글을 쓰는 2층의 작은 작업실은 은은한 색의 목재가
바닥부터 천장까지 이어져 있다. 벽장에는 여러 색깔의 바인더들이 깔끔하게
쌓여 있다. 한쪽 벽에는 폴란드어, 이탈리아어, 말레이시아어를 비롯한
여러 언어로 번역된 그의 소설책들이 줄지어 있다.

담담한 영국인 집사의 목소리로 전개되는 『남아 있는 나날』을 쓴 남
자는, 본인 또한 무척 정중하다. 런던 골더스 그린에 있는 자신의 집
문간에서 나를 맞이하자마자 차를 만들어주겠다고 했다. 하지만 찬
장에서 무엇을 고를지 자신 없어하는 모습으로 봐서는 오후 4시마
다 아삼 차를 챙겨 마시는 사람은 아니다. 두 번째로 찾아갔을 때는
찻잔 세트가 서재에 준비되어 있었다. 그는 자기 삶의 세세한 부분들
을 끈기 있게 진술하기 시작했다. 젊은 시절의 자신에 대해서는 유쾌
한 아량을 베풀어 너그럽게 생각했는데, 마침표로 구분한 관용구들
을 이용해 대학 과제물을 쓴 기타 치는 히피에 대해서는 더욱 그랬
다. "그 작업은 교수님들의 격려를 받았어요."라며 그 시절을 회상했
다. "아프리카에서 온 보수적인 강사 한 분만 빼고요. 하지만 그는 무
척 정중한 사람이었어요. '이시구로 군의 문체에는 문제가 있습니다.

시험 때도 이런 식으로 한다면 만족스러운 성적을 줄 수 없습니다.'
라고 했지요."

　가즈오 이시구로는 1954년에 일본 나가사키에서 태어났고, 1960
년 가족과 함께 영국 남부의 길퍼드라는 소도시로 이사했다. 그 뒤
일본으로 돌아가지 않았다. 그래서인지 그의 일본어는, 본인의 말에
따르면 '끔찍한' 수준이라고 한다. 1982년에 나가사키가 주요 배경
인 첫 소설 『창백한 언덕 풍경』을 출간해 호평을 받았다. 두 번째 소
설 『떠도는 세상의 예술가』로 영국의 명망 있는 휘트브레드 상을 받
았고, 세 번째 소설 『남아 있는 나날』로 국제적인 명성을 확고하게 했
다. 영어로 100만 부 이상 팔린 『남아 있는 나날』은 부커 상을 수상
했고, 머천트 아이보리 프로덕션이 영화로 제작했다. 앤서니 홉킨스
가 주연을, 루스 프라워 자브발라*가 각본을 맡았다. 이시구로의 회
상에 따르면 해럴드 핀터가 쓴 초기 각본에는 "도마 위에서 식재료를
썰어대는 놀이가 잔뜩 등장했다."고 한다. 이시구로는 대영제국 훈장
을 받았고, 그의 초상화는 한동안 다우닝가 10번지**에 걸려 있었다.
그는 존경의 대상으로 남기를 거부하고, 다음 소설인 『위로받지 못
한 사람들』로 독자들에게 놀라움을 안겼다. 『위로받지 못한 사람들』
은 의식의 흐름처럼 보이는 내용이 500쪽 이상을 차지하는데, 당황
한 일부 평론가들은 책을 무참히 비판했다. 제임스 우드***는 "독자
적인 불량함을 스스로 만들어냈다."라며 『위로받지 못한 사람들』을
비난했다. 하지만 다른 평론가들은 열렬하게 옹호했는데, 애니타 브
루크너*는 "거의 확실한 걸작"이라고 칭찬했다. 이시구로는 『우리가
고아였을 때』와 『나를 보내지 마』로 호평을 받은 것을 비롯해, 시나
리오와 텔레비전 드라마도 썼다. 또한 작사도 하는데, 최근에는 재즈

가수 스테이시 켄트의 곡에 가사를 썼다. 함께 작업한 『출근 전차에서 아침을』Breakfast on Morning Tram 앨범은 프랑스에서 베스트셀러가 되었다.

이시구로가 딸 나오미와 전직 사회복지사인 아내 로나와 함께 사는 회색빛 주택에는 번쩍거리는 전기기타 세 대와 최첨단 기능의 스테레오가 있다. 이시구로가 글을 쓰는 2층의 작은 작업실은 은은한 색의 목재가 바닥부터 천장까지 이어져 있다. 벽장에는 여러 색깔의 바인더들이 깔끔하게 쌓여 있다. 한쪽 벽에는 폴란드어, 이탈리아어, 말레이시아어를 비롯한 여러 언어로 번역된 그의 소설책들이 줄지어 있다. 다른 쪽 벽에는 연구용 책들이 가지런히 놓여 있다. 토니 주트가 쓴 『포스트워 1945~2005』와 에디스톤 C. 네벨이 쓴 『효과적인 호텔 경영』Managing Hotels Effectively 같은 책들이다.

• 제작자 이스마일 머천트와 제임스 아이보리 감독과 함께 40년 넘게 영화를 만들어온 극작가로, 1975년에 발표한 『히트 앤 더스트』로 부커 상을 받았다.
•• 영국 총리 관저를 뜻함.(역자 주)
••• 영국 출신의 소설가이자 평론가로, 하버드 대학에서 학생들을 가르치고 있다. 소설 입문서라고 할 수 있는 『소설은 어떻게 작동하는가』를 썼다.
* 미술사학자로 명성을 쌓고 난 뒤 53세에 발표한 첫 소설 『생의 시작』이 문단의 호평을 받았고, 이후 『호텔 뒤락』으로 부커 상을 받았다.

2

가즈오 이시구로의 원고 중 한 페이지.

가즈오 이시구로
×
수재너 휴뉴웰

시작부터 바로 소설로 성공을 거두셨잖아요. 혹시 출간한 적 없는 젊은 시절의 글이 있나요?

가즈오 이시구로　대학을 졸업하고, 런던 서부 지역에 있는 노숙자 구호 단체에서 일하고 있을 때, 30분짜리 라디오 드라마를 써서 BBC 방송국에 보냈어요. 거절당했지만 격려가 되는 대답을 받았죠. 일종의 저속한 드라마였지만 다른 사람들에게 보여줄 만한 제 첫 번째 작품이죠. 제목은 '감자들과 연인들'이었어요. 원고를 보낼 때 '감자들'의 철자를 잘못 써버렸죠. 피시앤칩스를 파는 카페에서 일하는 두 젊은이에 대한 이야기였어요. 둘 다 심한 사시斜視고 서로 사랑에 빠지는데, 상대방이 사시라는 사실을 절대 인정하지 않아요. 둘 사이에선 암묵적이죠. 이야기 후반부에서 화자인 청년이 이상한 꿈을 꾼 뒤 두 사람은 결혼하지 않기로 결정해요. 꿈에서 어떤 가족이 부두에서 청년 쪽으로 다가오는데 부모도 사시, 아이들도 사시, 개도

사시였죠. 청년은 말해요. "그래, 우린 결혼하지 않을 거야."

무엇에 사로잡혀 그런 이야기를 쓰게 됐나요?

<u>이시구로</u>   당시 저는 어떤 직업을 가져야 할지 고민하던 참이었어요. 음악가가 되는 건 실패했죠. 에이앤알$^{A \& R}$ * 사람들과도 여러 번 만났어요. 그 사람들은 2초 만에 "안 되겠어요."라고 하더군요. 그래서 라디오 드라마를 써봐야겠다고 생각했죠. 그러다가 우연히 이스트 앵글리아 대학의 맬컴 브래드버리** 가 가르치는 문예창작 석사 과정에 대한 작은 광고를 발견했어요. 오늘날에는 유명한 과정이지만 그 시절에는 대단히 미국적이고 우스꽝스러운 발상에 지나지 않았죠. 지원자가 충분하지 않아 전년도에는 개설되지 않았다는 걸 알게 되었어요. 이언 매큐언***이 10년 전에 그 과정을 밟았다는 사실도 누군가에게 들었고요. 전 매큐언이 가장 재미있는 젊은 작가라고 생각했거든요. 하지만 그 과정의 가장 큰 매력은, 정부로부터 학비 전액을 지원받는다는 점과 마지막에 30쪽짜리 소설만 한 편 제출하면 된다는 점이었죠. 전 지원서와 함께 라디오 드라마 한 편을 맬컴 브래드버리에게 보냈어요. 합격했을 때는 약간 어리둥절했죠. 앞으로 이 작가들이 내 작품을 속속들이 파헤칠 텐데, 창피를 당하게 될 것 같아 당황스러웠어요. 누군가 콘월 주의 어느 외딴 곳에, 전에 마약 중독자들이 재활 용도로 쓰던 집이 있다고 알려줬어요. 바로 전화를 걸어서 말했죠. "저 자신에게 글 쓰는 법을 가르쳐야 해서 한 달 동안 지낼 곳이 필요합니다." 1979년 여름의 일이죠. 단편소설의 구조에 대해 진지하게 생각한 건 그때가 처음이었어요. 관점과 이야기를 들려주는 방식을 파악하느라 긴 시간이 걸렸죠. 그래도 보여줄 만한

소설 두 편을 완성해서 조금 안심이 됐어요.

일본에 대한 글을 처음 쓴 게 이스트 앵글리아에서 보내던 때였나요?

이시구로　맞아요. 저를 둘러싼 당면한 세상에서 벗어나면 상상력이 살아난다는 사실을 발견했지요. 소설을 시작하기 위해 '캠던 타운 지하철역에서 나와 맥도날드로 들어갔는데, 대학 친구 해리를 만났다.'라고 썼어요. 그런데 다음에 뭘 써야 할지 도무지 생각나질 않았어요. 반면 일본에 대한 글을 쓸 때는 뭔가가 자물쇠를 열고 나왔어요. 수업 중에 발표한 소설 가운데, 젊은 여성의 관점에서 원자폭탄이 떨어지던 나가사키를 배경으로 하는 이야기가 있었죠. 동기들이 자신감을 북돋아줬어요. 정말 재미있고, 꼭 성공할 거라며 한마디씩 했죠. 그러다가 파버앤파버 출판사로부터 편지를 받았는데, 신인 작가선집에 단편소설 세 편을 실어주겠다는 거예요. 저는 톰 스토파드*와 테드 휴스**가 그런 식으로 발굴됐다는 걸 알고 있었어요. 정말 대단한 성과였죠.

『창백한 언덕 풍경』을 쓰기 시작하던 때였나요?

• 'Artist&Repetoir'의 약어로, 아티스트 발굴과 음반기획을 맡은 기획사 핵심부서.(역자 주)
•• 영국의 소설가이자 평론가. 『역사적 인간』, 『교환비율』 등을 발표했고, 강단에서 오랫동안 창작을 가르쳤다. 문학에 기여한 공로로 2000년 기사 작위를 받았고, 그해 사망했다.
••• 인간에 대한 날카로운 통찰을 지닌 비판적 리얼리즘 세계를 구축했다고 평가받는 작가로, 『암스테르담』으로 부커 상을, 『속죄』로 영국비평가상을 받았다.
* 영국의 극작가. 「셰익스피어 인 러브」를 비롯한 수많은 시나리오를 썼고, 1997년 기사 작위를 받았다.
** 영국의 계관 시인으로, 『빗속의 매』, 『물방울에게 길을 묻다』 등의 시집이 있다.

이시구로 네. 그리고 파버앤파버의 로버트 매크럼*이 제가 글을 완성할 수 있도록 선금을 줬어요. 콘월 지방의 소도시를 배경으로, 정서 장애아를 둔 젊은 여자에 대한 이야기를 막 시작한 때였어요. 저는 그 여자가 "난 아이에게 전념할 거야."라는 말과 "이 남자와 사랑에 빠졌는데 아이가 골칫거리야."라는 말을 번갈아 할 거라고 생각했어요. 노숙자들과 생활할 때 그런 사람들을 많이 봤거든요. 그런데 동기들로부터 일본을 배경으로 한 단편소설 칭찬을 엄청나게 들었을 때 콘월을 배경으로 쓴 그 이야기를 다시 살펴봤죠. 그걸 일본에 대한 이야기로 바꾸면, 국지적이고 작아 보이는 것들이 반향을 일으킬 거라는 생각이 들었어요.

대여섯 살 이후로 일본에서 살지 않았는데, 부모님은 전형적인 일본인이셨나요?

이시구로 어머니는 그 세대의 전형적인 일본 여성이에요. 특정한 종류의 예의가 몸에 배어 있어요. 오래된 일본 영화들을 보면 대부분의 여성이 제 어머니처럼 말하고 행동하더라고요. 일본 여성들은 전통적으로 남자와 약간 다른 공식 언어를 썼는데 요즘에는 많이 뒤섞인 것 같아요. 어머니는 1980년대에 일본을 방문하셨을 때, 젊은 여성들이 남자의 언어를 쓰고 있어서 깜짝 놀랐다고 말씀하셨어요.

원자폭탄이 떨어졌을 때 어머니는 나가사키에 계셨어요. 십 대 후반이었죠. 어머니의 집은 뒤틀렸고, 비가 쏟아지자 사람들은 비로소 피해의 규모를 깨달았어요. 토네이도가 덮친 것처럼 지붕 여기저기에서 물이 새기 시작했어요. 폭탄이 떨어졌을 때 부상을 당한 사람은 어머니뿐이었어요. 파편에 맞은 거죠. 나머지 가족들, 그러니까 네 명의 형제자매와 부모님이 도움을 보태려 시내로 나갔을 때 어머니는 몸을 회복하기 위해 혼자 집에 있었대요. 그런데 전쟁을 생각하면, 가장 두려웠던 건 원자폭탄이 아니었다고 하시더군요. 어머니가 일하던 공장의 지하 방공호에 있던 때를 떠올리시더라고요. 모두 어둠 속에서 정렬해 있었고, 폭탄이 방공호 위로 떨어지고 있었어요. 다들 죽을 거라고 생각했대요.

아버지는 상하이에서 자랐기 때문에 전형적인 일본인은 아니었어요. 중국인과 비슷한 면모가 있어서, 나쁜 일이 벌어지면 오히려 웃음을 짓곤 하셨어요.

가족들은 왜 영국으로 이주했나요?

이시구로 처음에는 짧은 여행만 할 계획이었어요. 아버지는 해양학자였고, 영국국립해양연구소에서 초청했어요. 폭풍해일의 움직임과 관련된 연구를 계속하라면서요. 전 그게 뭔지 알아내지 못했어요. 국립해양연구소는 냉전 중에 세워졌고, 비밀스러운 분위기였죠. 아버지는 숲 속에 있는 그 연구소에서 일했고, 전 딱 한 번 가봤어요.

영국으로 오게 된 기분은 어땠나요?

이시구로 어떤 의미가 있는지 이해하지 못했던 것 같아요. 할아버지와 함께 나가사키의 백화점에 가서 멋진 장난감을 샀어요. 총으로 닭 그림을 맞히는 장난감이 있었는데, 명중시키면 달걀이 떨어졌죠. 하지만 영국으로 오면서 그 장난감을 가져올 수 없었어요. 그게 제

• 『영어의 이해』, 『글로비시』를 썼고, 현재 「옵서버」의 부편집장으로 있다.

가 실망한 주된 이유였죠. 여행은 영국해외항공^{BOAC} • 여객기로 사홀 걸렸어요. 비행기에서 잠을 자려고 애썼던 것과 사람들이 자몽을 들고 돌아다니며 비행기가 재급유를 하려고 멈출 때마다 깨우던 게 기억납니다. 그 후 다시 비행기를 탄 건 열아홉 살 때였죠.

영국에서 불행했던 기억은 없어요. 나이가 더 많았다면 훨씬 힘들었겠죠. 따로 공부한 적이 없는데도 언어 문제로 힘들었던 기억도 없고요. 카우보이가 주인공인 영화와 드라마를 무척 좋아했고, 그걸 보면서 영어를 좀 배웠어요. 로버트 풀러와 존 스미스가 나오는 「래러미」^{Laramie}를 즐겨봤죠. 「론 레인저」^{The Lone Ranger}도 보곤 했는데, 일본에서도 유명했죠. 전 카우보이를 숭배했어요. 카우보이들은 대답할 때 '그래'라고 하는 대신 '물론'이라고 말했어요. 담임 선생님은 "가즈오, '물론'이라니 무슨 뜻이니?"라고 말씀하시곤 했죠. 저는 론 레인저가 말하는 방식이 성가대 지휘자가 말하는 방식과는 다르다는 걸 받아들여야 했어요.

길퍼드는 어땠나요?

<u>이시구로</u>   우린 부활절 무렵에 도착했고, 어머니는 피 흘리며 십자가에 못 박힌 남자의 유혈 낭자하고 잔혹한 이미지에 소스라치게 놀라셨어요. 게다가 그 이미지를 아이들에게 보여주고 있다니! 일본인의 관점에서 보면 그건 거의 야만처럼 보이죠. 부모님은 기독교인이 아니었어요. 예수 그리스도를 신이라고 믿지 않았지만 그 부분을 정중한 태도로 대하셨어요. 손님의 입장에서 낯선 부족의 관습을 존중하는 것과 마찬가지로요.

제게 길퍼드는 완전히 다르게 보였어요. 시골풍에 검소하고 단

조로웠어요. 온통 녹색 천지였죠. 장난감도 없었어요. 일본에서는 곳곳이 이미지로 어지럽고, 사방에 전선이 있었죠. 길퍼드는 조용했어요. 친절한 영국 여성인 몰리 아주머니가 가게에 데려가 아이스크림을 사주던 기억이 나요. 그런 가게는 본 적이 없었어요. 텅 비어 있고, 계산대 뒤에 한 사람만 있었죠. 그리고 이층버스. 처음 며칠 동안 이층버스를 계속 탔어요. 그야말로 스릴 넘쳤죠. 좁은 거리에서 그 버스를 타고 있으면 산울타리에 올라탄 기분이었어요. 그것과 고슴도치를 연관 짓던 기억이 나요. 고슴도치가 뭔지 아시죠?

전형적인 영국 설치류요?

이시구로   요즘에는 시골에서조차 보기 힘들어졌지만 우리가 살던 곳에서는 흔했어요. 사납지 않다는 점만 빼면 호저와 비슷하지요. 주로 밤에 나오는데 차에 많이 치였죠. 그 작은 생물의 뾰족한 가시와 몸 바깥에서 부글거리던 내장이 길가 도랑으로 쓸려 들어가는 광경을 보곤 했죠. 무척 당황했던 기억이 나요. 그 납작해진 죽은 생물들을 보면서 도로를 스치듯 달리던 버스를 떠올렸죠.

어릴 때 책을 많이 읽으셨나요?

이시구로   일본을 떠나기 직전에 '월광가면'이라는 슈퍼히어로가 대단히 유명했어요. 전 서점에 서서 삽화가 그려진 어린이 책에 나오는 그의 모험 장면을 유심히 본 뒤 집에 와서 그려보곤 했어요. 그러

• 'British Overseas Airways Corporation'의 약어로, 영국항공의 전신인 '영국해외항공'.(역자 주)

고는 어머니에게 제 그림이 그려진 종이들이 진짜 책처럼 보이도록 하나로 꿰매달라고 했죠.

어렸을 때 길퍼드에서 읽은 유일한 영어 책은 『룩 앤 런』Look and Learn인데, 그것도 만화만 봤어요. 『룩 앤 런』은 아이들을 위한 교육용 잡지인데, 전기를 어떻게 얻는지 같은 지루한 기사들이 실렸죠. 당연히 마음에 들지 않았어요. 일본에서 할아버지가 보내주시던 책에 비하면 특색이 없었죠. 아직도 나올 것 같은데, 『룩 앤 런』의 훨씬 생생한 버전이라고 할 수 있는 특별한 일본 잡지가 있었어요. 인기 많은 요약본들로, 그중에는 만화와 다채로운 삽화가 딸린 신문 같은 순수한 오락물도 있었어요. 그걸 펼치면 별별 학습 참고물이 쏟아졌죠. 그런 책들을 통해 제가 일본을 떠난 뒤 그곳에서 유명해진 캐릭터들을 알게 됐는데, 예를 들어 일본판 제임스 본드가 있어요. 제임스 본드라고 불렸지만 이언 플레밍이 쓴 제임스 본드나 숀 코너리가 연기한 제임스 본드와는 닮은 데가 거의 없어요. 일본판 제임스 본드는 만화 캐릭터인데, 전 그가 무척 재미있다고 생각했어요. 고상한 영국 중산층의 시각에서 제임스 본드는 현대사회의 병폐를 상징하는 존재로 보였어요. 영화는 역겨웠어요. 상소리를 남발했죠. 본드에게는 도덕관념이 없었어요. 신사답지 않은 방식으로 사람들을 구타했고, 그가 섹스를 하게 될 비키니 차림의 여자들이 넘쳐났어요. 어린이가 그 영화를 보려면, 우선 제임스 본드가 우리를 좀먹는 존재라고 생각하지 않는 어른부터 찾아야 했어요. 하지만 일본에서는 공인된 상황에서 교육적으로 방송됐어요. 그래서 사고방식이 매우 다르다는 사실을 알게 됐죠.

학교에서 글쓰기도 했나요?

이시구로 네. 전 현대적인 교수법을 실험하던 공립학교에 다녔어요. 1960년대 중반이었고, 제가 다닌 학교는 자기만족적인 성향이 있어 틀이 정해진 수업을 하지 않았어요. 계산기를 만지작거리며 놀기도 하고, 점토로 동물을 만들기도 하고, 소설을 쓰기도 했어요. 글쓰기는 아이들과 어울릴 수 있어 인기가 많았어요. 글을 조금 쓴 다음 서로 돌려가며 읽고, 큰 소리로 낭독하기도 했죠.

저는 '시니어 씨'라는 인물을 창조했는데, 당시 보이스카우트 단장 이름에서 따온 거지요. 스파이에게 딱 맞는 이름이라고 생각했어요. 셜록 홈스에게 푹 빠져 있었거든요. 의뢰인이 도착해 긴 이야기를 들려주는 것으로 시작되는 빅토리아 시대 탐정소설을 모방했죠. 그런데 서점에서 보던 진짜 책처럼 보이도록 표지를 장식하는 데는 힘이 많이 들었어요. 앞표지에는 총알구멍을 그리고, 뒤표지에는 신문에서 따온 인용문까지 실었지요. "멋지고도 오싹한 긴장감"-데일리 미러

그런 경험이 작가가 되는 데 영향을 미쳤나요?

이시구로 무척 재미있었을 뿐만 아니라 글쓰기를 어렵지 않은 일로 생각하게 해줬어요. 그 생각이 줄곧 머리에 남아 있었던 것 같아요. 이야기를 지어내야 한다는 생각 때문에 위축된 적이 없거든요.

탐정소설 다음에는 무엇에 빠지셨나요?

이시구로 록 음악이죠. 셜록 홈스 이후로 이십 대 초반까지는 책을 읽지 않았어요. 다섯 살부터 줄곧 피아노를 연주했죠. 열한 살 무렵

부터는 팝 음악을 듣기 시작했고, 열다섯 살 때는 기타를 쳤어요. 끔찍한 음반들이었지만 전 멋지다고 생각했죠. 정말 마음에 들었던 첫 음악은, 톰 존스가 부른 「그린, 그린 그래스 오브 홈」^{Green, Green Grass of Home}이었어요. 톰 존스는 웨일스 출신이지만, 그 노래는 카우보이 노래예요. 그는 제가 텔레비전을 통해 알던 카우보이 세계를 노래하고 있었죠.

그 당시 라디오에서 나오는 노래를, 아버지가 일본에서 가져다주신 소니사의 오픈릴식 소형 녹음기로 바로 테이프에 녹음하곤 했어요. 음악 다운로드의 초기 형태라고 할 수 있죠. 잡음과 함께 녹음돼 상태가 좋지 않은 곡을 들으면서 단어를 이해하기 위해 노력했어요. 그러다 열세 살 때, 『존 웨슬리 하딩』^{John Wesley Harding}이 나오자마자 구입했죠. 제 첫 번째 밥 딜런 앨범이지요.

그 앨범의 어떤 점이 좋았나요?

<u>이시구로</u>　가사지요. 밥 딜런은 위대한 작사가고, 전 그걸 바로 알아봤어요. 전 무엇이 좋은 가사이고, 무엇이 좋은 카우보이 영화인지 단번에 알 수 있죠. 그 시절에도 그랬지만. 딜런을 통해 처음으로 초현실주의 가사와 만난 것 같아요. 그 뒤 가사를 문학적으로 접근한 레너드 코언을 발견했어요. 그는 소설 두 권과 여러 권의 시집을 냈죠. 유대인치고 그의 비유적 묘사는 가톨릭적인 색깔이 짙었어요. 성자와 성모 마리아가 많이 등장했죠. 그는 마치 프랑스 가수 같았어요. 음악가가 철저히 독립적으로 작업할 수 있다는, 그러니까 직접 노래를 쓰고 편곡하고 부른다는 그의 생각이 좋았어요. 그래서 저는 노래를 쓰기 시작했습니다.

처음 쓴 노래는 뭐였나요?

<u>이시구로</u>　레너드 코언의 노래와 비슷했어요. 첫 부분 가사가 "그대의 눈은 다시 열리지 않으리, 우리가 한때 살았고 놀았던 해변에서." 일 거예요.

사랑 노래였나요?

<u>이시구로</u>　딜런과 코언의 매력 중 하나는 노래가 무엇을 이야기하는지 알 수 없는 것이에요. 자기 자신을 표현하려 애쓰고 있지만 언제나 완벽하게 이해하지 못하는 것들과 대면하게 되고, 이해하는 척해야 하죠. 젊은 시절의 삶이란 많은 시간이 그런 것이고, 부끄럽지만 인정하게 되죠. 그들의 가사는 그런 상태를 표현한 것 같아요.

영국으로 온 이후로 열아홉에 다시 비행기를 탔다고 하셨는데, 어디로 갔나요?

<u>이시구로</u>　미국으로 갔지요. 미국 문화에 사로잡혀 있었기 때문에 꽤 일찍부터 생각해왔어요. 유아용품 회사에서 일하며 돈을 모았지요. 유아용 식품을 포장하고, '네쌍둥이가 태어났어요'라든가 '제왕절개' 같은 제목이 붙은 8밀리 영화의 상태를 점검했죠. 1974년 4월에 캐나다 비행기를 탔는데, 미국에 가는 가장 저렴한 방법이었어요. 밴쿠버에 도착한 뒤 한밤중에 그레이하운드 버스를 타고 국경을 넘었어요. 1달러로 하루를 버티며 3개월 동안 미국을 여행했죠. 당시에는 모두가 그런 낭만을 갖고 있었어요. 밤마다 공짜로 재워줄 곳을 찾아내야 했어요. 서부 해안을 따라 히치하이크를 하는 젊은이들이 사방에 널려 있었어요.

히피셨군요.

이시구로 표면적으로는 그랬던 것 같아요. 긴 머리에 수염, 기타, 배낭. 아이러니하게 우리 모두는 각자가 무척이나 다른 존재라고 생각했어요. 히치하이크로 태평양 해안 고속도로를 달리며 로스앤젤레스, 샌프란시스코, 북부 캘리포니아 곳곳을 다녔어요.

3개월의 그 경험을 어떻게 생각하셨어요?

이시구로 기대 이상이었지요. 어떤 때는 긴장됐어요. 워싱턴 주에서 화물열차를 타고 아이다호를 지나 몬태나로 갔어요. 미네소타에서 온 남자와 함께 교회 복지시설에서 밤을 보내게 되었는데, 무척 너저분한 곳이었어요. 우린 문간에서 옷을 벗고, 주정뱅이들과 함께 샤워실로 들어가야 했어요. 시커먼 물웅덩이를 지나 살금살금 걸어가 다른 쪽 끝에 도착해서는 세탁된 잠옷을 받아 이층침대에서 잤어요. 이튿날 아침, 촌스러운 부랑자 행색의 그 사람들과 함께 조차장으로 갔어요. 그들은 대개 중산층 학생 출신이나 도망자들이었고, 히치하이킹 문화와 아무 관련이 없었어요. 그들은 화물열차로 이동하면서 도시의 빈민촌을 전전했어요. 대부분 알코올 중독자였고, 혈액을 기증한 대가로 살았어요. 가난하고 병들고 끔찍해 보였어요. 낭만적인 데라고는 조금도 없었어요. 하지만 조언을 많이 해주었죠. "기차가 움직일 때는 절대 뛰어내리지 마, 죽을 테니까. 누군가 열차에 올라타려고 하면 그냥 떨쳐버려. 그 사람들이 죽을 수 있다는 생각도 하지 마. 그들은 뭔가를 훔치려 할 테고, 기차가 멈출 때까지 함께 있어야 돼. 네가 잠을 자러 가면, 너한테 50달러가 있다는 이유만으로 쫓아내버릴 거야."

그 여행을 글로 쓰신 적이 있나요?

이시구로   잭 케루악의 글*을 모방한 일기를 계속 썼죠. 매일 무슨 일이 일어났는지 썼어요. '36일째: 이런저런 사람을 만나고, 이런저런 일을 했다.' 집으로 돌아왔을 때 그 두꺼운 일기장을 꺼내놓고 일인칭 시점으로 에피소드 두 개를 상세하게 적었어요. 그중 하나는 샌프란시스코에서 기타를 도둑맞은 무렵을 쓴 것이었죠. 그때 구조를 처음으로 생각하게 됐죠. 하지만 제 산문에 대서양 저편의 그 비음 섞인 이상한 억양을 썼더니, 제가 미국인이 아닌 탓에 꾸며낸 것처럼 들렸어요.

카우보이 때처럼요?

이시구로   그 영향이 있었죠. 미국식 억양이 멋지게 느껴졌어요. '모터웨이'ᵐᵒᵗᵒʳʷᵃʸ 대신 쓰는 '프리웨이'ᶠʳᵉᵉʷᵃʸ 같은 단어도 그랬어요. "프리웨이까지 거리가 얼마나 되죠?"라고 태연하게 말할 수 있어 정말 신이 났죠.**

청년기 내내 뭔가를 숭배하고 흉내 내는 방식이 지속된 것처럼 보여요. 처음에는 셜록 홈스, 그다음엔 레너드 코언, 잭 케루악.

이시구로   그게 청년기의 배우는 방식이에요. 사실상 작곡은, 흉내 내는 것 이상을 해야 한다고 이해한 유일한 분야죠. 친구들과 길을 걷다가, 기타를 치며 밥 딜런처럼 노래하는 사람을 보게 되면 그 사

• 잭 케루악이 대학을 자퇴한 뒤 미국 서부와 멕시코를 횡단한 경험을 토대로 쓴 자전적 소설 『길 위에서』를 이른다.
•• 고속도로를 미국에서는 freeway, 영국에서는 motorway라고 한다.

람을 철저하게 경멸했어요. 중요한 건 자신만의 목소리를 찾아내는 것이니까요. 친구들과 저는 우리가 영국 사람이라는 사실과 미국식 노래를 진짜처럼 쓰지는 못한다는 사실을 의식하고 있었어요. "도로에서"라고 말하면 사람들은 영국의 M6 고속도로가 아니라 미국의 61번 고속도로를 떠올렸어요. 문제는 진짜 영국다운 느낌을 줄 적합한 어감을 찾는 것이었어요. 이슬비가 내리는 어느 쓸쓸한 도로에 갇혔다면, 미국의 고속도로 위에 있는 캐딜락 안이 아니라 안개가 밀려오는 스코틀랜드 국경의 잿빛 우회도로 옆이어야 했죠.

약력을 보니 뇌조 몰이꾼을 했다고 나오던데요.

이시구로　　고등학교를 졸업하고 맞은 첫 여름에, 왕실의 여름 별장인 밸모럴 성에서 일했어요. 그 시절에는 지역 학생들을 뽑아 뇌조 몰이꾼으로 썼죠. 왕실에서는 사람들을 초대해 사냥을 하곤 했어요. 엘리자베스 왕대비와 손님들은 엽총과 위스키를 들고 랜드로버에 올라 사격용 흙 둔덕들을 옮겨 다니며 황무지를 누볐어요. 저를 포함한 뇌조 몰이꾼 열다섯 명은 황무지 맞은편에서 대형을 이루어 걸어 다녔는데, 100미터쯤 간격을 두고 덤불로 다가가요. 뇌조는 덤불 속에 사는데, 우리가 다가가는 소리를 들으면 폴짝폴짝 뛰어요. 왕대비와 손님들이 엽총을 들고 기다리고 있는 둔덕을 향해 뇌조들을 몰고 가죠. 둔덕 근처에는 덤불이 없어서, 뇌조들은 날아오를 수밖에 없어요. 그러면 사격이 시작돼요. 우리는 다음 둔덕을 향해 걸어가죠. 골프와 조금 비슷해요.

왕대비를 만나셨나요?

이시구로   정기적으로 봤죠. 한번은 왕대비가 제가 맡은 구역 쪽으로 왔는데, 그곳에는 저와 다른 여자애 한 명뿐이었어요. 어떻게 해야 좋을지 몰라 당황했죠. 우린 잠깐 이야기를 나누었고, 왕대비는 차를 타고 떠났어요. 그건 비공식적인 방문이었어요. 왕대비는 직접 총을 쏘진 않았지만 자주 모습을 드러냈어요. 당시에 같이 일하던 친구들은 술을 엄청 마셔댔고, 서로 무척 친했어요.

왕족들의 생활을 접한 건 그때가 처음이었나요?

이시구로   마지막이기도 했죠.

어떠셨어요?

이시구로   재밌었죠. 그런데 더 흥미진진한 건 그런 사유지를 관리하는 사람들, 즉 사냥 안내인들의 세계였어요. 그들은 우리 중 누구도, 스코틀랜드 학생마저도 이해하지 못하는 스코틀랜드 사투리를 썼어요. 그들은 황무지를 아주 잘 알고 있었죠. 성격은 거칠었는데, 우리가 학생이었기 때문에 그나마 공손하게 대해줬어요. 하지만 뇌조 사냥이 시작되면 달라졌죠. 우리가 완벽한 대형을 유지하게 하는 것이 그들의 임무였어요. 우리 중 누구라도 대형을 이탈하면, 뇌조들이 달아나버리니까요. 그래서 안내인들은 선임 하사관처럼 변했어요. 벼랑 위에 서서 스코틀랜드 사투리로 욕을 퍼부어댔죠. 그야말로 목이 터져라 고함을 질러댔어요. "이 빌어먹을 놈들아!" 벼랑에서 내려오면 다시 공손하고 정중하게 변했어요.

대학 시절은 어땠나요?

이시구로   켄트 대학에서 영문학과 철학을 공부했어요. 왕실에서부터 유아용품 포장을 거쳐 화물열차에 이르는 경험에 비하면 대학은 지루했어요. 1년 뒤, 한 해를 쉬기로 결정했어요. 글래스고 근처에 있는 렌프루로 가서 6개월 동안 주택개발지구에서 자원봉사를 했어요. 처음에는 뭐가 뭔지 도대체 모르겠더라고요. 전 남부 잉글랜드의 중산층 가정에서 자랐는데, 제가 간 곳은 제조업이 쇠퇴하던 시기의 스코틀랜드 산업의 중심지였어요. 도로가 두 개뿐인 그 작은 주택개발지구는 서로를 미워하는 적대적인 파벌로 쪼개져 있었어요. 그곳에서 살아온 3세대 주민들과 다른 지구에서 쫓겨나 갑자기 유입된 주민들 사이에 갈등이 심했어요. 그곳은 정치학의 활기가 넘쳤어요. 진정한 의미의 정치학이라고 할 수 있었는데, 학교에서 배우는 정치학의 세계와는 달랐죠. 학교에서는 북대서양조약기구^{NATO}의 최근 행보에 항의하느냐, 마느냐가 주요 쟁점이지요.

그 경험이 어떤 영향을 미쳤나요?

이시구로   많이 성장했죠. 저는 모든 게 '저 멀리' 있다고 말하며 시속 160킬로미터로 쌩하고 지나가 버리는 사람이 되는 것을 그만뒀어요. 미국 곳곳을 여행하고 있을 때 "어느 밴드에서 활동해요?"와 "고향이 어디예요?"라는 질문 다음으로 받게 되는 질문은 "삶의 의미가 뭐라고 생각해요?"였어요. 그러고는 서로의 견해를 이야기하고 불교와 비슷한 기묘한 명상법에 대한 정보를 교환하곤 했죠. 『선^禪과 모터사이클 관리술』*이라는 책이 돌고 있을 때였어요. 그걸 제대로 읽은 사람은 아무도 없었지만, 멋진 제목이었죠. 스코틀랜드에서 돌아왔을 때는 성숙해 있었어요. 방랑 같은 것이 아무 의미도 띠지 않는 세계를 본 거죠. 제가 만난 사람들은 고군분투하는 이들이었어요. 술과 마약을 많이 했어요. 어떤 이들은 진짜 용기 있게 뭔가를 해보려 했지만 포기하기 일쑤였어요.

글은 어떻게 진행되고 있었나요?

<u>이시구로</u>   당시에는 사람들이 책에 대해 이야기하지 않았어요. 텔레비전 드라마, 실험연극, 영화, 록 음악을 이야기했죠. 그러다 마거릿 드래블**이 쓴 『황금성 예루살렘』Jerusalem the Golden을 읽었어요. 그 무렵 거창한 19세기 소설들을 읽기 시작했는데, 똑같은 기법을 적용해 현대의 삶을 이야기할 수 있을 거라는 생각이 계시처럼 떠올랐어요. 라스콜니코프가 노파를 살해한 이야기나, 나폴레옹 전쟁을 쓸 필요는 없었어요.*** 그냥 방랑에 대한 글을 쓰면 되는 거였죠. 소설을 써보려고 노력했지만, 도무지 진척이 없었어요. 형편없었죠. 그때 쓴 글이 지금도 작업실에 있답니다. 어느 여름, 잉글랜드를 떠도는 젊은 학생들에 대한 이야기였어요. 선술집에서 여자 친구들과 남자 친구들에 대해 이야기하는 장면도 있었지요.

그게 당신의 작품에서 놀라운 점 가운데 하나예요. 이제는 무척 흔해진 방식, 그러니까 자신의 이야기를 소설화한 작품을 쓰지 않았잖아요. 동시대 런던에서의 생활이나 잉글랜드의 일본인 가정에서 자란 경험 같은 거요.

• 로버트 메이너드 피어시그의 자전적 소설로, 모터사이클 여행의 기록이자 철학적 탐구서이기도 하다. 1974년 출간 당시 열광적인 반응과 함께 전 세계 23개 언어로 번역되었다.
•• 영국 문학을 대표하는 여성 작가로, 2004년 『한중록』을 모티프로 한 『붉은 왕세자빈』을 출간해 우리나라에서 화제가 되었다.
••• 도스토옙스키의 『죄와 벌』, 톨스토이의 『전쟁과 평화』를 가리킨다.

이시구로 그게 제가 말씀드리고 있는 거예요. 전 그렇게 했다니까요. 하지만 열의는 없었죠. 그보다는 같은 내용을 다루는 노래를 쓰는 데 여전히 주력하고 있었으니까요.

처음 출간한 『창백한 언덕 풍경』을 되돌아보면, 어떤 생각이 드세요?

이시구로 그 책을 좋아하지만, 너무 어렵다는 생각도 들어요. 결말은 거의 수수께끼나 다름없죠. 그렇게 사람들을 당혹하게 해서 예술적으로 얻을 수 있는 건 전혀 없는데, 미숙한 탓이었어요. 어떤 것이 뻔한 방식이고 미묘한 방식인지를 잘못 판단한 거죠. 그 당시에도 결말이 불만스러웠어요.

무엇을 성취하려 노력하신 건가요?

이시구로 어떤 두 사람이 둘 다 아는 친구에 대해서 이야기하고 있다고 칩시다. 한 사람이, 친구가 누군가와의 관계에서 우유부단하게 대처한다며 화를 내요. 완전히 노발대발하죠. 듣고 있던 사람은, 그가 친구의 상황을 빌려 자기 얘기를 하고 있음을 깨달아요. 전 그게 소설을 이야기하는 흥미로운 방법이라고 생각했어요. 너무 고통스럽거나 어색해서 자신의 삶에 대해 이야기하지 못하는 누군가가, 다른 사람의 상황을 빌려 자기 얘기를 하게 만드는 것. 복지시설에서 노숙자들과 생활할 때, 그들이 그곳에 오게 된 사연을 들으면서 많은 시간을 보냈어요. 덕분에 그들이 직접적인 방식으로 자신의 이야기를 하지 않는다는 걸 알게 됐어요.

『창백한 언덕 풍경』에서 화자는 중년의 일본인 여성이고, 그녀의 장성한 딸은 자살을 했어요. 그 사실을 책 시작 부분에서 밝혀요.

하지만 그녀가 어떻게 그렇게 됐는지 설명하는 대신, 2차세계대전이 끝난 직후 영국에 오기 전 나가사키에서 나누었던 우정을 떠올리는 걸로 시작했죠. 전 독자가 '대체 왜 딴소리를 들어야 하지? 이 여자는 자기 딸의 죽음에 대해 어떤 기분일까? 그 딸은 왜 자살했을까?'라고 생각할 것 같았어요. 그녀가 친구의 이야기를 통해 자기 얘기를 들려주고 있다는 걸 독자들이 깨닫기를 바랐죠. 하지만 기억의 구조를 창조하는 방법을 몰랐기 때문에, 마지막에 교묘한 장치에 의지해야 했어요. 일본에 있던 시절의 장면이 최근에 일어난 장면 속으로 흐릿하게 사라지죠. 지금도 최신작에 대해 이야기를 나누는 행사를 할 때면 누군가가 물어요. "그 두 여자는 한 사람이었나요? 마지막에 다리 위에서 무슨 일이 일어나나요?"

이스트 앵글리아의 창작 과정이 작가가 되는 데 도움이 되었나요?
이시구로　작사가가 되려고 노력했지만 문은 열리지 않았어요. 그래서 이스트 앵글리아로 갔고, 모두가 격려해줬어요. 몇 달 지나지 않아 잡지에 단편소설들을 발표했고, 첫 장편을 출판하기로 계약했죠. 그 과정은, 제가 작가가 되는 데 기술적으로 도움이 됐어요. 재미있는 산문을 쓰는 데 특별한 재능이 있다고 느낀 적이 한 번도 없었어요. 제가 쓰는 산문은 평범해요. 제가 잘하는 건 초고와 초고 사이의 작업이죠. 한 초고를 보고 나면 다음 초고에서 뭘 어떻게 할지 아이디어들이 떠올라요.

　맬컴 브래드버리 이후에 앤절라 카터*가 제 중요한 멘토였어요. 작가라는 직업에 대해 많은 걸 가르쳐줬어요. 데버러 로저스를 소개해줬는데, 지금까지도 제 대리인을 해주고 있죠. 카터가 제게 알리지도 않고 『그랜타』**의 빌 버포드***에게 제 작품을 보냈어요. 카디프에서 아파트를 임대해 살 때, 부엌에 공중전화가 있었어요. 어느 날 전화벨이 울렸고, 전화 올 데가 없는데 이상하다고 생각하며 받았죠. 수화기 저편에 있는 사람이 바로 버포드였죠.

전쟁 중에 군국주의를 찬양했던 화가가 그 과거 때문에 괴로워하는 두 번째 소설 『떠도는 세상의 예술가』에 영감을 준 건 무엇인가요?

<u>이시구로</u>　『창백한 언덕 풍경』에는 나이 많은 교사에 대한 보조 플롯이 있는데, 그는 자기 삶의 기반이 된 가치들을 재고해야 했죠. 그걸 쓰면서, 같은 상황에 처한 남자에 대해 본격적으로 써보고 싶은 생각이 들었어요. 『떠도는 세상의 예술가』에서는 특정한 시기에 살게 된 탓에 경력에 먹칠을 하고 만 예술가로 표현했죠. 그다음에는 『남아 있는 나날』에 시동을 걸었어요. 『떠도는 세상의 예술가』를 보며 생각했죠. '직업적인 면에서 소모된 삶을 탐구한 점은 꽤 만족스러워. 사생활은 어떨까?' 젊을 때는 모든 걸 직업과 관련지어 생각해요. 결국에는 직업은 일부분일 뿐이라는 걸 깨닫게 되죠. 저 자신이 그걸 느끼고 있었어요. 모든 걸 다시 쓰고 싶었죠. 우리가 직업 측면에서 삶을 어떻게 허비하고, 사생활에서는 삶을 어떻게 허비하는지에 대해서 고민했어요.

일본이 그 이야기에 적합한 배경이 아니라고 결론 내린 까닭은 무엇인가요?

<u>이시구로</u>　『남아 있는 나날』을 시작할 무렵, 제가 쓰고 싶은 이야기의 본질이 바뀔 수 있다는 걸 깨달았어요.

그게 당신의 특별한 점이에요. 카멜레온 같은 능력을 보여주죠.

이시구로 카멜레온 같다고는 생각하지 않아요. 제가 하려는 말은 똑같은 책을 세 번 썼고, 어쨌든 거기에서 탈출했다는 거죠.

그렇게 생각하실지 모르지만, 당신의 첫 소설을 읽고 나서 『남아 있는 나날』을 읽은 사람들은 모두 환각적인 순간을 경험했어요. 설득력 있는 일본이라는 배경에서 달링턴 경의 대저택으로 이동했죠.

이시구로 본질은 배경에 있지 않아요. 그런 경우도 있다는 건 알지요. 프리모 레비에게서 배경을 없애버리면 그 책을 없애버리는 거나 같죠. 하지만 최근에 북극을 배경으로 한 「템페스트」 공연을 보러 갔는데 무척 훌륭했어요. 대부분 작가들은 어떤 부분을 의식적으로 결정하고 나면, 나머지 부분은 그렇게 하지 않아요. 제 경우에 화자와 배경은 심사숙고해서 선택하죠. 배경은 세심한 주의를 기울여 선택해야 하는데, 온갖 종류의 감정적이고 역사적인 반향이 배경에 딸려 오니까요. 하지만 그 뒤로는 넓은 영역을 즉흥성에 맡겨요. 지금 쓰고 있는 소설에서 기묘한 배경을 생각해냈어요.

어떤 내용인가요?

이시구로 자세하게 얘기하긴 그렇고, 이야기의 초반을 얘기해볼게

• 동화, 민담, 고딕 소설, 포르노그래피를 차용한 소설들을 발표해 '카터식 글쓰기'라는 독자적인 세계를 확립했다. 브라운 대학, 이스트 앵글리아 대학 등에서 강의했다.

•• 영국의 문학잡지 겸 출판사.(역자 주)

••• 『뉴요커』에서 문학 담당 기자로 일했고, 『그랜타』 창간 위원과 '그랜타북스'의 발행인을 지냈다. 현재 저널리스트로 활동하고 있다.

요. 한동안 사회가 어떻게 기억하고 망각하는지에 대한 소설을 쓰고 싶다는 생각을 했어요. 개인이 불편한 기억과 어떻게 타협하는지에 대해서는 이미 썼지요. 문득 개인이 기억하고 망각하는 방식과 사회가 기억하고 망각하는 방식은 무척 다르다는 생각이 들었어요. '차라리 망각하는 편이 더 나은 시기는 언제일까?'라는 생각이 반복해서 떠올랐어요. 2차세계대전 이후의 프랑스가 흥미로운 경우죠. 경제를 재건해야 한다는 드골의 말이 옳았다고 주장할 수도 있어요. 누가 협력했고, 누가 그러지 않았는지는 너무 생각하지 맙시다. 그런 자기분석은 다른 때로 미뤄두기로 하죠. 하지만 어떤 사람들은 그것 때문에 정의가 푸대접을 받았고, 결국 더 큰 문제로 이어졌다고 말할 겁니다. 분석가들은 억압하는 개인에 대해 그렇게 말할 수도 있어요. 혹시 제가 프랑스에 대한 글을 쓴다면, 프랑스를 배경으로 하는 책이 될 거예요. "그래서 당신은 프랑스에 대해 무슨 말을 하고 있는 겁니까? 어떤 이유로 우리를 비난하는 겁니까?"라고 묻는, 수많은 비시 정부* 프랑스 전문가들을 대면해야 하는 제 모습을 상상해봤어요. 저는 이렇게 말해야겠죠. "그저 더 거창한 주제를 나타내고자 했을 뿐입니다." 아니면 「스타워즈」 전략이 있겠죠. "멀리, 아주 멀리 떨어진 은하계에서……." 『나를 보내지 마』는 그쪽으로 방향을 잡았는데 거기에도 나름의 어려움이 있어요. 그래서 오랫동안 골머리를 앓았죠.

어떻게 결정하셨나요?

<u>이시구로</u>   가능한 해결책은 소설의 배경을 서기 450년의 영국으로 설정하는 거였어요. 로마인들이 떠나고 앵글로색슨족이 장악한 시

기인데, 결국 켈트족의 전멸로 이어졌죠. 켈트족에게 무슨 일이 벌어졌는지 아는 사람은 없어요. 켈트족은 그냥 사라졌어요. 대량 학살되거나 동화된 탓이겠죠. 전 과거로 멀리 거슬러 올라갈수록 이야기가 은유적으로 읽힐 가능성이 커진다고 생각했어요. 사람들은 영화 「글래디에이터」를 보면서 현대적인 우화로 해석해요.

『남아 있는 나날』에서 영국이라는 배경은 어떻게 설정하게 됐나요?

이시구로 아내의 농담에서 시작됐어요. 첫 장편소설을 낸 뒤 어떤 기자가 인터뷰하러 왔을 때였죠. 아내가 말하더군요. "그 사람은 당신 소설에 대해 온갖 진지한 질문을 하러 왔는데, 당신이 내 집사인 척하면 재미있지 않을까?" 우린 무척 재미있는 발상이라고 생각했고, 그 뒤로 은유로서의 집사에 집착하게 됐죠.

무엇에 대한 은유인가요?

이시구로 두 가지예요. 하나는 특정한 종류의 정서적 냉랭함이에요. 영국의 집사는 지독할 정도로 조심스러워야 하고, 주변에서 벌어지는 일에 어떤 개인적 반응도 보여서는 안 돼요. 그게 영국적 특징은 물론이고, 감정적으로 관여하기를 겁내는 우리의 공통된 부분을 다룰 좋은 방법처럼 보였어요. 다른 하나는 중대한 정치적 결정을 다른 사람에게 맡기는 사람을 상징하는 집사예요. 그는 말해요. "저는 그저 이분에게 봉사하기 위해 최선을 다하고 있으며, 대리인으로서

• 나치 독일의 괴뢰 정권. 독일군이 파리를 점령한 뒤 프랑스는 독일 점령지역과 자유지역으로 나뉘었는데, 비시를 수도로 하여 자유지역에 수립된 프랑스 정부를 일컫는다.

사회에 기여하겠지만 저 자신이 중대한 결정을 내리지는 않을 겁니다." 민주주의 사회에서 살든 그렇지 않든, 많은 사람들이 그런 입장이에요. 대부분의 사람은 중대한 결정이 내려지는 자리에 있지 않아요. 우린 그저 우리가 맡은 일을 하고, 그것에 자부심을 느끼고, 우리의 작은 기여가 제대로 활용되기만을 바라죠.

지브스 °의 팬이셨나요?

<u>이시구로</u>　지브스가 큰 영향을 미쳤죠. 지브스만이 아니라 영화에서 단역으로 나오는 모든 집사 캐릭터가 그랬어요. 그들은 미묘하게 유쾌했어요. 슬랩스틱 유머와는 거리가 멀죠. 보통은 좀 더 당황한 표정이 요구되는 상황에서 딱딱하게 말하는 그들의 방식은 어떤 비애를 자아냈어요. 지브스는 그 분야의 최고였죠.

　　그때까지 저는 세계의 독자들을 위해 글을 쓰려고 의식적으로 노력하고 있었어요. 앞선 세대의 영국 소설에서 감지된 지방색에 대한 반작용이었던 것 같아요. 그게 단순한 부담이었는지 아니었는지는 지금도 모르겠어요. 하지만 제 동료들 사이에서는 우리가 영국 독자들만이 아니라 전 세계의 독자들에게도 이야기해야 한다는 의식이 있었어요. 제가 그렇게 할 수 있는 방법이라고 생각한 것 중에 하나가, 전 세계적으로 알려진 잉글랜드의 신화를 가져오는 것이었어요. 이 경우에는 영국의 집사였죠.

조사를 많이 하셨나요?

<u>이시구로</u>　네. 그런데 하인이 하인에 대해 쓴 글이 얼마나 적은지 발견하고 놀랐어요. 영국에서 상당한 비율의 사람들이 2차세계대전이

일어나기 전까지 서비스업에 종사했다는 점을 고려하면 말이에요. 그들 가운데 자신의 삶이 글로 쓸 가치가 있다고 생각한 사람이 극소수라는 점이 놀라웠어요. 그러니 『남아 있는 나날』에서 하인이 되는 의식儀式에 대한 내용은 대부분 지어낸 거죠. 스티븐스가 말한 "근무 방침"도 지어낸 것이에요.

『남아 있는 나날』을 비롯해 많은 소설에서, 슬프게도 주인공은 몇 초 차이로 사랑할 기회를 놓치는 것 같아요.

이시구로   그들이 몇 초 차이로 기회를 놓친다고 봐야 하는지 어떤지는 모르겠어요. 몇 킬로미터 차이로 놓쳤다고 볼 수도 있죠. 그들은 뒤돌아보며 생각할지도 몰라요. '완전히 달라질 수도 있는 순간이 있었지. 그건 그냥 운명의 장난이었어.'라고 생각하고 싶을 거예요. 하지만 단지 사랑만이 아니라 삶의 본질적인 것까지 놓치게 만든 엄청난 상황이죠.

인물들이 잇따라 그렇게 하도록 설정하신 이유는 뭔가요?

이시구로   저 자신을 정신분석하지 않고는 그 이유를 말할 수가 없어요. 되풀이되는 특정한 주제를 왜 쓰는지 말해주는 작가가 있다면, 그를 절대 믿어서는 안 됩니다.

『남아 있는 나날』은 부커 상을 받았어요. 그 성공으로 어떤 변화가 생겼나요?

이시구로   『떠도는 세상의 예술가』를 출간했을 때, 전 여전히 무명작

• P. G. 우드하우스의 소설에 계속해서 등장하는 집사.(역자 주)

가의 삶을 살고 있었죠. 출간 뒤 6개월쯤 지나 부커 상 후보에 올랐을 때 하룻밤 사이에 상황이 완전히 바뀌었고, 그 책은 휘트브레드 상을 받았죠. 자동응답전화기를 사기로 결정한 게 바로 그때였어요. 제가 알지도 못하는 사람들이 갑자기 저녁을 먹자고 하더군요. 모든 요청을 승낙할 필요가 없다는 걸 깨닫기까지 시간이 좀 걸렸죠. 그렇게 하지 않으면 삶의 통제력을 잃어버리니까요. 3년 뒤 부커 상을 받았을 때는 정중하게 거절하는 법을 터득한 뒤였죠.

작가에게 홍보라는 측면, 그러니까 북 투어book tour**나 인터뷰 등이 글에 영향을 미치나요?**

<u>이시구로</u>　두 가지 분명한 면에서 영향을 미칩니다. 하나는 노동생활의 삼분의 일을 차지하죠. 다른 하나는 통찰력이 매우 뛰어난 사람들로부터 질문을 받으며 많은 시간을 보내게 돼요. "왜 당신의 글에는 다리를 하나 잃은 고양이가 반드시 나오나요?", "비둘기파이에 집착하는 이유가 뭐죠?" 작품에 들어가는 많은 내용은 무의식적일 수 있어요. 아니면 적어도 그런 이미지의 감정적인 반향이 분석되지 않았을지도 모릅니다. 그러나 북 투어 때는 그렇게 가만 놔두기가 어려워요. 과거에는 독자들의 질문에 친절하고 솔직하게 답하는 게 좋다고 생각했는데, 그로 인해 어떤 피해가 생기는지 보게 됐어요. 어떤 작가들은 망가져 버리죠. 결국 침해당하는 기분을 느끼며 분개해요. 그건 글 쓰는 방식에도 영향을 미치죠. 글을 쓰려고 자리에 앉아서 생각하는 거예요. '나는 사실주의 작가인데 부조리주의 작가이기도 한 것 같아.' 자의식이 훨씬 강해지기 시작하죠.

글을 쓰면서 번역가들이 겪을 수도 있는 문제에 대해 생각하시나요?

이시구로 다른 지역에 살고 있는 사람이라면, 문화적인 이유로 쉽게 번역되지 않는 내용 때문에 당황스럽겠죠. 덴마크 사람에게 책 하나를 설명할 때 나흘이 걸릴 때도 있고요. 상표명이나 다른 문화적 기준을 활용하는 걸 특별히 좋아하지는 않아요. 단순히 지리적으로 번역되지 않기 때문이 아니에요. 시간상으로도 제대로 번역되지 않지요. 30년이 지나면 그건 아무 의미도 갖지 못할 거예요. 우린 다른 나라에 있는 사람들을 위해서만 글을 쓰는 게 아니에요. 다른 시대 사람들을 위해서도 글을 쓰는 거죠.

정해진 작업 일과가 있나요?

이시구로 보통 오전 10시부터 오후 6시까지 글을 씁니다. 오후 4시 전까지는 이메일이나 전화에 신경 쓰지 않으려고 하지요.

컴퓨터로 일하세요?

이시구로 책상이 두 개 있어요. 한 책상에는 독서대가 놓여 있고, 다른 책상에는 컴퓨터가 있죠. 1996년형 컴퓨터인데, 인터넷이 연결돼 있지 않아요. 초고를 쓸 때는 독서대에서 펜으로 쓰는 게 좋아요. 저를 제외하고는 누구든 읽기 어렵게 쓰고 싶답니다. 문체나 일관성을 염두에 두지 않고 쓰기 때문에 초고는 정말 엉망진창이에요. 모든 걸 종이에 쏟아놓아야 해요. 앞에 나온 내용과 어울리지 않는 새로운 생각 때문에 막히더라도 그냥 적어나가요. 나중에 되돌아가서 분류하도록 메모만 해두죠. 그런 뒤에는 전체를 계획해요. 섹션에 숫자를 매기고 여기저기 옮겨봐요. 그다음에 쓸 때는 어디로 가고 있는지가 선명해지죠. 그때는 훨씬 주의 깊게 글을 써요.

보통 초고를 몇 번이나 수정하세요?

이시구로   세 번 이상 한 적은 거의 없어요. 이렇게 말하고 보니, 몇 번이고 다시 써야 했던 구절들이 있긴 하네요.

처음 낸 세 권으로 그토록 긍정적인 평가를 받은 작가는 아주 드물어요. 그리고 그 뒤에 『위로받지 못한 사람들』이 나왔고요. 일부 평론가들은 그 책을 당신의 가장 훌륭한 작품으로 여기지만, 다른 평론가들은 지금껏 읽은 책 가운데 최악이라고 했어요. 그 점에 대해 어떻게 생각하세요?

이시구로   좀 더 논쟁을 일으킬 영역으로 들어가라고 스스로 부추겼던 것 같아요. 처음 세 권을 쓰는 동안 작품에서 비판받은 부분이 있었다면 아마 충분히 대담하지 못했다는 점이었을 거예요. 그 부분에 어떤 진실의 메아리가 있다고 느꼈어요. 『뉴요커』에 실린 『남아 있는 나날』에 대한 평론이 있었는데, 끝까지 격찬이 이어지는 것처럼 보였어요. 그런데 마지막에 이런 내용이 있더군요. "이 작품의 문제는 모든 게 시계 장치처럼 정확하게 맞아떨어진다는 점이다."

너무 완벽하다는 거죠.

이시구로   맞아요. 제가 보기에도 어떤 혼란스러움이나 대담한 맛이 없어요. 모든 게 지나치게 통제돼 있어요. 다른 사람들은 너무 완벽하다는 이유로 비판받는 것을 대단치 않게 생각할 거예요. 하지만 이 경우에는 제가 느끼고 있던 것과 통했어요. 저는 동일한 소설을 다듬고 또 다듬고 있었죠. 그래서 그 시점에서 저는 강한 확신이 없는 일을 하며 허기를 느꼈어요.

『남아 있는 나날』을 출간하고 얼마 지나지 않아, 아내와 저는 작고 허름한 식당에 앉아 세계의 독자들을 위해 소설을 쓰는 방법을 의논하며 보편적인 주제를 찾아내려 애쓰고 있었어요. 꿈이라는 언어가 보편적인 언어라고 아내가 얘기하더군요. 어떤 문화에서 살든 모두가 그걸 알아본다고. 그 뒤 몇 주 동안 '꿈의 문법은 무엇인가?'라는 질문을 스스로에게 계속 던졌어요. 바로 지금 우리 둘은 이 방에서 대화를 나누고 있고, 집에 다른 사람은 없잖아요. 이 장면에 다른 한 사람이 들어온다고 하면 일반적인 작품에서는 노크 소리가 들린 다음 들어올 테고, 우린 인사를 하겠죠. 꿈의 세계에서 정신은 그런 식으로 참을성을 발휘하지 못해요. 전형적으로 벌어지는 일은, 이 방에 우리 둘만 앉아 있었는데 다른 사람이 그동안 줄곧 제 가까이에 있었다는 사실을 갑자기 깨닫게 되는 거예요. 이 시점까지 그 사람의 존재를 알아차리지 못했다는 사실 때문에 살짝 놀라기는 하겠지만, 우린 그 사람이 제시하는 의견이 뭐든 곧바로 논의에 동참하겠죠. 전 그게 무척 재미있다고 생각했어요. 그리고 기억과 꿈 사이의 유사점이, 그러니까 감정적 욕구에 따라 그 둘을 조작하는 방식이 보이기 시작했어요. 꿈의 언어 덕분에 특정한 사회에 대한 논평이 아니라 은유적인 이야기로 읽힐 소설을 쓸 수 있게 되었습니다. 몇 달에 걸쳐 메모로 가득한 서류철을 만들었고, 마침내 소설을 쓸 준비가 됐다고 느꼈죠.

그 이야기를 쓸 때 플롯에 대한 개념이 있었나요?

이시구로　두 개의 플롯이 있는데, 이혼 위기에 처한 불행한 부모 밑에서 자란 라이더라는 남자의 이야기가 하나 있죠. 그는 자신이 부모의 기대를 실현하는 것만이 부모가 화해할 길이라고 생각해요. 그 결과 그는 환상적인 피아니스트가 되죠. 자신이 매우 중대한 연주회를 열면 모든 게 치유될 거라고 생각해요. 물론, 그때쯤엔 너무 늦죠. 부모에게 무슨 일이 일어났건 그건 이미 오래전에 일어난 일이니까요. 또 브로즈키의 이야기가 있는데, 그 노인은 자신이 완전히 망쳐버린 관계를 회복하려고 애쓰죠. 그는 지휘자로서 맡은 일을 잘 해내면 사랑을 되찾을 수 있을 거라고 생각해요. 그 두 이야기가 한 사회에서 일어나요. 모든 병폐가 잘못된 음악적 가치를 선택한 결과라고 믿는 사회에서요.

당황한 평론가들에게 어떻게 반응하셨어요?

이시구로 일부러 난해하게 만들 의도는 없었어요. 꿈의 논리를 따르기로 한 점을 고려하면, 『위로받지 못한 사람들』은 당시 제가 해낼 수 있는 한도 내에서는 선명했어요. 꿈에서는 한 인물이 다른 사람들에 의해 묘사되는 일이 흔히 일어나요. 전 그 기법을 사용했고, 그것 때문에 약간의 혼란이 일어났다고 생각해요. 하지만 그 책에서 한 단어도 바꾸지 않을 겁니다. 그게 당시의 저였으니까요. 그 책은 세월이 지나면서 자신의 자리를 찾은 것 같아요. 다른 작품들보다 그 책에 대한 질문을 더 많이 받거든요. 북 투어를 할 때는 주로 저녁 시간을 『위로받지 못한 사람들』에 집중해야 하는데, 미국의 서부 해안 지역에서는 특히나 그래요. 학자들은 다른 소설들보다 그 소설에 대해 더 많은 글을 쓰지요.

그다음으로 영국인 탐정인 크리스토퍼 뱅크스가 주인공인 『우리가 고아였을 때』가 나왔어요. 상하이에서 일어난 부모의 실종에 얽힌 수수께끼를 풀려고 노력하는 사람이죠.

이시구로 　『우리가 고아였을 때』는 특정한 시간과 장소를 배경으로 하는 작품을 정말 쓰고 싶었던 때를 나타내는 몇 가지 예시 중 하나입니다. 전 1930년대 상하이에 흥미를 느꼈어요. 온갖 인종 집단이 각자의 작은 구역을 차지한, 오늘날 세계 도시의 원형이었죠. 제 할아버지는 그곳에서 일하셨고, 아버지는 그곳에서 태어나셨어요. 1980년대에 아버지는 할아버지가 상하이에 계시던 시절의 사진앨범을 가져오셨는데, 회사 사진이 유독 많았어요. 사람들이 흰 정장을 입고, 천장 선풍기가 달린 사무실에 앉아 있었죠. 거긴 다른 세계였어요. 아버지는 제게 많은 이야기를 들려주셨어요. 그중에 할아버지가 총을 찬 채 아버지를 데리고 중국인 하인에게 작별 인사를 하려고 간 이야기가 기억나는데, 그 하인은 중국인들에게만 허가된 통제구역에서 암으로 죽어가고 있었대요. 이 모든 추억이 그리움을 자아내는군요.

　전 탐정소설을 쓰고 싶었어요. 셜록 홈스 같은 영국인 탐정은 영국인 집사와 비슷한 데가 많아요. 헌신적이라기보다는 지적인 태도로 의무를 다하되 전문가로서의 입장을 견지하죠. 정서적인 면에서는 냉담해요. 『위로받지 못한 사람들』에 나오는 음악가처럼 개인적인 세계에 망가진 데가 있어요. 크리스토퍼 뱅크스는 기이하게도, 부모와 관련된 수수께끼를 풀면 2차세계대전 발발을 막을 수 있다고 생각해요. 부모가 사라지면서 어린 크리스토퍼의 세계는 붕괴됐어요. 성인이 된 크리스토퍼는 부모의 수수께끼를 풀면 주변 세상이

다시 온전해질 거라고 생각해요. 그건『우리가 고아였을 때』의 핵심에 넣고 싶었던 기묘한 논리죠. 언제나 어렸을 때처럼 세상을 바라보는 우리의 일면에 대한 글을 쓰려는 시도였어요. 하지만 원하던 대로 잘 되지 않더군요. 원래의 구상은 소설 속의 장르 소설이었어요. 뱅크스가 애거사 크리스티식으로 수수께끼를 하나 더 풀었으면 좋겠다고 생각했어요. 하지만 거의 1년 동안 공들였던 작업, 109쪽이나 되는 원고를 버리고 말았죠.『우리가 고아였을 때』는 다른 어떤 책보다 어려운 작업이었죠.

『나를 보내지 마』 역시 몇 차례 무산되었다고 들었는데요.

이시구로 맞아요. 처음에는 학생들, 다시 말해 인간의 수명이 여든이 아니라 서른 살인 상황을 겪게 되는 젊은이들의 이야기를 쓰려고 했어요. 그들이 한밤중에 거대한 트럭으로 운반 중이던 핵무기를 우연히 발견하고, 어떤 식으로 죽게 될 거라고 생각했죠. 그 학생들의 복제인간을 만들기로 결심했을 때야 비로소 앞뒤가 맞아떨어졌어요. 그런데 그들의 수명을 제한한 데는 SF적인 이유가 있었어요. 복제인간을 활용할 때의 매력 가운데 하나는, 사람들이 즉시 "인간답다는 게 무슨 의미인가?"라고 묻게 만든다는 거죠. 도스토옙스키적인 질문, "영혼이란 무엇인가?"로 가는 세속적인 통로랄까요.

기숙학교라는 배경에 특별한 관심이 있었나요?

이시구로 어린 시절을 나타내는 훌륭한 은유죠. 보호자 역할을 하는 사람들이, 아이들이 접하는 정보를 상당 부분 통제하는 상황이에요. 우리가 실생활에서 아이들에게 하는 행동과 그다지 다르지 않아요.

여러 면에서, 아이들은 비눗방울 속에서 자라요. 어른들은 그 비눗방울을 유지하려고 노력하죠. 아이들이 불쾌한 소식을 접하지 않도록 보호해요. 얼마나 철저한지, 어린아이를 데리고 돌아다니다 보면 길에서 만난 사람들은 서로 짠 것처럼 행동해요. 말다툼을 하던 중이었다면 그만둘 정도죠. 아이들에게 어른들이 말다툼을 한다는 나쁜 소식을 알려주고 싶지 않아서죠. 기숙학교는 그런 현상을 물리적으로 구현한 거예요.

많은 평론가들의 생각처럼, 그 소설이 매우 어둡다고 보세요?

이시구로 전 언제나 『나를 보내지 마』가 유쾌한 소설이라고 생각했어요. 과거에는 인물들의 실패담을 썼죠. 그 이야기들은 저 자신이나 힘들고 암울한 삶을 그려낸 책들에게 경고를 해줬어요. 『나를 보내지 마』를 통해, 인간의 긍정적인 측면에 초점을 맞추도록 스스로에게 처음으로 허락했다는 생각이 들었어요. '그래, 인간은 결점이 있을지 몰라. 질투와 옹졸함 같은 일반적인 감정에 취약할지 몰라.' 하지만 전 본질적으로 품위 있는 사람들을 보여주고 싶었어요. 자신에게 주어진 시간이 유한함을 깨닫게 되면 사회적 지위나 물질의 소유에는 집착하지 않기를 바랐어요. 서로에 대해, 그리고 상황을 바로잡는 데 관심을 기울이기를 바랐죠. 그렇기 때문에 그 책은 우리의 죽을 운명이라는 다소 우울한 사실이 아니라 인간에 대한 긍정적인 이야기를 들려주는 것이지요.

제목은 어떻게 정하세요?

이시구로 아이의 이름을 짓는 것과 비슷해요. 수많은 논의가 지속되죠.『남아 있는 나날』처럼 어떤 건 제가 생각해낸 게 아니에요. 오스트레일리아에서 열린 작가 축제에 참석했을 때 마이클 온다체, 빅토리아 글렌디닝, 로버트 매크럼, 그리고 네덜란드 작가인 유디트 헤르츠베르크와 함께 해변에 앉아 있었어요. 곧 완성될 제 소설에 붙일 제목을 찾는, 반쯤은 장난 같은 게임을 하고 있었어요. 마이클 온다체가 "등심 즙이 풍부한 이야기"라는 제목을 제안했어요. 그런 수준이었죠. 전 집사와 관련이 있어야 한다고 계속 설명했어요. 그러다 유디트 헤르츠베르크가 '낮의 잔재'Tagesreste라는 프로이트의 개념을 언급했는데, 그건 프로이트가 '낮의 잔재'debris of the day와도 같은 꿈을 가리키려고 쓴 말이지요. 그녀가 당장 머리에 떠오르는 대로 그걸 번역해서 나온 제목이 "낮의 유물"Remains of the day •이었어요. 분위기 면에서 딱 좋다고 생각했어요.

다음 소설 때는 "위로받지 못한 사람들"The Unconsoled과 "피아노, 꿈꾸다"Piano Dreams 중에서 골라야 했죠. 제 딸이 태어났을 때 그 아이에게 어울리는 이름을 골라달라고 부탁했던 친구가 있어요. 우리 부부는 아사미와 나오미를 가지고 고민하고 있었어요. 그 친구가 아사미는 사담과 아사드를 섞어놓은 것처럼 들린다고 하더군요. 아사드는 당시 시리아의 독재자였어요. 그런데 이번에도 바로 그 친구가 말했어요. 도스토옙스키라면 "위로받지 못한 사람들"을 택했을 테고, 엘튼 존이라면 "피아노, 꿈꾸다"를 택했을 거라고 했죠. 그래서 "위로받지 못한 사람들"로 정했죠.

도스토옙스키의 팬이셨군요.

<u>이시구로</u>   네. 그리고 찰스 디킨스, 제인 오스틴, 조지 엘리엇, 샬럿

브론테, 윌키 콜린스**의 팬입니다. 대학에서 처음 읽은 19세기 정통 소설들이죠.

어떤 점이 좋았나요?

이시구로 소설에서 창조된 세상이 우리가 사는 세상과 다소 비슷하다는 점에서 사실주의니까요. 푹 빠져들 수 있는 작품이기도 하고요. 내러티브에서 확신이 느껴지는데, 플롯과 구조와 인물이라는 전통적인 수단을 사용한 내러티브죠. 어릴 때 책을 많이 읽지 않았기 때문에 견고한 토대가 필요했어요. 샬럿 브론테의 『빌레트』와 『제인 에어』, 도스토옙스키의 4대 장편소설***, 체호프의 단편소설, 톨스토이의 『전쟁과 평화』, 찰스 디킨스의 『황폐한 집』, 그리고 제인 오스틴의 소설 6종 가운데 적어도 5종. 그런 책을 읽으면, 견고한 토대를 갖게 되지요. 그리고 플라톤을 좋아합니다.

이유는요?

이시구로 플라톤이 기록한 『소크라테스와의 대화』에서는 대개 이런 일이 일어나요. 어떤 사람이 자신이 다 안다고 생각하는 거리를 걷고 있는데, 소크라테스가 그 사람을 불러앉힌 뒤 그의 생각을 뒤집어버려요. 파괴적으로 보일 수 있지만, 선한 것의 본질은 파악하기 어렵다는 게 핵심이에요. 때로 사람들은 틀릴지도 모르는 신념을 전

• 우리나라에서 번역된 제목은 『남아 있는 나날』이나 여기에서는 원제를 직역했다.(역자 주)
•• 영문학사에서 최초의 추리소설로 불리는 『월장석』과 『흰 옷을 입은 여인』을 발표해 선풍적인 인기를 끌었다.
••• 『카라마조프 가의 형제들』, 『죄와 벌』, 『악령』, 『백치』를 뜻한다.(역자 주)

력으로 붙잡고, 삶의 근거로 삼아요. 그게 제 초기 작품들이 다루는 내용이죠. 다 안다고 생각하는 사람들. 하지만 소크라테스 같은 인물은 없어요. 플라톤의 「대화편」을 보면, 이상주의적인 사람들은 두세 번 실망하면 대개 염세적으로 변한다고 소크라테스가 말하는 구절이 있어요. 플라톤은 선의 의미를 찾는 문제도 그렇게 될 수 있다고 암시하는 거예요. 퇴짜를 맞더라도 환멸에 빠져서는 안 돼요. 우린 그저 그 탐색이 어렵다는 걸 발견한 것뿐이고, 탐색을 계속할 의무가 있어요.

수재너 휴뉴웰 Susannah Hunnewell 하버드 대학교를 졸업한 뒤 「뉴욕 타임스」에서 일했고, 『파리 리뷰』에서 오랫동안 편집자로 일했다.

주요 작품 연보

———

『창백한 언덕 풍경』A Pale View of Hills, 1982

『떠도는 세상의 예술가』An Artist of the Floating World, 1986

『남아 있는 나날』The Remains of the Day, 1989

『위로받지 못한 사람들』The Unconsoled, 1995

『우리가 고아였을 때』When We were Orphans, 2000

『나를 보내지 마』Never Let Me Go, 2005

『녹턴』Nocturnes, 2009

12

슬픔이라는 아름답고 묵직한 이름

프랑수아즈 사강
FRANÇOISE SAGAN

프랑수아즈 사강

프랑스, 1935. 6. 21.~2004. 9. 24.

———

본명은 프랑수아즈 쿠아레. 마르셀 프루스트의 『잃어버린 시간을 찾아서』의 등장인물인 '사강'을 필명으로 삼았다. 19세에 발표한 『슬픔이여 안녕』이 전 세계적 베스트셀러가 되어 문단에 큰 반향을 일으켰고, 이 작품으로 1954년 프랑스 문학비평상을 받았다.

1935년 남프랑스의 부유한 가정에서 태어났고, 소르본 대학을 중퇴했다. 1954년 『슬픔이여 안녕』을 발표하여 작가로서 인정받았고, 같은 해 프랑스 문학비평상을 수상했다.

사강은 섬세한 심리 묘사에 탁월했는데, 사랑의 파국이나 작중 인물의 고독을 간결한 필치로 잘 묘사했다. 작품의 소재에 있어서는 당시의 정치나 사회 문제와 관련을 두지 않았지만 본인은 한때 알제리 해방 전선의 일원이었고 때때로 정치나 사회 문제에도 소신 있는 발언을 했다.

『한 달 후, 일 년 후』, 『브람스를 좋아하세요』, 『신기한 구름』, 『뜨거운 연애』 등의 소설과 『스웨덴의 성』, 『바이올린은 때때로』 등의 희곡을 발표했다.

마약 복용 혐의로 기소되었을 때, "남에게 피해를 주지 않는 한, 나는 나를 파괴할 권리가 있다."라고 말해 이슈가 되기도 했다. 화려하게 젊은 날을 보내고 황폐한 노년을 보내다 2004년 생을 마감했다.

사강과의 인터뷰

블레어 풀러, 로버트 B. 실버스

말괄량이 같은 얼굴에는 매력적이고 다소 비밀스러운 미소가
얼핏얼핏 어렸다. 그녀는 검은색 스웨터와 회색 치마를 입고 있었다.
그녀가 허영심 강한 아가씨라면 그것을 알려주는 물건은 하이힐뿐이었는데,
연한 회색 가죽으로 우아하게 가공한 것이었다.

프랑수아즈 사강은 그르넬 거리에 있는 자기 소유의 작고 현대적인 아파트 1층에 산다. 그곳에서 소설은 물론이고 시나리오와 노래 가사까지 쓰며 바쁘게 지낸다. 『어떤 미소』가 출간되기 직전인 지난 초봄까지는 강 건너편의 말제르브 대로에 있는 부모님의 아파트에서 살았는데, 그곳은 부유한 프랑스 부르주아들의 본거지 부근이다.

사강은 안락한 가구를 갖춘 거실에서 인터뷰 팀을 맞았다. 대리석 벽난로 쪽으로 줄지어 세워둔 커다란 의자에 우리를 앉힌 뒤 스카치를 대접했다. 수줍은 듯했지만 편하고 친근한 태도였으며, 말괄량이 같은 얼굴에는 매력적이고 다소 비밀스러운 미소가 얼핏얼핏 어렸다. 그녀는 검은색 스웨터와 회색 치마를 입고 있었다. 그녀가 허영심 강한 아가씨라면 그것을 알려주는 물건은 하이힐뿐이었는데, 연한 회색 가죽으로 우아하게 가공한 것이었다. 사강은 우리의 질문

에 카랑카랑하되 차분한 목소리로 대답했는데, 그녀의 글에 대해 사람들이 자연스럽게 추측하게 되는 것을 어떻게 생각하는지 설명해달라고 하자 달가워하지 않았다. 그녀는 분명 성실하고 협조적으로 인터뷰에 임했다. 하지만 허풍스럽거나 너무 집요하거나 사생활에 관한 질문, 그리고 작품에 이의를 제기한다고 해석될 수 있는 질문에는 "네.", "아니요.", "모르겠어요."라고만 대답한 뒤, 재미있으면서도 쑥스러운 듯한 미소를 머금었다.

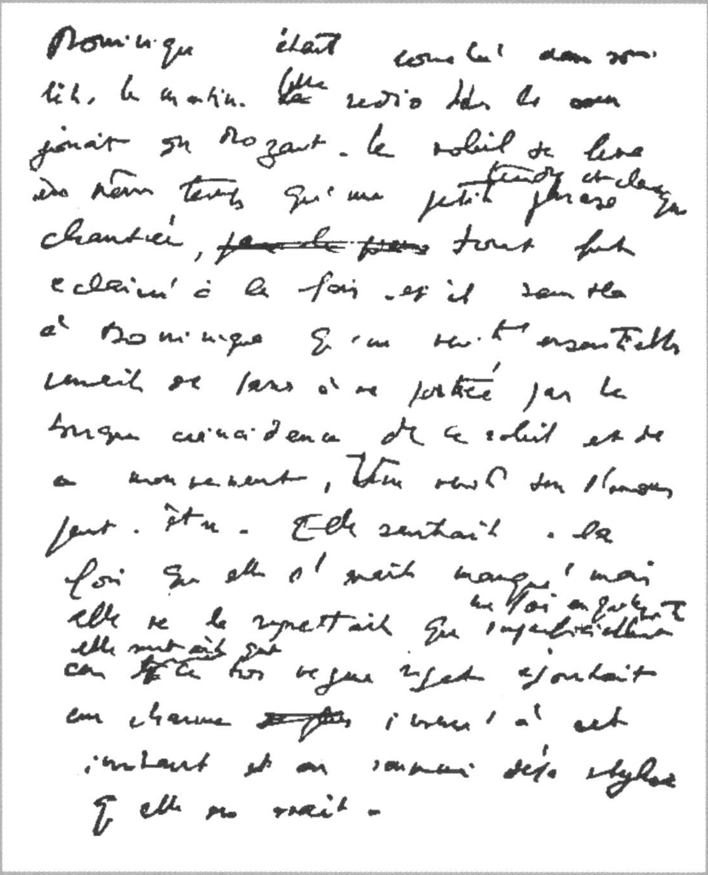

프랑수아즈 사강의 『어떤 미소』 원고 중 한 페이지.

프랑수아즈 사강
×
블레어 풀러, 로버트 B. 실버스

열아홉 살 때 어떻게 『슬픔이여 안녕』을 쓰게 되었어요? 출간될 줄 알았나요?

프랑수아즈 사강　그냥 쓰기 시작했어요. 글을 쓰고 싶은 강렬한 소망과 약간의 여가 시간이 있었어요. 마음속으로 생각했죠. '이건 내 또래 여자아이들 중에 아주 소수만이 몰두하는 일이야. 하지만 완성하진 못할 거야.' 문학 그 자체나 문학적 문제에 대해서는 생각하지 않았어요. 제게 의지력이 있느냐만 생각했어요.

중간에 포기했다가 다시 쓴 건가요?

사강　아니에요. 완성하고 싶은 마음이 간절했어요. 뭔가를 그토록 바란 적이 없었지요. 시작할 때와 달리 글을 쓰는 동안에는 출간될 가능성이 있을지도 모른다고 생각했어요. 하지만 완성했을 때는 가망이 없다고 생각하며 낙담했죠. 결국 출간됐고, 그 책과 저 자신에게 놀랐답니다.

그전부터 오랫동안 글을 쓰고 싶었나요?

사강　네. 소설을 많이 읽었거든요. 소설을 쓰고 싶어하지 않는 게 불가능할 정도였죠. 갱단과 함께 칠레로 떠나는 것보다 파리에 남아 소설을 쓰는 게 제게는 더 위대한 모험처럼 보였어요.

얼마나 빨리 썼나요? 이야기를 미리 구상했나요?

사강　『슬픔이여 안녕』의 경우, 시작할 땐 주인공인 소녀에 대한 생각뿐이었고요. 펜을 쥐기까지 실제로 그 이상 나온 건 아무것도 없었지요. 하루 두세 시간씩 3개월 정도 걸렸어요. 『어떤 미소』는 달랐어요. 간단한 메모만 해둔 채 2년 동안 생각만 했어요. 막상 글을 쓰기 시작했을 때는, 이번에도 하루에 두 시간씩 썼는데 매우 빠르게 진행됐어요. 정해진 목표에 따라 일정을 엄격히 지키기로 결심하면 빨리 쓸 수 있지요.

문체를 다듬는 데 시간을 많이 들이나요?

사강　그렇지 않아요.

그러면 소설 두 권을 쓰는 데 5~6개월도 걸리지 않은 셈이군요?

사강　맞아요. 생계유지에는 좋은 방법이죠.

시작할 때 중요한 게 인물이라고요?

사강　한 명이나 몇 명의 인물, 그리고 책 중반까지의 몇 장면에 대한 아이디어가 중요하죠. 하지만 글을 쓰게 되면 모두 바뀌어버려요. 제게 글쓰기란 어떤 리듬을 찾는 문제예요. 전 그걸 재즈 리듬과 비교하지요. 대부분의 경우 삶이란 세 명의 인물이 엮어가는 일종의 리드미컬한 진행 과정이라고 생각해요. 삶이 그런 것이라고 스스로에게 이야기하면, 삶이 제멋대로라는 느낌이 약해져요.

지인들을 참고해서 등장인물을 구상하나요?

사강 그렇게 해보려고도 했지만, 주변 사람들과 제 소설 속 인물들의 유사점을 한 번도 발견하지 못했어요. 전 인물 묘사가 정밀해야 한다고는 생각하지 않아요. 가상의 인물들에게 진실성을 부여하려 노력하죠. 지인들을 소설에 집어넣는다면 전 지루해 죽을 지경이 될걸요. 제가 보기에 눈속임은 두 종류예요. 실생활에서 사람들은 서로의 눈을 의식하며 겉모습을 꾸며대고, 작가는 현실의 표면에 옷을 입히죠.

그럼 현실을 곧이곧대로 가져오는 게 속임수의 한 형태라고 생각해요?

사강 예술은 기습적으로 현실을 가져와야 해요. 예술은 우리가 별 의미 없게 여기는 한순간을 가져오고, 다시 또 한순간을, 그리고 또 다른 순간을 가져와서는 그 순간들을 재량껏 바꿔서 지배 정서로 결합된, 특별하고도 연속적인 순간을 창조해요. 제가 보기에 예술은 선입관에 따른 현실을 제시해서는 안 돼요. 소위 사실주의 소설이라는 것보다 더 비현실적인 건 없어요. 그런 소설들은 한마디로 악몽이에요. 소설에서 어떤 감각적 진실, 그러니까 인물의 진정성을 획득하는 건 가능해요. 그게 전부예요. 물론 예술이 주는 환상은 위대한 문학이 삶과 매우 비슷하다고 믿게 만드는 것이겠죠. 하지만 정확하게 말하면 실은 그 반대예요. 삶은 형태가 일정하지 않고, 문학은 형식이 있잖아요.

삶에는 형식이 고도로 발달된 활동들이 있는데 한 가지 예로 경마가 그렇지요. 그것 때문에 기수들의 현실성이 떨어지나요?

사강 자기가 하는 활동에 대한 강한 열정에 사로잡힌 사람들은, 어쩌면 기수들이 그렇게 보일지 모르겠는데 제게 그다지 현실적이라는 인상을 주지 않아요. 때로는 소설에 나오는 인물처럼 보이지만 실제로 소설에는 없는 인물이지요. 「플라잉 더치맨」*처럼 말이에요.

책이 완성된 뒤에도 등장인물들이 머릿속에 남나요? 그들에 대해 어떤 판단을 내리나요?

사강 책이 완성되면 인물들에 대한 흥미가 싹 사라져요. 그리고 도덕적 판단은 결코 내리지 않아요. 제가 하는 말이라고는 그 인물이 익살맞다거나 쾌활하다거나 따분했다는 정도예요. 등장인물들에게 동조하거나 반대하는 도덕적 판단을 내리는 건 몹시 지루한 일이에요. 전혀 흥미롭지 않아요. 소설가에게는 자신의 '미학'에 대한 도덕성만 있을 뿐이라고 생각해요. 전 책을 쓰고, 마무리하는 데만 관심이 있어요.

『슬픔이여 안녕』을 완성했을 때, 편집자가 많은 부분을 고쳤나요?

사강 전반적인 제안을 받았어요. 예를 들어 몇 가지 다른 결말이 있

• 17세기에 침몰했다는 배로, 20세기 초까지 모습을 보였다고 하여 저주로 영원히 바다를 떠도는 유령선으로 불리며 영화, 문학, 오페라 등에서 단골 소재로 등장한다.

었는데, 그중 하나가 안느가 죽지 않는 거였어요. 결국 안느가 죽는 게 더 강렬한 결말이 될 거라는 결론이 났죠.

언론에 실린 평론에서 배운 것이 있나요?

사강 기사가 마음에 들면 꼼꼼하게 읽어요. 배운 건 전혀 없지만 그 상상력과 창조력에 놀라지요. 제겐 애당초 있지도 않았던 의도를 발견하던데요.

『슬픔이여 안녕』에 대해 지금은 어떻게 생각하세요?

사강 『어떤 미소』가 더 좋은데, 더 어려웠기 때문이에요. 하지만 『슬픔이여 안녕』은 재미있어요. 제 삶의 특정 단계를 회상하는 것이니까요. 그리고 한 단어도 바꾸지 않을 거예요. 완성했으면 그걸로 끝이니까.

『어떤 미소』가 더 어려웠다고 얘기하는 이유가 뭔가요?

사강 두 번째 책을 쓸 때는 똑같은 카드를 쥐고 있지 않았죠. 해변에서의 여름휴가 분위기도 없고, 절정까지 고지식하게 고조되는 음모도 없고, 세실의 쾌활한 냉소주의도 없었죠.• 그러고 보니 그냥 두 번째 책이라서 더 어려웠네요.

『슬픔이여 안녕』의 일인칭 시점에서 『어떤 미소』의 삼인칭 시점으로 전환하는 것이 어려웠나요?

사강 맞아요. 제한이 많고 절제도 더 필요했지요. 하지만 일부 작가들이 그러듯이 그 어려움에 크게 신경 쓰지는 않겠어요.

어떤 프랑스 작가들을 존경하고 중요하게 생각하나요?

사강 잘 모르겠어요. 스탕달과 프루스트는 틀림없어요. 그들의 탁월한 내러티브가 좋아요. 그리고 어떤 면에서 그들은 제게 분명히 필요해요. 프루스트 이후로 다시는 해낼 수 없는 어떤 것들이 있어요.** 그는 우리에게 재능의 경계를 표시해주는 사람이에요. 또한 인물 처리의 가능성을 보여주지요.

프루스트의 인물과 관련해 특히 어떤 점이 인상 깊은가요?

사강 사람들이 상황에 대해서 아는 것만큼 인물에 대해서는 알지 못한다는 점이에요. 제게는 그게 가장 훌륭한 의미의 문학이에요. 그토록 오랫동안 분석을 하고도 우린 스완의 생각과 면면을 전혀 알지 못해요. 당연한 일이에요. 사람들은 "스완이 누구였지?"라고 묻고 싶은 마음이 전혀 없어요. 프루스트가 누구였는지 아는 것만으로 충분해요. 뜻이 잘 전달됐는지 모르겠네요. 다시 말하면 스완은 프루스트에게 완전히 속해 있고, 프루스트적인 마르세이는 상상할 수 있지만 발자크적인 스완은 상상할 수 없어요.***

소설가가 자신을 소설가 역할로 상상하기 때문에 소설이 쓰일 수도 있나요?

사강 그렇지 않아요. 먼저 주인공 역할을 맡은 다음 주인공의 이야

• 『슬픔이여 안녕』은 17세 소녀 세실이 아버지의 재혼 결심으로 인해 변화된 환경에서 겪는 복잡한 감정과 정신적으로 성숙해가는 과정을 세밀하게 묘사하고 있다.
•• 17~18세기 소설들이 인간 내면보다는 인간이 속한 사회의 모습과 자연의 힘을 담아내려고 했다면, 프루스트는 오로지 '인간'과 인간의 '의식의 흐름' 자체에 집중했다.
••• 스완은 프루스트의 연작소설 『잃어버린 시간을 찾아서』의 주인공이고, 마르세이는 발자크의 중편소설 『황금 눈동자의 소녀』의 주인공이다.(역자 주)

기를 쓸 수 있는 '소설가'가 되려고 하지요.

그런 소설가는 늘 같은 사람이고요?

사강 본질적으로는 그래요. 제 생각에 작가는 하나의 책을 쓰고 그
걸 또 고쳐 써요. 한 인물을 이 책에서 저 책으로 옮겨보고, 한 가지
아이디어를 계속 다뤄요. 그저 시각, 방법, 조명만 바꾸지요.

제가 보기에 소설은 대략 두 종류예요. 선택지는 그 정도예요.
단순하게 이야기를 들려주면서 그 점 때문에 상당히 많은 것을 희
생하는 소설들이 있어요. 『슬픔이여 안녕』이나 『어떤 미소』와 구조
적으로 공통점이 있는 뱅자맹 콩스탕°의 책들처럼 말이에요. 다음
으로는 책에서 인물과 사건을 논의하고 탐색하려는 책들이 있지요.
'논쟁이 일어나는 소설'이죠. 양쪽 모두 위험은 명백해요. 내러티브
가 단순한 소설에서는 중요한 질문들을 간과해버릴 때가 많고, 좀
더 긴 고전소설에서는 이야기가 옆길로 빠져버려서 효율성을 해칠
수가 있지요.

'논쟁이 일어나는 소설'을 쓰고 싶나요?

사강 네, 좀 더 거창한 등장인물이 나오는 소설을 쓰고 싶어요. 지
금 계획 중인 소설이 있는데, 주인공은 세 명이에요. 도미니크와 세
실을 비롯해 처음의 두 책에 나왔던 인물들보다 더 산만하면서도
융통성 있는 인물들이 등장할 거예요. 제가 쓰고 싶은 소설은 주인
공이 플롯에서 자유롭고, 소설 그 자체와 작가에게서 해방되는 소설
이에요.

자신의 한계를 어느 정도까지 인식하고, 야망을 어느 정도까지 억제하나요?

사강 꽤 고약한 질문이네요. 그렇지 않나요? 전 톨스토이와 도스토옙스키와 셰익스피어를 읽었다는 점에서 한계를 인정합니다. 그게 최상의 대답이겠네요. 그 외에는 저 자신을 제한할 생각이 전혀 없습니다.

매우 짧은 시간에 많은 돈을 벌었잖아요. 그걸로 인생이 달라졌나요? 돈을 벌기 위해 소설을 쓰는 것과 진지하게 글을 쓰는 것이 다르다고 생각하나요?

사강 물론 책이 성공해서 제 삶이 어느 정도 달라진 건 분명해요. 쓸 수 있는 돈이 많아졌으니까요. 하지만 삶에서의 제 위치로 말하자면, 많이 변하지 않았어요. 자동차가 새로 생겼지만 스테이크는 늘 먹어왔던 거예요. 아시다시피 주머니에 돈이 많으면 좋지만, 그게 다예요. 돈을 어느 정도 벌 거라는 예상은 글 쓰는 방식에 조금도 영향을 주지 못해요. 저는 글을 쓸 뿐이고, 그 뒤에 돈까지 생긴다면 잘된 일이죠.

사강 양은 라디오 프로그램에 출연하기 위해 나가야 한다고 인터뷰를 중단했다. 정중하게 사과를 한 뒤 일어나서 자리를 떴다. 그녀가 말을 멈추자, 그 가냘프고 매력적인 아가씨가 단 한 권의 책으로 대부분의 소설가가 평생 얻는 것보다 더 많은 독자를 거느렸다는 사실이 믿기 어려웠다. "다녀올게요, 엄마. 일이 있어 나가는데 일찍

• 프랑스의 정치가이자 소설가로, 나폴레옹의 신임을 얻었으나 나폴레옹이 자유사상을 탄압하자 독일로 망명했다. 지은 책으로 『세실』, 『헌정론』, 『아돌프』가 있다.

돌아올게요."라고 아파트 복도 저편의 어머니에게 외치는 모습을 누군가 보았다면 소르본 대학으로 서둘러 달려가는 여학생으로 여길 터였다.

블레어 풀러 Blair Fuller 뉴욕의 예술가 집안에서 태어났다. 『파리 리뷰』의 편집자로 일하면서 단편소설을 썼다. 이후 스탠포드 대학에서 문예창작을 가르쳤다.

로버트 B. 실버스 Robert B. Silvers 시카고 대학교를 졸업하고 파리정치연구소에서 일했다. 『파리 리뷰』의 편집진으로 활동했고, 『뉴욕 리뷰 오브 북스』의 공동 편집장을 맡고 있다.

주요 작품 연보

『슬픔이여 안녕』Bonjour tristesse, 1954

『어떤 미소』Un certain sourire, 1955

『한 달 후, 일 년 후』Dans un mois, dans un an, 1957

『브람스를 좋아하세요』Aimez-vous Brahms?, 1959

『스웨덴의 성』Chêteau en Suède, 1960

『신기한 구름』Les merveilleux nuages, 1961

『바이올린은 때때로』Les violons parfois, 1961

『독약』Toxique, 1964

『뜨거운 연애』La chamade, 1965

『마음의 파수꾼』Le garde du coeur, 1968

『마음의 푸른 상흔』Des bleus à l'âme, 1972

『고통과 환희의 순간들』Avec mon meilleur souvenir, 1984

『지나가는 슬픔』Un chagrin de passage, 1994

환상과 일상의
교차점에 선 독자에게

60년 만에 찾은 편지

"작가란 무엇인가?"라는 질문에 이끌려 『파리 리뷰_인터뷰』1과 2를 거쳐 드디어 세 번째로 이 책을 만나게 된 독자가 있다. 이 기획에 선정된 36명의 작가들, 아니 그보다는 이 시리즈에 포함되지 못한 수많은 대작가들을 생각하노라니 이런 질문이 싹텄다. "대체 작가 인터뷰란 무엇인가?"

그에 대한 대답으로, 잭 케루악이 닐 캐서디로부터 받았던 이른바 '조앤 앤더슨 편지'와 관련된 따끈따끈한 뉴스를 전한다. 우선 잭 케루악이 1968년 『파리 리뷰』와의 인터뷰에서 했던 말을 살펴보자.

"캐서디의 편지, 그러니까 그 핵심 편지는 4만 단어짜리인데 뭐랄까, 짧은 소설 한 편에 맞먹어. 내가 본 것 중 가장 훌륭한 글이지. 미국의 그 어떤 작가보다 나은 글, 적어도 멜빌이나 트웨인, 드라이저, 울프, 혹은 내가 모르는 그 누구를 무덤 속에서 탄식하게 만들기에 충분한 작품이지."

잭 케루악은 『길 위에서』를 탄생시킨 그 편지를 앨런 긴즈버그가 빌려 갔다가 캘리포니아 선상가옥에 사는 다른 남자에게 빌려주었고, 그 남자가 편지를 물에 빠뜨리는 바람에 잃어버렸다고 말하며 안타까워한다. 그런데 이 역자 후기를 갈무리하고 있던, 정확히 말하면 역자 후기를 편집자에게 넘겨주기로 약속한 날, AP통신은 놀라운 뉴스(그야말로 새로운 소식)를 전해주었다. 물에 빠져 사라진 줄 알았던 편지가 세상에 모습을 드러낸 것이다. AP통신에 따르면, 긴즈버그는 출간을 희망하면서 그 편지를 샌프란시스코의 '골든 구스'라는 출판사에 보냈고 그 작은 출판사가 폐업할 때까지 개봉되지 않았다. 출판사가 문을 닫으며 편지는 다른 원고들과 함께 쓰레기통에 버려질 뻔했는데, 사무실을 같이 쓰고 있던 인디음악 음반회사 운영자가 편지를 받아서 집으로 가져갔다. 그 뒤 편지는 지금으로부터 2년 전, 고인이 된 그의 방을 청소하던 딸에 의해 발견된다. 그리고 경매에 부쳐진다고 한다. 잃어버리지만 않았다면 캐서디가 단순히 자신의 뮤즈 정도에 그치지 않고 문학계의 거물이 되었을 거라고 케루악을 통탄하게 만들었던 그 편지는 캐서디와 케루악처럼 길 위를 떠돈 것이다. 그것도 장장 60여 년이라는 세월 동안. 그리고 역자가 편집자에게 후기를 넘기기 직전에 아찔하게, 그야말로 극적으로 모습을 드러냈다.(정확히는, 발견 소식이 보도되었다.)

그래서 작가 인터뷰란 무엇이라는 말인가? 케루악은 1968년에

『파리 리뷰』와 인터뷰를 했고 1969년에 세상을 떠났으니, 이 인터뷰는 그의 인생 말년(47세라는 젊은 나이에 죽었으니 부적절하고도 서글픈 표현이다.)을 포착한 셈이다. 독자는 이 인터뷰를 통해, 3주 만에『길 위에서』를 써냈다는 전설적인 존재, 삶 자체가 곧 소설이 된 '환상'적인 작가를 만난다. 그런데 AP통신이 전해주는 뉴스 덕분에 케루악의 이야기는 2014년의 오늘을 파고드는 '일상'이 되었다. 그러니 작가 인터뷰는 환상과 일상이 교차하는 순간이라 할 수 있겠다. 독자가 인터뷰를 통해 알고 싶어하는 작가의 면면은 위대함이 주는 '환상'뿐만 아니라 생활인으로 살아가는 '일상'이기도 하다. 다행히도 대개의 경우 그 '일상'은 작가에 대한 '환상'을 강화해준다.

환상과 일상의 교차점에 선 독자여, 혹시 어디로 가야 할지 몰라 막막한 심정인가? 기쁜 소식을 알려주겠다. 첫째, 문학이라는 망망대해 앞에서 막막해하는 것은 당연하다. 둘째, 독자에게는 길잡이가 되어줄 '지도'가 생겼다. 작가 인터뷰는 망망대해에 어떤 섬들이 있는지 알려주는 지도이기도 하기 때문이다. 하지만 안타까운 소식도 있다. 이 망망대해에는 크고 작은 섬들, 그러니까 매력적인 작가들이 무수히 많고『파리 리뷰_인터뷰』시리즈를 통해 우리와 만나게 된 작가는 그중 일부일 뿐이다. 즉 이 지도에는 구멍이 송송 뚫려 있다. 미완성인 이 지도의 공백을 메우는 것은 독자의 몫이다. 멀리서 바라본 섬의 실제 생태와 풍경이 어떠한지는 직접 탐험해야 알 일이므로. 역자는 독자의 부담을 덜어주고자,『작가란 무엇인가 3』을 가장 먼저 읽은 독자로서 이 책을 읽는 여러 가지 방법 중 세 가지를 소개하려 한다.

이 책을 읽는 방법

(1) 여성 작가 묶어 읽기

『작가란 무엇인가 3』에 실린 여성 작가는 무려(?) 넷이다. 생년 순으로 나열하자면 어슐러 K. 르 귄(1929), 앨리스 먼로(1931), 수전 손택(1933), 프랑수아즈 사강(1935)이다. 영국에서 21세 이상 여성의 투표권을 인정한 때가 1928년이었으니, 이 여성 작가들은 성차별이 끈질기게 잔존하는 사회에서 작가로서, 여성으로서 자기 자신과 세상을 탐색하는 여정을 보여주는 보석 같은 존재들이다.

톨킨, 루이스와 더불어 SF문학의 거장으로 손꼽히는 어슐러 K. 르 귄은 인터뷰에서도 밝히지만 『어둠의 왼손』에 등장하는 외계 종족 게센인을 남성명사인 'he'라고 지칭한 점 때문에 페미니스트들의 비난을 받았다. 아닌 게 아니라 르 귄의 초기 작품은 남성적인 세계다. 르 귄의 작품을 읽어나가는 즐거움은, 남성적인 세계에서 무의식적으로 탈출구를 향해 가며 결국 자신만이 쓸 수 있는 주제와 문체를 찾아내는 여정을 함께할 수 있다는 것이다.

앨리스 먼로는 2013년에 노벨 문학상을 받으면서 몇 가지 경이로운 기록을 남겼다. 캐나다 최초의, 그리고 단편소설 작가로서도 최초의 노벨 문학상 수상자이며 여성 작가로는 13번째 수상이다. 그런데 인터뷰에서 느껴지는 먼로의 소박한 모습은 오히려 독자를 당황케 한다. 아이들이 낮잠 자는 시간을 이용해 글을 썼다는 대목은 놀랍고도 감탄스럽다. 글쓰기에 집중할 여건이 되지 않는 환경에서 그녀가 기울였을 엄청난 노력이 짐작되는 대목이다.

한편 수전 손택은 이런 먼로와 대척점에 있다고 여겨질 만큼 파격적인 삶을 산 주인공이다. 소설가, 평론가, 사회운동가, 극작가…… 그녀를 뭐라 설명할 수 있겠는가? 열정, 기쁨, 아름다움, 기록, 욕망, 저항, 행동…… 자신의 삶을 끝없이 새롭게 빚어나간 손택은 시대의 산물이 아니었다. 오히려 시대가 그녀의 그림자였다. 결혼과 출산, 이혼을 거쳐 동성애자로서의 성 정체성을 받아들이면서 작가로서도 의미 있는 도약을 한 손택. 스스로가 타인이었기에 타인의 고통에 민감할 수밖에 없었던 손택. 강자에게 강하고 약자에게는 약했던 그녀의 매력은 인터뷰 밖의 삶에 대한 궁금증을 불러일으킨다.

그리고 프랑수아즈 사강의 인터뷰는 '당당한 젊음의 초상'이라고 불러도 좋을 듯하다. 젊음의 특권인 가능성으로 가득했던 그녀의 한 시절이 짧지만 강렬한 인터뷰로 남아 우리에게 전해지니 고마운 마음마저 든다.

(2) 낯선 작가부터 읽기

이 책에 인터뷰가 실린 작가들은 명성이 자자한 대가들이지만 독자에 따라 친숙하지 않은 작가가 분명 있을 것이다. 낯선 작가는 내용을 알 수 없는 보물 상자. 친숙하지 않은 작가의 인터뷰를 어떻게 읽을 것인가? 작품 목록도 낯설고, 그래서 그가 어떤 맥락과 뉘앙스로 이야기하는지 가늠하기 어려운데 어떻게 읽을 것인가? 그 답으로는 "생각하지 말고 일단 쓰라."고 주장하는 김연수 작가의 말을 빌려야겠다. '일단' 읽으라. 모르는 책제목이 나와도 일단 읽자. 도대체 이 인터뷰에서 오가는 이야기가 뭔지 궁금해 죽겠다는 생각이 들 때까지, 작가가 거론하는 책을 찾아 읽고 싶다는 생각이 들 때까지 읽자. 일단 읽으면, 그 읽기가 다음 발걸음을 인도해줄 것이다. 낯선 섬이 보이는가? 일단 그 섬에 오르라. 한 걸음씩 내딛으라. 당신의 세계가 확장되고 지도는 더욱 세밀해질 것이다. 그러니 독자여, 독자라는 이름에 걸맞게 일단 읽자.

(3) 지금 읽고 나중에 또 읽기

프리모 레비는 1985년에 『파리 리뷰』와 인터뷰를 하고 2년 뒤인 1987년에 자살로 생을 마감했다. 우리는 그가 자라났으며 생을 마감한 집에서, 부드럽고도 열정적으로 이야기하는 레비를 만날 수 있다. 그러나 평온해 보이는 목소리 뒤에 잠재된 고통이 느껴지는 것 같기도 하다. 그리고 한국 독자로서는 뜻 깊게도, 레비가 죽기 전해인 1986년에 발표한 『가라앉은 자와 구조된 자』가 2014년 5월에 번역 출간됐다. 온 나라가 세월호 사건에 경악하며, 그 비극의 여파 속에서 절망과 희망 사이를 오가며 혼란스러워하던 때였다. 아우슈비츠와 레비, 세월호와 한국의 독자들. 한국에 번역된 레비의 작품 제목 몇 개를 나열하기만 해도 독자가 얻을 수 있는 통찰이 있을 것이다. 『이것이 인간인가』, 『살아남은 자의 아픔』, 『지금이 아니면 언제?』.

레비의 작품은 과거에 읽고 오늘 또 읽어도 의미가 있다. 마찬가지로, 이 작가 인터뷰도 지금 읽고 나중에 또 읽을 가치가 있다. 사실 이 책은 아주 천천히 읽어야 하는 책이다. 이 책을 선택한 덕분(혹은 탓)에, 독자의 도서 목록은 한없이 길어질 것이다. 그 긴 목록을 천천히 탐험해나가라. 음악을 들을 때처럼 선율을 미리 넘겨짚지 말고 지나간 선율을 되뇌지도 말고, 바로 이 순간 귀에 와 닿는 선율만을 따라가듯이 천천히 읽기를 바란다.

독자란 무엇인가?

이제 독자는 눈치 챘을 것이다. 이 후기를 통해 역자가 하고 싶은 말이 "작가란 무엇인가?"나 "작가 인터뷰란 무엇인가?"가 아니라, "독자란 무엇인가?"라는 것을. 간단히 말해 독자는 '공유'하는 사람이다. 읽는 행위는 순간이고 언제나 진행형이므로 독자는 현재라는 순간을 공유하는 사람이다. 인터뷰를 통해 포착된 작가의 현재를 공유하고, 수많은 다른 독자들과 독서라는 경험을 공유한다.

독자가 『작가란 무엇인가 3』을 통해 확장된 자신의 세계를 공유해준다면, 그래서 어느 날 웹 세상을 떠돌다가 그 공유의 기록을 만난다면 참으로 반가울 것 같다. 그런 점에서 독자에게 미리 감사를 전한다.

옮긴이 김율희

파리 리뷰_인터뷰

작가란 무엇인가 3

소설가들의 소설가를 인터뷰하다

초판 1쇄 발행 2015년 1월 14일
초판 2쇄 발행 2022년 6월 15일

지은이   파리 리뷰
옮긴이   김율희
일러스트   김동연

펴낸이   김한청
기획편집   원경은 김지연 차언조 양희우 유자영 김병수
마케팅   최지애 현승원
디자인   이성아 박다애
운영   최원준 설채린

펴낸곳   도서출판 다른
출판등록   2004년 9월 2일 제2013-000194호
주소   서울시 마포구 양화로 64 서교제일빌딩 902호
전화   02-3143-6478 팩스 02-3143-6479 이메일 khc15968@hanmail.net
블로그   blog.naver.com/darun_pub 인스타그램 @darunpublishers

ISBN   979-11-5633-008-0 (94800)
          979-11-5633-005-9 (set)